Hong Kong –
Zhuhai –
Macao Bridge

大橋

Hong Kong-
Zhuhai-
Macao Bridge

大桥

何建明 著

图书在版编目（CIP）数据

大桥 / 何建明著. -- 桂林 : 漓江出版社, 2019.6
ISBN 978-7-5407-8228-3

Ⅰ. ①大… Ⅱ. ①何… Ⅲ. ①纪实文学－中国－当代
Ⅳ. ①I25

中国版本图书馆CIP数据核字(2019)第072598号

DA QIAO
大桥
何建明　著

出版人：刘迪才
出品人：张谦
图片提供：何建明
责任编辑：张谦
助理编辑：刘红果　辛丽芳　谢青芸
书籍设计：石绍康
责任监印：张璐

漓江出版社有限公司出版发行
广西桂林市南环路22号　邮政编码：541002
发行电话：010-85893190　0773-2583322
传真：010-85890870-814　0773-2582200
邮购热线：0773-2583322
电子信箱：ljcbs@163.com
网址：http://www.lijiangbook.com
香河县闻泰印刷包装有限公司印制
[河北省廊坊市香河县安平镇二街　邮政编码：065402]
开本：710mm×960mm　1/16
印张：26.25　字数：312千字　插页：8
2019年6月第1版　2019年6月第1次印刷
书号：ISBN 978-7-5407-8228-3
定价：88.00元

漓江版图书：版权所有，侵权必究
漓江版图书：如有印装问题，可随时与工厂调换

港珠澳大桥

林鸣在施工现场［上左、上右］
作者何建明采访现场［下］

沉放演练［上］
带缆作业［下］

夕阳下的人工岛［上］
隧道入口减光罩［下］

目 录 / Contents

序

序曲三幕

港珠澳大桥全景航拍

之一 “Y”形大桥的核心密码

如果是外人看55公里长的港珠澳大桥，可以知道几个有意思的密码：比如它是世界第一长跨海大桥；比如它与众不同，我们通常看到的大桥一般都是“I”形的，而港珠澳大桥是“Y”形的，它一头连着香港，一头连着珠海，再一头连着澳门。这样的大桥世界上极少，尤其是在大海上分岔成三个方向，因此有人将这“Y”形比喻成中华民族“一国两制”下实现的一个伟大“胜利”，因为“Y”的上半部分是一个“V”，而“V”是英文“胜利”的缩写。

事实上，港珠澳大桥值得我们用“Y”（Yeah）去欢呼和赞美！

在我看来，这“Y”形桥还代表着另一个形象，它如一个大写的“人”——扎根在大海深处，伸展着双臂，以擎天之力，顶托着祖国的两块宝地香港和澳门，并与之连成一体……

这是“Y”形的港珠澳大桥最富深意的密码，这里的“人”是真实的人，他们是一群让世界同行敬畏的中国工程师。

如果说科学家的意义在于他在某一领域具有独创的理论或发现的话，那么一位伟大的工程师，他通常要将一堆理论和设计付诸现实，所以，工程师具有非凡的社会意义和现实价值。

在充斥着太多虚假纷乱说教的今天，港珠澳大桥给了我们重新认识真正的中国工程师的机会。

之二　从逼你就范，到为你升旗

这不是一座普通的大桥，除了几十公里长的跨海长途外，整个工程的难点在于中间有一段 6.7 公里长的潜入海底深处的隧道，及连接主体桥梁与这海底隧道的深海之中的两个人工岛。港珠澳大桥的海底隧道，并非我们在电视里通常看到的那种用盾构机挖出来的隧道，而是由 33 节巨大的沉管连接而成的。每节沉管重约 8 万吨，相当于一艘重型航母的满载排水量。除了重量外，最复杂的是这样的沉管需要沉入几十米深的海底，而且还必须保证 120 年内“滴水不漏”。一旦漏水，如果过大，整个隧道就会被淹没，随之大桥也将被中断……这一后果无法想象，必定异常惨烈，千亿元造价的大桥将毁于一旦。

港珠澳大桥所通过的海域是著名的珠江口伶仃洋。这里有着繁忙的海运航道，日航行船只 4000 余艘，是香港、澳门和广州港的生命线所在。它还是著名的白海豚栖息地……

2009 年中央政府与香港、澳门两个特别行政区共同对外宣布建造这座世界最长的跨海公路大桥时，西方人早已死死地盯住了这项工程的每一个细节。为什么？赚钱的机会来了。西方人清楚，中国造桥能力不差，造大桥能力也不算差，但是造如此长的跨海大桥恐怕能力差矣！尤其是港珠澳大桥的控制性工程——深海里的两个人工岛和一条连接主体桥梁和两个人工岛的数公里长的海底隧道（简称岛隧工程），中国既无这方面的技术，更没有相应的装备，一句话：港珠澳大桥的规模再宏伟、政治意义再伟大，没有西方权威的支持，伶仃洋上的这一“中国造”，或将根本造不起来，最终以失败告终……

似乎西方人早已盘算好了，只等你中国人上门求助。

“确实，我们最初的方案也是如此。因为工程太大，造价超巨，谁也不敢有一丝失手，所以开始的设想就是请人帮建……”林鸣，中国工程师，建设这座大桥控制性工程的总指挥和总工程师，他这样吐露真情。

林鸣所在的中交集团中标后，他就带着重托，代表自己的国家去四处学习、走访，去求见世界上最强大的海上岛隧工程技术的权威人士和王牌企业。因为，造这样的大桥，技术难度世界绝无仅有，中国以往在深海里从未建过岛隧工程，更不用说这是段 6.7 公里长的沉管隧道。

过去的一百多年间，世界上出现了三条类似的海底隧道用的是沉管技术。第一条是丹麦到瑞典的厄勒海峡隧道，这是世界上第一个采用工厂法预制铺设的海底沉管隧道；第二条是土耳其博斯普鲁斯海峡隧道，用的是同样的技术；第三条离我们较近些，是韩国的釜山—巨济岛一线的海底隧道。然而这三条著名的海底隧道的长度，都不如港珠澳大桥的隧道长；它们的沉管在海底的最大埋深都只有几米，而港珠澳大桥的沉管隧道在海底的埋深达 20 米。这一难度堪比我们国家从无到有的宇宙航天工程。

不会干可以学，要学就得到会的人那里去看。但结果呢？

最初的大桥设计方案下来后，林鸣听说邻近的韩国釜山正在建造海底沉管隧道，于是满怀希望地带着一群专家，跑到釜山去参观。哪知，韩国朋友十分尴尬和为难地对林鸣等中国专家说：“你们只能乘着游艇到我们的施工现场外围绕一圈，靠近工地是不行的。”

这是什么意思？林鸣一行不懂。他们只能乘游艇在大桥工地的海面上绕了一圈，除了大海上隐隐约约的几台吊车和数艘船舶外，啥也没有看到。

“实在抱歉，沉管隧道部分的工程，都是由荷兰专家负责的，在安装现场的只能是荷兰人，连我们都不能靠近……”韩国人说这话时，头都不好意思抬起来。

林鸣等中国工程师的内心受到强烈震撼：这么不可思议！

“你们造你们国家的大桥，却不能靠近施工现场，这造的什么桥嘛！”中国专家们为韩国同行抱不平。

韩国工程师无奈地解释道：“海底隧道技术太复杂，尤其是沉管安装，世界上最权威的技术，只有他们荷兰人掌握着，所以他们垄断了这方面的核心机密……”

“那你们与他们的合作条件是什么？”林鸣关心这一点。

“每次沉管安装时，由荷兰方面派人过来，装完就走；再安装时，他们再飞来。每个月来安装一次，五六十个人往返、吃住，我们得全包……整个沉管安装的咨询费折合成人民币超过 10 亿元。”

林鸣等一听，直打冷战：港珠澳大桥的沉管隧道部分远比韩国釜山海底隧道复杂，且长度又远超釜山。

怎么办？没有办法，自己不会，只能求助于他人。6.7 公里长的海底隧道，120 年的寿命，一旦出了问题，谁承担得了责任？

无路可走，所以只能兜着钱袋子去求人家“帮忙”——确实是帮忙，因为制造沉管是另一个高端技术，现在说的是安装沉管这道工序，请人家做现场安装的咨询服务，即工程到了安装沉管时，请懂行的专家来现场指导这一环节。

林鸣他们开始向国际相关行业最优秀的公司发出请求，并将他们的代表请到中国洽谈。后来，国际上最著名的荷兰公司的几位大员来了，并很快与林鸣他们进入了实质性的谈判环节。

“我们公司已经有一百多年历史，世界上最好、最重要的海底沉管隧道皆是我们的工程师帮助完成的。相信你们即将建设的大桥也不例外……”对方礼貌而又直截了当。

一本早已准备好的厚厚的合同文本被轻轻地推到中国工程师面前。戏的前奏曲早已谱好，只等剧情的发展、高潮和尾声。

中国工程师林鸣感到嗓子发干，两眼直直地看了对方好几秒钟……他想说“怎么连商量的余地都不给留一点吗”，但他没有将此话说出口。

过了片刻，林鸣缓了一下情绪，小心翼翼地问：“看样子你们对我们大桥的海底沉管隧道工程已经很清楚了，那么我们就来点干脆的吧。请问，你们的费用是？”

对方会意一笑，然后在一张小纸条上写下阿拉伯数字：“1.5。”

“1.5 亿人民币？！”林鸣紧张地读着数字，又急促地问道。

荷兰人笑了，那笑是居高临下的：“No！ No！是 Euro（欧元）、Euro！”

这回他听明白了，脸色也随之变了，近似铁灰。与预算差距太大，林鸣被对方的这一棍打得很闷。

谈判暂时中断。中方专家们回到住处，谁跟谁都不说话，只有不停地唉声叹气……

林鸣不能如此，他的脑子在迅速转动：国家在安装沉管这一块的预算经费十分有限。即使和盘托出这个数字去与荷兰方面谈，恐也难以谈妥。如果把一切附加的东西都尽可能地下卸，也就是说只留下最重要的部分，不知道对方能不能答应。

与荷兰公司的第二轮谈判又拉开了帷幕——这回林鸣等是怀着诚惶诚恐的心情去的，但结果依然很糟：无论林鸣他们如何在沉管安装方面下卸工作量，对方始终都认为，主要任务没有少啥，所以咨询费再少也得十来亿人民币。

这个数，让代表中国的林鸣仍然无法接受。

瘫了。这一个回合下来，中方的工程师们长吁短叹，心头更如压了几重山。

然而技不如人，又有什么底气昂起头颅跟人家讨价还价呢？作为港珠澳大桥岛隧工程项目的负责人，林鸣此时的压力胜过泰山压顶：沉管安装仅仅是整个岛隧工程的一小部分，连沉管安装咱都没有能耐，求人如此之难，那么制造沉管又不知比这难上多少倍！

“林总啊，距上面确定的大桥开工日期没多少天了，沉管的事到底跟人家谈得怎么样了呀？”“家里”又在催了。

“有点难……正抓紧谈呢！”林鸣只能这样说。

“那就尽快，抓紧吧！沉管这一块咱们不能出丝毫问题，得靠人家内行的来干哪！”

“明白。”

林鸣说完后，心头却又添一座大山。“怎么办？还去谈吗？”同行的人问林鸣。

“去吧，还去跟荷兰人谈呗，不去还能找谁？”林鸣瓮声瓮气道。

一向昂着头走路的林鸣，这回再去见荷兰公司的人，一路上都是低着头、弓着腰。有人苦中作乐道：“林总啊，我们可是从来没见你这个样子过……”

林鸣眨眨眼，道：“谁让我们技不如人呢！”末了，又冲身边几位说：“今天是最后一回，我们把家底托出来：成了，咱皆大欢喜；不成，回去要么卷起袖子干，要么你们跟我一起跳伶仃洋！二者选一，你们现在可以一门心思琢磨起来！”

几位随行，相互看了一下，想笑又不敢笑，只得低着头跟在林鸣后面……

再度回到谈判桌上，中方还是全体人员，荷兰方只剩下一个代表出面应酬……

“……我们回去请示了上级，现在想与贵公司讨论一下：倘若我们把所有沉管安装费全部拿出来交给你们，不知贵方能帮助我们做些什么？”林鸣小心翼翼地看着对方说。

荷兰方的代表脸上一片茫然。

“就是说，我们把3亿人民币的经费全部交给贵公司，请问在我们安装沉管时你们能帮忙做哪些工作？”

“3亿人民币？”荷兰方代表带着疑惑惊愕地回问了一声。在得到证实之后，笑了，笑得让林鸣等中国工程师很不舒服。

“也就是说3000多万欧元吧？”荷兰方代表拉长了声调，说，“这个数嘛……可以为你们点一首祈祷歌……”说完，咧着嘴向林鸣他们笑了一下。

“走！我们走！”生来就没向任何人低过头的林鸣彻底生气了。他说了声“后会有期”，头也不回地愤然告别了这家世界著名的沉管工程公司的代表。走在回程的路上，林鸣脑海里一直回荡着中国的一句老话：天无绝人之路。

但，擅长于国际竞争的外方公司的“高招”远超出林鸣的想象：荷兰公司为了实现对中国港珠澳大桥的沉管安装的相关技术垄断，早已做足了准备——相关的知识产权保护已经做到了我们的家门口，沉管设计和安装沉管的相关专利，已在日本、韩国、新加坡……甚至在中国香港、澳门特别行政区以及内地都已注册！

嘿，你们瞧瞧人家的本事！林鸣这下才突然想起荷兰公司的代表最后向他悻悻然说的那句话：“如果你们回头再来谈，那可就不是现在这个价了啊！”

当时对方说这话时林鸣并没有在意，现在再看对方已经在包括中国在内的好几个国家注册了沉管相关专利的消息，林鸣他们才真切地感受到什么叫商界的“残酷”和“无情”！

与荷兰公司谈崩就是因为他们要的十多亿人民币咨询费太吓人了。而如今他们想以另一种方式让中方就范，而且开出的价码肯定会比先前的要高出许多……无奈之下，林鸣别无选择：“我们自己干！”

“对，我们中国人何时被人吓倒和吓怕过？”

“是啊，当年研制“两弹一星”人家不也是前后封锁我们？现今我们的祖国早已不是昨天的样了，不信他们能再封杀咱！”

“对，自己干！自己干！”

群情异常振奋。

“当然自己干！我们不干谁干？中国工程师不是豆腐捏的，更不是宣纸糊的！”林鸣说话了。林鸣也终于露出了本性——气吞山河、无所畏惧、义无反顾、一往无前。“荷兰的专家不是也说世界上没有不漏水的海底沉管隧道吗？那我们就建一条滴水不漏、寿命120年的海底沉管隧道让世人看看！”

林鸣发出如此誓言。

这声音一经发出，震荡的不仅仅是伶仃洋海面，还有整个世界……

从发出这样的豪言壮语到现在，一晃数载。然而对孕育一条世界最长的跨海公路大桥而言，却仅仅是弹指一挥间的光阴。

这段光阴里林鸣做了什么？伶仃洋可以回答，那就是55公里长的港珠澳大桥如一道彩虹，美美地飘扬在海面上，中间一段潜入海底深处的沉管隧道，稳稳地躺卧在白海豚栖息地的海水奔流之下的“温床”上做着美梦……

其间，林鸣又一次公务出差到荷兰——这已经是多少次了？他记不清。

同事们也记不清……

他感触很深的是，每一次来这儿，这个地方都有无数双躲在一旁的眼睛在盯着他……那些目光里流露出很复杂的神情。

这一回林鸣再出现时，这些目光却变得温和、友好了许多，甚至有些低声下气。林鸣体会很深，印象也强烈。

他一直有个习惯：早上长跑，一跑就是十几公里，甚至20公里。从开始接受港珠澳大桥项目任务的那天起，林鸣就做足了准备：大桥建造十年，我就跑上十年！“不然，也许桥还没有造好，我就倒下了，那对得起谁呀？……”他曾经对妻子和儿子这样说。

这不是唬人。接受这座超级大桥最艰难的项目任务后，林鸣便知道了自己可能有的最坏的三种命运：一是因工程技术原因，桥出了问题，自己则要负天大的责任；二是桥造到半途，岛隧部分工程瘫痪，自己无脸面见香港、澳门和珠海的父老乡亲；三是桥造好了，工程经费大大超了，一顶“滥用和浪费国家工程经费”的帽子压下来，依然吃不消……

这些命运不是林鸣自己给自己强加的。有几次，他的老朋友、比他小几岁的港珠澳大桥管理局局长朱永灵跟他翻脸吵架时就撂下这样的狠话：“就你林鸣的岛隧沉管重要？你一张嘴就要改用什么什么材料，而且根本不用商量，立即要我签字答复……知道这字一签下去又是多少钱吗？三个亿、五个亿哪！你今天要改个方案，明天又闹出个‘新工艺’，后天又来个‘创新’，你是不是要逼死我啊？逼死了我你知道会有啥结果吗？”话说到这份上，林鸣便常常“休战”了！

谁都知道，大桥造了几年，林鸣和朱永灵就“吵架”“拍桌子”了几年。可俩人最后还是港珠澳大桥工程上最要好的一对，原因有二：一是不打不相识，二是俩人都是工程师出身，“臭味相投”——朱永灵局长在我采访他时这样说。

比如，现在我们可以看到的那两座漂亮得犹如大海里的两颗宝石一样的人工岛，最初设计方案并非如此，而是比较大众化的样式，尤其是用料方面：原预算所用的岛四周的防浪体、岛面也不是现在的清水混凝土；三层岛房建筑上所用的门窗玻璃等，虽说在招标书上也明确了要用国内最好的材料，但林鸣后来坚持要改用世界顶级材料，这一改价格和经费自然又上一大截。

这样的问题，大桥业主代表朱永灵自然一次次急红了眼。接到林鸣他们项目部的相关报告时，朱永灵局长“总有些心惊肉跳”。港珠澳大桥的“总司令”朱永灵算得上这座大桥建设战场上的大将军了，但他说每回见了林鸣的报告就会有这种感觉。“他一是总有理，二是容不得你拖时间，哪怕是一天半天……”朱永灵说。

“这当然。第一，我要保证我的工程不出丝毫差错，120年内不被人骂！第二，耽误一天半天工夫，可能造成的损失就会加倍，国家的钱、人民的血汗，我不能随便糟蹋。再说，我几千人的施工现场也等不起呀！”林鸣的理由就是这样充足。他每每补充的最后一条常常让朱永灵更受不了：“你现在吝惜了几个小钱，最后一看不够好，又要重新返工一次，那花的钱可比我现在提出的新方案不知要多花多少嘛！”

朱永灵好几次被他气得直跺脚：“你听听他的话，哪有一点儿商量的意思？好像世界上就他是对的，我们都是吃干饭、吃闲饭的！他哪知道，我这双签字的手的背后，有多少双比我力气更大的手在牵着呢！”

听完朱永灵的诉苦，我才知道他为什么会在林鸣一次次的“威逼”之下“怒发冲冠”——在施工和技术制造现场的林鸣，火急火燎地等待他的签字批复，可朱永灵难啊：签字笔虽然在他手里，但每一项改变了设计方案的新思路、新投入，都要经过真正的业主——香港、澳门和内地方面的“三地委”点头同意后方可落笔呀！

林鸣也有理由：我们中的标是“设计施工总承包”。“这么重大的工程，120年寿命，又影响到三地今天及未来的经济大局、百姓生活，我哪敢有丝毫马虎之处嘛！”

听听，哪有一点商量的余地？朱永灵不冒火才怪。但等事情一过，两个人又在下一个技术突破口的施工现场抚肩击掌、举杯豪饮——反正哭的笑的、吵的闹的都是他们俩。林鸣和朱永灵身边的人这样说。

这一幕幕情景实在太多，每一天晨跑时都会在林鸣脑海里一一闪过……从不在晨跑中出差错的他，这一天早上在荷兰的阿姆斯特丹出了差错：因为是陌生的路，早晨又下着小雨，阴沉沉的天，晨光微弱，怕走错路的林鸣习惯性地拿出手机沿途“咔嚓、咔嚓”地照了几张相片，为了回来时有个方向参考。

阿姆斯特丹太美丽了，美得常常让陌生人迷失。这座城市也很奇特，人居水上，水入城中，人水相依，景自天成。古老的风车、遍地的郁金香，还有神奇的木鞋。与水、与桥相伴的阿姆斯特丹共有160多条大小水道，由1000余座桥梁相连，可谓桥梁交错，河渠纵横。从空中鸟瞰，波光如缎，状似蛛网。整个阿姆斯特丹，没有耀眼的现代化摩天大厦，却有无数楼群坐落在蜿蜒的河旁和幽深的小街上，所以很容易让陌生人迷失方向。

我们这位中国工程师这回在阿姆斯特丹吃了这样一次亏，林鸣自己也没有想到，在他返回住处的路途上会迷失方向。他赶忙打开手机存下的照片，结果一看，傻眼了：根本没有照上。原来阴雨天曝光不足，照片全是黑的。心想：“这下坏菜了！”林鸣头一回在晨跑时为迷失方向而着急，且偏偏手机又没了电……工程师林鸣一时有些慌乱。

这可咋办？他四周看看，却看不出到底哪一条是刚才来的路。

工程师的本领在异国他乡被“突然袭击”给限制住了。只见林鸣眯起双眼，将异国他乡的城市道路审视了一番后，将视线停在左侧前方的那条大道上——“朝前，朝前的地方就是过河的桥……”——他耳边突然响起一个人的声音，这是他小时候在故乡上学的路上因被迷雾挡住视野时，一位好心人对他的提醒。这话林鸣记了一辈子，也将他引到了与“桥”有缘的一条崎岖、宽阔而又伟大的人生道路上。

“小时候的桥太难走了，尤其是雨雪天，不小心就会滑到水流中……”幼年时害怕走桥，害怕随时可能摔进河流中的林鸣，从此把“长大以后造大桥”变成了一个理想，从而成就了后来的中国造桥大师。这当然是以前的事。

现在的林鸣是在异国他乡荷兰。迷失是暂时的，暂时的迷失反而让他的双脚比平时的晨跑快了些节奏：“朝前，再朝前！”他一边跑，一边听着耳边似乎有个熟悉而又遥远的声音在催促和鼓励他……

不知跑了多远，突然，林鸣站住了：这不是自己晨跑的起点嘛！

“哈哈！哈哈……”林鸣独自站在雨中大笑起来，心头叹道：“天助我也！”

堂堂中国工程师，一个能把航母似的几十个大家伙安安稳稳地置放在海底世界的中国工程师，假如因为晨跑把自己跑丢了，那才是足以让人乐三天的“国际笑话”了。

林鸣庆幸自己不知为何跑着跑着，竟然回到了住处。

“林总，有大人物一定要你去他们的总部一趟……”助手报告道。

“哪个大人物？”林鸣问。

“TEC 的总裁汉斯先生。”

“他呀！”林鸣的嘴角露出一抹笑意，问，“这位老对手怎么会知道我们来了？”

“据说TEC这些年一直在盯着我们大桥的一举一动。你是大桥的关键人物，估计他们对你的了解比我们还清楚……”助手揶揄道。

林鸣默然一笑，然后说：“既然他们知道我来了，又这么热情，那就顺便去一下吧！”

TEC在阿姆斯特丹声名显赫，具有120多年的历史，是全世界海洋工程尤其是沉管隧道方面最为著名和最有权威的公司之一，拥有8000多人的庞大专业团队。林鸣他们最初选择的合作伙伴也是荷兰的，与TEC不相上下。只是那家公司高管们的吓人的要价让林鸣最终不得不放弃了这位合作伙伴。林鸣对几年前谈判桌上不愉快的那一幕记忆犹新。

“现在看来，我们真的要感谢先前的那家荷兰公司。如果不是他们逼我们，也许我们至今仍会像韩国人那样，在沉管技术的大门外转悠呢！”在驶向TEC的路上，林鸣如此感慨。

“一想起以前人家瞧不起咱中国人，我就生气！”助手说，“林总，这回你到TEC总部也给他们些厉害看看，别以为他们能干的事我们中国人就永远干不成。现在咱们的沉管包括安装技术比他们强了吧，要不怎么主动伸出橄榄枝了？”

林鸣点点头，没有说话，他在想今天见了“老伙计”们该如何应对……

“欢迎林先生大驾光临！”TEC的高管在公司的制造厂门口迎接林鸣，他的第一个举动就让林鸣和其他中国工程师感觉到与以前完全不同了。别说他们的高管亲自为林鸣开车门和引路等小细节，就是在车间和办公区门口的屏幕上都写有“欢迎中国林鸣先生”的字样。

“林先生请看……”TEC高管引林鸣抬头看。

抬头看什么？林鸣顺着他的手指方向看去：哇，熟悉的五星红旗在荷兰首都的上空高高飘扬……

“这是我们TEC成立一百多年来笃守的一个仪式——要为尊贵的客人升起他祖国的国旗……林先生，请接受我们向您和您的团队表示的敬意！”站在一旁的TEC高管谦和地请林鸣一行站在升旗的地方。

这是完全没有想到的荣誉，林鸣久久不能平静——而在仰望五星红旗高高飘扬的那一瞬，林鸣心头似乎突然敞开了一扇天窗：落后遭人欺与强大受人尊，其实就是一步之遥，而这一步所获得的尊严也许可以维持一百年，甚至是一千年。当你有能力跨过这一步时，所有强者都会尊重你。

人类不就是在被歧视和受尊重之中抗争与奋进的吗？林鸣感觉到那一刻自己的心胸被一下撑开，变得敞亮了。他觉得中国人不应当走西方强人的老路，强大后的中国人应当是另一种人……

“林先生，我们的总裁特别邀请您到公司总部参观，不知可否赏光？”TEC高管客气地说。

林鸣问了一下助手时间是否允许。

助手点点头：“还行。”

林鸣对TEC高管说：“那就恭敬不如从命。”

“太感谢林先生了！”TEC高管一边请林鸣一行上车，一边忙着给总部打电话。

从TEC的制造厂到总部，经过一个二战时期德国法西斯留下的集中营。“想去看看？”TEC高管问林鸣。

“去。”林鸣说。

“这是个意外的收获。”林鸣在我采访时特别提到这件事，他说就是因为去参观了这个集中营，才有了他后来到TEC总部所做的一个举动——正是这个出人意料的举动，让世界沉管隧道的头号权威、TEC总裁汉斯先生彻底改变了对中国工程师的看法。

林鸣和汉斯并非第一次打交道。几年前，林鸣他们尚在边施工、边制造和安装沉管时，提出了一项技术创新，曾经征求汉斯的意见。当时汉斯认为林鸣他们的创新缺乏先前的经验和实证支撑，所以撂下了一句让林鸣等中国工程师耿耿于怀的话：“刚会走就想跑啊？”

“我们确实是刚会走就跑了起来，而且跑得飞快……”在接受采访时林鸣这样跟我说。到 TEC 总部见汉斯时，林鸣确实又在进行一次“飞跑”——为海底隧道的沉管最终接头做准备，并且有了一套完整和成熟的实施方案。此次荷兰之行也是为落实沉管的一个装备材料而来。

“最初听说汉斯要见，我就想到他会对我们的这一‘飞跑’非常感兴趣。那么作为‘学生’的我们又该如何呢？牢牢地保留好自己的创新技术，认认真真地向老师级专家请教，这就是我最初的想法。从二战集中营参观出来后，我改变了主意，觉得自己原先的想法太狭隘了。所以见到汉斯后，我的做法让他们完全意想不到……”

“是什么？”我感到十分好奇。

“之前，西方世界在海底沉管隧道技术方面一直是封锁我们的，在核心技术方面甚至连让我们走近看一眼的机会都不给。而现在当我们完全掌握并且超过他们的技术时，你想一下，他们会做什么？”林鸣希望我猜想一下。

“千方百计地想刺探和窃取你们的技术？”这一猜测让我为林鸣他们紧张起来，“如果没猜错，汉斯请你去的目的就是鸿门宴了！”

“小心了！”我说。

林鸣笑了：“开始我也是这种心理，但与汉斯见面后，结果完全超乎了我们彼此的意料……”

“林，你太 OK 了！”汉斯在会议厅见到林鸣后，紧握其手，久久地凝视着这位气宇轩昂的中国工程师，然后感慨地说，“你所进行的每一次海上沉管安装，我都十分了解。祝贺你取得如此圆满的成功！”

“谢谢。谢谢汉斯先生。”林鸣觉得能从这位世界沉管权威口中获得这样的赞誉十分不易，甚至有些意外。

“知道今天为什么一定要请你来这儿吗？”

“为什么？”林鸣微笑着倾听主人的问话。

汉斯诡秘一笑，然后当着公司一群专家的面说：“我和我的同事们，为了你的到来特意花了一些时间，为你和中国工程师们准备了两个小时的最终接头资料……”汉斯说完，夸张地伸展双臂，问林鸣：“这对即将进行最终接头制造和安装的你来说是不是最好的礼物？”

这实在是意外之意外！最终接头是海底沉管隧道核心之核心技术，以往这类核心技术连看都不让看一眼，现在汉斯竟然主动要与中国工程师无偿分享，难道不是意外之意外吗？

在场的中国工程师面面相觑：“老对手”今天到底想卖什么关子？所有的目光聚焦到了林鸣身上。

“谢谢。谢谢汉斯先生。”林鸣似乎显得十分平静。只见他侧过身子，望了一眼会议室墙上的一面大黑板，然后问汉斯：“我可以用一下它吗？”

“可以。”汉斯不知林鸣要做什么，便做了个“请”的手势。

于是，林鸣走到黑板前，拿起粉笔，“唰唰唰”地画出一个梯形沉管最终接头的平面图，一开口就讲了整整一个半小时他和他的团队所研制出的最终接头的制造及安装预案……

最后，林鸣道：“我们中国工程师在沉管和沉管最终接头工程方面的经验有限，在汉斯先生和TEC诸位专家面前，仅仅是学生而已。我期待能聆听到你们的宝贵意见和真诚指教。”

未等林鸣的话讲完，汉斯便十分激动地站起来，走到林鸣面前，拉住他的手说："林，你真的很伟大！你和你的团队能够在挑战极端的技术面前，表现出高度的责任心，尽管这种责任心有时会非常痛苦，但你却战胜了这种痛苦，并且取得了成功。尤其是你对沉管隧道最终接头制造和安装的理解，都很专业，可以说无懈可击！"

"哗——"TEC 总部会议室顿时爆发出雷鸣般的掌声。

其实，此时最激动的人还是林鸣，只是他把这份激情深深地放在心底，因为他知道，他和其他的中国工程师是第一次制造并运用沉管铺设海底隧道，虽然前面所有的工程及工程细节都百分百完好，但最后接头却是整个大桥控制性工程的关键所在。他多么期待作为世界权威的汉斯能够见证或者说检验中国工程师们研发的大桥核心成果，他觉得这一天收获最大的，是后来居上的"中国造"赢得了世界同行的高度认可和一致叫好。

还能有比这更让人激动的事吗？于是，林鸣向汉斯正式发出邀请："我代表中国港珠澳大桥岛隧工程建设项目负责人，特别邀请阁下亲自去见证我们的最终接头安装……"

这回轮到汉斯激动了。"太令人鼓舞和荣幸了！我一定去，现在就想去！"

又是一阵经久不息的掌声。

后来，汉斯先生真的应邀到了港珠澳大桥岛隧工程沉管最终接头的安装现场，亲自登上海上安装船，看着林鸣和数百名中国工程师用了数十小时分毫不差地实现了最终接头的海底安装。

"太完美了！"汉斯在接受媒体采访时这样评价林鸣和他的工程团队，"港珠澳大桥是全球最具挑战性的跨海项目，岛隧工程可能也是迄今为止最为复杂的一项工程。岛隧工程挑战有许多，比如海底隧道长度、隧道沉管管节和最终接头的制作，以及要在规定的时间内，在最深接近水下 50 米的海况条件下完成沉管的连续安装，并达到苛刻的安装精度要求。林鸣和他的团队做成了一项世界上还没有先例的伟大工程。他们的努力，让中国现在有充分的理由和实力，成为全球沉管隧道工程的领军国家。我向中国同行表示敬意，祝贺你们。”

汉斯的这番话，随即通过各种媒体，迅速传遍世界。

林鸣、中国工程师、港珠澳大桥也随之被这个星球上的许多人所熟知。据说，汉斯先生回到荷兰阿姆斯特丹的 TEC 总部后，再次将中华人民共和国国旗高高升起。他说这是为中国工程师林鸣和中国港珠澳大桥而升的……

之三 “天考”林鸣：毫发未损

港珠澳大桥从提出方案到最后建成历时三十多年。林鸣从最初参与工程的调研与设计，到直接指挥大桥的控制性项目岛隧工程完工，时间长达十三四年。林鸣现在六十岁刚出头，倒推十三四年，正好是他一生的黄金年龄段。伶仃洋海风将一位风华正茂的工程师，吹成半老之躯，所有的风骨都融进了大桥的钢架与混凝土之中……这就是中国工程师的本质，老去的永远是自己，留下来的一定是一个比一个更伟大的工程。

任何一个伟大的工程，并非是比照体量和投入来衡量的，而是根据其用途与外观及寿命的长短来做出评判的。港珠澳大桥因它所涉及的社会层面和政治考量，以及它的规模、用途、外观和技术创新等因素，毫无疑问被载入世界性的伟大工程之列。而所有可以称之为“伟大工程”的，又总是经历过千百次的自然与人为的考验。

林鸣和万余名港珠澳大桥的建设者也必须经受这种考验。

2017 年 12 月 31 日，大桥全线亮灯。2018 年 2 月上旬，林鸣他们所承担的大桥控制性工程——岛隧工程也全部验收交工。之后的日子是等待大桥的正式通车。这个时候涉及的是三地管理层面的工作，与负责工程建设的林鸣他们已无多大关系。然而就在这个时候，一场从天而降的大考验又一次把林鸣推到生死关头——天气预报 2018 年 9 月 15 日，强台风将袭击珠江三角洲……

那几日，远在北京的我都在为林鸣、为刚刚建成的港珠澳大桥揪着心。因为那时正值我第二次到港珠澳大桥现场采访林鸣的时间点，假如……假如……此刻，有太多的假如压在我心头，其实也压在林鸣和与港珠澳大桥相关的亿万人的心头。因为这场名曰山竹的台风简直就是一场从天而降的“妖风”，它早不来，晚不来，偏偏在港珠澳大桥正式全线通车的前夕，像童话里的一个超级海盗，向世人怒吼着，一路横行霸道地朝港珠澳大桥袭来……

那些上了年纪的珠海老人告诉我，从他们出生到现在，没有见过像“山竹”那么大那么疯狂的台风。“没有，从没见过，能把楼顶盖掀起来甩到几百米外的地方，又把海里的大船推到楼顶的台风，头回见……”

珠海人、香港人、深圳人，这回被“山竹”吓得半死。远在千里之外的我们，从电视和手机里看到台风袭击时的画面，也像丢了半个魂一样，那些身处“山竹”中央的人不吓破半个胆才怪!

人可以往避难所里跑，楼房毕竟在海岸边一排排整齐地排列着，多少可以阻挡一些台风的力量，但港珠澳大桥是在海的中央，无依无靠，既无可躲之处，更无掩蔽可寻，孤零零地站在伶仃洋中央，仿佛一位赤身裸体的少女，任凭“山竹”挥舞千百条皮鞭抽打……

“山竹”强台风是在菲律宾附近的海域形成后，朝着珠江三角洲正面席卷而来的。《天气预报》中传来“台风灾情”的那几天里，犹如台风每天就在我们耳边哀号着。因为担心大桥，也担心林鸣，所以我不时向林鸣发微信询问，但又几乎得不到他的回复。这更让人担忧。

“山竹”太撼人心魄了！当时有新闻这么说：

9月15日袭击菲律宾北部，留下一地疮痍。今天，台风“山竹”登陆中国南部沿海地区，这是本年度最强台风。广东省气象台最新监测显示，16日早晨8时，今年第22号台风“山竹”（强台风级）中心位于北纬20.6度，东经115.6度，也就是在阳江市东南方向约370公里的南海北部海面上，中心附近最大风力15级，达到50米每秒的风速，中心最低气压940百帕，八级大风范围半径约400公里。

广东气象台预计，未来24小时内，台风将以每小时25—30公里的速度向西偏北方向移动，将于今天下午到夜间在珠海到电白之间沿海地区登陆，对广东省有严重风雨影响。

受台风“山竹”影响，上午深圳出现大风大雨天气。大梅沙海浪撞破某酒店玻璃，海水流入酒店大堂。多处街道有大树被吹倒。

这就是“山竹”来临时的情景。

记得小学课本上所说的风力最大为12级，实际上强台风通常都是超过12级的，而“山竹”则属于强台风或超强台风，有人说它是17级，有人则说比17级还要强。到底是多少级，可能已经超过科学界所给出的测量标准。

一些气象学家经过计算发现，龙卷风在其肆虐的一个小时内所释放的能量区间值，相当于广岛原子弹的8—600倍。那么台风的能量，按照目前科学家的理论研究数据显示，一场成熟的台风，潜热能达到了几十万颗原子弹的能源储备。而台风的直径，最大可以超过1000公里，总面积可以达到近百万平方公里。这相当于十个江苏省或者浙江省的面积，一半左右的新疆面积，或者是相当于两个法国本土面积、三个日本的面积。1993年全球人类使用能量的总功率是10的13次方瓦特，而一场发育成熟的台风可以释放出的能量超其20倍。成熟台风释放出来的能量，相当于每20分钟引爆一颗1000万吨当量的核弹。台风每小时释放的能量等于2600多颗广岛原子弹爆炸的能量，而“山竹”无疑是无数颗“超级原子弹”的合成品。

林鸣和大桥现在要面对这样一次世纪不遇的“天考”！

苍天如此无理：假如在大桥尚未建好时你来偷袭，林鸣他们完全可以泰然处之，因为你吹垮多少我都可以整修重建！其实，任凭“山竹”还是比“山竹”更妖孽的超强台风，你即使把大桥的每一根钢筋、巨梁拧成麻花，与林鸣他们这些建设者又有何关系？

没有。无论是业主与中交集团签订的项目建设合同书上，还是世界土木工程条例上，都有这样一条法则：施工和建设方不承担任何不可抵御的自然灾害所造成的损坏。

港珠澳大桥的工程建设所要求的工程寿命为120年，并能够抵御15级强台风及8级地震，所有这些工程质量要求都到了人类所能达到的最高值。然而现在从天而降的“山竹”是远比强台风更可怕的超强台风……从工程责任层面和情理上讲，林鸣他们根本不用担心与己相关的任何责任，因为面临台风“山竹”，没有任何一个大桥的建设者需要为其负责。

但，良心和愿望又一次沉重地压在林鸣他们心头——前后十几年的辛劳与心血、1000多亿的巨资投入和三地人民的期待……就这样毁于一旦了吗？

林鸣不忍。所有大桥建设者不忍。老天你就如此忍心？你就如此狠心？

“山竹”如期而至。

南海涌起滔天巨浪。伶仃洋犹如一匹疯掉的烈马……于是深圳某五星级酒店的观景餐厅大门被海浪冲垮；于是香港的街头绝了人烟，绝了小摊，绝了行车，只有残落的门窗被吹得到处乱撞；于是珠海港口的一艘艘巨轮前赴后继地“游”上岸头……

一片狼藉。一片废墟。

“山竹”并没有对港珠澳大桥留有仁慈，相反，呼啸的强台风裹挟着千层海浪，犹如数千头发疯的狮子，张着血盆大口，轮番扑向大桥，企图撕碎、咬断它的每一根钢筋和桥梁，尤其对林鸣他们建起的东、西两个人工岛以及东、西隧道口，发起了一次次野蛮、疯狂、肆虐的袭击……

“山竹”刚过，我立即通过微信给林鸣发了两个字：怎样？

大约不到一个小时，他发来一张灾后的大桥照片——港珠澳大桥犹如刚刚出浴的少女，婀娜多姿，玉露欲滴……美不胜收！

不可思议！一代海骄！当时我兴奋得连连喊出这两句话。是为中国大桥而呼！更为林鸣他们而呼！

国庆长假期间，当我再度来到珠海的大桥建设营地采访时，看到淇澳码头边有块万吨重的残桥断梁搁置在岸边的花圃地里，问当地百姓，回答我说是被“山竹”台风吹上来的。再到林鸣他们营地，大桥岛隧工程项目的党委副书记樊建华指着一楼走廊墙壁上那道齐头高的水痕说：这就是“山竹”挟来的海水……

不敢想象当时的情形！

来到林鸣的工程指挥部。我问他“山竹”台风肆虐时他在何处。

“就这里！”他指指自己的座位。

“当时紧张吗？”

“当然。”

“那时桥上有人吗？”

“全部撤了下来，一个没留。这是大桥管理局的要求。”

“台风过后，大桥，特别是岛隧有没有被损坏？”这是我最关心的。

“毫发无损。滴水未进。”林鸣说这话时，底气十足，脸如绽放的花朵。末了又补充说：“不仅岛上的房子没被吹坏一块玻璃，隧道内没进一滴海水，连我们种的树都没被吹断一棵……”

这……这怎么可能嘛？

林鸣见我不信，便打开电子屏幕——顿时，宛如彩虹的大桥，在伶仃洋上飘逸着向我迎来……之后是巍然挺立于大海之中的桥梁，再是东、西人工岛近景和整洁、漂亮的隧道……

“真的啊，房子的玻璃没掉一块，挺拔的树木没断一棵！”我情不自禁地对林鸣说，“你又一次通过了上天的考验……”

这一刻，我看见中国工程师的双眼，透着闪亮的晶莹。

壹

第一章
酬志伶仃洋

蜿蜒的港珠澳大桥

我一直认为，并不是所有的杰出人物都是死去之后或者在岗位上牺牲之后才伟大的。林鸣是我在过去一年中所关注的两位杰出人物之一，另一位是“天眼”工程的南仁东，亿万人民对他已经非常熟知，南仁东先生在2017年逝世，死后他所孕育出的中华民族伟大的婴儿——“天眼”诞生了，南先生也随之成为我们的民族英雄。但大家对林鸣还不够熟悉，因为他还活着，他的故事仍在继续。活着的和继续在创造故事的人，一般不会被大张旗鼓地宣传，更不会有“封顶”式的评价与讴歌。然而林鸣做的这件伟大的事情，全国人民都已知道了，那就是2018年10月23日中共中央总书记、国家主席、中央军委主席习近平出席开通仪式并宣布通车的长达55公里的“世界第一长垮海大桥”——港珠澳大桥。

关于这座桥的伟大之处，可以用至少十个“世界第一”来称颂，事实上也是如此。外媒已经把这座大桥誉为“世界新七大奇迹”之一。

通车那天，港珠澳三地万众欢呼。也许在所有激动的人群中，林鸣是唯一一个一直紧锁眉头的人。其实这也是他的习惯表情。在过去近十年时间里，他几乎每天都在为这座大桥眉头紧锁，实在是因为施工现场有太多令人担惊受怕的事要等着他去面对和处理……

“一个人的胆是被吓大的。”想象不出中国工程师的本领到底有多大——世界上最强大、最老牌的跨海大桥和海底隧道的建筑专家及专业团队用了一个多世纪积累下来的海上造桥经验，竟然在中国工程师手里被“边干边学”全部熟练掌握，并且远超其水平地发挥和创造了无数前所未有的奇迹。

林鸣“牛”就牛在这里。他的名字生来就是一鸣惊人的意思。

且不说工程的复杂性，单言港珠澳大桥花去的工程费，他林鸣所承担的这一块约占整座大桥主体工程费用的五分之二，你可以想象他干的潜入海底的隧道工程在整座大桥中的分量有多大！

大桥的总分量是多少？估计没人称过，也称不出来。但林鸣负责的33节深入海底、构成整个海底隧道的沉管，每节重达八万吨，相当于一艘重型航母的满载排水量。33艘“航母”一起制造，再一起深入海底，再串联起来组成双向六车道的通道，外加中间一条防水防火防事故的消防通道，而且要做到“滴水不漏”……简单而言，林鸣及他的团队就是在港珠澳大桥上干了这些事。然而，他们从准备到完工，却花去了差不多十年的时间。

刚接受港珠澳大桥任务时，林鸣还是一头乌发、身板挺拔的英俊帅哥。但现在的他完全变样了。第一次在北京见面时，他把我当成了“作协秘书”，而我一直在观察和琢磨此公到底有多大年纪了。六十七八？兴许七十了吧！后来知道，他比我还小一岁。这让我大感意外！

实干真苦！

知道他真实年龄时，我对他为国家建造大桥所付出的辛劳感到由衷敬佩。

外貌丝毫不影响一个高尚的人的崇高，也不影响这个人的真正形象。更何况，林鸣他而今“显老”是跟这座磨难中成长起来的大桥相关联的……他夫人说到这一点时热泪纵横，哽咽了半天只说了一句话：跟他这辈子，比台风里走趟大桥还累、还担心！

我能理解林夫人这话背后的内容，因为林鸣真正当成“家”的是他的“桥”，为了这“家”，他几次差点舍命，更不用说平时工程上要他命的时候。“像这样一座大桥，作为主体工程的总指挥，每一天的施工现场，每一个工程技术环节，都有可能要你的命，失败时你要负的责任，就能一次要你的命……”林鸣说，“这么一个超大型的工程，这么多从未经历过的施工过程，失败一次就可能是几个亿、几十个亿和几十条、几百条，甚至上千条生命，你作为总负责人，不要你命还能要谁的命？”

林鸣是我江苏老乡，他的“命”与桥关联，与珠海牵扯在一起——这是他的命。

港珠澳大桥的开工日子是 2009 年 12 月 15 日。那天，时任国务院副总理的李克强来珠海启动大桥开工仪式。但林鸣接受港珠澳大桥第一个任务的时间，比这还要早上整整四年。

2005 年他被抽调到珠海参加大桥前期相关技术调研和论证工作。其实，关于建不建，如何建这条联结香港、澳门和珠海的大桥，在林鸣去珠海接受前期专家组任务之前，已经有了一二十年关于“大桥”的种种“激烈纷争”。说“激烈”，是因为当时这大桥太特殊了——关联着三个地方不同社会制度的政府和百姓的事。

看看地图便知：珠海位于珠江口的出海口西侧，与附近的中山、澳门相邻。以前一直以为澳门紧挨香港，这回前往大桥采访多次，方知原来在珠海“一脚抬起”便到了澳门。与珠海隔海相望的是深圳、东莞和香港，东西两岸之间便是一片名气很大的海面，叫伶仃洋，面积约 2100 平方公里。在这片苍茫的海面上，发生过很多影响中国历史进程的故事，比如鸦片战争，比如孙中山领导的一次次反清风云，当然中国改革开放的第一波浪涛，也是从这片海洋上涌起的。但伶仃洋给中国人留下最早最深和最久远印象的，当属宋朝名将文天祥。

公元1279年正月的一天晚上，当一缕血色的晚霞跌入海底之时，南宋爱国名将文天祥被元军押解在船上，横渡这片海面。那一刻，甲板上手脚皆被镣铐紧锁的文天祥，伫立于大海之上，阵阵海风吹荡着他的衣衫，将军双眉尽是诘问和悲怆，只见他时而仰天长叹，时而悲恸无语……片刻，文天祥突然伸手要过元军将领张弘范让他写信招降同僚的纸笔，道："我写！"

文天祥真的写了，悬腕挥毫书写下一首传诵至今的壮丽诗篇——

辛苦遭逢起一经，干戈寥落四周星。
山河破碎风飘絮，身世浮沉雨打萍。
惶恐滩头说惶恐，零丁洋里叹零丁。
人生自古谁无死，留取丹心照汗青。

这首名曰《过零丁洋[①]》的诗篇，如黄钟大吕般，一直响彻在中华民族历史的天空，仿佛每时每刻都在告诫每一个中华民族的后生记住人生几何，如何爱国、报国和强国。七百多年来，中国人没有忘记过文天祥在伶仃洋上的这一绝唱。

港珠澳大桥则是其中又一壮美的时代篇章。

2005年，上面找到林鸣，就因为争论了一二十年的在伶仃洋上造桥的事，终于在中央政府的直接干预之下，正式确定了新的方案，开始启

① 零丁洋即伶仃洋。

动工程的前期准备，此时桥名已定为“港珠澳大桥”。

2005年，林鸣48岁，年富力强，朝气蓬勃，已经是中国建桥界有实绩、有名望的专家了。造桥属于土木工程类，在这一领域称得上专家的人士，要么是理论上的权威，要么就是成功干过大工程的人。林鸣属于后者。他从实践中积累的真知灼见，让那些理论权威不得不刮目相看。事实上工程技术方面的很多尖端环节和重大成果并不是先有理论的，而恰恰是先在实践的过程中打磨出来的。港珠澳大桥多个“世界第一”的创新、发明，就是靠林鸣和他的团队在实际施工中创造的。这个时候，理论后于实践被总结出来。

刚刚进入港珠澳大桥前期调研工作之时，林鸣有机会与交通运输部几位领导到日本等发达国家学习观摩他们的跨海大桥建设经验，印象最深的是日本东京湾横断公路大桥。它在日本被称为“东京湾水隧道”，实际上是由桥梁、隧道和人工岛三部分组成，与港珠澳大桥的形态相似，区别只在于这条9公里长的海底隧道用的是盾构法，另有4.4公里的桥梁和一个叫“川崎”的1公里多长的人工岛。全长15公里有余的大桥，尤其是岛隧相接的川崎人工岛那如诗如梦的夜晚景象，顿时让林鸣等中国专家们感叹不已：什么时候咱中国也能有这样的海上大桥，做为造桥人也不枉此生了啊！

造一条超过日本东京湾横断公路的跨海大桥，也就成了中国造桥人的一个梦想。林鸣也是这“追梦人”之一。当时林鸣印象最深刻的倒并不是东京湾跨海大桥壮丽的奇景，而是它岛、隧、桥一体的结构形态。“原来在海上造桥，可以由几种变换的结构来实现啊！”林鸣心头为之震撼。他在想：中国地大物博，陆海相近之地甚多，南有琼州海峡，北有渤海湾，更有大陆与台湾之间的辽阔海峡，这些地方一旦确定要建桥，桥、岛、隧结合的跨海大桥必定是首选。而这些穿越海底的隧道和连接海底隧道与桥梁的人工岛，必将是中国造桥人绕不过去的新课题。

现在，林鸣有幸参与港珠澳大桥前期调研准备工作，应该可以说是他在将梦想变成现实的征程上所迈出的第一步……早在这之前，中国人关于在伶仃洋上造桥和造什么样的桥、在何处造、何时造的问题，已经“扯”了几十年。

这是一段“极其痛苦”的历史——珠海市老市长、老书记梁广大这样说。

现在我们有许多内地人士议论港珠澳大桥时，常把它的意义简单理解为内地的“统战需要”，是“中央政府主张的”，其实颇有误会。当然，我们现在说这座大桥对实现“一国两制”具有重大意义，这并不错。此桥是目前连接香港、澳门和内地最快捷的通道，使珠海、澳门和香港三地之间的互通互联进一步加深。

“三地相连”的梦想，文天祥那个时候估计没有想过。鸦片战争那个时候也没人想过。之后香港被英国统治，有人想做这个梦，但也只能是白日做梦，梦了也没有结果。香港和澳门的人如果这样想，可能还是出于对故乡的一份相思情；内地的人可不敢这样想，这样想的结果会很惨，等同于梦想“资本主义”“妄图毁灭社会主义”。

真正想在伶仃洋上造大桥，还是在中国改革开放之后……之前内地的人想造这样的桥，只能属于痴心妄想，因为我们国家当时还不强大，广东那边还没有人想到要造这样的大桥，趁海上月黑风高偷渡出去这样的事，谁想过从“桥”上走到香港、澳门去？！

没有人。

“国家强大了，别人紧张了，才可能有人想到要造这样的桥。当然，像我们这些搞工程技术的造桥人，也只能是在国家强大之后才有可能去造这样的桥。”林鸣说。

伶仃洋的水是苦的。伶仃洋上造桥的事也经历了极其苦涩的岁月与过程。“其过程比海水还苦……”所以林鸣才在建好大桥后跟我说了句很浪漫的话：现在他感觉伶仃洋开始变甜了。

从苦到甜的过程，是一个漫长而艰难的“苦恋”期。其中的沟沟坎坎，林鸣差不多都经历了……

伶仃洋上造大桥，得从珠海特殊的地理位置和历史性原因讲起：1979 年，中国改革开放总设计师邓小平在南海边画了一个圈，有了深圳、珠海、汕头和厦门四个经济特区。后来的发展大家都知道了，深圳突飞猛进，其他三个特区的发展速度和变化却要慢不少，原来国人对“一步抬起到澳门”的珠海寄予很大期望，可珠海就是没能更快地发展起来，被深圳远远地甩在后面，甚至被 90 年代开放的东部沿海城市也甩得远远的。

珠海一直很尴尬。素有“梁大胆”之称的梁广大很憋气，但就是没有多少办法。因为珠海连不上香港，被宽阔的伶仃洋断了前行的“财路”——苦啊，伶仃洋的海水苦了我们祖先几千年，苦得我们当代人脸面都发青……许多珠海人在过去“庆贺改革开放”时，都会感觉到自己身为“珠海特区”人而脸上无光。

这种尴尬，在“珠海特区”成立十周年之际恐怕已经无法掩藏了，因为那个时候与珠海隔岸相望的深圳已经发展成了世界瞩目的现代化大城市，同样是往日的小渔村，又是同年同月同日出生的“特区”，珠海你怎么啦？你们这些官员还好意思待在台上“哇啦哇啦”地叫什么呢？面对群众的愤怒呼声，一向铁面金刚的“梁大胆”也露出了少有的谦卑微笑。确实说不过去。特区成立的第四年，邓小平来到珠海视察，梁广大那个时候意气风发，出面请邓小平题词。于是珠海有了一张名片“珠海经济特区好”……但后来珠海特区并没有真正好起来，发展速度被“特区同胞兄弟”的深圳远远甩出三条街！

“不是珠海没能人，就是珠海断了路！”珠海干部、群众这样喊冤。梁广大从 1983 年开始主政珠海长达 16 年，他的胆子和能力足够大，不比深圳历届领导差，而且珠海在梁广大手上也有了港口、机场和广珠铁路，但那些想赚钱的香港人就是不往珠海这边靠。梁广大多次到香港去游说也没有用，他那些“优惠政策”就是打动不了香港老板。一开始我们这些外地人也弄不明白，后来听一位香港人一算账才恍然大悟：比如一个集装箱货物，从珠海出发运到香港货柜码头，走陆路，需绕道广州再至香港，这样一个集装箱的运费就是 3000 多块港币。而从深圳到香港只要 1000 块左右。假定某个企业每月有 1000 个标准集装箱进香港，如果从珠海走，一年就得多付 2000 多万港币，而且还不算时间上的耽搁。

“傻子才去珠海撞鬼呢！”所有生意人一提当时的珠海，就会这么说。梁广大后来派人算过，如果在伶仃洋上造座桥，那么珠海就会彻底摆脱这种局面，再用一个集装箱的运价计算，珠海到香港的运费可以降到 800 元以下，比深圳还要低。

“假如伶仃洋上有这么一座大桥，我们在进出口运费上就能省下 20% 左右。诸位一年下来腰包里就又多了几十亿、几百亿呀！”这个账是香港一位大老板讲给李嘉诚等大老板们听的。此人名叫胡应湘，香港合和实业有限公司老板，1972 年创办该公司。他的 66 层高的合和中心大厦，曾经一度是亚洲之巅和香港标志，因其新颖巧妙的结构设计，获得过英国结构工程学会大奖。胡应湘在香港不算是第一方阵里的顶级大老板，他曾经最好的排名是第25位。但胡应湘与其他富豪有不同之处，他还是位能直接建楼造桥和修路的土木工程专家，他的这一身份在香港专业领域一直是大佬，所以那些靠港口、码头和建楼起家发财的大佬对胡应湘格外看重。胡应湘在内地的广东一带名声可就不小了，1978年他就主持设计了广州的中国大酒店，而且是六个投资人之一。之后，胡应湘先生一直热衷于对内地的投资，其中在广东省起着重要作用的广深高速公路、广珠高速公路、虎门大桥等项目，皆是他的资金和手笔。有人给胡应湘算过，从20世纪80年代至今，胡应湘对祖国内地的投资高达600亿元，为内地教育、慈善事业及赈灾捐款额逾2.1亿元。他因此被国家领导人誉为“有胆略、有见识的爱国企业家”。

我们说胡应湘，是因为他是提出在伶仃洋上建大桥并致力于推进建港珠澳大桥的第一人。这个“第一人”的可贵之处在于，还在珠海等内地城市提出在伶仃洋上建桥的动议之前，他胡应湘就已经在香港热热闹闹地喊起来了。

“胡应湘等人提出在伶仃洋上造桥，既是爱国行动，也是生意考虑，但应当肯定的是，两者之间前者更重于后者。这一点在胡应湘身上体现得更突出些。”林鸣这样向我介绍，因为他后来跟胡应湘这位香港土木工程权威打的交道很多，所以了解整个大桥的前尘往事。

1978年应广州市领导之邀，同时受另外五位香港大佬（李嘉诚、郭德胜、冯景禧、郑裕彤、李兆基）之托，胡应湘着手投资建设广州的中国大酒店。当时李嘉诚等大佬对年龄最小的胡应湘说：酒店投资要的钱我们出，但具体建设的操心事就拜托你胡老弟了。胡应湘二话没说，就把酒店的建设等操心事全揽了下来。当时从广州回香港的路实在难走，有一天傍晚，胡应湘提出要取道澳门回香港，同行的一名英籍专家提醒他：此路往珠海，要过六条河，没一座桥，来回几番轮渡会很辛苦的。胡应湘说：我就想看看西线这条公路以后到底能不能承接我们未来酒店的客人。

后来，胡应湘自己说：“这一路差不多都是阎王路，走了一次就不想再走了……”也就是这一趟刻骨铭心的行程，让对修路建桥“有瘾”的胡应湘产生了“披肝沥胆般的”激情，而且激情一起，就持续了几十年——胡应湘自己说，直到港珠澳大桥通车那天，这股激情才算稍稍平静下来。“我可以向老天交代了，我胡应湘做了件对得起香港、澳门和内地的事。”现年 84 岁的胡应湘在通车那天对新闻界这么说。说这话时他那副标志性的“胡氏宽边眼镜”后面的眼眶里闪着泪光。

我们把时间往前推移到三十六年前的 1982 年，当时还年富力强的胡应湘从海上“狼狈”回到香港的那天晚上，他翻来覆去睡不着，脑子里一直在构思他的“环珠江口高速公路网”。想着想着，突然有个奇妙的念头从他脑海里一闪而出：能不能建一条连接香港、澳门和内地的最近的交通线路？这个想法一闪之后，胡应湘一个鲤鱼打挺从床上跳起来。工作台摆在卧室里——这已经是他几十年奋斗的一种象征，只要有重要项目和灵感，他都会半夜从床上跳起来，随即在工作台上比比画画，直到朝霞射在那副宽边眼镜的镜片上……

这一夜也是如此。他在图纸上画啊画……当笔落到伶仃洋那片宽阔的海面上时，他停住了，因为大海隔断了他的“高速公路网”。

怎么办？怎么办？五十余公里长，苍茫大海，波涛汹涌……一代名将文天祥壮志未酬的地方！

“人生自古谁无死，留取丹心照汗青。”胡应湘啊胡应湘，你这辈子建房修路也算干了些事，但你能不能干一件像文天祥作的诗一样的事，成为千古不朽之作呢？

就在这自问自答之间，唰的一声，笔过纸端，一道深深的印痕刻在了海面上……

对啊，何不在海上架座桥？！有了这桥，从香港到珠海，到澳门，或者从珠海、澳门到香港，多近啊！

对！对对！造一座桥！！在伶仃洋上造一座大桥！！！

“你喊什么呀？把楼里的人都吵醒了，你看你……”夫人穿着睡衣从内屋走出来。胡应湘竟然张开双臂将其抱起，然后转了几个圈。

“你说说，我这个想法如何？快表态！快快！”用夫人的话说，胡应湘又“疯”了一回。

“什么桥呀？”夫人被他拉到工作台前，胡应湘指给她看那伶仃洋面上的一座“桥”：“就这里！是它……”胡应湘仍然沉浸在兴奋之中。

“你要在伶仃洋上造大桥啊？”夫人被丈夫的激情吓着了，连忙摸摸他的额，说，“没有发烧呀！”

胡应湘一本正经地回答：“我没有发烧。但为了在伶仃洋上造大桥，我后半辈子准备为它而‘烧’……”

夫人被他感染并感动了。

也是1982年这一年，美国某杂志将胡应湘头像刊于封面，内文刊登了《胡应湘的梦想》。这份有影响的权威刊物之所以如此宣传胡应湘的“梦想”，是因为胡应湘不仅开始大举投资中国内地，而且率先在香港同胞中阐明了他的政治与投资观点——其实也是他的梦想：“我到内地投资，不仅是为了赚钱，投资基础设施回收期很长，而且我有一个愿望，希望珠江三角洲在不久的将来，能够成为继中国香港、中国台湾、新加坡、韩国之后经济上的一条新的小龙……”“如果只为要赚钱，根本不必搞这种长期项目。我自己的钱也不少了，现在只希望为社会做点事，把基础留给下一代。”“中国不富强，香港就没有希望；香港要繁荣，靠祖国建设好。”

胡应湘的这些观点和立场，在当时的香港同胞和海外侨胞中产生了重大影响。

次年，胡应湘当选为全国政协委员。借着开会之机，他首次对外正式提出在伶仃洋上建大桥的建议。这一建议在当时犹如春雷巨响，在香港、澳门和内地，以至海外，产生了强大的震撼效应和共鸣反应。因为这样伟大的构想，在以往的中国历史上没谁敢想，更遑论去做。现在，香港同胞胡应湘竟然喊了出来。

这么宽的海面，大桥能建得了吗？以当时国内的开放程度和我们所拥有的技术能力与经济实力，多数人都认为胡应湘的“梦想”有些像“胡想”，是不现实也不可能的事。

“怎么不可能！我是土木专家，我说可能是有依据的。”胡应湘被各种否定和嘲讽的言论惹火了。

“好吧，就算你说的行，那谁来建？要多少钱呀？你们香港老板出得起这些钱吗？反正我们内地和中央政府恐怕不会掏钱，而且也确实掏不起。”有好心人再问。

“我已经算过了，四五百个亿就成。而且只需要五十年就可以回收成本，是合算的工程，会赚钱，也可能赚大钱！”胡应湘说。

“天哪，四五百亿呀！”当时的人被这么个数字吓着了。于是有人嘲讽胡应湘：“估计英政府统治的港府不会出钱做这样的好事，内地怕也是有心无力，要不你胡老板自己掏钱把这桥造了？”

胡应湘听了，立即变了脸色——是变成兴奋状、高兴状：“你真敢这样定了，我就自己包了这桥！我来出钱、弄钱造！但条件是：完全按市场经济搞，按生意做。”

“看看，这‘资本家’的黑心露馅了吧！他是想赚大钱、赚黑钱哟！”有人立即这样嚷嚷起来。

“那个时候，胡应湘是有泪只能往心里咽……”林鸣说，据他所知，香港港英政府对胡应湘建伶仃桥的方案始终不理不睬，有记者把“末代港督”彭定康逼急了时，他会很狡黠地说：“我们在香港本土还有很多基础建设要投入，顾不上不着边际的宏伟设想。”一句话，根本不想往有利于香港未来发展的路子上去想。在香港财团和富豪中，也有人支持胡应湘建大桥的建议，但“反对派”并不比“赞成派”声音小，说什么造这样的大桥无利可图，因为珠海和中山无优势可取，反而会把香港拖垮，云云。这种言论一出，其杀伤力比“赞成派”的声音强大几倍。

“胡应湘先生其实早些年在在伶仃洋上建桥一事上，是一个独行者。”香港一位资深媒体人说。

但胡应湘却在内地找到了一位重要的知音，他就是梁广大。当然，梁广大的身后，是万千珠海百姓。

“提出建伶仃洋大桥没有别的考虑，作为珠海特区的一个领导者，要对人民负责，对地区经济发展负责，并要基于‘一国两制’等全局因素而考虑。伶仃洋大桥是能带动珠海及珠三角全局的工程，我们称之为‘命运工程’。啥叫‘命运工程’？就是关乎珠海根本的大事！当然对香港和澳门也十分重要，相对而言，它对现在的珠海可能更重要些。所以这绝不是我个人心血来潮、好大喜功的事。”作为享誉港澳粤三地的政府官员，梁广大是第一位对建伶仃洋大桥出来表态的。

梁广大一发声，港澳粤三地回声不断。

然而，当时尚处在摆脱贫困的岁月里，祖国内地对梁广大、胡应湘等建伶仃洋大桥的热情和动议仅仅报以一种鼓励性质的支持态度，离实质上的支持还很遥远……

在梁广大的不断推动下，数年后，广东省交通厅和珠海市政府于1993年春天，召开了第一次正式的《伶仃洋跨海工程可行性研究报告》论证评审会。

这年5月，珠海市将伶仃洋大桥工程上报广东省人民政府，获得支持。但不要兴奋得太早，这仅仅是一份《可行性研究报告》而已。10月，国家计委正式批复：鉴于该工程是连接珠海和香港的特大型项目，投资大，技术复杂，并须考虑香港、澳门方面的因素，故请广东省方面进一步做好技术经济论证、资金筹措等立项前期准备工作，认真研究并与国家有关主管部门协商如何就该项目与香港、澳门方面达成共识、协调行动等问题。

“这说明中央是倾向支持建伶仃洋大桥的！”梁广大在珠海干部会议上异常激动地传达了代表国务院意见的国家计委的批复精神，并且做了许多让珠海人至今仍不能忘怀的事，比如着手成立“伶仃洋大桥工程建设指挥部”，由珠海市常务副市长霍荣荫亲自出任该指挥部负责人。一二十年之后，有人采访霍荣荫，让他回忆“伶仃洋大桥工程建设指挥部”那段往事时，他十分动情地说：“头几年里，我们白天不停地带人到海边描绘蓝图，晚上就在指挥部里挑灯夜战。最多的时候指挥部有三四十号人，大家激情满怀，就想着一件事：准备着早一天在伶仃洋上造大桥……”

然而，后来的情形让霍荣荫这一批“伶仃洋大桥工程建设指挥部”的人很失望，并且一年更比一年失望。十年后的2003年，当“港珠澳大桥”建设项目被确立的那一天，大家发现位于下栅检查站旁边，在进入珠海市区必经之路上的那块醒目的“伶仃洋大桥工程建设指挥部”大牌子，不知何时被何人悄悄地拆了下来。那个地方曾经热闹了很长一段时间，并且在珠海人心中产生过异常的激情。

“拆牌子的人是一帮临时工，他们并不知道我们为了这个牌子坚守了多少日子！”一位“伶仃洋大桥工程建设指挥部”的老人含着眼泪对我说，“它可是我们珠海人的一个梦想啊！”

伶仃洋大桥的梦想何止是珠海人民的，它更是香港和澳门的，也是全体中国人的。

香港回归的1997年前，以胡应湘为代表的建桥“赞成派”在香港是受到排挤的少数派，那时“末代港督”彭定康对此千方百计加以阻挠。1997年7月香港回归后的当月，梁广大就坐在了香港特首董建华的办公室里，请求获得香港特区政府的支持。董建华表明支持，具体工作由政务司落实。

但令人遗憾的是，当时的香港特区政府政务司司长竟然否决了胡应湘等港人的建桥建议，对珠海梁广大他们的意见也置之不理。外界对此事十分关注，不停地问胡应湘到底怎么回事。胡应湘先生虽为全国政协委员，但毕竟也有一份维护香港特区政府威望的责任，所以他三缄其口，只是说：“我只能说‘她’，是她否决了这个计划。”

“港珠澳大桥的特殊性就在于此，它涉及‘一国两制’和三个地方的利益，所以这个工程远比我们想象的要复杂得多。比如说胡应湘先生，他最初确实不相信我们内地方面的工程师能够承接如此般的世界级工程，有些瞧不起咱们。这也难怪，过去我们做的工程就比人家香港方面差了那么一截……”林鸣承认这一点。

这应该是港珠澳大桥建造之前的情况。

香港方面瞧不起内地的地方多着呢！认为内地各方面都比香港差，尤其是经济方面。但很快，随着改革开放后飞速向前的发展，内地经济尤其是以广州为中心的珠江三角洲经济的发展速度，令港人越来越有压力，直到有一年广东的GDP超过了香港，港人内心泛起的惊涛绝不亚于在维多利亚港湾上掀起一场超级台风……

“胡老弟呀，你的大桥什么时候造啊，我们都等不及了呢！”先是李嘉诚出面找胡应湘，后来是特区政府各个层面的官员找胡应湘，再后来连香港的媒体都纷纷找胡应湘——“我们是代表香港民意来找您老的。大家现在越来越担心，如果香港再像蜗牛走路，那用不了几年，我们就彻底失去仅有的一点点优势了呀！所以都盼着你的伶仃洋大桥造起来！”

“明白明白，我尽力、尽早促成，早一天把桥造起来……”胡应湘觉得又好气又好笑，心想：你们早都干吗去了？

其实，就在港人围绕建不建伶仃洋大桥吵得此起彼伏之时，珠海方面在“急脾气”梁广大的力主之下，新动作不断。其中有1989年立项、1990年经市政府正式批准的珠海大桥开建。这条连接东、西部城区的“咽喉要道”，全长3145米、主航道桥高22米，是当时珠海的第一大桥。这座大桥从途经的区域来看，虽然主要是为解决珠海市自身城市功能拓展问题，但也是为以后连接伶仃洋大桥服务的一个重要的基础设施。

项目确定后，在全国招标。中港二航局中标，带着团队前来施工的工程经理非常年轻，而且十分帅气。此人就是林鸣。那个时候他才33岁。

“第一次与大海拥抱，感觉很好，心胸一下宽阔许多。”年轻的林鸣，第一次带队建设时属“特大型桥梁”的珠海大桥，对他而言，这显然是一场严峻的考验。

“那个时候的珠海，城市很小，但海面很大，往近处看，是近在咫尺的澳门，往远处看，是隐约可见的香港，当时我就有一种预想，或者说是梦想，想着自己这辈子在这个地方可能有干不完的事，比如海上建桥。伶仃洋海面很大，我们从到珠海参加大桥建设开始，就知道已经有人在动议建伶仃洋大桥了，我当时心想：说不准自己会是未来那连接澳门、香港和内地大桥的建设者之一……当时一想到这件事，就会有种莫名的兴奋。那时只想如果有机会参加建造这样的旷世跨海大桥，作为建桥工程师，这辈子就算没白活！”林鸣对年轻时代的梦想仍然记忆犹新。

30 岁那年，林鸣当上了工程师。有一天交通部第二航务工程局局长肖志学找他谈话，有一句话林鸣记了一辈子：“打仗胜败论英雄，工程成败论英雄。”

珠海大桥于 1991 年 10 月开工，总投资 4.2 亿元。这样的工程对 30 多岁的工程师林鸣来说，是一场论“英雄”还是“狗熊”的考验仗。

这一工程，林鸣干得漂亮，不仅完全依照合同圆满完成任务，而且大桥工程验收质量符合设计要求。第一次当英雄的大桥建设工程师林鸣心里美滋滋的，因而也对珠海多了一份感情。然而如果说林鸣对珠海有感情，还不如说他对伶仃洋有特别的情怀和挚爱。“我喜欢这片海面，它宽阔坦荡，有深厚的历史感……”林鸣因为到了珠海，而珠海边有伶仃洋，伶仃洋上有文天祥的传说和鸦片战争的风云，这一切时常在这位造桥专业出身的工程师胸膛内激荡，所以他经常对身边的人这样说。

因为对珠海的这片海怀有特殊感情，所以在建珠海大桥时，林鸣就开始对当时热议中的淇澳大桥特别关注……

淇澳是珠江口西岸的一个海岛，有 20 多平方公里。此处四面临海，西隔珠海唐家镇，东接内伶仃岛，距香港海域最近处不到 7 公里。这里正是胡应湘“相中”的伶仃洋大桥的珠海端起始点，从工程成本计算，这里是最有利于通达香港的珠海起点。先建淇澳大桥，再造连接香港的主桥——伶仃洋跨海工程主体大桥，胡应湘和梁广大对此方案一拍即合。在这两位建伶仃洋大桥的发起者心里，不管中央还是香港、澳门方面有多少争议、多少问题需要“扯”，伶仃洋大桥的建设也只是早晚的事。而且建伶仃洋大桥从成本的角度考虑，从淇澳岛出发往香港那边连接，不仅合算，也可以让珠海方面获得最直接的收益——淇澳岛可以先开发，形成一个特区中的特区。梁广大这么认为，珠海人都同意这个思路。

珠海大桥让年轻的林鸣在建桥修路的中交集团有了响当当的名声。而他对珠海的恋情也与日俱增。还在珠海大桥建设期间，有一天他坐轮渡到淇澳这个美丽的小岛，做了一番实地考察——就像战场指挥员在大战之前要对前线做一番侦察一样，这也是工程建设者必须履行的一项工作。

淇澳岛不大，却有各种庙宇十余处。以打鱼为主业的百姓对大海的敬畏之心，给林鸣留下了深刻的印象，这对他后来在珠海建桥的几十年中具有极大帮助。

“大海不可抗拒，你要征服它就必须顺其自然。”这话听起来有些绕口，但却包含了深奥的哲学思想。林鸣喜欢这样的话。

淇澳岛注定是伶仃洋的一分子。清道光十三年（1833），有英国人登上淇澳岛测绘，他们带着走私鸦片上岛，并常入村抢劫，激起岛民愤怒，遭村人驱逐。据坊间传说，三年之后的某一天，英国人联手美国商人一起悍然进攻淇澳岛，有十五六艘武装轮船来犯。岛民奋然反击，他们齐聚在天后宫广场上，用土炮痛击来犯之敌。“淇澳之战”持续了20多个月，震惊中外。最后，英美商人告败，并在谈判桌上向淇澳村民赔付3000两白银。与外敌决战而赢得胜利，使淇澳岛岛民万分感叹“天后”

的显灵神力，所以用赔款重修天后宫，并在村内铺筑了一条数百米长的花岗岩白石街……

那天林鸣走在淇澳岛上，内心波澜涌动。接着，就在珠海大桥刚刚落成之际，他听说自己所在单位中港二航局已经中标淇澳大桥工程，就毅然请缨。然而，淇澳大桥的命运却给林鸣的“珠海造桥英雄史”留下了沉痛的一笔：工程极不顺利，前后拖了8年多，而且还出现了可怕的“死亡事故”……“我只干了两年，后来就离开了。”林鸣说。

林鸣以为是自己运气不好，他哪知淇澳大桥从一开始就承袭了伶仃洋大桥的多舛命途……

我们前面说到的，胡应湘与梁广大合谋想从淇澳突破，再向大海推进，直到把伶仃洋大桥完全修建起来。这个宏愿是伟大的，但并没有成为现实。尽管它在胡应湘和梁广大的心中盘桓了许多岁月，但伶仃洋上空飘荡的风云，则由老天主宰，而非胡应湘和梁广大说了算。

后来大家知道，尽管胡应湘和梁广大费尽心思、呕心沥血地推动伶仃洋大桥工程，并着手“起飞点”淇澳大桥的建设，甚至包括淇澳岛的“小特区”建设也在如火如荼地进行，但伶仃洋上的风云变幻并没有掌握在“梁大胆”和“胡大师”手上。耗资8亿元的淇澳大桥从1993年开始建设，一直到2001年才完工，历时8年，如一场艰苦的“抗战”。大桥完工那年，连把“脑袋别在裤腰带上也要干革命”的梁广大“梁大胆”，也已从珠海市领导岗位上退下三年了。

热热闹闹的建设伶仃洋大桥设想，似乎伴着淇澳大桥沉郁的命运一起销声匿迹了。

“造桥对珠海来说，就是圆梦。造小桥圆一个小梦；造大桥，就是圆世世代代人的梦。”林鸣深深懂得桥与珠海人之间的命运关系。

淇澳大桥是珠海人和香港人在伶仃洋上的一个插曲，对林鸣和淇澳岛民来说，都是刻骨铭心的。

林鸣是以失败者的身份离开淇澳大桥工地的。淇澳岛民对这桥的感情更复杂。

听说当初最热闹的时候，一个原来只有 1800 来人的小岛，一下拥来了来自全国各地的多达六七千的“淘金者”。最让人难忘的是一位香港商人，听说伶仃洋大桥马上要动工，就投巨资在淇澳岛上连开了两个石料厂，本以为可以为未来的大桥工地提供石料。哪知后来伶仃洋大桥的建设被“一阵风”刮走了，这位香港老板哭着鼻子离开了小岛，从此再也没人见过他来珠海。

淇澳大桥现在仍在。但它有说不出的痛苦史，面对潮去潮来的伶仃洋，小岛只能叹息与哽咽。当然，现在岛上的人凝望身边壮丽巍峨的港珠澳大桥，可以欣慰地说出一句高尚的话：我是你在伶仃洋上的先驱者！不服？历史有佐证。

“这是对的。淇澳大桥和所有曾经为港珠澳大桥做准备甚至探索的建设工程，都应该被历史铭记，即使是先前的某种失败和牺牲，也是有价值的。”港珠澳大桥的建设者林鸣肯定这种说法，他认为任何历史都不能被简单地割裂。

2005 年，已是中交集团总工程师的林鸣接到通知，要他出任港珠澳大桥前期工作协调小组工程专家组成员，立即赴珠海投入工程咨询方面的工作。

从 1995 年离开珠海直至 2005 年，转眼就是十年。当林鸣再次站在珠海的情侣大道上，面对波涛汹涌的伶仃洋时，他已经不是十多年前第一次领受珠海大桥施工任务时那个容易冲动的年轻人了，而是一个对建设各种大桥具有独立创新的能力和独当一面的丰富经验的实践者，以及富有家国大情怀的成熟的思想者了。这之前的十年里，林鸣参与并担当了中国几座著名大桥的建设重任，而且多数为现场施工的主要负责人。它们是武汉长江二桥、南京长江三桥，还有一座至今仍然在中国建桥史上留下光辉业绩的江苏润扬长江公路大桥。这些大桥在港珠澳大桥之前，都是中国建桥史上赫赫有名的桥梁奇迹，都与林鸣的名字关联，甚至有些是特别重要的关联。

在扬州和镇江之间，原来隔着宽阔的长江，十几年前因为润扬大桥的建成，使得长江边的两座重要城市成了“双子星”。

润扬大桥建于2000年，历时4年半施工时间，耗资约58亿元。大桥全长约35.66公里，双向6车道，是当时我国第一、世界第三的特大跨径悬索桥。这座长江大桥在施工中先后攻克了多项世界性技术难题，其中有8项在当时属于“全国第一”，分别为：第一大主跨径达1490米的单孔双铰钢箱梁悬索桥；第一大锚碇——要承受6.8万吨的主缆拉力；第一特大深基坑——开挖了世界罕见的特大深基坑；第一高塔——大桥南汊悬索桥主塔高达215.58米，相当于73层楼的高度；第一长缆——悬索桥主缆缠丝采用的是国内首次使用的“S”形钢丝，两根主缆每根长2600米；第一重钢箱梁——它们的总重量为2.1万余吨；第一大面积钢桥面铺装——铺装总长度2248米，铺装总面积达7.08万平方米；第一座刚柔相济的组合型桥梁——南汊主桥为柔性悬索桥，北汊主桥为刚性斜拉桥。不知读者是否注意到，这“八个第一”中，近一半的“第一”是与大桥最关键的那个要承载6.8万吨的北锚碇有关，而决定润扬大桥成败的北锚碇控制性工程的项目施工总经理，正是林鸣工程师。

作为国内最大的一条钢箱梁悬索大桥，润扬大桥在建设过程中遇到的最大难题是：需要在软土的江心岛北边构筑一个能够承受6.8万吨大桥主缆拉力的锚碇。为在犹如棉絮一般松软的江心岛上建如此巨锚，国内外专家仅方案可行性讨论就曾耗费了三年时间，最后大桥建设招标时，将“北锚工程”单独列出，作为整座大桥的控制性施工项目，进行特别的招标。时任国家桥梁建筑团队中港二航局副局长的林鸣，出任“北锚工程”项目总经理。

林鸣那时40多岁，他要挖一个谁也没有先前经验的“大坑”：直径60米、深达50余米……而且要在这巨大的坑内铸筑起一个1.2米壁厚的钢筋混凝土梯形锚碇，并与底部的基岩牢牢地固为一体，从而实现大桥悬索万钧拉力的万无一失。

挖一个“大坑”，听起来似乎并不复杂，而实际上要在软土上往下挖如此一个巨大而超深的土坑，比登天还难，尤其是工程风险极大。为了防止下挖地层的崩塌，专家提出了“冻护法”，即边挖边将四面坑壁用特殊的冷冻工艺冻固起来，然后再施工下挖。

“地球表层的软土是自然界漫长的过程形成的，相互间的挤力十分平衡。但这种平衡性一旦被打破，漫无边际的四周地层就会像无数条疯狂的龙兽一齐动起来，其局部所产生的失衡力无法想象，比海浪、比飓风，甚至比地震还要强烈和巨大，所造成的破坏力会在瞬间将铜墙铁壁扭曲成纸糊的小船一样，更不用说像我们挖的这么一个土坑。当时我当施工项目总经理的北锚工程就遇到了这种险情……”林鸣说到这儿，伸开双臂做了个巨大的“翻江倒海”的手势，向我形容失衡的地层所能产生的巨大冲击力和颠覆力。

“你的‘小板凳’故事就是因此而发生的？”我颇为好奇地问。

“是。”林鸣笑，继而说，“我们往下挖到最后时，有一个地方突然出现五六米厚的局部渗水，这就意味着地层发生了变化，于是我们立即采取措施，通过开挖旁道进行抽水，以缓解渗水那地方的土层压力。当时我们运用了好几台水泵，不分昼夜地拼命抽水，因为如果不能使渗水的地方保持土质均衡，就有可能出现瞬间垮塌，我们费尽力气挖的大坑也将被水吞没……”

“那‘小板凳’是怎么回事？”我刨根问底。

林鸣道：“不是出现浸水了吗？所以在大坑底下施工的200多名工人就害怕了，他们不敢再在50多米深的洞底待着，我就着急了，随手搬来一张小板凳，坐在坑底下，对工人们说：你们放心挖吧，我也在这儿呢！工人们见我面对险情泰然处之，也就慢慢地消除了恐慌，开始抢挖最后那几米的坑土……”

“这其实是很危险的吧？”

“当然，”林鸣说，“那时年轻，有种天不怕地不怕的气概。其实当时确实危险，你不知道地下的土层到底是什么情况，五六十米直径的一个大坑，又在五六十米深的土层，你弄不清它会出现什么样的地层结构的失衡，这种失衡一旦发作，那个力量就是几十万吨的冲击力，眨眼工夫朝坑内倾泻……要真出现这种情况，我们在底下的200多人肯定一个都活不出来……”

“那你为何还要冒这么大的险呢？”我不解。

“这就是大工程建设经常会遇到的一些棘手的问题。”林鸣说，“当时我们施工的大坑已经在底部了。按照工程要求，我们要做个矩形的地下连续墙，1.2米厚，嵌入岩石中。所以它需要快挖快铸……在这样的工程实施中，时效异常关键！这可不是设计和理论上的问题，现场的时效决定成败。所以润扬大桥的北锚工程像所大学，大工程，特别是难度特别大的工程，让我明白了一个道理：现场时间的把握，常常能解决工程设计和理论上解决不了的问题，这一点最考验一个工程师的能力和实战经验。所以后来我经常说，润扬大桥对我而言是所大学，它让我理解了很多处理大工程中的一些难题的方法。另外，在我内心深处铸造了一个信念，那就是人类要敬畏大自然，顺应大自然……”

噢，林鸣的话让我明白了他在指挥和组织港珠澳大桥建设中为何有许多敬畏大海的玄妙做法……虽然有些做法听起来似乎有“迷信”的色彩，但你能参透海底世界的复杂性吗？

宇宙世界有许多人类不解的东西，那么我们最好的办法就是去尊重它，不触动它，这样才会相安无事。

林鸣大概已经理解并在不断实践着霍金的这一教诲。

“这就是我们交通部的人才！”润扬大桥让林鸣在交通和造桥界一举成名，时任交通部部长的黄镇东这样感叹林鸣的“小板凳”传奇。

我们再把视线拉回到伶仃洋，走进珠海吧——

话说林鸣当年离开珠海后的十年成长，使他在中国造桥界有了不可忽视的“江湖地位”，那时他还不到50岁。这个阶段，也是中国内地跨世纪的十年，国家和社会积聚财富的一个高峰期。

此间，珠江三角洲的经济版图状况，几乎每隔两三年就有一种新的格局出现。其中，一向在珠江三角洲一带遥遥领先的香港，由于经历了1997年和新世纪初的几次金融危机，经济形势急转直下。澳门虽没香港那么受影响，但博彩业由于“分包”之后，形势同样“不咋地”。相反，广东的经济形势日趋高涨，深圳以前靠香港、后靠内地两方的优势，如虎添翼，大有与香港一争高下之势。广州不甘示弱，利用中央政策，依靠广阔的地域优势，连连发力，大有后来居上之势，并且明显将香港原有的优势空间挤得越来越小……此等形势之下，关于修建港珠澳大桥的紧迫感，开始从之前内地的渴求，渐渐变成了香港“坐不住”的景况。

大桥，一时成了珠江三角洲城市与城市之间、地区与地区之间的利益“杠杆”——忽而倒向这一边，忽而又转向另一头。“哈哈哈，兄弟之间何必争论不休！尽早上马对大家都有好处嘛！”以前是香港财团们着急，现在是香港政府更为心切。广东方面反而有些“磨蹭”……澳门体量小，反正扛不过左右，顺其自然。

只有一个城市从来就没有改变过态度，那便是珠海。

在这个时候，甚至还有人提出“双Y”方案，就是增建两座联通与兼顾到深圳和广州两地的更大的桥。这个方案很快被国家否定：投资太大。而且初期大桥的通车容量会有很大浪费。

单“Y”形大桥就已经够庞大和超级了，说穿了，造如此大的桥，钱的问题是一开始就要解决的主要问题。

香港大亨们就是有钱，而且还很会算钱。最早胡应湘就高喊“自己掏得起”这钱——当然他有一套算盘：由他出面融资。后来李嘉诚等大亨们都来参与投资，他们算的账比胡应湘还要有吸引力——

尽管到了2004年，各种建筑材料价格及施工费用迅速上涨，原来估算的港珠澳大桥总成本在300亿港元左右，此时已经升至450亿港元，但急于摆脱香港低迷经济的大亨们依然豪气冲天：“几百亿钱是洒洒水（小意思）啦，我几十（亿），胡应湘他几十（亿）啦，其他几个大佬也摊一摊，不就成了嘛！”一向对建大桥情有独钟的澳门“赌王”何鸿燊边抽雪茄边对记者道：“大桥‘钱’途无限，赶快动起来吧！我还想在有生之年走一趟呢！”

但说归说，做归做，真到了出钱的时候，各路财神爷又都躲躲闪闪，各打各的算盘。“钱”途坎坷之际，中央方面出面了：欲想早日上马，必须加快融资和投资方案。

如此一激，三地政府和大亨们终于坐到了一起，协商的结果是：按大桥建成后谁得利大谁多出钱的方案进行分摊。最后是：香港受益最大，出钱自然第一，也就是在大桥上占股最大；广东方面第二；澳门第三。

“扯皮”或者说“争论协商”的最后时间是 2008 年 2 月 28 日。这一天，在广州凯旋华美达大酒店召开的大桥融资与投资协调小组第八次会议上，三地政府总算就港珠澳大桥项目的融资与投资方案达成共识，并且听取了中交公路规划设计院《关于大桥工程可行性研究报告和投融资方案》中的相关建议，比如：鉴于整个大桥项目规模庞大，从财务角度来看，难以吸引私人投资，因此建议三地政府各自负责在境内兴建接线并设置口岸，另外邀请投资者按照为期 50 年的“建造、经营及转让”专营权投资承办大桥主体工程。

“OK，这个建议非常符合实际情况，可操作性强。”三方政府代表对中交公规院的这一建议全盘接纳。而林鸣是直接参与了他所在中交集团设计院的这一建议方案的。隔日，香港等媒体就铺天盖地地将融资与投资方案向全世界公布，这一方案彰显了大桥的三方利益关系：

香港占 50.2%，内地占 35.1%，澳门占 14.7%。

这一比例方案比原来协商的结果更让香港、澳门喜上眉梢，因为老方案是：香港 64%，广东 26%，澳门 10%。显然，这么一调整，内地上升最多。

搞技术的林鸣说，他有一年半时间是在负责“跑”三地协商投融资事宜。“那些日子想起来还真有些难受……”林鸣感慨万千地道。

“为什么？”我问。

“推不动呀！”林鸣说，“2008 年那会儿简单说起来就是‘黎明前的黑暗’，一谈到关键的钱的问题时，谁都往后躲了，你说怎么办？”

就这样一直“嘀嘀咕咕”了半年，直到 2008 年 8 月，中央政府批复港珠澳大桥投资与融资方案下来了，其结果彻底超出了香港人的意料。国家认为，不考虑“唯利是图”的财团投资，放弃企业投资加政府补贴方案，全部改由政府投资建设。新方案是：国家对港珠澳大桥的主体工程划拨 50 亿元人民币，加上广东省的 20 亿元人民币，共出 70 亿元人民币资本金；香港出资 67.5 亿元人民币资本金；澳门出资 19.8 亿元人民币资本金。三地的资本金总计 157.3 亿元人民币，占大桥主体建设费约 42%，其余部分再由粤港澳三地政府组成的项目机构通过贷款解决，由中国银行作为大桥主桥的贷款牵头银行，负责为大桥提供除资本金外的 220 亿元人民币的贷款。

“想不到！想不到中央政府这么照顾香港和澳门啊！”消息一出，港澳两地沸腾了。连过去那些对“一国两制”评头论足的人，这回也在频频点头说：还是有“家长”管着点好！

真是好事多磨。政府的钱，财政部门一划拨便是。但银行的贷款融资就不那么简单了——市场行为嘛，就得按市场规律办事。可从中央政府批准方案之日起，金融市场连续发生了几起很不利于贷款的事情，仅 2010 年 10 月 11 日由中国银行牵头的第一次银团筹组启动会议召开之后的两个多月里，难题就接踵而至：先是 10 月 20 日央行加息，后是 12 月 6 日中国银保监会颁发关于规范中长期贷款还款方式的通知，再是 12 月 25 日央行第二次加息……

“这样弄是不行的啊！大桥已经开工一年了，你们融资扯皮扯到现在还没有完？不想在位置上待了吧？”上面听说这事后，有领导发脾气了。2010 年最后一天的 12 月 31 日，港珠澳大桥主体工程项目银团筹组第 20 次会议一直开到晚上 7 点，方将完整的文件报送到大桥三地联合工作委员会。

“这是我签署的额度最大的合同。”上任一年多的港珠澳大桥管理局局长朱永灵欣喜地感叹道，“这事真有些了不起，在当前金融形势十分困难的情况下能够漂亮地筹组出一个又一个银团，我的心着实为大桥修建有了一半着落……”

朱永灵没着落的后一半是什么？造桥，把大桥造起来是根本。自然，造桥先得把钱准备好了。但有了钱也并不一定就能把大桥造好。

造这大桥有太多的风险和难题！在我采访朱永灵时，他还在为当时大桥三地联合工作委员会组建的“大桥管理局”局长一职让他这样一位“小年轻”来担当而有些忐忑不安。1963 年出生的朱永灵在几百人的大桥专家群里，确实还只能算小字辈，可这位小字辈又是公路建设方面的老资格了。他是 2004 年从广东省公路管理局局长位置上被派遣到大桥前期协调办公室担任主任的，其实也是三地的总代表。

“朱局长可能是与林总吵得最多的两个人之一，施工七八年间他俩是‘死对头’！”中交集团岛隧项目副总刘晓东曾这样向我透露。

“差不多是这样。”我从林鸣那里得到证实。他笑称：与朱永灵吵得最多，十几年下来尤其是后面七八年的施工岁月里，他跟朱永灵没完没了地吵，一次比一次吵得凶。“结果是我们俩越吵越要好了！”

“林总这人脾气跟他干的工程一样大，而且有特点：工程越大，他脾气越大。我代表的是大桥的业主，他是工程负责人，他总有新点子出来，我就要管着他、验收他、评判他，他就因为技术问题跟我吵呀吵，他总要坚持他的那些突发奇想，总有攻克难题的新点子、歪招数，而我是业主的签字人呀！有时我心里是赞成他的，但我得呈给三方委员会过目同意后方可让林总实施不是？这当口他就受不了啦！你说他这人……”朱永灵说完这话就哈哈大笑。

林鸣听说后就跟我说：“他是业主，我们干啥都得经他同意。可工程上千变万化，有些技术难题需要争分夺秒。再说，整个工程随时都有关键性技术，都得靠我们自己创造，我在前方‘压力山大’呀！”

俩人走到一起后，又是拥抱，又是握手，明明是一对情同手足的“好哥俩”。他们纯粹是因大桥而结缘的亲密战友，当然还是大桥之栋梁！俩人都是对在珠海和伶仃洋上建大桥抱有特殊情感的人。朱永灵虽然比林鸣年纪小六岁，但他大学毕业后一直在广东省公路管理局工作，珠海的许多大桥他都很熟悉。港珠澳大桥筹备工作启动后，他就一直在主持前期的技术调研和三地协调工作。林鸣作为技术专家，又是中交集团的代表，“潜伏”在前期调研组之中。

关于到底建什么样的桥，用什么样的方法建桥等一系列问题，林鸣与朱永灵几乎就没断过交道。而且从某种意义上讲，是他们将一些建大桥的关键性问题推至高峰或定下最终技术方案的。

比如关于大桥为什么要在半途“钻”入海底，比如“钻”入海底的那几公里的海底隧道用什么样的方法来建造，这里的学问和门道足以另写几本书。

回答这些问题不是业主朱永灵的事，而是专家林鸣要完成的。虽说林鸣已是建桥界的大佬级人物，但中国所有建大桥的工程师都没有建过像港珠澳大桥这般长度、这样复杂的海上大桥，林鸣所在的中交集团也没有造过这样的跨海大桥。然而，经过近五年时间的调研与考察国内外诸多世界级大桥之后，林鸣对当代设计最先进、技术最前沿的大桥建造技术有了了解和认识。比如为了确保香港飞机场和伶仃洋主航道不因大桥而受影响，大桥在空中航道和海域主航道处将桥面“潜入”海底的选择；比如“潜入”海底那部分的隧道工程到底是采用盾构还是沉管方法，林鸣负责的工程专家组需要向朱永灵代表的三地联合委员会拿出建议报告书。

前期调研的近五年时间里，林鸣与专家们一起解决了这些复杂的工程方案问题。2009 年下半年，当国家批准大桥建设方案之后，招标便开始了。

林鸣所在的中交集团志在必得，是有力的竞标单位之一。身为中交集团总工程师的林鸣此刻有双重心态：一是交通部的领导期待拿下这么个千亿元投资的国家工程，这既是业务，更是国家荣誉——世界级工程，国家队不干还有谁干？可对作为个人的林鸣来说则是另一种心态：我林鸣生为国家建大桥而生，死为国家建大桥而死，港珠澳大桥若与我林鸣无缘的话，我林鸣于心有愧呀！再说，近五年的专家组工作，他林鸣做的多数工作是为整座大桥未来的“施工方案”出谋划策的，虽然此时大桥仍在图纸上，但他林鸣比任何一位工程师都了解和熟悉港珠澳大桥了。“我不干谁干？”在业主朱永灵面前，他林鸣已经不止一次说过这样的话。

其实“老伙计”朱永灵早就在盘算：论技术和实力，你林鸣和中交集团不干这大桥，我还能托谁嘛！但真到招标的关键时刻，他对林鸣照样毫不徇私：“中标是关键，其他的只能看你们运气了！”

确实如此。像港珠澳大桥这样在“一国两制”条件下开展的三地工程，投资又如此之大，谁敢在工程招投标时玩点猫腻，那结果肯定比跳伶仃洋还惨。

2010年7月开始，港珠澳大桥主体工程岛隧工程设计施工总承包向全球招标。一时间，国内、国际几乎所有的著名公司都陆续报名投标。

林鸣所在的中交集团公司自然比谁都积极参与竞标。“林鸣啊，你已经在专家组帮忙了好几年，关于投标的事，集团公司就全权委托你去做了！好好准备，给我拿下这个项目。”

领导指的是“岛隧工程”段标。所谓的岛隧工程，指的是整个大桥的控制性工程，即港珠澳大桥最核心和最重要的部分：人工岛与隧道项目。这一块的长度虽不足整座大桥主体总长度的三分之一，但建安费用却占了大桥总投资的一半。也就是说，“肉”都在这里。但对这块“肥肉”，一般投标单位都有些怵，深海中的人工岛和海底隧道，皆是世界级难题，有谁敢叫板？

“当然有啊，那些国际公司比我们有经验，他们敢拿！还有国内的大公司也敢，因为有的公司就是抱着‘拿下来再说’的态度。这在招投标时非常正常。我们中交集团只能算其中之一。”林鸣坦言，招投标时，虽然他比有的公司更熟悉大桥情况，“但就是因为比别人熟悉和了解情况，说心里话，我们对人工岛和海底隧道工程上的技术问题更有惧怕心理……”

但，好将军怎么怕打硬仗、恶仗？林鸣自然比所有投标单位更注重每一个细节。经过数月的准备，整个一大车子的标书编制并印刷完毕，等待送达广州的评标处。

“其实评标并不比打真仗差哪儿去！”志在必得的林鸣，说那段日子“紧张得要命”。为了确保中标，他和其他投标单位的人一样，在评标开始前的一天，先独自悄悄潜入了广州。

“那一天也怪了，我从机场出航站楼后，为了不被其他投标单位的同行看到，就叫了一辆出租车，然后若无其事地坐了上去往市区走。快到目的地时，眼睛无意扫了一下驾驶员放在前排座位前的那块名字标牌，那司机的名字将我吓出一身冷汗……你猜他叫啥？”

“啥？”

“叫‘张无成’！这不就是一事无成吗？”林鸣说，“我一看这三个字，心想坏了！这回我们的投标书是不是有问题了？一想到这儿，你想我咋不冒冷汗嘛！明天就要评标，如果我们的标书出现问题，等于自己宣布玩完！”

“真出差错了？”我好奇地问。

“是啊，我赶紧给‘家里’打电话。”林鸣说，他操起手机就给准备标书的同事打电话，告诉他们迅速检查标书。人家问他：“这么一大车子的标书，检查哪些内容呀？”林鸣说：“就检查封面！”

“封面怎么会有错嘛！”同事们一边打开装上车子的一个个箱子，一边嘀咕着。

“怎么样，封面有没有错啊？”林鸣在广州那边冒着冷汗对着手机喊。

“我的天哪！真出错啦！封面真出错啦！”当同事们打开箱子，取出一本本装订好了的标书后，一看标书的封面，一个个暗暗惊呼：他真是神了！标书真的出了大错！

最复杂的事却在最简单的地方出了错误！

“赶快重印！火速装订！”林鸣在广州跳着双脚叫喊。

同事们也跳着双脚连声“嗯嗯”地应允……这一夜，中交四航院的印刷厂可是灯火通明，忙了整整一宿。

第二天一早，重新装订的中交集团的标书准时送达广州市郊某地的港珠澳大桥评标处。“到现在我都记不起那个地方是何处。”林鸣说，之后一个星期的评标时间，他的脑海里天天浮现“张无成”三个字，“连做梦都会冒出它来……”

倘若“无成”，他林鸣这辈子不知如何继续活下去，如何继续在造桥界混！

几天之后，全世界土木工程界关注的港珠澳大桥招标揭晓：林鸣所在单位中交集团中标其中的“肉段”——岛隧工程段项目。

交通运输部部长给林鸣发来贺电，共同庆祝交通运输部获得有史以来最大的工程项目，关键是承担港珠澳大桥控制性工程的意义非同一般。

林鸣说：“经过这个惊心动魄的投标、中标过程后，我有一句话想对同事们说，若有雄心壮志，世上无事不成。”

我则半开玩笑道：“你林鸣的名字也好啊，‘林鸣’就是灵敏！”

面对无数复杂的世界级难题，他真的也能做到“灵敏”吗？

贰

第二章
林鸣一绝：定海神针

西人工岛首个钢圆筒振沉现场

大桥开通那天，中央电视台《新闻联播》俯瞰镜头中的港珠澳大桥犹如一条舞动的彩虹，时而在海面上随风飘扬，时而又被仙女藏匿于婀娜的身后……弯曲有致，舒缓流畅地卧在伶仃洋上。

人们在欣赏大桥的曲线之美时，又有疑问——为什么55公里长的大桥既不是全桥梁，也不是全隧道，而是桥隧结合？行在大桥之上，会有梦幻一般入迷的感觉，因为你忽而如飞箭出弓，左右呼啸着穿过大海的波涛；忽而又如深海潜龙，梦游海底……

港珠澳大桥不仅是世界上最长的跨海公路大桥，而且美感出众。

这是为什么？

林鸣告诉我，最初这并非设计师们的神来妙笔，而是因伶仃洋的“海情”和港珠澳三地的客观因素制约所致。

专家说，造跨海大桥，无非三种形式：全桥梁之桥、全隧道之桥、桥梁与隧道结合之桥。

挟珠江口的伶仃洋不仅在历史上留下许多让中国人不太舒畅的“怨事”，其水域的特殊也让人头疼，比如它每天有4000多艘川流不息的航船，尤其是在大桥建设规划之初，广东和香港方面均提出了必须预留珠江口能进出30万吨巨轮的航道，甚至还提出要确保70米高的海上石油平台能够进出。这意味着什么？意味着港珠澳大桥最高处的桥梁必须高出海面 80 米左右。如此高度的桥梁，靠什么方式来拉固它呢？工程师们计算，得有 200 米高的“A”字形混凝土斜塔支撑。但造 200 米高的钢筋混凝土巨塔，其本身就潜藏着巨大的工程危险。工程师们忐忑不安。大桥附近的香港机场首先一票否决：他们的飞机航道上不允许有超过 88 米高的建筑，而规划中的港珠澳大桥位于香港机场航道的必经之地。别说香港机场，澳门机场对 200 米高度的桥梁也表示坚决反对。

55 公里全程海底隧道？伶仃洋海底起伏不平，地层结构复杂，建造这样一条全程的海底隧道，工程成本巨大，港珠澳三地的出资方一听造价，纷纷举双手“投降”……事实上，伶仃洋的海底地质情况也不允许有一条卧伏的隧道穿越其境，弄不好它的修建会对整个海域产生颠覆性作用，一旦如此，珠江口遭遇的灾难对整个珠江三角洲的经济与社会发展将会是毁灭性的。此责任谁也负担不起。

现在，留给工程师们可考虑的方案便是桥隧结合，也就是说，大桥的主体部分由桥梁与隧道两部分组成。

后来成为林鸣“难兄难弟”的大桥岛隧工程项目副总经理、总设计师刘晓东，于 2003 年底便受命参与了大桥的设计，刘晓东的上司是孟凡超，他们后来都成了林鸣最得力的左膀右臂。

“建什么样的港珠澳大桥一时陷入了困局……最后桥隧结合之桥成了唯一选项。”刘晓东说，“其实这也并非最佳选项，因为伶仃洋的自然条件，限制了我们设计上的想象，这里没有一个现成的岛屿可供桥隧使用，得靠修建人工岛来满足连接海底隧道和桥梁的需要。但伶仃洋又是个典型的弱洋流海域，每年有大量的泥沙从珠江口倾入这里，若人工岛长度和宽度过大，则会起到阻挡泥沙流入大海的作用，水阻率一旦超过 10%，日久天长，沉积泥沙就会让伶仃洋变成一片冲积平原。这个灾难性后果不堪设想……”

工程师们又开始不停地设计，再设计；推翻之前的设计，又重新进行新设计……但设计好以后，还得试验，试验必然有两种结果：成功的和失败的。失败了的等于白辛苦，但成功了的也未必就获得通过。所以刘晓东和孟凡超等专家们的前期工作，是一场没有结果，也无法结束的战斗，一直到林鸣出现，他们才算喘了一口气。

“因为林总他们一出现，就意味着工程要实施了。”刘晓东笑得有些幸灾乐祸。他知道，像港珠澳大桥这样的工程，无论全桥建设，还是某一个局部细节，都是“世界第一”，也就是说，连世界上最了不起的造桥专家都没有干过这样的活。林鸣他们等于拿了一份“纸上谈兵”的设计，他和他的队伍就要这么去攻“上甘岭”。

“其实连‘纸上谈兵’都说不上！我们后来中标的岛隧工程是设计施工总承包。”林鸣觉得很冤，因为他承担的港珠澳大桥控制性工程——岛隧项目是边设计边施工的工程，也就是说，所有难题都得由他们这些造桥工程师凭着自己的智慧和能力，去动手动脑解决。

什么叫工程师？我们小时候上学谈理想时，梦想最多的大概有两种：一是当科学家，二是当工程师。前者，能探索世界，发现我们所未知的奥秘；后者，使我们有能力靠双手去创造一个理想的社会。

后来，到了许多年后的今天，人们似乎忘了什么是工程师了。或许大学教授太多了，或许企业家、大款成了大家仰慕的对象，所以工程师不再成为青年追求的理想职业了。这其实很可悲，中国尽管富裕了不少，但与发达国家相比，我们缺的恰恰就是优秀的工程师，缺的就是那些能够肩负重任，超越自己的智慧和能力，去创造一个又一个奇迹的工程师。

工程师是人类文明进程中杰出的社会精英。

现在，让我们来看一看担任港珠澳大桥岛隧工程建设总工程师的林鸣的经历：他在接受大桥建设任务之前，是中国交通建设集团的总工程师，也就是说像他这样职务和级别的工程师，在中国算是顶级工程师了，再往上走，就是工程院院士了。林鸣和他们都是为国挑大梁的精英。

造桥是为了给江河两岸的人们创造出行的便利。造大桥，解决的不仅仅是人的通行便利问题，也是为了满足两个地区甚至两个国家、两个民族之间政治、文化、经济、军事等全方位的需要。

在中国桥梁专业里，我们普通人一直以来只知道中国有个了不起的茅以升，与桥梁领域接触多了些，才知道还有一个叫李国豪的大专家。李国豪大师是上海同济大学的老校长，一生为国家造了许多大桥，诸如南京长江大桥、南通和苏州之间的苏通长江大桥、上海黄浦江上的南浦大桥，等等。林鸣无疑是当代中国桥梁建筑战线上的一名悍将。像造桥这样的土木工程学，它不像科学家们所从事的基础学科那样是倒金字塔结构——第一个科学家完成一种理论之后，无数后继者在第一位的理论之根上盛开一片又一片灿烂的成果，最终培育成这一学科的大树。而在土木工程实际建设施工中，理论往往迟于实践，因而现场的实践又常常是产生理论和学科的温床，并通过工程师们现场的实践将这样的理论与学科“哺育”成材。

林鸣因此一直认为，实践是土木工程的根本，现场经验是一名优秀工程师的“真枪实弹”，离开了它，所有的理论可能就是花架子了。

“工程师是什么？工程师是一个在认真注重自然环境又关切经济效益条件下对创造、创新工作极端负责的人，这样的人应当有担当、敢冒险，又能在平息风险中创造奇迹……”林鸣在谈到工程师身份时这样讲解。

现在，空前的港珠澳大桥建设之初，他便面临了这样的风险与挑战：

几公里长的深海沉管岛隧工程，中国未有，世界未有。所有的过往经验，都只能是一种参考。海中建一段可以上行巨轮下走车流的海底公路隧道，需要的是两头有连接的岛屿。

人工岛的概念就是这样产生的。通常人们所说的人工岛，一般是在小岛和暗礁基础上建造，是填海造地的一种。人工岛大小不一，由扩大现存的小岛、建筑物或暗礁，或合并数个自然小岛建造而成。当今世界上的许多人工岛中，已经有了在大海中独立填海而成的小岛，它是用来支撑建筑物或构造体的单一柱状物，从而支撑其整体。既有固定不动的人工岛，也有浮动的人工岛，前者可以在上面建房屋甚至造城，后者相对微小得多。

港珠澳大桥由于顾及原有的海中航道，所以需要在远海中建两座相距几公里长的人工岛，并通过两座人工岛连接海底沉管隧道与桥梁，以确保巨轮的航行和海豚栖息不受影响。这就是林鸣所承担的大桥岛隧工程，它直接影响到整座大桥的建设。道理非常简单：没有人工岛，建不了海底隧道；没有海底隧道，港珠澳大桥就不成其为桥。

世界上建人工岛的事并不鲜见，许多邻海国家为了减少土地压力，扩展生存空间，“海上人工岛”便应运而生。如阿联酋迪拜的棕榈岛，它就是靠人工吹沙技术填出来的人工岛。面积十几平方公里的棕榈岛，伸入阿拉伯湾五公里左右，由一个棕榈树干形状的小岛和十七个棕榈树枝形状的小岛，以及围绕它们的环形防波岛三部分组成，造型独特。该岛已成为世界上最具标识性的人工小岛，曾被列为“世界第八大奇迹”。在美国佛罗里达州，也有一座座人工小岛衔接而成的社区，如今已经住上了许多居民。在日本神户，当地政府为了适应对外贸易发展，花巨资建起了一座海上岛屿。该人工岛内的交通生活十分便利。值得一提的是，神户人工岛是当时世界上最大的一座人造海上城市，曾有“二十世纪的海上城市”之美誉。

林鸣他们所要建的人工岛，与上面这些人工岛不一样的地方，其一是要建在深海。其二建岛的目的是连接桥梁和海底隧道，要求完全不一样。大海深处，险情莫测，随时可能出现意想不到的人所不能把控的情况。《老人与海》的作者海明威曾经说过这样一句话：大海一旦发怒，就是一头妖魔，那时你再想制服它，已是不太可能。

林鸣现在所要建的人工岛，就是期待能像港珠澳大桥一样，永久地造福三地人民。第一天与刘晓东坐在一起谈论他们的人工岛时，林鸣就在一张纸上画了一个月亮一般的圆形，很美，用刘晓东的话说是“极富诗意的那种美”，“像星球那样大，形似月亮”。

“搞工程的人不懂得美，一定不是优秀的工程师。”林鸣就是这个观点。现在我们看到的大桥中央的两个海上人工岛，几乎成了港珠澳大桥最出彩的标志，这当然是后话。

可是林鸣在当时遇到过两件极其困难的事：一是建什么样的人工岛，二是时间。对于前一个问题，按多数专家的意见，在伶仃洋上建用于连接海底隧道与桥梁的人工岛，通常是抛石垒岛。此法很传统，也很管用。但缺点是，伶仃洋上不能用——首先是几百万方的石头抛在大海里，将有多少运石船在这一繁忙的航运线上行走，届时会影响整个珠海口的正常航行；其二，如此巨量的石头抛海填岛，对海域环境的破坏毫无疑问是巨大的，尤其是海流与海豚的保护将成无解之难题。再者，抛石填岛，按两座人工岛的填土量计算，工期将不会低于三年。

“三年？我整个岛隧也只有七年多时间，一个筑岛环节若用去近一半时间，沉管隧道的安装还不得用上十年、二十年之久？……没人许我这么多时间！”林鸣心急如焚，因为大桥的全部工程要在2017年年底完工。

林鸣又一次面临唯一选择：必须采用其他形式进行“快速成岛”。

“大海筑岛，又不是游泳池内砌人墙，拿着几个游泳圈排一排就成事了！”有人如此嘲讽离开“抛石法”而另辟蹊径的痴心妄想者。

林鸣则不以为然。他在想，倘若真能像游泳池里砌人墙一样简单的话，这人工岛不是又快又省事吗？！

他找到中交集团搞这行业务的“老大”单位的专家去商议。

这里说的中交集团搞设计的“老大”单位，其全称为中交第一航务工程勘察设计院有限公司（以下简称一航院）。该设计院在水运工程勘察设计方面具有强大的实力，拥有工程院院士谢世楞等一批蜚声国内外的设计大师，毫无疑问，他们是林鸣人工岛工程设计的首选。

林鸣怀着虔诚之心来到一航院，与专家们交流了设计人工岛的想法。“话说在前面啊，你们是这方面的专家，我只希望把大桥岛隧工程做成，但具体到哪一种设计方案，期待你们能给我弄出个‘最佳’来！”

“林总，你放心，我们一定全力以赴！”时任一航院院长的冯仲武爽快地回答道。

“拜托！拜托！”虽说那一天见面后林鸣被招待了一顿他这个南方人不太爱吃的面条，但对把这样的任务交给这个技术团队，他心里是踏实的。后来一航院派出的参与工程前期设计的技术团队的工作状态也确实让林鸣倍感欣慰。

“我记得非常清楚，2007年我刚当上一航院总工程师才几个月，林总就邀请我们参与他挂帅的大桥岛隧工程初步设计，把我们全院兴奋得……”一航院总工程师季则舟回忆说，“接到任务后，林总就要求我们放开眼界，多学一学世界上相关的先进设计技术，马上安排我们参加集团第一次组织的到日本学习的出访活动。出发时林总也到了机场，开始大家以为他亲自带队呢，结果在出关时林总朝我们挥挥手，说道：‘就拜托诸位了！’原来他是专程来送我们的。从这件事上我就觉得他十分重视这项工程，而且应该是个比较务实的人……”

“大桥前期的初步设计工作十分紧张且错综复杂。那时我们为了中标，投入了极大的精力，尤其是一航院这个团队，他们在北京顺义太阳城小区的近 10 个月的封闭式突击，那才是真正地没日没夜地工作……”这是林鸣对一航院技术团队的最初印象。

中交联合体中标大桥的岛隧工程后，一航院技术团队又第一个赴珠海挂牌。年轻的总工程师季则舟带着一批平均年龄只有 30 多岁的年轻专家开始驻扎珠海。

“那时工程刚刚起步，为了省钱，我们就在中山大学珠海校区的招待所租了顶层的几间房子作为设计工作室，开始了一场似乎没有头绪的漫无边际的设计……”季则舟说。

“为什么这么说？”与季则舟以及时任技术负责人、一航院副总工程师的刘进生面对面采访时，我问道。

“因为以前我们院在深海海域上建人工岛方面没有经验，国际上也没有像港珠澳大桥工程中这种软土条件下的岛隧工程先例，所以我们接到设计任务后，只能是一边看着有限的参考资料，一边听取专家们的意见。但专家们的意见也很不一致，因此最终只能靠我们自己摸索着干……”刘进生说。

“就像在海上寻找方向一样，时常会陷入迷茫。一迷茫了，你就不得不寻找各种可能，一旦开始寻求各种可能，工作量就会成倍成倍地增加。”季则舟说，在珠海“中大”招待所设计的那些日子，全团队从来没有过周末和节假日，“除了吃饭，大家都坐在办公室里。后来学校的师生都说我们那个工作区是‘不夜楼’……”

那时的林鸣已经很忙了，但他仍然不时跑到季则舟他们那里去看看，并随时请些专家与年轻的设计师们一起讨论方案，一航院的老专家也经常来珠海讨论方案指导工作。

“杨工，你的腿怎么啦？”有一天林鸣见手提电脑的杨丽民工程师在楼梯上艰难地喘气，便问。

“没事！没事！我先歇一会儿，林总你先上……”杨丽民有些不好意思地掩饰。

“他是累的，本来腿就不好，每天爬上爬下……”季则舟告诉林鸣。

“大家都在拼着命争取把设计做出来，等着向林总拿出成果呢！”一旁的刘进生说。

“太感谢诸位了！不过，一定要让大家劳逸结合，最重的活儿还在后面呢。”林鸣说。

“我们的项目负责人刘滨几个节假日没有回家，后来他当老师的妻子在放暑假时带着孩子来珠海探亲。刘滨的孩子见了父亲一直躲在母亲的身后不敢认，不叫‘爸爸’。当时我们都在现场，看了心里怪难受的……其实那两年多时间里，整个团队的每一个人都拿出了全部力量争取为大桥做一份贡献。”刘进生只给我讲了一个故事的片段，便已经让我眼眶发热。

科学是严肃的。大桥工程的每一个设计与决策同样是严肃而严谨的。作为岛隧工程总承包人和总负责人的林鸣，此时想得最多的两件事是：能够快速上马、不耽误工期并符合大桥建设所需要的最佳设计方案，以及可控、合理的投资成本。

人工岛建设何时上马，什么样的设计方案能够既快又好同时还省钱，成了林鸣的心头病——每一次从季则舟他们那里出来后，林鸣的心里就越来越纠结：按照一航院目前的设计思路，虽然稳妥，但施工工期长，显然很难实现他心目中期待的“既快又好同时还省钱”的目标。

怎么办？还有其他更好的方案吗？林鸣急得像热锅上的蚂蚁——因为大桥的开工号角已经吹响近半年了，他所指挥的关键性工程总不能迟迟不动呀！

从寒风四起的冬季，到汗流浃背的夏天，林鸣整整等待了半年，他坐不住了！这时，在一次技术讨论会上，有人提出大钢筒的方案，引起了林鸣的关注……

“哎呀，林总啊，今天总算碰上您啦！先别走先别走，我们来向您汇报工作哩！”一直到了这年的 10 月份，林鸣在北京的中交集团总工办公室里正要往外走时，被迎面进来的两个人挡住了。

年龄不算大的中年男子叫廖建行，林鸣和他见过一面，虽说不上名字，但算是认识。另一位长者，林鸣则完全不认识。

“林总，他是我们四航院的技术权威王大师，王汝凯大师。”廖建行介绍道。

“不敢当，不敢当，老朽王汝凯已是退休之人……”长者一副谦逊之态，让林鸣心头产生敬意。

工程师与工程师交流，除了工程还是工程。此时的中交集团上下，近一半人在为港珠澳大桥工程忙碌。同样，廖建行和王汝凯出现在林鸣办公室，目的依然是大桥工程。

“王大师，您对工程有何高见？”此时的林鸣，虽说为人工岛的方案有些闹心，但当他得知王汝凯是“文革”前的老“天大（天津大学）”人，顿时喜从心头来，因为学工程的林鸣知道，天津大学的土木工程专业，自北洋大学（“天大”前身）时期就有名气。

“是的，我就是‘文革’前的天大‘圆筒派’，陈满加教授是我的指导教授，他是中国第一个在土木工程上运用圆筒的学者。之后有个博士班，全是搞工程圆筒的，我是其中之一。当年我调到四航院来时，陈满加教授就跟我说：‘你到四航院好，南边的海上工程会越来越多，你就在那边推广圆筒吧。’这不，我来到四航院后，就在长江口和南沙蒲洲大酒店搞过圆筒建筑……”王汝凯真是一代学究，说起自己的专业就滔滔不绝，这让林鸣感到格外高兴。

“王大师，你们的圆筒有成功的吗？”林鸣问。

“蒲洲大酒店的是完全成功的。长江口的那个大圆筒算是成功了一半，但最后因为台风倒掉了……”王汝凯乏了些底气道。

“为何失败了？”

“给的钱少了！4 个 12 米直径的大圆筒，才给 3000 多万块，而且又是用的混凝土……”王汝凯显然很不服气，又补充道，“从技术上讲，当时还是缺了大圆筒的护基。”

林鸣并没有在意王汝凯对于往事的悔意，相反异常兴奋地追问：“大师，您认为我们港珠澳大桥可以用大钢圆筒筑岛吗？”

“当然可以！而且完全可以！”王汝凯的眼睛一下亮了，冲林鸣说，“林总你只要不缺钱，这个大圆筒任务就交给我们四航院，交给我们……”说完，王汝凯转头看看廖建行。

“对，对，林总，您交给我们四航院吧！虽说我们四航院在中交是‘老四’，但我们上有王汝凯大师这样一批前辈，下有梁桁等年轻工程师，保证按照您的要求把人工岛拿下来！”

廖建行一番慷慨陈词，让林鸣大喜过望。

“这才像干大工程的人哪！”林鸣站起身，紧握住四航院来的两位工程师的手，满脸喜悦。

“林总呀，圆筒的事就这么定了？”王汝凯迫不及待地问林鸣。

林鸣神秘地做了一个手势：“现在支持抛石方案的人占多数，我们想搞这个大圆筒方案，目前还是地下的……”

“噢……”王汝凯连忙点头。

林鸣轻轻地将王汝凯拉到一边，说：“现在我要您王大师回去，在三个月时间内做一件事……”

王汝凯“嗯嗯”地竖起耳朵。

“您要马上帮我做一个大圆筒不可行论证出来。”林鸣说。

“啊……”王汝凯吃惊地看着林鸣，不明其意。

林鸣笑了，然后详解道：“您是大师，又是圆筒专家，从您这儿获得大圆筒不可行的理由，那它就一定存在很大的风险……”

恍然大悟的王汝凯连连点头：“明白明白！回去立即动手……”说着，拉着廖建行就要往外走。“咱不打扰林总。”

林鸣连忙拉住两人：“还有一件事，等我到广州后，一定要去见见那个梁……”

“梁桁。”廖建行说。

“对，对，我要见见他。”

林鸣与四航院的两位工程师细谈“圆筒筑岛”的思路后，心头顿时闪出一道亮光——圆筒筑岛，虽无先例，风险似乎也会大些，但一旦可行，其工效肯定比传统的筑岛法要高得多。能成功快速地筑岛，就意味着抢回了工期。抢回了工期，就是最大的“省”！

此时的林鸣已经对如何建人工岛有了明确的方向，只待王汝凯大师的反证裁决。

手指上掐算着时间——三个月后，从事“地下工作”的王汝凯向林鸣报告：大钢圆筒方案没有不可行的地方，也就是说没有否定它的理由。

“真的没有否定它的理由？”林鸣有些不放心。

“有啊，但问题又被我解决了！”王汝凯非常自信地道。

“太感谢王大师了！”林鸣无比感激地紧握住王汝凯的手，因为这等于他选择的大钢圆筒筑岛方案，现在可以正式向业主提出并实施了！

专家论证会议在听取王汝凯团队的报告后，很快一致认可了林鸣的方案。

“林总，你的大钢圆筒法犹如定海神针，一旦成功，堪称世界独一份！”方案通过的那一天，搞了大半辈子圆筒工程的王汝凯兴奋地跑到林鸣那里，涨红了脸这样说。

“定海神针！嗯，大师这比喻好。”林鸣连声称好。

“我还要见见那个梁桁！”林鸣请王汝凯转告他所在的“老四”单位，尽早把那位叫梁桁的年轻工程师招来——这个时候林鸣需要极能打仗和富有智慧的设计团队。

中山大学珠海分校区的商务酒店，廖建行和王汝凯带着一位文静的小伙子来到林鸣面前。“他就是梁桁。”

林鸣看了一眼站在他面前的年轻工程师，老实说，这第一眼就让林鸣看得很满意。不过他并没有表露任何声色，而是严肃地让其他人都出去，只留他和梁桁一个人对话。

林鸣问：“梁桁，你对工程师的身份有什么理解？”

“工程师是认真负责，永无止境地创新、创造的人。”

“你喜欢自己的职业吗？”

“喜欢。因为我比较追求实体之美。我们工程师可以建造一样东西，它能一直立在那里，不偏不倚、不增不减地挺在万物可见的地方……”

“那么你认为传统的抛石筑岛法为什么在伶仃洋上就行不通？”

“这里面有一笔账非常清楚：在我们要建桥的海底有 15—20 米厚的淤泥，它们软得像豆腐……如果将石头抛入其中，海水的流动与冲击，会使得很多石头滑走。这样就必须考虑先把豆腐一样的淤泥挖掉，可挖这些淤泥的代价实在太大，因为整个大桥岛隧部分的海底约有 800 万立方米的淤泥。这巨量的淤泥等于三座 146 米高的胡夫金字塔，需要搅动海洋多少时间，动用多少力量呀？而且对伶仃洋的破坏将是灾难性的……所以林总最早反对抛石筑岛法是完全正确的。”

“那么，如果我们采用大钢圆筒深插筑岛，你能有什么办法让大钢圆筒底下的基石保持稳定？”

“当然有的……”年轻的梁桁如此这般地讲了一大通他所认为的圆筒筑岛理论。

林鸣一抬腕，看了看手表：十五分钟。他抬头朝小伙子笑笑，说：“就你了。梁桁，你准备到珠海来上班……”

就这样，林鸣收获了一员年轻的大将。而对梁桁的起用，也让林鸣对“老四”——中交四航设计院有了全新的认识。

“后来你就把筑岛的设计任务交给了四航院？没想过如何向一航院团队交代？”在珠海，与林鸣面对面交流时我提出了一个敏感的，也让他十分痛苦的问题。

“哎呀，这事确实是我把一航院的一大堆专家得罪了！”林鸣感慨道，“但当时真的没办法，因为工期逼在眼前，我没有多少选择！你想想，大桥工程已经动工，总理也来了，各个项目工地上都已热血沸腾地干了起来，而我们岛隧工程又是重中之重的一个标志性的项目，我们要是拖了大桥建设的后腿，责任负不起啊！”

这是事实。我完全理解林鸣当时的决断。

“老实说，虽然后来证明圆筒筑岛方案是对的，但即便到现在，我们大桥已经建得很好了，我内心总还感觉亏欠了一航院一些东西……”林鸣不止一次这样说道。

他告诉我，当时他做出在人工岛设计上“弃一用四”（放弃一航院，起用四航院）时，一航院还在担任一个极艰巨繁重的任务——海上勘探。“这也是个苦活累活操心活呀！”林鸣说，“为了完成任务，一航院调动了全院的主要勘探力量来到珠海。在珠海海上勘探不那么容易，开始他们来了十条船，进度比较慢，这会影响后面的设计。所以我要求他们马上换装备，但这是花钱的事，可一航院为了大桥的大局，最后还是换了勘探大船，进度一下就快起来了！”

“虽然最终没有采用传统筑岛方案，但我们在初步设计中提出的斜坡式岛壁，挤密砂桩处理软土方案，潮位波浪、越浪、沉降等设计标准在最终设计中均被借鉴采纳，因此能为港珠澳大桥这样的世纪工程做些探索性的基础工作，能够参与并做出一份贡献，我们还是蛮自豪的。”季则舟说。

“一航院和他们的技术团队是个识大局、顾整体的集体，他们在大桥和岛隧的前期工作中的贡献无人可抹杀。即便筑岛工程的设计最后没有被采用，他们在海上人工岛的方案设计上的探索与努力也仍然具有宝贵的借鉴意义。”林鸣如此肯定。

这都是后话，现在，林鸣需要尽快让圆筒筑岛的新方案迅速实施起来。

“晓东，你赶快把四航院的王大师、梁桁，还有那个陈鸿一起调过来，由你任总设计师，王大师当你们的顾问，那俩人当你的助手。你迅速组成岛隧设计团队，赶紧把名单报集团，让北京方面马上批准，越快越好！”林鸣指示人在北京的刘晓东。

“明白，我马上办。”

这之后的十几个小时里，林鸣便把未来几年所要干大事的设计班子搭了起来，并且获得了中交集团的认可。“这一步太关键了！搞工程就是这样，团队不能齐心协力，再小的事都可能搞垮。而一个心往一处想、劲往一处使的团队，才有可能干成别人都干不成的天大的事情。港珠澳大桥的岛隧工程之所以做得如此顺利和完美，就因为用了以刘晓东、王汝凯、梁桁等为代表的一批优秀设计工程师……”林鸣在接受我采访时，对与他并肩战斗数载的设计团队的战友们如此深情地感谢道。

大桥工程的复杂性，只有承担施工的工程师们最能了解，也最有体会。

“整个建设的过程中，千军万马上阵，选谁上，不选谁上，其实对我来说，只有一个标准：哪个方案、哪批人对大桥建设更有利。得罪人是必然的。不得罪人就该得罪大桥工程了。”林鸣说完这话，话锋一转，道，“其实，事情过后，许多被我们得罪的人或者单位，后来都与我们成了亲密无间的战友和朋友，因为大家最后都能想得通，都是为了大桥……大桥工程的成功，是最大的人情，大桥越完美，我们所有参与工程的单位和人之间的‘人情’也就越深厚、越真挚！”

看得出，在人情与工程面前，林鸣工程师绝对不会被前者所迷惑，他能够担起这顶天立地的大工程重任，而且从未被压垮过，也许与他这种不可动摇的职业意志大有关系。

林鸣，不仅智慧灵敏，还有着钢铁一般的意志。

当大钢圆筒方案与设计被林鸣领导下的团队确定之后，寻找大钢圆筒制造与施工的可能性，又成了一大问题。你想想都感觉不太可能：要在大海深处竖一排18层楼高的大钢圆筒，将它们一个个按设计要求，排列成珍珠项链形状的两个大圈子——其实当时从空中往海上施工现场看，这两个用大钢圆筒排列成的人工岛雏形，就像当地农民菜地用的大篱笆……

“每一个大钢筒都有50米高，直径22米，重达550吨，横着倒下去，就占了两个半篮球场，竖起来就是18层楼高。这样的一个庞然大物，中国没有人造过，世界上也从来没有过，更不用说谁用过了！林总他们想出来的奇妙快速筑岛法，其实对于制造和安装大钢圆筒来说，就是个创新攻关过程，而每一个环节的攻坚克难，都是一场要命的战斗……”总设计师刘晓东感叹道。

最初的想法，当然是在距大桥越近的地方制造如此大的钢筒越好。但寻遍珠江三角洲，没有哪个企业制造得了这般庞然大物——而且林鸣要求的质量，都是绝对的世界一流，寿命高达120年。

没有。广东这边没有哪家敢揽这活。

天津原来有一家做过大钢圆筒，不过也就是十来米直径的钢筒，但这个厂现在不行了，做不成。

还有其他地方吗？

天津的老厂不行，广东的附近没有，剩下只有一家——上海振华，据说能做。

需要林鸣决策。

上海振华当然是独一无二的装备制造大企业，又是中交集团自己的企业，林鸣马上认可它。但有人提出，从地处上海长兴岛的振华到珠海伶仃洋，全程约1600公里，行程是否太长？谁载得动这样的“大东西”航行于大海之上？

这又是个严峻的问题！

林鸣和上海振华被同时问住了。林鸣看着振华的代表，振华人朝林鸣点点头："我们既然能应下你的活，就有办法把'大东西'安全运达珠江口。"

林鸣笑了："那就这样定了！"

但这回林鸣碰到了绕不过去的事，一航局提出了不同方案：上海距离珠江口约 1600 公里，为什么不选离大桥近一些的地方搞大钢圆筒？你林鸣舍近求远为何目的？

"官司"打到中交领导那里。林鸣被责问。

尽管心头生气，林鸣也只能忍气坦言："我想的是确保大桥建设的工期。振华有这个能力，一个月生产 20 个或更多的大钢圆筒。如果我们新建一个基地，不说要征拨一块 6000 亩大的地方，谁又能保证那个新地方一个月能生产出 20 个大钢圆筒来？如果谁能保证，我就让谁做！"

"弄新地方你能制造出这么多大家伙吗？"中交领导问那位"老大"。

"这个……""老大"就支支吾吾了。

那还是按林鸣的意见办。

最后还是林鸣胜利了。上海振华成为唯一可以生产制造大钢圆筒的基地。虽然是在 1600 公里外的上海，但林鸣心头踏实了许多。振华后来每个月生产出 16 个大钢圆筒，也让林鸣彻底放心了。

胜者为王。干大工程与打大战役一样，林鸣需要的是成功与时间，不可能什么事都听这论那。科学决策，果断决策，是他作为大战役"司令员"必须具备的工作作风。中交集团也赋予了他这种权力，条件是必须成功。倘若失败了，你林鸣吃不消的。

我知道，林鸣清楚这一切。大桥建设的速度和时间，不可能给他任何决策上的犹豫余地。

然而，决策后又都是千头万绪的具体工作……

且不说振华那边用的什么办法将这厚达 1.6 厘米、高 50 米、宽 70 米的巨型钢板焊接起来，又如何圈成大钢筒的——振华的人告诉我：仅此就足够你写一本十万字的书！

这难题交给振华的工程师去攻关吧！多说一句：这中间既有钢铁制造上的科技问题，也有焊接工艺上的匠心手艺。振华方面讲，为了这些“顶天立地”的大钢圆筒，振华动员了自己企业许多老工匠“重上战场”。这情景没能被实录下来，真是一份遗憾，它一定可歌可泣。想想，一群老匠师，蹲在地上，手持火焰熊熊的焊枪，将一块块将近半个足球场大的大钢板曲卷并焊接成林鸣他们施工所要的巨型钢圆筒的工作情景，是多么地惊天动地啊！当这些大钢圆筒一个又一个被制造完成并站立起来——共 120 个，屹立在振华厂区的那一瞬，该是何等气壮山河的情形啊！

“吓煞人了！”许多上海人见过这一幕，他们如此说。

超大型钢铁结构物，有时仅仅多出一个技术指标，就有可能是一道世界性难题。直径 22 米、重约 550 吨的大钢圆筒在插入大海时，并非像插筷子似的往海底一插那么简单。光筒与筒连接点的止水，就有两道工序是世界级难题，其中之一就是必须在大钢圆筒外侧为嵌入副格预留四个榫槽。如此一来，每个榫槽的精确度就又成了一道难题。一航局港研院施工技术与自动化研究所工程科研人员用四个多月时间创造性地研发出了一套 GPS 定位系统，于 2011 年 4 月在长兴岛振华基地调配成功。

这收获让林鸣笑得合不拢嘴。

当然，这时的林鸣面前还摆着一件更让他头疼的事：靠什么能让大钢圆筒在大海里完成“篱笆阵”的摆放，即如何将如此庞大的钢铁大家伙牢牢插入深海之后且筒与筒之间不渗水。

工程师们管这一工程技术叫“密封止水”。

工程遇到难题，林鸣的习惯是召开“诸葛亮”会。那时工程基地尚未建起，珠海的几个宾馆、酒店便成了“诸葛亮”会的主要场所。

“今天邀大家来，主要是讨论和研究大钢圆筒之间的止水问题。晓东，目前世界上在这方面有啥先进的高招？”林鸣在珠海某酒店小会议室主持止水攻关讨论会。

刘晓东有备而来：“这件事在林总确定要搞大钢圆筒替代抛石筑岛之后，我们技术设计组就开始了调研，并且到了几个主要的工程止水技术一流的国家看了一遍，最后认为还是日本在这方面占有技术优势……”

“后来你们怎么谈的？”林鸣有些迫不及待。

“跟你之前碰上的问题一样……”刘晓东皱起眉心，瞅了一眼林鸣。

“他们要多少？”

“242 个圆筒副格，报价超过 3 亿元人民币。”

“扯淡！”林鸣又火了，“我 120 个大钢圆筒才多少预算？这不是又要我的命吗？”

会场一片沉默。“所以我建议还得自力更生……”刘晓东说。

林鸣不再发脾气了，情绪平静下来之后，他说：“我已经彻底明白了一件事，在这座大桥上，你要按照国家预算和设计要求一丝不苟地推进工程，那么每一个环节都得准备好自己动手，因为世界上最先进的技术你靠买是买不回来的。既然钱解决不了问题，那么剩下的就是我们自己干了。因此大家要有充分的准备和彻底的决心——啃每一块硬骨头！”

“林总你发话，我们就干！”

“好。这就叫志同道合！我喜欢！”林鸣也激动起来了，“晓东、梁桁，尽快把制造副格的基地建起来……”

“我们有方案，离珠江口比较近。新会，这里距我们的工地不远，而且又是历史文化名城，各方面基础条件也不错。”刘晓东和梁桁把似乎早已准备好的地图摊到林鸣面前。

“这里是梁启超的故乡。”林鸣一语点破。

“对，梁启超的故乡。”刘晓东已经不止一次对历史知识丰富的林鸣心生敬佩，“我们所选的副格制造基地距崖门大桥不远，比邻相望……”

“这座桥我熟悉，曾经是雄居亚洲第二的双塔单索面结构桥梁……”林鸣一边看图，嘴里一边喃喃着。

“对，就是那里。”刘晓东报告道，“如果林总批准，我立即组织一航局的人即日开赴新会，尽快把副格制造基地建起来！”

“就这么定了。副格制造关系到我们的‘定海神针’插入大海之后能不能确保筑岛成功的问题，所以要抓紧。”

“明白。”刘晓东点头，立即示意梁桁往下布置任务。

工程开始之后的每一刻，就像一场大战役拉开了序幕，每一分钟都有可能影响到整个战局。

转眼间，新会副格基地已经热闹起来。

所谓副格，是指大钢圆筒之间的连接钢结构，它起着固定两个圆筒并止水的作用。我们已经在前面说过，大钢圆筒高达 18 层楼，横截面约两个半篮球场大，将如此庞大的钢铁圆筒坚固地连接并止水，就是工程技术上所称的“副格”。虽为副格，但个头上必须同是 50 米高，体形上则如弧形的钢铁“翅膀”……世界上没有可资借鉴的技术，对钢板的技术要求也是一片空白，一切都得靠中国工程师自己创造与制造。孙建国、吴致宏带领的年轻工程师团队平均年龄只有 28 岁，他们来到基地后便开始了为大钢圆筒铸造钢铁“翅膀”的紧张工作。

年轻的基地年轻的心。一航局一公司的一群“80 后”小伙子甩开膀子与天、与海赛跑，仅用一个月时间就奇迹般地完善了厂区设备生产条件。在完成第一个副格成品之后，又调整战略，创建双线并发的生产线，从而使一日产两片副格上升到一日七片。

林鸣得知后，亲临新会。当看到昔日一片荒滩转眼间成了自己麾下的13万平方米预制厂时，不由得满面春风。总工程师的一声“干得好”，令一群晒得黑黝黝的年轻工程师热泪盈眶。

然而，大钢圆筒筑岛的复杂性仍在一步步逼近。

现在，他们面临如何将大家伙插入海底的工序，这一工序在工程上叫“振沉”，即通过强大的振动力量将其沉下的过程。

让我们张开想象的翅膀，想一想你眼前有一个18层楼高的钢铁巨筒，要把它往下沉压几十米，你有什么办法。大家肯定想到了用千斤巨锤！

但这千斤巨锤又由谁造？而且千斤巨锤真的能把如此巨大的钢铁大筒压入海底吗？怕是牙签掏水泥地，一点儿用都没！

怎么办？工程师们有办法，他们想到了一种振沉器。就是用电流振荡的力量代替千斤顶或巨锤，将如此庞然大物下压使其沉降。但这种工程技术和设备中国没有，日本和美国有。

林鸣立即指示项目工区的孟凡利工程师出面进行“世界采购”。孟凡利马上带领专业队伍，前往日本和美国与相关制造商接洽，结果认为还是美国APE公司的产品更胜一筹，但也贵不少。

“就订APE的！”林鸣当即决定，因为他清楚，不是所有的好东西都值得自己去造。时间、条件等限制诸多，能省事省时且确保大桥工程质量领先世界水平，寿命至少120年，这才是林鸣最关心和最应该考虑的核心问题。而且国家也给出了相应意见：用世界上先进的技术和设备，若没有这样的技术和设备，那么我们自己造。但绝不能等，因为“时间同样是金钱，甚至比金钱更贵重”。林鸣比谁都关心大桥的核心问题。这中间既有经济的考量，也有政治的因素。

港珠澳大桥生来就不是一般的大桥。它既是工程上的世界一流大桥，又是国家制度上的超体制“大桥”——关联三地的人心大桥！

看似极简单的大圆筒向下沉插，其实工程复杂得让世界顶级工程师们都常感束手无策。下沉庞大的钢铁圆筒，必须靠几台振沉器联合发力方起作用。那么有没有这样的振沉器呢？

美国 APE 总裁对前来洽谈的中国工程师抱有真诚合作的意愿。但林鸣他们设计的大钢圆筒每个都在 500 吨以上，需要 6 台这样的振沉器。

“8 台吧！用 8 台保险！”林鸣说。

且不说 8 台，就是 6 台振沉器，要让它们联合发力，这工艺 APE 也没有做过。现在中国的港珠澳大桥筑建人工岛却需要 8 台联合振沉器，这必定又是一项科研工程。

副格攻关的试验现场放在中国的天津，因为中交集团的一航局在那儿。孟凡利带领团队就在津门攻关。关于攻关的复杂内容，孟凡利能说他个三天三夜，什么副格如何组装，如何整体下沉，如何锁口连接、筒与筒的止水连接……他能列出一百个难题，这些难题都得在试验场地上解决，否则一个 18 层楼高的大钢圆筒放到海洋深处，一旦左右不是，林鸣不会轻饶！

林鸣一次次从珠海打来电话，问孟凡利试验得怎么样了。孟凡利一开始说差不多了，所有用到的设备已经基本齐全，2 台振沉“大锤”已经从美国运到天津了，只等拆箱安装后就可以试验了。

几天后，林鸣又来电话催问孟凡利。孟凡利说：“没问题了，都安装完毕，隔日可以看效果了！”

这是林鸣最为关心的事：2台大锤，必须势均力敌同步着力，不得有丝毫失衡，方可将钢板副格齐力往海底下插……若有一台大锤用力不均，就会让整个副格瞬间变成“鸭蛋”或者“鸟蛋”，那大桥的人工岛建设就要彻底完蛋！

林鸣人在珠海，心却牵挂着天津的副格振沉下压的试验现场。自大桥开工第一天开始，他就必须把每天的时间分成24小时来计算整个工程几千道工序、几百项技术的进展情况，然后一一算入工期之中。一环失算，环环失误，影响的不是他林鸣作为总指挥、总工程师的个人形象，而是整座大桥建设的进程、整个国家的形象……他能不盘算吗？脑子必须如计算机般地高速运算着，即使如此，仍然还有一个又一个中途冒出来的新问题，不断给他的这种“运算”加进新内容、新课题，于是原本不可变的时间变得越来越短了，短到常常让他有种窒息感……

“林总，不……不好啦！”孟凡利这回是先于林鸣的电话催问，火烧猴屁股似的主动打来电话报告道，“裂……裂了……”

“啥裂了？慢慢说！”林鸣闹心地问。

“振沉器一开，副格的钢板震裂了……”孟凡利哆哆嗦嗦地在手机的那一头说。

“怎么会呢？”林鸣的头“嗡”的一声巨响，神经不自觉地“噌噌”疼痛。副格的钢板开裂，这振沉不下去，人工岛该如何建啊！

“到底什么问题？”林鸣急着要孟凡利弄清试验失败的原因。

孟凡利回答他：“没……没弄明白到底是怎么回事……”

林鸣跳了起来：“都几个月了你没算算？你孟凡利带一帮人到底在干吗？吃干饭？啊？”

孟凡利：“我……”

林鸣："啥'我、我'的？不行就找能行的人，那个美国人呢？"

孟凡利说："大卫先生也急得不知该如何是好，我们正在一起找原因呢！"

林鸣"啪"一下将手机合上了！他心头被压得喘不过气来——先是一大群专家反对钢圆筒筑岛，后是反对的人不多了，但支持他的人也并不太积极，再后来不是材料便是设备遇上种种难题。好不容易搞定美国的振沉器设备，不远万里运回来试验了几个月，却迟迟不出结果。现在孟凡利来报告说钢板震裂了！这消息非同一般，假如联合振沉设备不能确保大钢筒和副格下插成功，这人工岛咋搞？人工岛做不出来，拖个三年五载，这大桥何时才能建好呀？

林鸣一想到这些后果，一团团心火就冲到了脑门。

他重新打开手机，给天津那边的孟凡利打电话："你给我听着，成也得成，不成也得成！振华长兴基地的大钢圆筒快要往珠海这边运了，到那个时候你孟凡利还没给我顺利试验出个结果，你……你就干脆带着来搞试验的那帮人往海河里跳吧！别给我丢人现眼地往珠海回……"

"啪"地又一次合上手机，再没有和孟凡利那边通话。

其实，那天夜晚林鸣没睡觉，他翻来覆去睡不着……副格假如真的在下沉试验里过不了关，人工岛建设将拖到何年何月？老天爷啊！

林鸣在心底频频叫苦之时，远在天津的孟凡利那一大群试验人员就更不用说有多惨了！

孟凡利被林鸣一顿臭骂，心里本就窝火，这火一大，就烧了起来："林总说试验搞不成让咱们跳海河，你们还觉得冤啊？不冤，一点不冤！真要那样，我们往海河里一跳，大不了就咽几口苦水，死不了人的！可大钢圆筒筑岛要搞不成的话，林总才是真的要往伶仃洋里跳……知道往那伶仃洋里跳会是个啥结果，啊？你们给我想想吧！"

18 条男子汉，这时一个个耷拉着脑袋不敢吱一声。

“动手吧！还待着干吗？”孟凡利大吼一声，这一帮子人便手忙脚乱地拥到被震裂的副格边，七手八脚地捣鼓起这个“大疙瘩”来。

试验是一比一的，18 号人对付几十吨的一个钢铁“大疙瘩”，光翻腾一次，就得累脱三层皮。副格已经试验近百次了，这样的倒腾还要有多少次？苦一点没啥，关键是一次次失败的煎熬令人精神崩溃！

18 位试验人员，个个都是原单位的技术骨干，本想投奔林鸣参加中交集团港珠澳大桥建设的，不想甫一上阵就碰上了“遭遇战”。大家心里掂量：倘若副格试验真不成功，林鸣林总才不会让我们这帮“败将”再上战场呢！

作为造桥铁军的中交人，不参加港珠澳大桥这样的“大战”，还能算是“出来混的人”吗？试验人员在失败面前那憋在心里的苦，比海水苦十倍。

其实，除了林鸣、孟凡利他们这些中交人被副格的试验失败逼得苦不堪言，那位卖货给中国的老外，美国公司的大卫先生也开始着急起来。他作为 APE 公司专程派到中国协助联合振沉器安装与试验的工程师，现在“大锤”出了毛病，他自然脱不了干系。

差错到底出在哪里？大卫辗转难眠，百思不得其解。

半夜里，大卫突然醒来——他想到了试验失败可能的症结所在：振沉器密密麻麻的齿轮……是不是齿轮没有调对所致？

想到这儿，大卫一个鲤鱼打挺就往外跑。推门那一刻，正是东方港口城市旭日初升时。

试验现场，大卫把自己想到的问题与孟凡利一说，两人立即动起手来，随即一群工程师也跟着动起手来。这就是我们看到的工程师，他们既有满脑子知识，又有一双能干的手。很快，问题果真找到了，原来一对齿轮差了两小格。就这么一点点毛病，差点毁了 120 个“钢铁巨人”

的诞生和整个筑岛计划！

试验成功的那一天，孟凡利团队的 18 条汉子竟然抱头痛哭，哭得连自己都羞了起来。

就在天津方面向林鸣报告喜讯时，上海长兴岛的振华也向林鸣报告：“你的 120 个大钢铁宝贝制造好了，啥时给你运到珠江口去？”

“当然越早越好嘛！我一直坐等，屁股都等出老茧啦！”林鸣回应道。

“那好。新改建的拖轮已经到位，争取这周出发。”振华方面说。

“大孟，振华那边已经将大钢圆筒装船起运了，你那边啥时候能确定来海上沉筒呀？”林鸣放下上海振华的电话，一个电话又打到了天津孟凡利那里。

孟凡利一手拿着电话，一手掐着手指在算：8 台大锤的全套装备从美国 APE 公司所在地西雅图海运至中国上海，需要数十天时间，到岸后再进行组装调试，也非易事……“林总，5 月底应该可以了！”

“不行！我的计划是五一劳动节那天就要把第一个沉筒放进伶仃洋里，你 5 月底才能组装好大锤，这肯定不行，大孟！”

孟凡利为难了：“这个……”

林鸣道：“别这个那个了！你跟一航局的领导说，必须按照我们前方施工的时间表执行！”

“喂，喂，林总，林总！”孟凡利发现林鸣已经挂断了手机。

“啥？他发脾气了？那咱们赶紧去一趟珠海吧！”一航局的吴局长紧张了，因为前期已经有过“得罪”林鸣的事了，再有一回让林鸣不高兴的事，一航局在港珠澳大桥工程上基本就没戏了！

中山大学珠海校区的那个商务酒店里，一航局的吴局长风尘仆仆刚坐下就向林鸣表态：“我们坚决按林总的意见办！啥时沉筒，一航局的队伍啥时上珠海来！”

“5月初就可以来了？”林鸣问。

“我已经说了，你林总啥时候发令，我们就啥时候到位！”吴局长似乎拼了命一样。

这让林鸣“噗”地笑出了声，说：“也别让你大局长为难了！咱们这样吧，我也不坚持5月1日了，大孟你也别弄到5月30日了，咱们来个折中：5月15日，‘5·15’是我们第一个大筒下水的日子，怎么样？”

“太好了！我代表一航局给林总您鞠躬！”吴局长正要弯腰时，林鸣一把扶住对方的双肩：“你这是干吗？”

吴局长真是激动了：“林总，你其实是好人哪！你让我的上万名职工有了显露身手的舞台……”

林鸣也被感染了：“咱们是一家人，瞧吴局说到哪儿去了！”

孟凡利是跟着吴局长一起回到珠海的。他也被现场气氛所感动，说：“我们坚决打好‘5·15’第一仗！”

林鸣满意地朝孟凡利点点头，说：“快回去带着你的团队到长兴与振华方面会师，集中全力调装好‘大沉锤’！”

“是。”

孟凡利接到林鸣此令后，立即带领团队奔赴上海长兴岛的振华总部基地。此刻的长兴基地，庞大的振华制造工厂海岸线，数十个犹如天兵天将的“钢铁巨人”屹立在那里，格外醒目。

“这就是我们的宝贝疙瘩呀！”孟凡利既兴奋又紧张。他知道，这些“天兵天将”正严阵以待，只要出发的命令下达，它们将远涉重洋，奔赴珠海伶仃洋洋面上的筑岛战场……而使这些天兵天将如定海神针般准确无误地插入大海深处的大锤等装备若不能及时到位，如此神气豪迈的天兵天将们将如何大显神威?

想到这里，孟凡利打了个寒战!

4 月 12 日，西雅图发来的 21 个集装箱的大锤装备陆续抵达长兴岛。一航局派出的“振沉”班组如猛虎下山，领队的是 57 岁的老将郭宝华。此人干过王汝凯大师所说的中国仅有的两处大圆筒振沉工程——长江口的航道整治中那个直径 12 米的混凝土圆筒，和蒲洲大酒店的那个直径 13.5 米的护岸钢圆筒工程，算得上中国仅有的几个具有圆筒振沉实战经验的老工程师之一。“你们就给我调老郭这样的伙计上阵！”林鸣当初从王汝凯大师那里听说一航局藏有这样的特殊人才，便想尽办法让人挖这样的“古董”。郭宝华果然深孚众望，老将上阵一个顶仨，21 个集装箱的货物，他带人仅用两天时间就完成了“叉车掏箱”的任务，让美国 APE 公司的人看得目瞪口呆，连声道:“中国工程师劳动技能超强！”

我没有在大桥施工现场待过，但听林鸣和孟凡利等介绍，其实 8 台大锤的组合联动是件非常复杂的工程工艺。大锤的正式名称叫 APE600 液压振动锤，它的振动力主要是靠液压作用。而大钢圆筒的这套液压振动系统不说其他，单说锤组和动力站之间所需要的高压油管就有 40 多条，每一条油管长达 150 米。而且这些麻线团一般的长油管，它们还分回油管、泄油管等好几种管，相互之间必须准确无误，哪怕一根油管出差错，影响的也是整个大钢圆筒振沉的平稳。加之 8 台振动大锤需要同时联动，涉及数百吨重的大吊架、共振大梁、同步装置和振动锤本身等系统，近千吨的“大锤”系统，要做到步调一致、分毫不差，绝非易事。郭宝华凭借丰富的经验现场摸索，指挥振沉班组的 18 位年轻小伙子，苦战 10 个昼夜，空载试振一举成功，再一次让老外敬佩得五体投地，连声道:“8 锤联动，已是世界第一，中国工程师又用 10 天时间完成了大锤制造国至少要 50 天才能完成的试验，这速度，这技能，也许只有中国人才能做到。”

5月初，装载8台大锤的“振驳28”隆重出港起航，锣鼓和鞭炮声响彻长兴岛。

然而，搭载大钢圆筒的船只却迟迟未动。

“怎么回事？”已经被任命为人工西岛工程负责人的孟凡利急了，一个电话打到长兴岛。

“没人愿意干这活了！”振华方面回答。

“这又为啥？”

“害怕呀！害怕出事！”

“出什么事？”

“你不想想，一船装这么多的大家伙，竖起来就是十几层楼高……海上的风有多大？而且掌舵的看不到前面的，前面的也无法给后面的发讯号，这半途要是遇上台风，你说船会翻几回？”

振华方面这么一说，吓得孟凡利也跟着浑身发抖：“我怎么没想到这事啊？”

林鸣一听也傻眼了：“运不来我咋干活？找他们的康总裁！”

电话果真打到了振华总裁康学增那里，说：“老康呀，你的人不愿把钢筒运过来，我的大桥就造不成了，你这个振华总裁等着吃官司吧！”

康总裁哈哈大笑起来：“林总啊，你这话比老天霹雷还厉害！我千不干，万不干，绝对不能不干你林总和港珠澳大桥的活呀！一句话：放心！大钢筒一准按时运到你那儿！”

林鸣笑了：“拜托老伙计！”

振华是谁啊？是中国最著名的重型装备制造企业，前身是1885年成立的上海公茂船厂，现在的全称为“上海振华重工（集团）股份有限公司”，简称“ZPMC”，为世界500强企业之一的中国交通建设股份公司控股的A、B股上市公司。这百余年的著名企业，于2009年正式更名为“振华重工”，公司总部设在上海，在上海本地及南通等地设有8个生产基地，占地总面积1万亩，总海岸线10公里，是中国也是世界上最大的港口机械重型装备制造商。公司下属员工3万余人。这么大个企业，竟然自己造了货却没船敢运到客户手里，而且这次的客户还是中交集团自己人，这叫总裁康学增的面子往哪儿搁？

“你们都听着，谁要是不想运这些大圆筒，现在就可以跟我说，说完你就走人！永远不要再回振华了！”康学增总裁亲自召开会议，当着那些船老大就是一番叫人没有退路的训斥。

走遍五湖四海的船老大们没辙，只得硬着头皮应允，谁让咱是振华人嘛！

但是，从上海长兴岛海域到南海的珠江口伶仃洋，全程约1600公里，途经台湾海峡，8级台风几乎是不可避免的。一旦遇上，18层楼似的大钢圆筒，肯定连船带筒被掀翻在大海之中……

工程师们再次遇上了困难！

挑最大的拖船！振华是中国乃至世界上最大的装备运输企业，十八般武艺和装备样样齐全。血红色的万吨巨轮——振华16号拖船被首先拉出来装载林鸣所要的第一个大钢圆筒。

这装载问题解决了，台风怎么避？

“老康啊，你不能再拖了！一过四月，从你那儿到珠海海面，三天两头刮台风……耽误不起呀！我又得催你了……”林鸣又给康学增打电话。

康总裁玩海运的活比林鸣有经验，便说：“林总，要说跟台风玩躲猫猫，那我们有的是办法！”

林鸣笑了，说：“说来听听……”

康总裁便如此这般说道:“日本在这方面有经验，他们有一套给台风‘看相’的系统，也就是通过卫星，可监测到台湾海峡的海面台风生成及走向，海运船只可以根据这一系统画出自己的线路。十有八准的。”

“也就是说还有两成风险咯。”林鸣问。

康总裁:“那两成交给我们经验丰富的船长吧！”

林鸣也知道这并非是人所能完全控制住的。“好吧，相信你们振华吧！”林鸣只得长长地叹息一声。

载着第一个大钢圆筒的万吨巨轮“振华16”从长兴岛出发之后，一路南下，风平浪静，让前去珠海口迎接的林鸣乐得嘴巴合不拢，一个劲地给船上所有船员鞠躬致意。“以后，你们每运一船来，我就到珠海口接你们一回……”林鸣许下这诺言之后的一年里，振华运载大钢圆筒十余次，他没食言过一次。船老大们戏称林鸣这是给大钢圆筒“接生”来的，而且从来不空手登船:冰箱、米袋、蔬菜柜，他都要让一起上船的基地工作人员给船老大们塞得满满的。

这是题外话。我们把注意力拉回到大钢圆筒海上驳运的艰难险阻上——

“第一个大钢圆筒历经1600公里，安全抵达伶仃洋。我们以为走这趟海路并非有那么多的艰难困苦，加上前方林总他们筑岛的工期一天比一天紧张，所以有了第一次试探性的成功运载后，我们就开始第二次正式航运了。这回一共装载了9个大钢圆筒。这也是根据事先计划的方案执行的，因为整个港珠澳大桥岛隧工程东、西两岛筑岛所用的大钢圆筒应该是120个，按时间和船载能力，正常的装载率是8—9个……”振华人这样告诉我。

“满载而运的巨轮气势磅礴，但与大海相比，再气势磅礴的巨轮，走在海面上还是像一叶小舟……风平海静时，你勉勉强强，一旦有三五尺海浪，就令人惊心了。咱振华 16 号拖轮，是专门为运载港珠澳大桥所用的大钢圆筒而改造的巨轮，可即使数遍所有的振华远洋船只，也没有哪一艘船以前运载过高达十几层楼高的大家伙。当初我们谁也不敢接这活的原因，除了台风以外，最关键的是前后相互看不见。这很要命，一旦海面出现情况，你很难立即处置。我们就是在这样的忐忑不安中一海里一海里地向南行进……”振华 16 号船老大如是说。

“哪知，第二船还是出了大事……”这事是林鸣告诉我的。

“怎么回事？”

“那一船在拖运过程中还算好，左躲右避，几场台风在途中被船运师傅们给机智地躲了过去。哪想到了珠海口后，装运的大船在海面上定好位，抛下 4 只大锚，每一只大锚有 220 吨重，它们都要埋进海底 10 多米。船老大们以为这就够结实了。哪知半夜伶仃洋海面上刮起一阵大风，还不是台风。这风一刮，陷在海底软土里的大锚就动了……一动船就不能左右了，船老大们急得直跺脚，可也没有办法。因为船上有 9 个大钢圆筒竖在那里，像一垛巨大的樯帆，如果这个时候顶风或侧风逆行，必定会有翻船的危险。船老大一看不妙，立即指挥船员动用各种家伙，砍断锚绳，让大船顺着风往后跑，一直在海上跑了 500 多海里，跑到了南海海面，最后才算免于一难……”

林鸣总工程师这番描述，把作为听者的我给吓得小心脏怦怦跳了好一会儿。“真险啊！大风要是不止，还不知漂到哪儿去呢！”

“是，所以我一直说，要想在大海上顺顺当当施工做事，你就一定要用心，要从心底里顺应大自然，敬畏大自然，不能有任何忽悠它的念头。”林鸣的话让我深谙其意了。

现在该开始"放筒"了吧？我在想：等了一年多，这大钢圆筒总算给林鸣像接新娘似的接到了伶仃洋，是该到"入席"的时候了吧？

"大工程建设不像孩子搭积木那么简单！你是把大家伙钢圆筒做好了，振沉器也配置上了，但，一个大钢圆筒就是500多吨，你得有相应的大起重船。现场施工所要的这些装备一个也不能少，但它们都不是哪个单位生来就为我们准备好了的。"林鸣说，"我们就问振华有没有。他说有，但你得派人来谈……"

"谈啥？"我有些好奇，心想：既然有，就拉来干活呗！

林鸣笑："不行啊，都是市场经济，你得来谈钱，而且还得看谈得如何。"

"它振华不也是你们中交集团的嘛。"

"亲兄弟也要明算账。"林鸣说，"其实我是事先就派筑岛工程负责人孟凡利去谈了的……"

孟凡利告诉我："振华是有比较接近我们要求的那种标准的大起重船，但得改建一下。关键问题是他们开出的价很吓人，每天20多万。"

林鸣一听，掏心似的疼："不行，太贵了！我这120个大钢圆筒还不知要用多少时间安装好呢！他一天20多万元，用一年、一年半时间，不就是上亿元的租船钱了吗？这才是小小的一块，我整个大桥的岛隧工程被这样七拉八扯，边边角角要花多少钱呀？"林鸣说他之所以一听就心疼，就是这个原因。后面的沉管制造与安装才是花钱的大头——大到你根本不知道它到底要花多少钱！

"国家工程的预算是有基本总控的，尽管我们中标的是设计施工总承包，但业主给你的钱是有数、有指标的，并且每一项支出都是要被严格审核的。我是项目总承包人兼总工程师，岛隧工程的大活还没干，'衣衫’却被这人那人剥光了，我还咋登场？当总工程师的就这么苦啊！”在造大桥过程中，林鸣烙在心上的苦到底有多少，只有他自己知道。

“真的全知道了可能也就好一些呢！其实很多事都是在干的过程中一件件、一桩桩冒出来的，根本不可控，不知其势。这才是真正的苦。所有的工程师都是在苦水中泡出来的……”林鸣道。

是的，好的工程师无不是从万千“苦”中磨砺出来的。就是太苦，所以一些人情愿从事办公室工作，或到虚拟的网络世界去寻求“钱”途，而不愿意与机床、砖瓦、钢铁、磨具打交道，因为前者省力而获利更多，后者艰难而前途遥远。

但好工程师不会这样想。林鸣和港珠澳大桥上的工程师们从来没被任何一个工程难题所降服。他们将一个个乱如麻团的障碍理清，又像坦克车那样将一个个坎坷崎岖蹚平……

“谈不下来？我去！”重大事项需要林鸣出面，一些小事谈不妥的时候，也必须他出面。还有一些涉及资金、技术方面的事，他林鸣必须出面。

参与大桥建设调研和施工十几年间，林鸣“飞”来“飞”去多少次，项目办公室小陈说：“大数说不上来，反正有一个月他跟林总飞了32次！”

到达上海长兴后，林鸣直接找到那位康总裁。老哥俩讨价还价一番，最后敲定一艘“振浮8”起重船一个月租金500多万元——加配了振华的工人师傅。

价格谈妥后，振华确实在装备与技术上毫不含糊。想想看，那大海上横着一艘七八万吨、载满“钢铁巨人”的巨轮，你还不得四面，不，是八面都用钢索和锚链固定好，否则一阵台风刮来，装载大钢圆筒的巨轮被吹走了，吹翻了，他林鸣和等在海上的几千名施工人员还不得干瞪眼？

那固定巨轮的锚有多大？反正竖在你面前就是几个人高。你见过这大的锚吗？然而这样大的铁锚抛入大海之中，它也就像一枚缝衣针插在一块蛋糕上，稍有不慎，便会松动或“丢失”了！固定万吨巨轮的锚索钢绳得抛出大船500多米之外……想象一下，简简单单的一个起重船与装载船，在大海上就有那么多“惊天动地”之举，更何况上百个500多吨重的大钢圆筒在大海里插沉的施工场面，该有多壮观！

2011年5月15日清晨，伶仃洋等待已久的筑岛工程正式拉开战幕——大钢圆筒“首振”战斗的各项准备工作全部完毕。林鸣和大桥业主方的朱永灵局长等一起来到现场观战。

“振沉开始！——”现场施工指挥孟凡利一声令下，钢圆筒顶上的8台联动大锤轰鸣，那十几层楼高的大钢圆筒以千分之九百九十九的精确度垂直而下，直插大海深处……

“报告总指挥：首振大钢圆筒圆满成功。请指示！”十分钟——似乎是眨眼的工夫，孟凡利便向林鸣报告道。

“太棒了！热烈祝贺！”林鸣兴奋地拥抱孟凡利，说，“大孟，第一个做得这么好，以后，每一次振沉都要当作第一次，稳扎稳打，才能做到最好！”

“是。每一次都当成第一次！”孟凡利也许是太激动了，也许是被林鸣的话给激励的，竟然振臂高呼起来，“每一次都当成第一次！——”

“每一次都当成第一次！”

“每一次都当成第一次！……”

这是一个令人难忘的情景，这是一个让千千万万的大桥施工者难忘的战斗场面……大桥岛隧工程项目党委副书记樊建华对我说，就是从这第一个大钢圆筒振沉成功的那一天起，林鸣总工程师的这句“每一次都当成第一次”成了之后大桥岛隧工程所有人员的一个行动方向和指针，浸透到了整个工程的全部环节之中，并成为“大桥岛隧人”的项目文化信念……

每一次都是第一次。正是靠着这种信念与要求，从 2011 年 5 月 15 日拉开西人工岛工程战斗的帷幕之后，大钢圆筒振沉从一日一筒，到一日两筒，再至一日四筒……

5 月 30 日，第一片副格负片与大钢圆筒合拢并成功实现密封止水！现场施工指挥的郭宝华，面对耸立于波涛汹涌的伶仃洋上的“钢铁巨人”，激动得忍不住高歌吟诵——

你似翩翩彩蝶之翼
从远方飘来
你如远航的风帆
冉冉升起
你挺起娇美的身姿
义无反顾地跃入大海
机器的轰响伴着你起舞
震颤中你已植根海底
有了你紧锁的双臂
才有了这汪洋中的一片土地

叁

第三章
东岛、西岛，一年与三年之差仅是时间吗？

建成后的东人工岛

“5 · 15”这一天对林鸣和他的团队来说极其重要，因为这是他们与伶仃洋正式“交手”的第一次，自然也是东、西两个人工岛全面铺开筑岛的第一天。大钢圆筒首次以千分之九百九十九的垂直精确度成功插入海底，让林鸣和他的团队有了信心，从技术角度讲，这也意味着林鸣领导的一项世界级工程创新技术趋于成熟，并进入实际运用阶段，但并非完美无缺，或者说在实际施工中还有风险。这就是工程，这就是大工程的必经之路——风险和成功总是相伴同行。工程师就是在这种风险与成功中磨炼自己抗击与收获的双重本领的。

林鸣也是在这种双重心理的作用下，打响了港珠澳大桥工程中“快速筑岛”的战斗——

这场战斗是在空荡荡的大海上进行的。林鸣在很多时候这样说，足见这场“快速筑岛”的战斗，有多少是在并非完全可以把控的条件下进行的。风险与成功并存，而且前者一直占据上风。

世界上没有人干过。伶仃洋大海也不是一片容易驯服的海洋。从20多年前第一次参建珠海大桥到后来建淇澳大桥，林鸣就已经深深领教过这片海的脾气。

伶仃洋的海面和水，看起来似乎与其他大海没有区别，但当你真的想与它“交手”时，便会发现它确实有太多的与众不同之处。这些不同之处或许外行人看不出门道，但对一个欲与它正面“交手”的人来说，甚至会有被它吓破肝胆的时候……这绝非耸人听闻。

从人文和历史的角度讲，伶仃洋最与众不同之处就是它的海水特别地苦，特别地涩。或许这是文天祥心积之火与鸦片战争烽火的烧灼所致？又或许是因为这片海让中华民族流了过多伤心泪，而酿成了如此浓烈之苦？

反正，林鸣对伶仃洋有种说不出的恨与爱——

“大桥中标结束后，我作为岛隧工程总负责人再一次来到这片海洋，那天乘快艇到达海洋中未来大桥两个人工岛地理位置的海面时，我心头有种空荡荡的感受……”林鸣在接受我的采访时透露道，“因为当时决定放弃抛石筑岛等其他方案时，留下的唯一选择就是大钢圆筒的快速筑岛法了。虽然从理论上讲，它可能是最好、最佳的方案，可那毕竟是纸上谈兵。工程师们都知道，工程设计与实际施工之间常常有着天壤之别，而大工程的设计与实际施工间的差异性，则有可能是颠覆性的。作为工程的现场总指挥、总工程师，有时候你的胆识、判断，你的现场组织与发挥，才是决定工程成败的关键。在港珠澳大桥建设中，我们面临的每一个施工关卡，几乎都是未知数……”

“面对大海，我们的未知数就更大了！”林鸣说，“我之所以当时面对大海心中特别空荡，就是因为施工技术与大海环境这双重的未知、叠加的未知会让人产生恐惧感。但我又不能因为这么多的未知诱发的恐惧感，去影响自己和团队的信心与情绪。这是需要特别的毅力和意志的，是一名优秀工程师的心力铸造过程。它最后达到的境界一定是：工程有多大，这名工程师的担当力和胸怀就有多大。”

“港珠澳大桥的岛隧工程就是一场千人走钢丝的伟大战斗，稍有不慎，就会功亏一篑……”许多场合，许多时候，林鸣都这样说。

“5 · 15”第一个大钢圆筒牢牢插入大海深处的那一刻，林鸣和他的团队异常兴奋，随后的大钢圆筒振沉似乎像插筷子那么轻松愉悦……一天一个，后来又变成一天两个，甚至三四个！

这样的速度让林鸣心涌快意，同时又担心意外。因此越到大钢圆筒振沉的后期，他越发小心翼翼，不仅每次必到现场，而且每次运输大钢圆筒的振华号一出现在伶仃洋口，他就会登上快艇，虔诚地去迎候。

“16 次船运，每一次林总都必来慰问我们，必请我们在船上吃顿饭。作为大工程的总指挥，他的这些点点滴滴，一方面让我们感动，另一方面也让我们看出他内心对大家的期待，所以我们都会把他的这份期待化作实际行动……”振华船队的船老大们这样告诉我。

千人走钢丝，就是这样走出来的，一个领头人在前走，身后的百人、千人需要沿着他的步伐，照着他的身影，统一标准，统一步调，统一意志，甚至是统一神经，统一思想与情感地行走，需要做到丝丝入扣的精准无误。这就是伟大工程中的工程师们共同铸造、完善的本色和本质。

西岛部分的大钢圆筒如期如意地按照林鸣的意志及想法一天比一天顺利地插入海底，并排列成“铜墙铁壁”在大海中延伸。到 2011 年 9 月 8 日，振沉任务只剩下最后几个大钢圆筒，有人向林鸣提出，是不是避开“9 · 11”这个特别的日子。

“你们说呢？”林鸣问现场的工程师们。

“我们就在‘9 · 11’这一天完成西岛的钢筒振沉！让世界看一看中国人是如何不畏困难，勇敢前行的……”

“讲得好！我们就选择 9 月 11 日这一天完成今年的西岛钢筒合龙

工程，向共和国62周年华诞献礼！”林鸣挥起拳头，与现场工程师们一起振臂高呼。

9月11日这一天，在西岛大钢圆筒振沉现场，气氛特别令人激动。当61个大钢圆筒携手并肩立在一起的时候，林鸣和现场几十位工程师也情不自禁地围成一圈，然后张开双臂，一个个连搭在一起，在振华驳船的甲板上跳起了快乐自由的伦巴……

“快看，快看呀！白海豚来了！白海豚也在跳舞呢！”不知是谁喊了一声，林鸣他们回头往海面看去，只见五只结群的白海豚，正在不远的海域纵情地跳跃着……那一景，让林鸣和所有在场的工程师都陶醉了。

其实，伶仃洋的白海豚并不是只有这一天才出现在林鸣他们身边，这些有灵性的海洋骄子，一直默默地守候在大海的某处，静静地观察着所有这些陌生的来客。它们最初是恐惧的，后来才慢慢意识到这一群举重若轻之人并非有意骚扰和破坏它们原本的栖息地，故而渐渐变得不再惊恐，不再惧怕，直至重新随心所欲，欢腾游弋于大海之中……

“顶天立地的大钢圆筒振沉落位，我们做到了不影响海面航道，不破坏周边环境。但这仅仅是筑岛的第一步。海底淤泥那么多，我们的人工岛能不能确保不沉降不变形，软土层如何加固，深基坑支护技术如何防护，等等。尹海卿，这些难题就交给你来完成了！”林鸣很看重眼缘，凡是他相中的人、看中的事，就不会再犹豫。

尹海卿从林鸣那里领受的就是海上筑岛的第二个技术难题：如何让建在二三十米厚的软土地基上的人工岛的沉降变得可控。

“要控制好它的沉降，就必须准确预测它的沉降。”尹海卿抓到了问题的实质。现在，他带领的是两个技术团队：三航科研院和中交天津港研院的工程技术专家组。前者由时蓓玲带头负责承担东岛沉降计算，在建整体模型的同时，把隧道段和桥梁连接段作为重点；后者由侯晋芳领队负责承担西岛的沉降计算。由于两个岛所处的海域不同，海底地层结构有很大差异，工程师们必须采用不同方法进行计算，然后利用国际认可的有限元分析软件，进行三维数值仿真模拟计算。

“最受煎熬的是第三步。”女工程师侯晋芳说，“用现场实测的结果对前期计算的结果进行反分析，不仅计算量巨大，且计算参数在调整时经常会遇到问题，令研究一度陷入困境……”

这时，林鸣出现了。他一改平时严肃、古板的表情，像位慈祥的邻居老叔，笑呵呵地给大家讲了“昨晚我看的”一个寓言或一段历史故事……惹得大家哈哈大笑，或是频频点头示意。

他走时仍然不忘笑呵呵地向年轻的工程师补上一句：“记住啦，下次白海豚出现时叫上我啊！”

林鸣走后，团队里的兄弟姐妹们顿感周身轻松，脑洞大开：原来他是来给我们放松精神的呀！

侯晋芳说，前几日，因为一次计算卡住了，造成她精神高度紧张，夜夜失眠，心头愈加郁闷，满脑袋的东西像乱麻一般……现在，她从电脑前站起身，轻轻滑几个舞步，再随意吟诵一首小诗，眼前突然灵光一现，哈，纠结了多日的参数，一下活了起来，像小精灵似的出现在她眼前……就是它了！

侯晋芳高兴地跳了起来：卡了她数日的问题竟于瞬间迎刃而解了！

经过一年多的无数次计算，工程师们以自己独创的智慧，为东、西两个人工岛建立了沉降计算模型，并提出一套完整的施工期地基沉降控制及报警建议值。“这个计算结果，完全可以将沉降控制在 20 厘米以内，成本大幅度下降。”时蓓玲说。

这回林鸣给尹海卿和他的团队送来了隆重的喝彩——以大桥岛隧项目总经理的名义，在大桥建设全体骨干大会上表彰……但同时，他又交来更艰巨的任务：大钢圆筒一天一个、一天两个，甚至以更快的速度在大海上列队摆阵，形成快速筑岛之势态。“现在，我们面临着一个新问题：如何用最短的时间进行地基加固，让岛壁结构实现快速稳定？时工，时博士，你的方案是什么？”

“挤密砂桩技术最可行，也是目前世界上最先进的海底软基加固的方法。”尹海卿有备而来。

林鸣笑了，这正是他和刘晓东、梁桁等确定的最佳方案。这挤密砂桩法，即采用专用砂桩船，通过振动沉管设备和管腔加压装置，把沙强制压入水下的软弱地基中，从而实现迅速置换、挤密、排水、垫层等作用，增加地基的强度和刚度，加快地基的固结，最终尽可能地减少沉降。

此技术起源于日本。

“但日本人才不会将技术轻易给我们呢！”林鸣说。

刘晓东从一开始就按照林鸣的指令，一直在跟进这项技术并同日方相关企业洽谈。“当时我们就想直接购买这套技术和设备。但日方明确说，船可以卖给你们，可里面的控制系统不能卖给你们。”刘晓东说。

“为什么？”

“他的意思是：你们出钱，工程我帮你们去做。”林鸣断然不同意。这怎么行？受制于他人的工程怎么可能做得好呢？怎么可能建得伟大、建得有“国气”呢？港珠澳大桥建设需要的就是这种“国之气”——在这一点上，中国工程师林鸣意志坚如磐石。用刘晓东的话说，就是对一些我们不曾有的高端技术，“依靠国外，但绝不依赖他们”。

不依赖他人，是林鸣在港珠澳大桥上为自己挺起的一座比喜马拉雅山还要高的技术和人生的脊梁。而这并非是他自己一开始想要做的事，但这个世界明确告诉他：要想超过世界，你就必须自己去攀登最高峰……

别无选择。从原子弹开始，到航天工程，没有哪件事是靠别人完成使命的。面对一项世界级的伟大工程时，中国工程师与科学家遇到的问题也一样。林鸣面对的挑战自始至终，一刻未断。

曾经在2006年，中交三航局研发过一艘具有独立知识产权的挤密砂桩船，并成功在洋山港工程上应用过，但现在的港珠澳大桥工程要求实现多种置换率，并且要在水面下66米处进行地基加固，过去的那艘挤密砂桩船根本无法担此工程施工重任。这里复杂的地质条件，令众多机械设备厂望而生畏。

林鸣和刘晓东组织相关专家讨论过无数次，最后不得不给尹海卿、时蓓玲下达新的任务：另起炉灶，再建一个系统。

谈何容易！一个新研发的挤密砂桩船，光在硬件系统上就有砂料输送、砂料提升、双导门进料、振动锤、桩管、压缩空气、控制等七大系统，且不得有任何疏忽。要想贯穿伶仃洋海底的硬土夹层，对振动锤的功率要求极高。你为了加力往下而一味加大振动锤的功率，则设备容易发热，轴承扛不起压力，最终会造成振动锤停工甚至断裂，影响的不仅是装备的重新制造，施工时间也将变得遥遥无期。

林鸣耐着性子，倾听工程技术研究人员设计的新方案：通过专门的冷却系统，把冷却剂输送到需要冷却的轴承部分，然后再通过这个冷却的油循环系统，把热量从轴承带走，保证轴承能长时间地持续运转下去，从而达到目的。

“如果这个系统研制成功，将又是一个顶级成果！”林鸣对尹海卿和他的团队越来越满意了。

2011 年 7 月份，正值大钢圆筒在西岛的振沉一天比一天顺利时，尹海卿他们的挤密砂桩系统来到海上现场打桩试验。然而试验结果却令人大失所望，不是传感器坏了，就是电缆线断了，再就是沙子把导门挡住了……

“这……这是怎么回事嘛？”尹海卿的脸色难看极了，想跳海的心都有。

“这算什么？万里长征刚抬腿……跌倒了站起来再继续往前，才是我们大桥建设者的性格！”林鸣的话让尹海卿他们重新燃起信心。

“开会了！”回到基地办公室，尹海卿连口水都没顾上喝，便摆开了新的攻关阵势。

讨论，争论；争论，再讨论……一个个疑点被排除，一个个可能被亮出，最后，尹海卿向林鸣报告：“出事的症结找到了，现在可以进行新的现场试验！”

林鸣问：“几成把握？”

尹海卿答：“百分之百！”

林鸣大喜：“好样的！”

现场的再次试验证明，尹海卿团队果真是好样的。东、西两岛随之展开了快速筑岛的另一个关键性工序——向岛基的海底深处打入挤密砂桩……

打多少根？东、西两岛共计 20000 余根，每一根都有五六十米，根根牢牢插入大海深处……那情景你可以做些想象，它们必须像庞然大物的钢圆筒一样，整齐而密集地穿透坚固的硬土层，然后固定住自己，永远一歪不歪、亭亭玉立于蓝色的大海之中，承载隧道沉管和大桥的种种重负，并且担当这个重负的时间是不少于 120 年！

林鸣领导下的挤密砂桩技术完美实施，对快速筑岛起到了非凡意义，在技术上也为我国甚至世界深海工程做出了影响深远的贡献。日本专家来筑岛现场观摩后，大加赞叹："中国工程师在这方面的技术已经超过了我们！"

工程师林鸣可没有因为别人的一两句夸奖、表扬就昏了头脑。大钢圆筒在西岛振沉过程中超意外地顺利之后，东岛的第一个大筒下沉时却遇到了超意外的麻烦——开始是打不下去，后来八大锤加力后竟又出现了筒斜……

"一直到晚上 7 点都没振沉下去，搞得现场的人都想跳海……"林鸣说。

"出什么问题了？"我问。

"东岛的海底地质状况与西岛不一样。"林鸣解释道，"西岛的海床是软土，比较好振沉。东岛的海床有不规则透明晶体，这种东西很硬，有三四米厚，所以大钢圆筒振沉过程中，一遇到它们就出现了倾斜……"

"怎么办呢？"

"没啥特别的办法。就是均力振沉不下去，最后大钢圆筒就斜着往下振沉，很让人恼火，但又没有办法把那么大的钢圆筒拔出来重新下插……"

"就这样斜着插在海里？"

"就这样斜着……所以这一天大家心情很不好，我也是。西岛 61 筒干得那么漂亮，东岛第一个就给我们来个下马威！"林鸣的声音变得低沉。片刻，他又说："后来我们采取了相应措施，对斜筒进行了特别的补救。但总归是个并不太圆满的事。这个东岛大筒下插，后来又连续出过三次问题，而且每一次出事都是我在外出差期间。这让我从此不得不放弃出差，凡有大钢圆筒振沉下插时就守在施工现场，眼睛盯在那里，看它一点一点地往海底下钻，直到圆满。这个过程很漫长，也很劳神，但你心头不能有任何杂念，啥都不用干，因为有 8 台大锤在为你使力。你只需要全神贯注地看着大钢圆筒顺顺利利地往海水下沉……”

“后来所有重大海底安装时，我都守在现场，就像看着自己的孩子从娘肚子里出来一样，默默地为它们祈祷和祝福。这也让我更加虔诚地相信，对大自然一定要有敬畏之心。”林鸣说。

后来的筑岛事宜，林鸣和他的团队便出奇地顺利。2000 余人在狭窄的海中之岛上整整战斗了 2000 多个日日夜夜，一直到 2017 年的年末。整整七年，尝足了大海的滋味，那滋味又苦又咸。难怪这些大桥的筑岛人跟我说了一句听起来十分绕的话：下岛了就不想再上去，上岛了就不想再下来。这话在仔细理解之后，似乎让人想哭。

造桥人还告诉我，海上人工岛，其实是一座极小的孤岛，除了黄沙还是黄沙。最初一两年间，岛上的施工人员几乎都是在海平面以下几十米的“沙锅底”作业。数百万方的黄沙、数百万根钢筋、数百万吨混凝土搅拌……所有工序都是靠他们挥洒汗水来完成的。为了确保海底下的岛基坚固，钢筋混凝土里需要注入冰块，而施工人员则需要顶着 50 多度的高温在烈日下工作十几个小时。你上了岛，工程完成前就没有了上岸的机会，除非超常的紧急情况；你在岛上，只能住集装箱，一年四季如此；你想家了，可以到仅有的一个高出海面的瞭望台去打一会儿手机；你再要有所想的时候，雷霆和暴雨已经接踵而来……这个时候，工友会放声高喊：来吧，暴雨，来得再猛烈点吧，请将我全身上下所有的黄沙与泥浆清洗个干净，再将我的汗水一起蒸个通透……

这就是伶仃洋的筑岛人。为了这些默默的贡献者，林鸣曾经一次次亲自带着基地后勤人员，为岛上送去冰棍，送去冷饮，送去一个个烟灰盒——他要求岛上施工现场不能留一个烟蒂，而又必须确保辛苦的工友们能够潇洒地抽上自己喜欢的香烟。

筑岛七载，每一个春节，岛上的人都留守在自己的岗位上，拼着每一天的工期。林鸣陪伴着这些工友，每一个春节他都在现场，跟工友们在大海上吃年夜饭，痛痛快快放一阵鞭炮……

这样的情景，在建造大桥的七八年间，仅仅是一个很小很小的存在。

现在，我们还是来回顾那些令人惊心动魄的时间点吧——

2011 年 12 月 7 日，这是东、西两岛 120 个大钢圆筒全部完成振沉的时间。随着现场指挥郭宝华老将的一声“圆满成功”的话音落下，东、西两个人工岛的千名施工人员齐声欢呼……

这是令人激动的时刻，也是林鸣最为期待的历史性时刻：从“5・15”到“12・7”，仅仅 200 多天的时间，东、西两个人工岛上的 120 个大钢圆筒筑成的两颗晶莹闪亮的大“珍珠”已在伶仃洋上放射光彩！

啊，船行千里运来大海的根基
蝶形巨臂凌空而起
抓住高入云端的你
穹空之神眼
为你指明方向
移动之巨臂
带你到美丽的家园
声声细语
与你神会交流

雄浑的轰鸣

相伴到达理想的终点……

这样的现场，这样的时刻，林鸣必到。而这一时刻，他并没有像以往风一般、雷一样地出现在施工人员面前。只见他悄悄站在老哥郭宝华的身后，静静地与大家一起倾听这位 57 岁的老战士面对大钢圆筒吟诵着自己从心头涌出的诗句——

雄浑的轰鸣

相伴到达理想的终点……

14 天后的 12 月 21 日，港、珠、澳三地政府组织精干队伍来到人工岛上，为林鸣他们举行“当日签约，当日开工，当年成岛”的庆贺仪式。这个庆贺仪式虽然不大，用在这里的文字也极少，但我知道，林鸣他们在伶仃洋上仅用 7 个月“屏水”，即在海水中坚固了两个人工岛，这是世界上绝无仅有的。仅凭这一纪录，林鸣他们已经让祖国在世界同行中骄傲了一次。这个纪录让西方人好一阵羡慕和嫉妒。

庆贺成岛仪式之后，即到了向为振沉巨型大钢圆筒做出贡献的“大锤”——8 台液压联动振动锤组系统告别的时候了。这项附带的仪式，是林鸣提出的。120 个大钢圆筒振沉圆满完成之后，意味着跟随林鸣他们在海上奋战 200 余天的“振驳 28”上的“大锤”，顺利完成使命……

现场，没有鞭炮，没有掌声，只见林鸣默默地走到大锤前，然后抬起双手，轻轻地抚摸着锤头，很久，很久……

那一刻，许多人看到平时威严如山、铁骨铮铮的林鸣总指挥的眼眶盈满了泪水……之后，他的头与锤头万般柔情地相贴在一起。

三年的工期，你用一年不到的时间就完成了！我不谢你，还能谢谁？这是林鸣对“大锤”说的悄悄话——大海听得清清楚楚。

肆

第四章
10 个亿，牵出一头“金牛”

首批沉管的预制生产

有一笔账必须为林鸣算一下：东、西两个人工岛，花了7万多吨钢——注意，这钢的重量是北京奥运会鸟巢外结构用钢量的近2倍，折合人民币10亿元。据大桥业主介绍，他们跟林鸣签的人工岛一块的经费总额是40多亿元，最后林鸣在建岛上所花的钱没有超出预算。“而且因为他采用了大钢圆筒法，为建岛争取了至少两年的时间，这是无价的。”

有人跟我说过，港珠澳大桥早运营一年，至少可以使三地实际多赢利数十亿元。“林鸣是个会算大账的人。他在核心技术和控制上会花钱，花得也狠，但最后他总是让我们皆大欢喜，因为他干的工程总是最保险的，实际投入又是最合理的，有时甚至是最低的成本。”大桥业主们每每谈论起这一话题时，脸上总是洋溢着兴奋。

现在，林鸣已经转入另一个工程战场——

他需要安静片刻。这样的安静，只有在每天深夜入睡前。这时他习惯性地依偎在床头，顺手从桌子上拿起一本书随意地翻阅……这是他长期养成的习惯。只是这一天，手中的一篇文章让林鸣感到特别亲切，于是他饶有兴致地读了起来：

……犹如一颗碧绿的南珠，桂山岛静静地镶嵌在伶仃洋的万顷碧波之上，与中心洲、牛头岛相连后，陆地面积近10平方公里。它地处香港、深圳、澳门和珠海陆地之间，被誉为“一国两制”的交汇点；它扼珠江口海上交通要道，紧邻大西、大濠、榕树头等六条国际航道；离桂山岛不远的海面上，几个小岛呈一条弧线错落排列，挡住了伶仃洋上的风浪，形成了一个天然良港，岛外就是著名的珠江口国际锚地，平时万帆云集，各国船舶穿梭如织。

这是一个美丽的小岛，是珠海离岛游的首选之地，被誉为伶仃洋上的一颗明珠，岛上绿树成荫，奇石嶙峋，一条滨海大道沿海边蜿蜒，是广东绿道的起点。坐在道旁的驿站里，看着蔚蓝色的大海，呼吸着清新的空气，听细浪拍岸，观游人垂钓，顿生一种宽阔无忧、舒畅愉悦的感觉，这对于常年处于水泥森林，听惯了喧哗嘈杂市声的城市人来说，简直就是世外桃源。

岛上的常住居民有1000多人，每天，一队队、一群群旅行者来到这里，或观光，或垂钓，加上岛上的工程建设者和驻军，人数远远超过了当地居民。就是岛上的居民，也大多不是真正的原住民，粤普、湘普、川普等不同口音的普通话也成了日常交际语言，很多开电瓶车的、卖鱼的、开小商店的都成了“语言大师”，不仅能够听懂各种各样口音的蹩脚普通话，还能连比带画地和老外交流。烈士墓、妈祖庙、女娲像广场、文天祥雕像、黄瓦白墙的别墅、鳞次栉比的渔排奇妙地混合在一起，展现出一种丰富多彩、别具特色的人文景观。

这更是一个有着太多英雄气节的小岛。在这里，我听见了文天祥那流芳千古的吟哦，“人生自古谁无死，留取丹心照汗青”，穿越了七百多年的时空，仍然在伶仃洋上的风中回荡。如今岛上的文天祥广场上，白色的石像静静矗立，诗人深沉的目光、忧郁的神色在向每一个游人诉说着那个时代的风雨飘摇。

在这里，我闻见了英雄战火的硝烟。1950年5月25日，解放桂山岛(时名垃圾尾)的战斗在这里打响，战斗中，中弹着火的“桂山号”战舰在垃圾尾岛吊藤湾抢滩登陆，抢占阵地，与国民党陆战团展开生死搏斗，经过半天的激战，终因敌我力量悬殊，“桂山号”大部分同志都壮烈牺牲，他们用生命为后继部队的最后胜利开辟了道路。为缅怀“桂山号”英雄的光辉事迹，1954年，珠海人民将垃圾尾改名为“桂山岛”，修建烈士陵园和桂山舰公园，并使之成为传承英雄精神的红色教育基地。

在这里，更听见了“踏浪伶仃洋，天堑变通途”的誓言。2010年，来自全国各地的中交建设者，辗转万里，几乎坐遍了客车、飞机、地铁、轻轨、轮船等所有的交通工具，带着一身风尘和兴奋，终于来到了桂山岛。他们要在这个偏僻的孤岛上建设起现代化的沉管预制厂，开启世界最大规模海底沉管生产的宏伟征途……

这篇由一个叫李正林的职工写的工地纪事，让林鸣久久难眠。

林鸣喜欢读些闲书，各种书他都喜欢，除了工程专业书以外，他看哲学的、历史的、文学的、社会学的各种类别的书，甚至还看自己项目工程队伍里那些才子写的东西。

“我的职工团队中什么人才都有啊！”林鸣曾这样自豪地对我说，并且拿出七大本正式出版的《岛隧心录》来佐证。

在这些《岛隧心录》中，我发现有许多人写到桂山。“那里有我们的3个工区，共1000多人在那里整整战斗了7年。虽说桂山是个孤岛，但它对我们大桥岛隧工程的贡献是最大的。可以说，桂山是港珠澳大桥岛隧工程的摇篮，没有这个摇篮，就没有今天这样美丽的港珠澳大桥……”林鸣说。

林鸣之所以把桂山比喻成港珠澳大桥岛隧工程的摇篮，是因为岛隧所用的沉管与小构件，基本上都是在这里的一个预制工厂生产出来的。

建大桥还要再建一个工厂，这是因为港珠澳大桥工程建设上遇到了一个很特殊的技术问题，也可以说是主要技术问题。在我们这些外行人的印象中，建桥筑路似乎好像都是在现场进行钢筋混凝土灌筑，尤其是桥梁，建一段灌筑一段钢筋混凝土，然后将若干段钢筋混凝土的桥梁连接成一体，便是我们所要的大桥了。

林鸣听后笑了，随后说：“如果都这样简单，就不用我们这些工程师了！”其实，在大桥如何建的问题上，从一开始就有过一场严肃的争论。这争论既是学术上的，更是技术上的，同时又是“被迫的”——最后一种解释是林鸣的。

他林鸣之所以这样说，是因为孟凡超、刘晓东等一批最早参与大桥工程设计的专家在酝酿大桥建筑方案时，就对55公里的海上大桥结构与施工方法做了详尽的论证，最后一致认为，每段七八十米长的钢筋混凝土桥梁，如果是在外海面的现场灌筑，基于施工现场的难度，无论从质量，还是从环保需求考虑，都难以确保，更不用说还要实现120年的保质要求。伶仃洋的气温与台风等自然外力影响，也基本上对现场灌筑法亮出了红灯。

“桥梁如此，我们岛隧工程更不用说，尤其是沉管，现场灌筑绝无可能。‘工厂法’由此作为大桥主体结构的预制方案……”林鸣在参与大桥前期专家论证时说，“其实大桥工程的每一步选择都很惊心动魄，因为我们没有多少经验可借鉴，靠的就是集众人智慧，再进行不断地试验，最后把可行性方案搬到施工中去。”

然而我知道，林鸣他们的岛隧工程上马时，就连设计施工方案还多数是空白的，这又是为何？

“我们与业主签订的岛隧承包合同叫作‘设计施工总承包’，意思是设计与施工都归你们，也就是说，所有施工技术环节的设计，都得由我们施工单位来完成，当然设计方案得通过三地政府组织的世界顶级专家团的审定，再由业主批准后，我们方可正式施工。”林鸣这样解释。“难度可想而知。”他感叹道。

人是被困难逼出来的，也是不得已而为之。因为在林鸣之前没有哪个中国工程师干过类似的海底岛隧工程，即便全世界也没有人做过如此大规模且复杂的外海岛隧工程。

前面曾经提到林鸣他们早先请荷兰公司做沉管安装的技术支持时，就遭遇过很屈辱的一幕——拿出3亿元人民币询问人家能够为中方做些什么，对方的答案是只能为你点一首“祈祷歌”。制造沉管又是另一个概念，它的技术难度我们在下面会说到，它和我们中国航天专家们在二十世纪六七十年代研发宇宙航天器一样，几乎是在一张白纸的基础上开始了我国伟大的航天事业征程。半个世纪后的今天，中国工程师们在建造港珠澳跨海大桥时又面临世界级难题的挑战，而且从一定意义上讲，林鸣等碰到的问题的难度，不亚于当时中国航天人碰到的难度，原因是港珠澳大桥的岛隧工程，可遵循、可依靠、可依据的先例少之又少。理论可以探讨，工程一旦上马便无回头之路……

摆在林鸣面前的，就是这样的工程技术难度。

他有信心面对吗？不是有没有的问题，而是必须有！林鸣非常自信地告诉我，从参与大桥建设论证和咨询工作的第一天起，他就做好了这样的准备。“没有退路呀！从内地通往香港、澳门的大桥，或者说香港与澳门联结内地的这座关系到三地经济与社会建设的大桥，从最初梦想到正式开工，已历时数十年，工程一旦经国家批准，剩下的事情就需要工程技术人员去完成，去担当，你说我们有退路吗？绝对没有！”林鸣特别指出，“因为考虑到技术难度，国家在批准建设方案时允许我们去争取世界上最好的专业团队来帮助我们，也准备花巨资去把相应的装备技术买过来为我们所用，但事实上正如习近平主席说过的那样，世界上最先进的核心技术是买不回来的。我们的大桥岛隧技术和装备也是如此，你想买，人家不卖给你。你以为花的数额够大了，但真到了谈判时会发现，远不能满足对方。而且有的核心技术，即使我们给再多的钱，人家照样不理会你！”

“我们就是在这种情形下被迫自己动手的……”林鸣说到这儿时，神情是严峻的，眉宇间露出一种不屈的民族气节。此时此刻，中国工程师的形象跃入我的脑海，再也不可磨灭。

大桥的桥梁制造决定采用工厂法预制，这在工程中标之前就已确定下来。林鸣他们承担的大桥控制性工程——岛隧建设是否也能用工厂法预制？这其实是留给林鸣的一个最大未知数，也就是说，你可以是，也可以不是。不是工厂法还能有什么办法？现场灌筑？那根本是不可能的事，因为如航母一样体量、如航天器一般复杂的沉管，不可能在海底实现现浇现制，只有在陆地上事先预制好了再沉降安装于海底。然而工厂法对沉管和岛上诸多工程设施来说也是个难题，难在它的不一致性。何谓不一致性？就是一个个沉管并非全都一样，人工岛的建设和其他各类工程也不一样，而工厂法的实际意义便是流水线生产的特点，它要求预制的东西是整齐划一的重复性产品，如桥梁、桥墩，还有桥面的钢筋混凝土板材等。

“我们被情势所逼，可以说是一步紧逼一步。”林鸣拿起一捆线，给我推演大桥建设过程中如麻线团一般的复杂选择。

最早“被逼”选择港珠澳大桥桥岛隧的桥型，是因受伶仃洋空中与海洋航道限制，加之生态环境、海底地质及水阻条件等的影响，于是大桥除了传统的桥梁外，还有人工岛和海底隧道工程；因为有了海底隧道，所以又有了海底隧道选择何种形态的问题，是盾构式隧道，还是沉管式隧道？专家们用了数年时间，对大桥本身、大桥的海域环境、大桥未来120年及120年间通行过程中负荷等各种需要考虑的问题，进行了最高端、最精细的分析和总结，最后向决策层提供了一份近十万字的《海底隧道深化研究》专题报告，这份报告是林鸣组织国内外数百名专家形成的“设计施工总承包”的最终上呈的实施性意见——尽管它是上呈给业主的审批报告，事实上也基本代表了决策层不可逆向的最终“选项”方向，因为决策层给予林鸣他们的“设计施工总承包”的概念里，包含着这种设计的最终“选项”。除非业主能够提出更科学、更合理的方案。事实上并没有另一种方案，于是业主把选择方案的最后决定权交给了林鸣他们。林鸣的选择过程也代表了业主的意志甚至是国家意志。

“我常常感到责任巨大、使命光荣的原因也在于此。”林鸣说这样的话时，会将身子往前倾，眉头紧锁。突然间，他又会仰起身子，如释重负地开怀一笑。

活脱脱一个真正的中国男子汉形象，一副为国担当的大国工程师气度。

林鸣他们运用在大桥建设上的工厂法，实际上是一种制作方法，即大机器生产的形式之一，由工厂流水线完成的某种预制产品的生产过程。

大到飞机、高铁路线、汽车等，小至一件衣服、一根塑料管和一根针，基本上都是工厂法的产物，而且随着计算机、三维四维甚至五维技术的来临，那些并不规则、标准不统一的物品，也进入了工厂法的生产流程。工厂法无处不在，现代生活离不开工厂法。

然而，大工业生产中的某些特殊性，与生命基因“生产”一样遇到了不适合。港珠澳大桥的岛隧工程制造便遇到了这种特殊性。

33 节沉管，每个体重 8 万吨左右（与航母同等），长 180 米、高 11.4 米，中间将穿行 6 个车道，并且置有一条装有排烟、通讯、供水等设备的安全通道……如此复杂的大家伙，且不说工厂法行还是不行，工厂建在何处，何处方可满足大桥这些核心“玩意儿”制造的种种，制造出来后它们能不能安全运达外海的大桥建设现场……林鸣遇到了一连串让人头疼的问题！

其实，这些事在他思考和运筹大钢圆筒时，就已摆在面前……“林总，你要赶紧定下来啊！不然，大桥整个施工时间会拖在你手上……”业主在向他喊话。

“林总，仅仅工厂法还不够，还需要和它同步的‘大型化’‘标准化’‘装配化’等要求，你得尽早拿定主意啊！”项目总设计师刘晓东也等不及了。

“且慢且慢，让我想明白再说……”一向雷厉风行、比别人急在前头的林鸣，这一回一反常态慢了下来，数天时间都不落笔签字。

“中国制造”谈何容易！真抓实干时，它的前面是刀山火海、万丈深渊，甚至是万象迷宫，无路可循。

林鸣在“工厂法”这一问题上确实没有丝毫的心血来潮，他也不敢这样做，因为沉管预制的成与败，意味着整座港珠澳大桥的成与败。

主持和参与了《海底隧道深化研究报告》的林鸣非常清楚，专家们之所以最后选择了沉管隧道作为大桥的组成部分，是由于伶仃洋海域的特殊性。工程专家们反复对比了盾构隧道与沉管隧道两种工法之间的风险差异，这两种隧道工法，其实都存在巨大风险，因为在外海深处，哪一种隧道都存在极大的不可控性。两个不同工法的对比结果是：沉管隧道方案的主要风险比盾构隧道方案的小；盾构隧道和沉管隧道相比，在成本和工期延误方面有着更高的风险；从本质上讲，沉管隧道的工法主要包括预制管段、浮运、定位及水下连接工程，与跨海大桥的施工风险相似；人员安全风险（出现严重事故的可能）在两种不同隧道工法中是一样的；环境风险可以借助规划、监理和现代化先进设备的使用来加以管控；最后一点也是最重要的一点：盾构隧道的建设和安全维护费用，比沉管隧道高出10多亿元人民币。

10多亿元在整座大桥建设费用中所占的比例只是个小数，但这仅仅是隧道部分的工法选择比差，整个沉管预制与安装费加起来，可就是百亿元的大数了！一旦工法选错，花费百亿没做出工程想要的东西，或者说未能实现寿命120年的工程要求，事情可就不是哪个人能承担得了的。林鸣面临的选择压力自然异常沉重，因此他在这一问题上格外谨慎。

但工期不等人，选择的余地也十分有限。等、靠、要，全然不可能，人家国外这方面技术和设备不会轻易给你，即使真发善心，那价格肯定也会吓退你。

又是一个别无选择。

“自己干！”林鸣的硬气，就是在这些重要关节点上毫不含糊，气壮山河。

岛隧工程的工厂法就此选定。10个亿的钱用来建一个预制厂……瞧，这就是大工程！

10个亿建一个临时用作预制大桥工程所需设备和材料的工厂，这就是大工程的气魄！

走，去桂山看看！2010年末的一个日子，林鸣带上几位设计人员，一起来到他们选中的工厂厂址。

第一次来到桂山，林鸣感觉这儿离香港很近，离大桥的海面却似乎远了些——7海里多。以后的每节沉管，都要从这儿诞生并运达大桥那边……林鸣举目身前的万顷碧波，再眺望孤岛前后的山峦，心头涌起万千感慨：一个世界级的海底沉管预制厂和最先进、最宏大的海底隧道工厂法，将在此诞生！

刘晓东和梁桁引导林鸣来到桂山最靠近大桥海面的一个小岛，告诉他这是计划中的预制厂所在地。"按照我们所了解和掌握的沉管工厂法制作程序，它的生产流水线应该是'I'形走向，但是目前这座小岛因受地形影响，我们设想将'I'字形工厂法，改为'L'字形工厂法流水线，即将沉管的制作车间与安放沉管的深坞并列建造，这样就可以利用现成岛体……且我们考察周边的结果也证明，这里是建造沉管预制厂的最佳之地。"刘晓东站在一处山巅上，给林鸣"指点江山"。

"这小岛好啊！一面靠山，三面临海，风景宜人，又直达大桥方向……"这一天林鸣的兴致特别高涨，"这岛有名吗？"

"当地人管它叫牛头岛。"梁桁说。

"牛头岛，牛头岛，好名字，我们用10个亿在这儿牵出一头金牛来！"林鸣豪气冲天地说道。

刘晓东和梁桁相视一笑，问："林总，那就定这儿了？"

"定了，预制厂就建在这儿！"

这一天，海风忽然送来一片暖意，劲袭桂山和牛头岛，令漫山遍野的草木都伸直了腰杆和脖子，簇拥在光临此地的三位筑桥专家身边，其情其景，煞是好看。

时不我待，定下就干！工程师的生命节奏里只有“干”和“赶”。

“一年，就一年时间。只允许比这更短，绝不允许超时！”下达招标任务后，林鸣给出了建厂的截止时间。

他又问那些兴冲冲前来接标的单位：“10亿元，不到一年时间，把工厂建好，开始岛隧预制件的正式生产，也就是说要依靠中国自己的力量把世界上谁也没有做过的大沉管做出来，并且使之能够安放于海底……你行吗？你们行吗？”

林鸣是中交集团的总工程师，港珠澳大桥岛隧工程总承包的中交集团的“统帅”，他能点将的队伍都是中交的队伍。中交的队伍有一航局、二航局、三航局和四航局，俗称中交集团的“四兄弟”，自然都是中外交通建设尤其是桥梁建设中的佼佼者。对于港珠澳大桥这样一块“硬骨头”，四兄弟早已摩拳擦掌，跃跃欲试。

然而，孤岛上开辟战场，远比工程师们想象中的要艰难得多。桂山牛头岛像一片飘落在伶仃洋上的竹叶，它与林鸣他们的总营地相距27公里。在这样的岛屿上作业，从人员交通、住宿再到生产材料和机械装备的运输，电力、通信网络等的保障，都必须依托岸头的后方基地。但作为主战场的岛屿，必须建立自给自足自存的条件。2010年岁末，当海面的寒风阵阵刮来时，林鸣已经派出先遣队伍进发牛头岛，进行作战前的准备。

当时负责前期工作的贺朝阳记忆犹新：“我们在这一年年末的寒冬进驻桂山，当时海风特别大，也很刺骨，白天忙着组建后勤队伍，解决生活区和办公区，晚上整理各类文件，24 小时都在忙碌。岛上物资运输困难，水费高达 10 元钱一立方，电费 3 元一度，蔬菜和肉类价格也高出陆地几倍。最难的是上岛人员不出一周半月，身体都出现了这样那样的不适，都需要想法克服和解决，因为一旦后续施工队伍上岛之后，将在这里长期驻扎，不是几个月，而是几年，甚至更长时间……这将是一场上甘岭式的苦战与恶战。"

说得没错。海战与陆战所面临的问题与困难，一道道考验着造桥工程师的智慧与勇气。

2010 年 12 月 28 日，第一声开山的爆炸声在牛头山响起。之后的 200 多天里，这个往日无人栖息的荒岛开始喧腾起来，直至后来名扬天下，连世界海洋工程的顶级学术刊物都知道它的名字，知道在这里诞生了一个世界级水平的海底隧道沉管预制厂。

海底隧道沉管预制厂到底是个什么模样？它有多少技术秘密，会让那几个掌握沉管核心技术的国家那么不情愿与我国的工程师们合作？而它的成功与失败，又会给大桥和林鸣他们带来多大的风险与不确定性呢？

"太多！太大了！可以说，开始时这方面对我们来说完全是个谜……"林鸣之所以这样感叹，是因为当他代表中交集团与业主代表朱永灵局长在大桥工程的沉管预制合同上签下自己名字的那一刻，就如同"脖子上套了一千条绳子"——这是他的话。

"我们对海底沉管制造毫无经验，可借鉴的资料只有那么几页纸，可是却要制造出世界上技术最复杂、体量又是最大、技术质量又是最高的沉管……"设计负责人梁桁曾对采访他的记者说过这样的话，"林总自己说他的脖子上像套了一千条绳子，其实他的嘴里还等于被插了一把刀。我们就是在这种压力下开始在牛头岛上建预制厂、造沉管和其他小构件的。”

预制厂，首先是一个工厂。这工厂有多大？56万平方米，比三个人民大会堂还要大。劈山挖土，有几百万方的石头与海底污泥被搅动……啊，你可以充分张开想象的翅膀，去想一想那会是一个怎样的战斗场面。一千余名建桥人，此刻他们干的是“愚公移山”之事，不分昼夜，风雨无阻，雷来头顶挡，雹来双掌托，只有一个目标：早日把预制厂建起来！

百分之百的孤岛之战。所有的一切都得从27公里外的总营地通过船艇运达，连喝的每一滴水都得靠岸上运来。

林鸣对项目总部行政部门的负责人这样交代：我总工每天吃啥用啥，岛上的工人和技术人员就吃啥用啥。我总工可以饿一顿半顿，但岛上的人不能饿着一个。倘若生活供应和保障上出了问题，岛上有一个人倒下了，那么岸上从事后勤和行政的，就去十个人顶上。

预制厂虽然在孤岛，但不能让任何一个在上面工作的人有“孤岛之感”，这是林鸣的要求，也是他在伶仃洋上展开大钢圆筒之战的同时，心头最记挂的另一场战役——孤岛之战。

何谓“孤岛之战”？所有上岛的施工人员，完成工程之前你不可能再下岛了，除非有特殊又特殊的情况，比如重病，除此之外再不可能有其他理由离岛。“每天24小时在一个荒芜的小岛上听爆炸声，看劈山，你会被满天的扬尘眯了眼睛，你会被一场场大雨浇透衣衫，你更会被烈日晒脱一层层皮，你还会在半夜里被虫子咬醒……”上岛建厂的人200多天没有下岛，他们每天只知干活，不问东西。

300余天，数百人，在1平方公里的山体与海岸线上，建起了一座世界最先进的海洋沉管预制厂。不搞工程的人或许对它毫无概念，那我可以告诉你这样的预制厂到底是一个怎样的概念，因为我去过牛头岛——

有一座数万平方米、五六层楼高的大型钢结构厂房，里面是各式各样的门吊与桥吊，以及钢铁和混凝土浇灌的各种模板与轨道。

有一个可以同时存放四节以上沉管、需要开挖百万方石土的深坞，那是大桥岛隧工程中最具核心技术并代表最高端制造水平的深海沉管的温床。这深坞前后的两扇坞门，长宽分别是120余米和60余米，站在它们面前，你会感觉到什么是“钢铁长城”，什么是“顶天立地”！

有几组封闭的搅拌和浇筑混凝土系统……

有两个大码头……

自然，还有控制、检测的工房及生活区等其他完备设施。

预制厂正式交付使用前夕，中交集团领导来到岛上，听了林鸣介绍这座世界上独一无二的海洋隧道沉管预制厂的“孤岛之战”后，连声称道：“铁军！这就是铁军！我们的铁军！”

林鸣则微笑道：“这是我们花了10个亿，在一座孤岛上，为国家建造跨海大桥‘牵’出的一头‘金牛’！”

“这‘金牛’值了！”中交集团的领导着实兴奋了好一阵。

伍

第五章
这里也有“你死我活”

沉管 E22

我们见过祖国第一颗原子弹爆炸时亿万人激动万分的时刻。

我们也听过祖国第一颗卫星飞越太空时播送悦耳动听的《东方红》。

我们也看过祖国第一位飞天航天员杨利伟在遥远的太空向地球问“祖国好”的情景。

我们当然也被祖国第一艘航母出征时的欢呼声感染……

我们还应该知道作为港珠澳大桥关键核心的岛隧沉管第一次诞生的全部过程与秘密，因为它的技术难度和复杂程度，其实并不比上面那些国家重大战略和国防工程逊色。此处有两个重要前提：一、它是中国工程师们在几乎无任何技术可鉴的情况下完成的；二、时间极短。大工程建设的难题之一，就是时间短，而时间对土木工程与海洋工程来说常常是最大的技术挑战。

领导组织制造这沉管的林鸣不是海洋学家，也不是工程制造专家，他只是一位造桥的工程师，为国家造了很多大桥的总工程师。港珠澳大桥将他推到了一个需要组织和领导团队去攻克一个又一个世界级高难度技术问题的巅峰。

当得知专家们讨论的最终方案是桥梁、人工岛和隧道“三位一体”的组合之后，林鸣的脑子里就嵌进了“沉管”两个字，它们比结婚后“孩子”二字还要牢实地烙进了他的脑海之中——这个比喻是他夫人胡玉梅给出的。

在前两次采访时我没有问过林鸣家里的事，那会儿正是大桥开通前的准备阶段，有许多事还得他去操办、操心，所以没用“家事”打扰他。第三次采访，我干脆直接地找到刚退休不久就跑珠海来陪丈夫的林夫人，请她透露点林鸣的“真相”。

“真相？他这个人在外啥形象，在家就啥样。”林夫人只用一句话就概括出自己丈夫的“真相”。

“听人说，他在外面脾气可厉害了！生气时骂人骂得别人心脏怦怦跳……”我说。

林夫人惊诧道：“是吗？他在家从不发脾气，大概是觉得欠我和孩子的太多了？”林夫人是个蛮幽默的人，笑着反问我，也反问自己。

“他在工程上要求特别严、特别细，细到一个烟头都不让工人乱扔，而且要求工地上的厕所里不能有一只苍蝇……”

“这事我信，他在家里就是这个样。虽然在家时间很少，但回到家就会把地板擦得一尘不染，所有家什都要摆得端端正正……为这，他有时还批评我。我就有些不服，说，你才在家多少时间？但他确实是个爱干净的人。”

“听工地上的工人说，林总对他们特别好，特别关心他们。他对家里怎么样？”

“不怎么样！”林夫人说完又哈哈笑起来，过后又说，“其实他是个对家特别负责的人，再忙每天都会给家里打个电话……”

“他在工地上忙得 24 小时脚不沾地，还要满世界去跟别人谈合作，顾得过来给家里打电话？”我有些不信了。

“是，再忙也会打个电话。”林夫人肯定道。

“可我知道有时在工地安装沉管时，他得几天几夜在现场，那时也会打电话给你？”

“这个时候除外……”林夫人纠正道，然后说，“自从造这大桥开始他破了这个规矩，我知道他实在没有办法。沉管安装的事太大了，不能分一点儿心，所以我理解他。”

“大桥共有 33 节沉管和一个最终接头，那些日子你为他担心吗？”

“开始不，后来来这边看过一次大桥工地后，知道了沉管是怎么回事，也就特别担心起来。”林夫人说，“沉管是大桥的命根子，所以建大桥的这些年，他的心也都放在沉管上，好像沉管是他的心肝宝贝一般……”

如林夫人所言，沉管是大桥的命根，也是林鸣这些年的“心肝”。那么，港珠澳大桥中的海底隧道所用的沉管到底是个什么样的东西呢？我们这些外行其实只能用文字对它进行最简单的表述：大个头，180 米长，37.95 米宽（可以满足来回各三个车道及一个设备道），11.4 米高，钢筋混凝土结构。工程师告诉我们沉管隧道有五大优势（相较于盾构和暗挖隧道）：一是沉管隧道结构覆土浅，可有效降低线路坡度和缩短两岸接线长度，即人工岛的长度；二是隧道横断面形状和大小的选择范围大，可灵活地满足车辆通行和附属管线的限界要求；三是这种隧道可适应复杂的地基条件；四是预制沉管的防水性能可靠；最后一点优势是管节预制工程、两岸接线段施工、水下基槽浚挖和基础回填等施工工序可并行作业，有效控制工期。上述这些优势，让林鸣和专家们最终一致选择了沉管隧道，于是它也构成了港珠澳大桥最核心的“心脏工程”。

但沉管隧道同样有致命的问题：靠近两边人工岛的部分是有坡度的，

在这些过渡段管节下面，是海洋里不均匀的淤泥，沉管受力条件十分复杂。另一方面，受通道尺度（30 万吨油轮通过的要求）影响，海底隧道的中间段被超常规深埋于海床之下，日久天长，海底淤泥的覆盖会对沉管形成巨大压力，而海洋航道活动也会对沉管造成内力影响，海底超强压力对沉管接头处的形变要求也极其严苛。由此我们才明白港珠澳大桥的海底沉管隧道为什么是世界上最长、埋深最深、单孔跨度最大、规模最大的海底公路沉管隧道。

无疑，作为沉管隧道设计施工总承包人的林鸣，面临的挑战是前所未有的，这是一个世界级技术难题。

“不难就不是工程师干的活。能够解难、化难的人才叫工程师。”林鸣这样解释自己的身份。但既然是“难”，它一定不是一般人所能简单化解得了的。林鸣现在需要的就是一群极不简单的人去牛头岛完成一项极不简单的工程——沉管制造。

10 亿元建一座现代化的预制厂，就是为了孕育一代中国式的海底沉管。

2011 年 8 月 16 日一大早，东岛、西岛建设正热火朝天之时，林鸣登岛向两个工区的“岛主”安排新一轮施工任务，随后便上了快艇，直奔桂山牛头岛。尚未登岛，岸头的鞭炮就已经响起。林鸣抬头望去，见大桥管理局副局长余烈工程师已经在那里等他。

“林总啊，你的队伍每一天都在创造奇迹，真是让我目不暇接！”余烈副局长望着一片崭新的预制厂区，抚摸着一排排整齐洁净的机具、2 套已经安装完毕的自动化沉管预制模板系统、4 座大功率混凝土搅拌站、22 个巍然矗立在岛上的粉料仓，以及 2 套日加工能力达 150 吨的全自动化钢筋加工系统等全新的现代化设备，他不由得感慨万千。4 个月前，余烈来过牛头岛，那时他对林鸣说：“大桥成败在此一举，你们中交人能在这里立足，我们的大桥就有了一半希望。如果还能把沉管弄出来，那我和朱永灵局长就可以多睡几个安稳觉了。”

林鸣当时对余烈副局长笑了笑，说：“我的责任就是尽早让你们几位业主睡上安稳觉。”林鸣说的“业主”，就是指以朱永灵、余烈等为代表的三地政府的大桥管理局领导。

才几个月，余烈再度上岛。林鸣请他来参加首节大桥隧道沉管浇灌仪式，这也是世界上结构最复杂的沉管制造的开端。在余烈和林鸣同时将手按向水晶球的那一刻，牛头岛响起惊天动地、震耳欲聋的欢呼——那是1000多名预制厂建设者胜利的欢呼声和新的出征号角……

此刻的林鸣，脸上的兴奋与严峻并存，此起彼伏。

兴奋，是林鸣对即将开启的沉管制造所坦露的一种积极态度；严峻，透露了他对制造沉管的几多担心。“毕竟，我们中国专家谁都没有造过这么个大家伙，还要对120年的大桥寿命负责，心里到底有多少底气，根本说不上来。”林鸣在接受采访时这样坦言，随即又改口道，“可我有习惯性的自信，认准了的事，一定要做到成功为止，对沉管也是如此……”

“你当时有多少把握？”我问。

林鸣没有正面回答我，只说：“我一般会从整体上对一件事进行认识和把握。这个沉管虽然我没有做过，但在世界上这技术已经有近百年历史，技术本身应该是成熟的。不过因为它掌握在少数国家的少数权威手里，所以又有巨大的风险性。中国曾经做过不同类型的沉管工程，但出过事……”

林鸣最早接触沉管工程概念，是在造润扬大桥时。“那时我听说上海外环线建设中用沉管，很好奇，还专门抽时间去了上海一趟，到现场去参观。虽然没有看懂，但很着迷。在城市建设中遇到江河时，不用在地面上造桥搭梁，顺着河床把做好的沉管铺设过去就能解决交通问题。这是我最初对沉管的认知。”林鸣说。

造桥其实也是一件非常有趣和有意义的事情。当然，工程风险总是相伴而行，很难有常胜将军，但林鸣算是其中一个，因此他也算是国家的“珍稀”人才，也就是国宝。

大桥项目招标的时候，业主对岛隧工程的标段有特别说明：沉管隧道可以征招全球最好的装备和技术。林鸣代表的中交集团之所以中标，是因为他们的标书上也说明了这一部分技术将从国际上引进。

林鸣原本就没想过最难、最复杂的沉管制造与安装会由自己来干。这一幕对林鸣来说，是“旧伤口上的疤”，揭开来谈会很疼：“世界上真正能够合作出结果的，都是一流大公司跟一流大公司的合作，很少会有一家一流的公司跟一家二流的公司合作，因为大公司十分看重自己的信誉和影响力会不会因此受挫。”林鸣说出了国际间合作的一种普遍现象。原来，过去中国公司被人瞧不起，还有这样一个原因。

花10亿元在孤岛牛头岛开建预制厂，其实是林鸣他们被“逼上梁山”之举——

预制沉管技术是个复杂的工程技术，没有了荷兰专家和权威公司的支持，林鸣只剩下两个选择：一是相关的装备与材料在全球公开采购，这不受“排他合作协议”影响；二是请自由专家帮忙。前者容易但费事，可再费事也要千方百计去完成；后者林鸣请到了两位让他特别感怀的人，一位是日本的斋藤先生，另一位是荷兰的“自由人”。

“待遇全由他们自己报价，我们需要的是他们的专业技术。”林鸣说。

“后来我们又请了一位日本专家，他叫花田幸生。这位先生干的时间最长，他后来成了大桥沉管制造和安装的功臣，我们给他颁发过‘劳动模范’一样的功勋章。”林鸣告诉我，即便这样，也比同外国公司直接合作不知节省了多少经费。

制造沉管模板是沉管制造的关键性工序。中国工程师对此毫无经验，办法仍是吸纳全世界最先进的装备与权威技术为我所用。林鸣把组织沉管设计的任务交给了刘晓东团队的一批年轻人。这些年轻的中国工程师不仅专业过硬，而且思想靠近前沿，凡世界上最好的沉管制造商和权威专家，他们都一一前去登门求教。沉管的材料是关键之关键，梁桁、陈良志他们最先去邻国日本寻找合作伙伴，日本人听说需要120年的保质期，便婉言谢绝了。再去欧洲，找到世界公认的沉管技术最强的荷兰公司，对方回答：我们评估自己的产品能够做到120年不变质。梁桁等又去韩国做过沉管的公司询问，韩国人给出的回话又是一种情况。

三个国家，三个价格，三个保证，其实代表了三种不同的文化。“不同国家的工程师，都有一种共同的信仰与理念，那就是：说到的必须做到，做不到的绝对不说。当我们把‘生意’做到日本，他们的工程师对我们120年的产品寿命要求有敬畏之心，所以就非常真诚地告诉我们，他们做不到，请我们另找他人。这就是负责任的严谨态度，既对我们，也对他们自己。牌子和信誉，对日本人来说，比金钱更重要。韩国人给出的甚至超过了欧洲公司，这也是他们的文化使然，因为韩国很在乎别人如何看待他们，因此他们骨子里有种不甘落后于他人的心理，他们所有的想法都是往上够一够的。这是韩国人的文化。欧洲既有实力，又有独立务实的文化，他们给出了我们所需要的产品质量时限。后来我们决定用欧洲的产品，这也是我们自己的文化所决定的，中和与平衡的结果……”林鸣说。作为大工程的工程师，对比与比较，并从中获取经验与判断，也是一种文化——工程师在实践中争取迅速自我成长的文化。

听林鸣讲过许多次这样的话：港珠澳大桥是我们中国工程师自己造的大桥，是目前世界上最先进、最伟大的跨海大桥，它融合全世界最前沿的造桥技术和最先进的装备，是世界造桥技术的结晶，既属于我们中国，也属于全世界。

这也是工程师们共有的胸襟与情操：不固守自己的经验，也不贬他人所长，实事求是，忠于职守，勤奋努力。

而战斗在大工程上的工程师们，还必须具有高智商和高情商。

今天我们的车子可以行驶在美丽壮观的港珠澳大桥了。行走在这座世界最长、最漂亮的跨海大桥上，你感受最深、最震撼的肯定也是那段潜入海底的隧道，它让你感觉犹如进入一个富丽堂皇的地下宫殿一般……在这四五十米深的海底行走，如果你有机会驻足几分钟，你甚至可以倾听到大海湍流的声音，你也可以听到白海豚在你头顶的嬉戏声，你还可以听到大地的心跳声——其实，这一切都来自你的幻觉。身处海底世界时，你一定会有一种意识：这里才是港珠澳大桥的心脏。

是的，用 33 节沉管连接起来的长达几公里的海底隧道就是大桥的心脏。林鸣和他的团队就是铸造这大桥心脏的人。而我知道，林鸣和他的团队为了铸造这大桥的心脏，耗尽了心血与汗水。

“林总，告诉您一个好消息：我们请到了老朋友 DOKA 公司为我们设计沉管模板，团队领军人是霍夫曼先生，此人相当厉害，在模板领域独一无二……”一日，梁桁向林鸣报告。

林鸣当机立断：“那就是他了。”

DOKA 公司是德国的一家海洋工程模具公司，技术和信誉堪称世界最强。林鸣对其寄予格外深厚的希望，因为这是大桥的心脏，林鸣不敢有丝毫马虎，尤其是在自己国家的一个荒岛上制造生产。

霍夫曼带领的团队在接受应聘后，迅速开始工作，经过两年多的时间，他终于把“造心”的设计方案交到了林鸣手上。

天哪，要1.1万吨重呀！看了霍夫曼的设计方案，林鸣不由一惊。“1.1万吨是个啥概念？就是1500立方米的铁块放在那儿。我们的沉管要从这么个庞然大物里生产出来，不是有些恐怖吗！”林鸣向我形象地描绘。

林鸣无法接受这样的模板，同在牛头岛上的1000多名工程师和工人师傅也很难接受这么个大家伙：得要多大的厂房和生产车间呀！

霍夫曼的方案中还有一点令人难以接受的是，制造模板的价格太昂贵……林鸣的心脏被这些问题敲压得隐隐作痛。

“价格当然是个重要方面，可我最不满意的地方是：它太大。同时我不想沉管模板上再有对拉螺杆……”林鸣出面了，他必须跟霍夫曼强调中国港珠澳大桥的岛隧工程不是墨守成规地复制一座大桥，它是一座全新的世界最先进的跨海大桥。

林鸣的意思霍夫曼似懂非懂：你要最好、最可靠的大桥，可又不要最可靠、最权威的DOKA的设计方案？

林鸣点点头，又摇摇头，似乎对霍夫曼无法理解自己的意思非常无奈。两人坐在一起，表情十分尴尬。

“OK，我回去立即修改。”霍夫曼是个标准的德国高级工程师，也很绅士。林鸣提出的意见，尽管他无法理解，但仍然很认真地接受建议，回去修改设计方案。

从百度上我们可以轻松地搜索到德国DOKA公司的介绍，这个中文名为德国多卡模板的公司，创建于1958年，在60多年的经营历史中，创造了无数项纪录，是模板领域的世界领头羊，具有丰富的模板经验。

不断创新是多卡公司的一大特点，它所创造的一千多项技术，是公司工程师团队长期积累的经验与智慧，为全世界众多港口、码头、机场、隧道、车站、剧院等大型工程建筑奉献过成果与经验。DOKA之前在中国也有许多客户，比如黄河小浪底电站、三峡水利工程、大亚湾核电站、上海环球金融中心、苏通长江公路大桥等，林鸣在建设港珠澳大桥之前的润扬长江大桥时也与DOKA打过交道。然而老朋友再度在大桥上见面时，林鸣向DOKA提出的技术要求已经超出了首席设计师霍夫曼的技术水平。“No！我不能完成你的要求，我的设计只能是……”

近两年的反复与折腾，霍夫曼最终拿出的方案仍然没有满足林鸣的要求，尤其是模板的“体形”和去掉复杂的对拉螺杆等技术简化问题。这让林鸣十分苦恼与纠结。

这两年里与DOKA有多少交流与谈判，而与霍夫曼个人的技术碰撞又有多少次，林鸣无法厘清对这些工程与技术制造的设计方案的讨论到底有无终点，这是他最纠结的地方。毕竟人家是世界模板的权威，又有许多成功的事例放在案头，你林鸣怎可凭简单的直觉与意愿去推翻他人的成功经验？

但如果不将其推翻，中国的大桥心脏就该如此跳动？如此笨重？有无创新的余地？最根本的是，林鸣一直有这样一个理念——工程越大，施工的方案和技术越要简单，伟大的工程师就是要把人人都可以接受和理解的东西制造和呈现出来，让施工人员在非常自信和完全理解的过程中进行劳动，从事现场作业，而非在似懂非懂中朦胧地摸索着干工作。

山一样的庞然大物，麻一样的复杂结构，施工人员怎么可能一一按你的方案与技术要求去精美、精致、精确地完成呢？越是复杂的工序，越隐藏着风险与危机，难道只有DOKA和霍夫曼的方案可行吗？

当然还有钱的问题，尽管它不是让林鸣不甘的主要问题，但业主们是会有意见的……

与 DOKA 签约的前一夜，林鸣转辗难眠，几次从床上坐起，又几次躺下。如此反复折腾到凌晨三四点时，他实在无法再忍，拿起手机给项目部负责设备的杨秀礼打电话询问道："合同签约一事你通知 DOKA 的代表没有？"

杨秀礼半迷糊半清醒地反问："林总啊，你说什么？"

林鸣道："我问原定明天跟 DOKA 签订模板合同一事，你通知对方没有？"

杨秀礼这回明白了，回答："还没有……他们那边跟我们这边有七个小时的时差，准备天亮上班后再通知他们。"

林鸣当即道："你马上停下跟 DOKA 的谈判和合同事宜，6 点钟你们几个管装备的到我办公室来……"

杨秀礼连声应道："好，好。"

清晨六点林鸣与杨秀礼等管理装备的几个工程师开会，内容紧急：立即更换合作伙伴，重新找一家沉管模板设计单位。

杨秀礼等分外紧张："林总，这样行吗？"

林鸣严肃而认真道："为什么不行呢？跟 DOKA 还没有正式签约嘛！"

杨秀礼："可已经跟人家商谈了一两年了，这会不会……"

林鸣："既然没有签约，我们就可以重新寻找合作伙伴。只要有利大桥建设，就是最后一秒钟，也可以刹车。"

杨秀礼知道林鸣的脾气，也就无话再言。"那么林总的意见我们要找哪一家合作伙伴呢？"

林鸣："PERI，德国模架巨头。虽然比 DOKA 模板公司的历史短一些，但人家也有近半个世纪的创办史，尤其是在模板的脚手架方面，堪称世界霸主地位。也许他们能够满足我们对沉管模板的要求……你们立即与 PERI 公司联系。”

杨秀礼：“明白，我们马上联系。”

第二天，杨秀礼便带着 PERI 公司的两位专家出现在林鸣面前。让林鸣有些意外的是：其中一位是华人，叫郑宽志，是 PERI 公司的高级雇员；另一位叫曼弗雷德·施奈普夫（Manfred Schnepf），是非常优秀的设计师。

“欢迎你们加入我们的大桥建设团队，成为项目的合作伙伴。”林鸣向客人介绍完港珠澳大桥的一些基本情况后，直奔沉管模板主题，希望 PERI 设计出符合大桥要求的质优价合理，以及可以减少对拉螺杆的沉管模板。

郑宽志当场答应：我们完全可以做出你所要求的模板。“是吧，施奈普夫先生？”

施奈普夫有些不知所措：“是，应该是可以的。”

林鸣笑了，说：“今天只是初次见面，你们可以回去认真研发一下，三天后若认为可以接受我们的相关条件，那么就正式签约。”

郑宽志激动得拉住林鸣的袖子，连声道：“保证可以！我们 PERI 保证完全按贵方的要求设计……”

三天后，郑宽志带着施奈普夫来见林鸣，并且交上了沉管模板新的设计方案初稿。

林鸣看后大喜，因为之前他与 DOKA 谈了近两年都没有谈拢的两个关键点——模板体积和对拉螺杆问题，在 PERI 方案里都得到了解决。

“还有一件事，不知施奈普夫先生的团队能否帮助解决？”林鸣又提出新的问题，让代表 PERI 的郑宽志一下紧张起来。

“还有什么？”郑宽志焦急地问。

“在33节沉管中，有5节沉管不是直的，也就是说它们应该是曲线状的，这是与人工岛对接所出现的情况……”

“你说曲线段沉管？”施奈普夫先生重复问道。

林鸣：“是。”

郑宽志紧盯着施奈普夫问：“我们……可以吗？”

“应该没问题。”施奈普夫肯定道。

郑宽志立即对林鸣说：“他说没问题。”

林鸣满意地说：“那好，我们可以签订合同了。”

“太好啦！”郑宽志差点跳起来。

“但郑先生……”林鸣叫住郑宽志。

“林总还有什么问题？”郑宽志紧张得差点喘不过气来。

“我希望在合同里有这样一条，模板的设计由贵公司负责，关键部件由你们从德国提供我方；钢结构的制造全过程由我们在国内完成，而且希望由我们中国振华公司完成。模板的整体质量和工作状况由贵公司全程负责。这应该是商务方面的条款了……不知郑先生可否代表PERI同意我们的条件？”

“这个……”郑宽志捏了几下手指，然后断然道，“可以。我是PERI的代表，完全可以答应你的这一要求。”

林鸣兴奋道：“爽！我们马上草签合同！”

郑宽志高兴得有些压抑不住内心的激动：“签！马上，马上！”

上亿的国际合同，前后不到一个星期完成草签。郑宽志自然以千里马的速度带着草签合同直飞德国的公司总部，向总裁报告他带回了一个可以让公司上下着实笑三天的大合同！

“你……带这么个大合同？胡扯吧？”总裁盯着郑宽志，怎么也不信他的话。

“合同书在这儿呀！只等你签字就成了，怎么会是胡扯嘛！”郑宽志急得脸都通红，拿出合同文本给总裁看。

没错，真是一份与中国著名公司签的合同文本。总裁将信将疑地又抬头看了看郑宽志，问：“对方是个什么样的人？”

郑宽志道：“中国专业建桥的大公司，世界500强公司的总工程师，也是目前正在建设的世界第一跨海大桥的控制性项目的总经理……他一言九鼎！”

“一言九鼎是什么意思？”

“就是他说出来的话如同法律。”

“也就是说没有人敢反对？”

“是这意思。”

“那么这个合同是算数的？”

“当然算数。您签字后就是正式的了！”

总裁笑了，指着郑宽志道：“你这回立功了，也为我们PERI争得了荣誉！”因为郑宽志悄悄向总裁报告：中国最初是与DOKA合作的，他们谈了两年却分手了，我们PERI以强大的设计创新优势征服了中国工程师，所以我们是后来居上。

“有机会我一定要会会那个叫林鸣的中国造桥总工程师，他很了不起！”PERI总裁说。

郑宽志连忙应声道：“一定有机会。林鸣确实是位了不起的人物，你们的见面一定富有意义。”

德国的PERI并不知道在签约之后，中国这边的林鸣有些睡不着觉了。为何？他难呀，心里也不踏实。想一想吧：你与一个老朋友谈了两年，双方真诚合作了两个春夏秋冬，现在转眼把人家甩了，重新找了个合作对象，仅用了一个星期时间，就把这么重要的关键性装备的设计任务交给了他们，如果这个叫什么PERI的公司在设计和制造沉管过程中出了质量问题，或出现拖延生产工期等大大小小的问题，你林鸣一个人扛得起责任吗？

林鸣你需要对这些问题做出回答！

"我当然要回答，而且能回答出来。DOKA公司设计的模板重达1.1万吨，这么重的沉管"温床"是不是就一定没问题了？再说他们的出价吓人，我们的经费不是取之不尽，用之不竭，我要对业主负责。至于沉管的质量，按照我们与PERI签订的合同，他们很好地按照我们的工程技术要求，简化了对拉螺杆等工序，而且也解决了曲线段沉管的难题，省去了一半的投入，优化了关键性的技术工序……这样的创新设计，我愿意为它承担责任！"

林鸣的回答掷地有声，他一直坚定地认为：工程师是将图纸变成事实的人，担当也是他职业和身份的重要部分。图纸与设计可以修改，但实施的工程不可能返工，返工就是失败者。工程师是以成败论英雄的。他只做成功的工程师，因为港珠澳大桥不容他有任何失败。

"必须成功，每一个细节都必须成功。这是大桥所要求的，也是国家和三地人民所要求的，更是120年的历史岁月所要求的。"林鸣特别强调，作为决策者，这个时候的一个选择，包含着极大的责任，要冒着坐牢的风险。"但你必须做出决策，没有第二条路可走。"他说。

我们现在才体会到，原来国际合作与谈判过程，犹如一场场无硝烟的战争。DOKA公司和霍夫曼先生在这场与林鸣的关于模板合作的战役中是个失败的角色，这对一家国际著名企业来说，打击是巨大的。要知道，霍夫曼先生是世界著名的模板设计大师，迪拜塔的模板就是他设计的。但在此次中国港珠澳大桥的沉管模板设计合作中他败下阵来，这对他自己和 DOKA 公司的声誉绝对是个不小的打击。为此，以林鸣为代表的中方准备对霍夫曼先生及 DOKA 公司做一定的赔偿。

“我是准备了两三千万资金做赔偿金的，但最后人家一分钱都没有要。这种气节和修养令我们尊敬。”林鸣很是感慨道。

据说，霍夫曼后来离开了 DOKA 公司，为此，林鸣内心深处有一份对他的歉意。但为了国家利益和大桥建设，林鸣必须做出正确的选择。

PERI 的郑宽志和施奈普夫先生后来没有令林鸣失望，他们设计的沉管模板体量是 6000 吨，比 DOKA 设计的瘦身了近一半，自然也让中国少出了 1 亿元以上的价钱。林鸣最满意的是新模板解决了他最闹心的几个关键性技术难题。

“PERI 的中途出现，让我悬了两年的沉管制造这块心病获得了修复和缓解……”林鸣如释重负。

但事情没有那么简单。复杂的沉管技术之所以能够让荷兰的某公司那么自信林鸣非找他们合作不可，就是因为他们认为世界上论海洋工程领域的沉管技术，非其莫属。事实证明，林鸣与他们分手后的“沉管之路”确实遇上了重重难题，甚至几度到了“想跳海”的地步——林鸣自己的话。

制造沉管的关键之一是它的混凝土供应系统，这关系到沉管止水和密封质量，所以林鸣对此格外重视，并亲自出面找到德国普茨迈斯特公司。这个将“灰浆机大师”取为公司名称的世界泥浆泵大王，以开发、生产和销售各类混凝土输送泵、工业泵及其辅助设备而著称，这位“灰浆机大师”

自1958年成立以来，以势不可当的姿态，在全世界各项重要工程建设中展露出自己一往无前的雄姿，如今在包括中国上海在内的世界各大城市都有分公司。

负责沉管的工程师们很快按照林鸣的意见，与设在上海的德国普茨迈斯特分公司进行洽谈，一拍即合，合同签订得顺顺当当。

“那家伙多现代化！”有人在林鸣面前用双手比画着“大工业生产流水线”的模样，十分得意道。林鸣笑着，默默无语，他心里想的是：封闭的管式恐怕更符合沉管混凝土输送系统，因为管式更能保证质量。

但这回他没有坚持自己的想法，毕竟普茨迈斯特公司的皮带式输送系统是成熟设备呀！

普茨迈斯特上海分公司的代表李先生是位华人，他亲自出面为中方寻得浇灌沉管混凝土的输送系统。

德国公司一切如常地供给、采购，花了近半年时间，在牛头岛上紧张地安装调试……

“林总，明天我们进行混凝土输送试验，请你过来观看。”试验小组向项目总经理部请求。

“好啊，我已经等不及了。”林鸣很高兴，心想着这皮带输送系统还真的成了。

“开始？”

“开始。”

试验小组列队站在皮带输送线旁，电闸启动，看着混凝土呼呼地上了皮带……试验组成员正兴高采烈地等着林总表扬时，那个旋转着的皮带输送系统突然像一群乱了阵脚的舞台小丑，在林鸣面前群魔乱舞起来，顿时，那些平躺在输送带上的混凝土也跟着蹦蹦跳跳地在众人面前“表演”起来……

“这……这……怎么会这样呀？”试验小组的工程师们大惊失色。

“停！一切都给我马上停止了！”林鸣断然命令道。工程师们立即检查整个系统，发现其输送、保湿和保温等性能都达不到工程需求，且在浇筑、振捣和密实性方面也不符所需。林鸣怒了：“赶紧跟供货方联系，让他们马上把输送带换成管式的！”

“可……可这……这条输送带报废啦？”

“不报废还能继续用？谁来保证我们沉管的质量？况且我们还有一个月的时间就要全线生产沉管了，谁也耽误不起！”林鸣吼道。

“这套设备得好几千万元呀！那人家万一不认账，咋办？”

“我亲自去跟普茨迈斯特公司谈！”林鸣显然在冒火。

当天，林鸣领队下的一群建桥工程师从珠海飞往上海，到达普茨迈斯特上海分公司所在地时正值中午。德国公司代表李先生见林鸣亲自出面，赶紧让助手联系某豪华酒店，准备招待一下远道而来的客人。

“不用了李先生，大桥那边还等着我们回去布置其他工作呢！”林鸣客气道，“能给份肯德基什么的填填肚子就行……”

“那……快去买几份肯德基回来！”李先生朝助手挥挥手，示意快去快回。

接下来是林鸣与李先生等普茨迈斯特方的人讨论皮带输送系统问题的时间。谈判异常激烈和尖锐，但又非常坦诚——林鸣方着急的是钱和时间，普茨迈斯特方关注的是信誉和责任。

林鸣道：“贵公司是世界著名企业，贵公司的所有设备、材料和经验，堪称全球一流，因此也享誉工程行业。但这次用于我们沉管预制的皮带输送系统却发生了预想不到的问题，整个皮带输送试验过程中出现严重问题……”

李先生惊讶道：“怎么会呢？”

林鸣示意一同来的试验工程师把现场照片给对方看。

李先生立即面容失色，连声道：“糟糕，糟糕。”

林鸣抓住时机，追问道：“李先生，贵公司的设备和材料从来都是闻名世界的。我想问一下，为什么这套皮带输送系统的质量这么糟糕？”

李先生赶忙说：“意外！实在意外！”

林鸣附和道：“确实意外，连我们都感到意外。”转过话锋，林鸣追问：“我想请教一下李先生，你们这套皮带设备是哪里生产、加工的？”

李先生一听这话，条件反射似的站起身，走到林鸣面前亲自为他倒茶水。

林鸣心里笑了，他知道谈判已经从被动转变为主动，因为能感觉出对方开始心虚了。其实，抵达上海之前，林鸣以最快的速度了解到普茨迈斯特公司交付给他们的这套皮带输送系统的加工工艺，是在中国一家条件十分差的企业做的，所以才在实际传输时出现了不该出现的糟糕现象。

谈判想取得胜利，必须有备而来。林鸣等此行，自然也是有备而来。毕竟，涉及4000多万元经费和整个大桥建设的工期，以及后续沉管制造的关键性质量问题……这责任大如天，没有人担得起，林鸣也一样。他不能不高度重视，甚至不惜以性命为代价。

国际谈判，任何隐瞒真相的后果都十分严重。所以在林鸣的追问之下，李先生不得不站起身来道歉，说明是他们用错了合作方。

一切都在朝林鸣期望的方向发展。

林鸣道："鉴于此，我们希望换掉现场的设备，更换成用泵的管式输送系统……"

李先生立即警惕地说："可是你们原来要的就是皮带式的输送系统，我们可以给你们更换皮带系统的。"言下之意：如果换成另一种系统，就等于重新再做一套系统。这是两码事嘛！李先生不傻，他已经看出了林鸣虚弱的一面。

谈判进入僵持阶段。李先生看着林鸣，看着他脸部一丝一毫的表情，并准备随时反击。

林鸣微微地笑了一下，然后目光正视李先生和其他普茨迈斯特公司的人，十分中肯和严肃地说道："我们大家都知道，港珠澳大桥是有世界性影响的伟大建筑工程，贵公司能够参与其中也是贵公司声望和权威的一种体现。现在因为你们的皮带系统质量不合格造成我们沉管预制工序出现了问题，我想贵公司作为一家世界著名企业，恐怕会在声誉上受到严重损害，这样的后果我们都能预料。关于最初决定皮带系统的设计，贵公司有没有责任我们需要认真想一想。现在的问题是：该系统的尺寸出现了差错，这一差错导致我们必须考虑更换系统，希望贵公司立即派专家到现场去观察和处理……你们认为我的意见和建议是否可行？"

谈判现场一片寂静。

林鸣在等待李先生的态度。他拿起一块肯德基鸡块，啃了起来——他确实饿了。从一早赶到牛头岛观摩混凝土输送试验现场，到去飞机场赶前往上海的航班，之后又马不停蹄地来到普茨迈斯特公司与李先生针锋相对地谈判，这六七个小时里飞了大半个中国，不累不饿才怪。像这样的"赶路"与谈判，林鸣在十余年的港珠澳大桥建设岁月里有过多少次？一百次？两百次？他办公室的工作人员告诉我：不会低于两百次。

这难道不也是一种工程吗？是的，绝对是另一种意义上的大工程，而且它确实与建桥工程紧密联在一起。甚至有时候林鸣同样必须全力以赴为这样的“工程”而拼搏。

饿，又算得了什么？假如这样的谈判没有成功，国家损失的可能又是几千万、几个亿。而林鸣最担心的还是大桥的工期和质量，这些比钱更重要。

啃鸡块的时候，林鸣其实是在等待这场“战争”的最后结果……

“好吧，我就按林总的建议，马上派人去你们的现场处置！”李先生终于表态了。

李先生的这一表态，声音并不高，但对林鸣和同他一起来的中国工程师们来说，犹如惊天动地的春雷，让他们顿时如释重负。林鸣清楚：只要去现场看一下，就意味着普茨迈斯特公司将承担全部责任。

事后我问林鸣：“假如他们当时不去人，也不愿拆那设备，你们怎么办呢？”

林鸣说：“那只能自己拆，然后等着启动法律程序。那样我们会很麻烦，因为更换新设备又将是一个漫长的过程，还需一大笔经费……”

李先生等普茨迈斯特公司的人去了牛头岛，看到皮带输送系统的现场一片狼藉，当即同意拆除，并主动提出为林鸣他们把皮带式全部更换成管式设备——共 12 台高压泵的封闭的管式混凝土输送系统，且都是从日本三菱公司进口的高质量货物。所有设备更换之后，较先前与林鸣签订的 4000 多万元皮带系统经费还余 700 多万元。李先生说：“普茨迈斯特公司将给你们配备 700 多万元的配件。”

这才叫世界级大公司！林鸣对此感叹不已。

“在这件事情上，我们虽然挽回了损失，没有多出一分钱，由普茨迈斯特公司承担了全部责任，整整赔了4000多万元……但其实在心底里，我觉得他们还是胜利者。毕竟我们也是有责任的，从一开始选择皮带系统就在方向上犯了错。这让我更清楚了一个概念：大工程的每一个决策，都不能简单化；理解创新和实施创新，一定要科学严谨。”林鸣说。

造大桥是一场生命决战，造大桥过程中的商务谈判与处置也是一场近似“你死我活”的严酷战斗。

林鸣告诉我，事后李先生也离开了普茨迈斯特公司，像霍夫曼先生离开DOKA一样。“但他们都成了我的好朋友。他们虽然受到了所在公司的严重处罚，可都为港珠澳大桥做出了贡献。我们应当记住他们的名字……”

我知道，林鸣在大桥建成之后的新的工程中，会邀请这些他内心敬佩的老朋友参与。这是工程师与工程师之间的友情，真诚而务实，牢固而炽烈。

陆

第六章
心血孕育“海底航母”——沉管

E9 管节 S2 节段混凝土浇筑

在牛头岛为沉管预制所做的一切工作仍只是个开头。林鸣出差途经北京，回到家里，第一件事还是倒头往沙发上一躺，这已经是他多年的习惯了。夫人和孩子见此情景，从来不会多说一句，只是拿过一件衣衫，或一床被子，轻轻地为他盖上，等待他醒来……

林夫人对我说，林鸣是2005年出任中交集团总工程师后不久便开始参与港珠澳大桥的相关工作的，2010年开始正式负责带领队伍参加大桥建设。十几年里，特别是后来的七八年中，他基本上把家当客栈，只有回北京开会或出差时才可能住上一晚两晚的，其他所有的时间都在工作的地方。“别看他在工地上、谈判桌上意气风发、斗志昂扬，可一回到家就成了一个睡不醒、拖不起的人。习惯了，也就不怪他了。其实，不单单是在参加港珠澳大桥的建设是这个样子，从大约三十年前建设珠海大桥开始，他一路与大桥结缘，都是如此。在外人眼里他永远是生龙活虎的，回到家和在孩子面前却好像永远缺觉似的……”

林夫人讲过一个情景，令我印象深刻：在他们的孩子还小的时候，林鸣每次回家，只要有一两个整天，他就会向夫人提议一起带孩子去公园玩。到了公园，孩子欢天喜地玩开了，林鸣却一个人倒在公园的椅子上、石板上呼呼睡着了。儿子小时候总问母亲：“爸爸咋总是睡觉？”“因为他在外面工作太累了……”母亲这样对儿子说。儿子懂事后，就不再愿意拉着父母的手去公园了。

“家里的床软，爸爸你就在床上睡吧！”儿子说这话时，林鸣的眼里闪着泪花。抱起儿子的那一瞬，他会问儿子：“长大后你跟我去看大桥吗？”

“我去，我不但要去，还要帮爸爸建大桥，这样你就可以在家多睡一会儿……”儿子以稚嫩的口吻告诉父亲。

林鸣这个时候觉得自己在外面再累也都值了——他的儿子大学毕业后真的跟在父亲后面，在港珠澳大桥上一直战斗了七年多。这是我在采访快结束时，无意间询问林鸣才知道的，而且也知道了林鸣的儿子林巍在港珠澳大桥许多重要关头为自己的父亲化解了不少难题。

“他可厉害了，比我厉害！”林鸣谈起儿子，眼睛里放着光芒。

“估计他一生最得意的事就两样：一是跟他走一样路的儿子，一是港珠澳大桥的沉管。这两个都是他的‘心肝宝贝’……”林夫人是一位非常乐观和有趣的女同志，在单位也是位优秀的女干部，用林鸣的话说：“她是我和儿子之间、我和工程之间真正的‘大桥’。”

这评价够崇高，也够有爱。一座大桥需要每个桥墩和桥梁之间牢固的连接与支撑，一个家庭其实也是如此。林鸣能为国家和世界造大桥，也离不开他和家庭成员之间的这种完美的“结构”。

我们还是来说说当下他最关心的沉管。

牛头岛的预制厂建起以后，沉管预制的所有相关设备与材料都在加速准备之中。与普茨迈斯特公司就“皮带事件”交手结束近一个月之后，林鸣抽出时间再次从人工岛来到牛头岛，这回是应岛上的项目负责人之邀特意来“视察胜利成果”的。

上岛那一刻，林鸣发现与以前任何一次上岛都不同，他乘坐的快艇还没有靠上码头，岸头的人已经整整齐齐地列队站在那里，个个脸上都喜气洋洋的。工人们也一样，几乎是夹道欢迎林鸣的到来。

“今天有点怪啊！我还从没有享受过这么高的礼遇哩！”林鸣一路笑着跟身边的人说道。

但他心头明白：准有好事。

果不其然。换上管式混凝土输送系统后，整个沉管浇灌输送线和预制厂现场，完全变了一种工作环境：规范、标准、干净、整洁……看着也舒心！

“今天你们脸上咋都像开了花似的？”林鸣打趣地问工人们。

“林总，你不知道，那些用皮带机的日子，我们心里憋得不行呀！眼看着预制失败，我们就要丢饭碗了！你一换管式的输送，啥事都调顺过来了！这沉管预制有望，我们的饭碗就保住了，能不高兴吗？”工人们你一言我一语地抢着跟林鸣说。

“说得太对了！沉管预制有望了，我们大家都不会丢饭碗……好好干吧！拜托大家啦！”林鸣在现场的一个鞠躬、一句“拜托”，让工人和工程师们感动得热泪盈眶。

“是这样的，我们在一线工作，林总从来不批评我们，反倒总是见面后先过来跟我们握手，然后再问一声有没有啥要求。他是指挥千军万马的人，肩上负着大桥和国家的重任，却这样细心细致地关心大家，甚至连几点钟吃上饭，吃的菜够不够，有没有肉和鱼，晚上睡觉闹不闹，洗澡水温咋样，厕所里有没有苍蝇，他都要管……这能不叫我们心头暖和吗！”施工现场的人不止一个这样对我说。

后来我知道林鸣有个习惯：上岛，也就是施工现场（人工岛和牛头岛），他总是先要跟工作最艰苦、岗位最平凡的人握个手，说一声“辛苦啦”之类的话。这看起来没有什么特殊，对林鸣来说，完全是非常自然和真诚的动作，但对在现场施工的工人和工程师来说，意义就很不一样。有道是，工地犹如战场，工人和工程师们就是战场上的官兵，面对一个司令员在前线的一句问候和一份关切，那些出生入死的官兵是会真心感动的。林鸣一直坚持这样做，他说这是他必须完成的分内工作，跟设计项目蓝图、与外商谈判一样重要。

“再浩大的工程，也是从点点滴滴做起的。”他心头始终有这样一个信念。这也许是林鸣在几十年间担起那么多重大工程而不败的原因。

我想起了他常挂在嘴边的一句话：基础不牢，地动山摇。

为让基础牢固，林鸣关心每一个细节和局部。这是工程师与其他职业者最大的不同之处。

听许多人讲过这样的故事：原本是荒岛的牛头岛一下来了1000多名施工人员后，一夜间热闹起来。预制厂是个临时工厂，它只为制造沉管而建，于是在一般人的意识里，它是个临时凑合的地方。但林鸣不这么认为。在建设初期，大家并没有把施工人员的宿舍、食堂等看作是与沉管预制车间一样重要的存在，林鸣立即要求重新设计，其要求是“同样的现代化标准”。于是上岛的施工人员后来都住上了有空调、有温水的房间，并配置了篮球场、图书室、跑道等生活设施。有一天林鸣上岛见那里的厕所有苍蝇，便把工区的负责人叫到跟前，要求他们立即选派一名专门的清洁员，负责厕所卫生。“不仅要检查有没有苍蝇，还要看有没有手纸和臭味……否则就是不合格，就要扣你们的责任岗位津贴！”林鸣如是说。后来听施工一线的人讲，林鸣多次上厕所查看，以防漏洞。

“这里为我们配有最好的卫生间和宿舍。”在岛上工作的建设者们都这样反映。

“有一次我们跟船员们打赌：如果林总不检查你们的床位，我们几个船老大就罚款，请大伙儿喝酒……但那一天按原先说好的时间，林总没有上船，让准备了一通的船员们有些失望。可谁也没有想到，临吃中饭时，林总出现在船上，而且一一检查我们所有船员的床铺等生活的地方。当时我们的船员感慨万千，说不为这样的头儿把活干好，对得起谁呢？”为安装沉管做出杰出贡献的“振驳28”船长讲起这件事时，频频伸出拇指，说，“大桥建得好，是因为我们有个好领导！”

牛头岛的沉管预制厂终于在2012年炎热的4月30日这一天，正式为第一节沉管布下第一根钢筋。这一天林鸣穿上一身干净的工作服，以少有的喜悦心情跟岛上几个工区负责人和一群工人一起，将一根长长的钢筋移到预制台上……那一刻，预制厂响起一片欢呼声，还伴随着机器的轰鸣声。

这是中国工程师和技术人员第一次用工厂法制造世界级水平的海底沉管。从这一天起，牛头岛几乎成了林鸣每天必念及的一个地方，尽管海上两个人工岛的筑岛建设已经全面铺开，有一桩接一桩的商务谈判，更不要说边施工边修订的方案需要一次次讨论、评审，但林鸣仍每天向牛头岛询问他宝贝疙瘩的近况……“没有沉管，就没有岛隧工程，牛头岛就是大桥的‘牛头’，你不牵住它，大桥建设就等于零。”林鸣的话让牛头岛的每一个工作人员都感到自己责任重大、使命光荣。如果走进牛头岛，你会发现这里无论是封闭的车间，还是林立的混凝土搅拌泵塔及立交桥式的输送系统，都让人仿佛置身于一个整齐划一的军队营房，有序而又标准，规范而又开放。180米标准长度的沉管，在预制车间里被分成8个节段预制生产，每个节段长22.5米，也就是说整节沉管，是靠

8 个长 22.5 米、宽 37.95 米、高 11.4 米的节段管节，通过 60 束预应力钢绞线的张拉，像穿糖葫芦似的连在一起。

这钢铁和混凝土组成的“糖葫芦”可不那么简单！

我们到预制车间后才看到，每节段分别在三个钢筋绑扎台座上依次完成底板钢筋笼、侧中墙钢筋笼和顶板钢筋笼的绑扎作业，然后梯次顶推、梯次绑扎。一个钢筋笼重达 900 吨，浇灌混凝土后达 9000 吨。每个管节在完成预埋件安装后，再移入模板浇筑区精确到位，然后进行模板复位安装和混凝土浇灌工序。待管节养护到标准的强度后，再进行拆模作业，并向前顶推数十米。这时需要空出浇筑台座，顶推下一节段钢筋笼与前一个管节匹配，再开始下一个管节的预制……如此循环预制，梯次顶推，直至 8 个节段全浇筑完成后，整体向前顶推至浅坞。然后进行一次舾装，将 8 个相对独立的管节组合成一体，便是工程上所要的 180 米长的沉管——那个体重如航母一般的庞然大物。33 节如此庞大的沉管连接出大桥最关键的部位——海底隧道。

这一段外行人的描述，似乎很简单，但其实整个沉管预制复杂的程度绝不亚于绣女织一件龙袍，它既需要海洋学、工程学、结构学、物理学、环境学等方面的综合理论，更需要像绣花一般千针万线精心精细的功夫。为这，林鸣率领包括聘请的国际专家在内的沉管质量管理领导小组，为预制人员制定了施工工序、质量管理、工期衔接等系统管理的《沉管预制质量控制点管理》体系条例，大至沉管设计的科学化、权威化，小至现场预制人员多少人在多长时间内会抽多少支烟，烟蒂是否扔进专门设置的烟盒，以及清洁人员是否及时检查清理烟蒂，最后烟蒂处理在何处等细部环节，都一一落实到现场工作人员的责任上……

“99.9% 的质量合格率，在沉管预制上就是不合格，因为那 0.1% 就是毁坏整段沉管的祸根；一天两天的技术指标符合要求，并不是真正地达到了技术要求，因为大桥的寿命是120年，50年、100年中出现工程质量问题，就是我们对大桥犯下的罪过！”林鸣用工程师和预制人员都能听明白的数字对比，来提醒每个人每一天、每一时的质量意识、自觉意识。

我们看惯了那些尘土飞扬、乱石翻滚和材料工具满地堆放的工程施工现场，所以想象不到林鸣他们的沉管预制工厂竟然是可以穿着白工装上班的地方！这来自因严格细致的管理条例和现场班组督促检查方法所养成的制度化与自觉。林鸣本人是个爱干净的人，即使最繁忙、最紧张的时刻，他照样衣衫整洁，仪表堂堂。上岛时，他会戴上一双白手套，在别人不留神的地方，比如钢管、车辆，甚至食堂的桌子和饭勺，用洁白的手套轻轻擦拭一下，或眯着眼睛瞄一下，看看是否达到整洁的标准。刚开始，工场、车间里的工人师傅和工程师有些不习惯，但时间一长，慢慢都变成了自觉的行动。如果林总有一段时间没来检查，反倒让大家感觉有些不习惯了。

“哈哈……”林鸣知道后高兴得大笑，说，“这个习惯值得提倡。其实，我们的施工现场在我没去检查时也能保持得那么好，那才是真的好。大桥质量管120年，比我们人的生命时间还要长，不把全部心思和本领用上去，这120年的寿命是难以保证的。只有把心思和心血同时凝聚在一个点上，我们的港珠澳大桥才能120年巍然屹立，120年光艳不衰。”

“为了大桥，为了120年，为了建桥人的荣誉，我们把汗水和心血一齐用上，值！”牛头岛上的预制人员这样说，也这样做。

沉管预制开始的那一天起，整个牛头岛就成了一个繁忙而激烈的战场，每天24小时灯火辉煌。第一道工序上的每一个班组与团队，都在以自己高度的责任心和精湛的技艺，为沉管的每一个细微之处精耕细作……

绑钢筋，扎钢丝，看起来是简单和基础的一道工序，但每一个沉管节段的钢筋绑扎是最需要人工操作的“手工活”，于是人的手上功夫，便成了这一道工序的关键点。手上功夫又是人的眼睛、心境和双手的灵敏度在绑钢筋、扎钢丝中的合力展现。工人师傅在这里充分发挥了他们所具备的能力和功力。让林鸣感动的是，在这支劳动大军里，有一群心灵手巧的女工。她们昨天还只是孩子的母亲，上岛后她们便成了地道的工人。她们的专注与用心，把粗硬的钢筋与钢丝，变成了绣花的针与线，使得一个个密密麻麻的钢筋笼宛如迎接婴儿诞生的摇床，而她们自己在这流汗流血的劳动中，把心血凝聚、粘贴在一根根钢筋钢丝的连接节上……

这样的钢筋笼排列在你的面前，就是一朵朵艳丽的花朵，就是一幅幅如诗的彩画，它不再让人感觉沉重与笨拙，相反它变得优美、华丽和动感。为此，沉管结构设计工程师吕勇刚把林鸣总工的理念和要求，融进了每一张 1.2 米长的图纸上，这样的图纸他画了几百张、几千张……吕勇刚领悟了林鸣对工程设计的一句总结：工程设计是人们运用科技知识和方法，有目标地创造工程产品的构思和计划过程，是工程建筑的灵魂，更是一个国家和地区工业创新能力和技术水平的综合体现，同时也是一代工程师为一个时代所奉献出的追求与梦想。

“设计师可以天马行空，但工程师必须脚踏实地。”正是鉴于这样的认识，吕勇刚在牛头岛的预制厂内，在一节沉管又一节沉管的钢筋绑扎与浇筑现场，一天又一天地和工人师傅一起研究探讨绑扎工艺与技艺，完成了从一名设计师到工程师的华丽转变。

当看到自己设计的沉管走出车间、飘向坞池时，吕勇刚的心随大海的波涛一起汹涌……“那个感觉，就像自己是一只飞翔在海洋上的海燕，格外惬意，格外有成就感。”他向林鸣如此吐露心声。

林鸣笑了，这正是他所需要的现场工程师，建大桥的新一代工程师。

“他呀？你最好离这个人远一点！不然，他会把你逼到绝路上的……”张宝兰，在上牛头岛之前是广州中交四航局的试验室主任，年纪轻轻就是教授级工程师。女同志嘛，又长期在试验室，娇一点正常。张宝兰不是那种见了太阳都要躲躲闪闪的女人，但听说要把她调到一个离广州很远的孤岛上工作，她一千个不情愿，而且明着对领导说：“我不去！”

“是林总看中你的。”单位领导告诉她。

“那我去找他。”张宝兰此前不认识林鸣，也不知道他在建桥界有多大的名声，只知道她的工作调动这事现在他说了算。

第一次见林鸣时，他在开会。讨论技术问题的场面吸引住了张宝兰：大桥建设的工程师们在林总的诱导和启发下，个个“你争我斗”，会场像一口烧得滚烫的铁锅……爽！过瘾！！这场面让骨子里是科研人的张宝兰大开眼界。

“你要是不愿意干就回去……”等到林鸣与张宝兰对话时，他竟然这么说。

“谁说不愿意？”张宝兰有些赌气地回敬了一句，话出口她就后悔了，因为她本来就想跟林总表态自己不想到大桥工地上去，而且不是“思想不好，没有觉悟”，是家中上有80多岁的老母，下有正在念中学的儿子，属于可以照顾的对象。但张宝兰一向是个要强的人，脾气里总有股不服输的韧劲。可是这回她使“错”了地方。

“哈哈……好嘛！欢迎张工，张教授！”林鸣变得像吃了甜食的孩子一样高兴，随即把一本大桥岛隧工程资料给了张宝兰。

“怎么在四面不着陆的岛上啊？”张宝兰一看工作地点竟然是需要从珠海市区乘40多分钟快艇才能到的孤岛时，嗓门一下高了起来。

“是啊，是在岛上。那里风景不错的，去了你就会迷上那儿……”林鸣只管说自己的话，并没有在意张宝兰的表情。在他看来，从事大桥建设的工程师，对大自然、对山、对海都会有种迷恋！“工程师的肤色就是大自然的颜色，工程师的本色也是大自然磨砺而成的。”他的职业理论一直在自己的团队里传播。

张宝兰心想：我才不上你的当呢！无奈，既来之，则安之，免得让中交人瞧不起。张宝兰第一次上牛头岛只是怀着这般心态去的，但到了岛上她立即对自己的“信念”产生了动摇。不是被海岛的风景所迷恋，也不是被工作的艰苦所征服，而是被一座宏大壮丽的现代化预制工厂的施工现场震撼了——这就是大桥建设的预制厂？要在这样一个荒岛上生产出中国第一个，也是目前世界上最大的海底隧道沉管？

她觉得不太可能，可又觉得明天就该是这样……想到这里，张宝兰曾经的青春热血又重新沸腾起来了：为什么我就不能参加如此火热的战斗呢？为什么我就有这困难那困难呢？为什么林总和其他几千位大桥建设者能义无反顾地坚守在这儿呢？

为什么？……张宝兰连续问了自己十个“为什么”。之后，她朝着伶仃洋，迎着海风，做了一个选择：至少做上一两个沉管！

就这样，她从林总手中接下了沉管混凝土检测任务。苦？不必言。有话曾说：战争让女人离开。其实战争从来离不开女人。施工的战场上同样离不开女人。寂寞？更别提。但张宝兰自投入预制沉管的混凝土检测工作之后，根本就没有时间去考虑何为苦、何为寂寞，世界级难题的沉管预制攻关，要在中国工程师手中完成，且几乎无任何参考资料。

喂！谁能告诉我沉管的混凝土配比是多少？

喂，喂！！谁能告诉我浇筑时混凝土的温度多少最合适？

喂，喂，喂！！！谁能告诉我管节一次浇筑应该是多少时间呀？

没有人回答她，也没有人敢回答她……因为没有人知道到底是多少。张宝兰气晕了，三步并作两步直奔林鸣办公室，吵架似的责问总工林鸣："这活没法干，啥都不知道怎么干呀？"

林鸣这回表情有些严肃："如果都知道了，我怎么会请张教授您来呢？"

"你！"张宝兰有些急了，眼泪都快憋出来了。这不明摆着是激将法嘛！

将与帅之间的"争斗"就是这般奇妙：彼此明明知道，彼此又不揭开这层面纱。斗吧！一直斗到晚霞落山，黎明来临。

于是后来大家都看到：张宝兰为了掌握混凝土配比，竟然一连用坏了4台搅拌机，直到"最佳口感的米饭"被"煮"出来方才罢休……

于是后来大家还看到：半夜里张宝兰穿着睡衣，独自站在山崖上观星星、听海潮——那绝对不是浪漫，而是她在看天象、看时节……

于是后来大家更多地看到：张宝兰整日整夜地泡在浇筑现场，为了确保一次性完成浇筑，她竟然在现场对300个关节支撑、100多个楔形千斤顶进行反复核查，眼珠子直直地盯上十来个小时不下火线，像一个敬业而操劳的接生婆……

"我？接生婆？好难听哟！"张宝兰听到预制沉管的工程师们暗地里这么称呼她，脸都涨红了。"接生婆就接生婆！能把一个个沉管接生出来，我这辈子值了！"后来，她干脆自卖自夸起来。最值得一提的是：

第一节沉管浇筑用去3400方混凝土，现场工作人员持续奋斗了整整48个小时，而这场两天两夜的激战，张宝兰竟然像战争女神一样，傲然地坚守在现场，直至看到第一个沉管“新生儿”正式诞生……

林鸣知道后，跟项目的几位副总又感动又乐得不可开交，道：“我们要的就是这样的‘接生婆’！”

其实，在浇筑第一个沉管的混凝土时，场面并不轻松，甚至可以用“极其庄严”一词来形容。为什么？因为谁也没有干过这活，张宝兰心里没底，现场浇筑工程师们心里也没有底，林鸣心里当然也没有底，业主代表朱永灵心里更没有底。所以确定2012年8月9日为第一个沉管混凝土浇筑日之前，牛头岛上第三工区二分区现场的200多名浇筑人员，在工区负责人杨绍斌的指挥下，一遍又一遍地对沉管的整体外形和对接进行了精调与演练。“务必请所有人都注意：中埋式止水带下面一定要让混凝土自下往上溢起来，用振捣棒斜插振捣，避免出现气泡，更不能破坏止水带。这关乎整个沉管的质量！要知道，数公里长的海底隧道，只要有一节沉管一个地方止水出现问题，毁灭的将是整个海底隧道和整座大桥……我们每一个人的手上功夫，甚至一个眼神，都可能与大桥的命运联系在一起！拜托大伙啦！”陈伟彬双手抱拳，向全体浇筑者致意。

施工就是打仗，此时此刻，大家都亲身体验到了——转眼间，四五十度高温蒸晒着的浇筑车间里，突然来了一大队人马，有广东省发改委领导，有大桥管理局局长朱永灵，还有几十位新闻记者……当然，林鸣更是不可或缺的主角。

浇筑仪式庄严肃穆。在所有现场人的见证下，工程监理对与沉管浇筑相关的施工工序、现场安全防护、钢筋笼结构等验收之后，发布道：“同意进行沉管混凝土浇筑！”随即，项目总经理兼总指挥林鸣在“浇筑令”上签字。签完字后，他笔挺身子，高声命令：“浇筑开始！”

顿时，数台混凝土泵轰隆齐鸣，伴着万枚鞭炮声，那乌龙般的混凝土从布料管中喷射而出，被浇灌进庞大的钢筋笼之中……其势其威，震天撼地！

第一节沉管的浇筑，从9日下午2时一直持续到11日下午2时，整整48个小时……这48个小时里，林鸣没离开现场一步，200多位浇筑人员一直在现场，他们个个都像迎接自己的孩子一样，既兴奋，又忐忑不安。

“当时，现场指挥陈伟彬在向我报告第一个沉管浇筑成功时，眼泪哗哗的，其实我也很激动。这实在令人振奋，因为这是我们中国人第一次向沉管铸造的世界级技术高峰冲刺……”林鸣在向我讲述这一情景时，依然沉浸在深深的激动之中。

慢慢地我也知道了：建筑大桥工程所干的活，看起来似乎都是些钢筋与混凝土什么的，其实在海洋工程上，在跨海大桥建设上，在海底隧道的沉管预制上，那混凝土，那钢筋钢条，还有那几百吨、几千吨重的“铜墙铁壁”，它们其实都非常细腻，而且都有脾气和性格，每天都有自己的表情和体温，因此工程师们会去关心、关注和关怀它们。张宝兰和她的团队，就是这样细心、细致地在关心、关注和关怀它们，最后达到的境界是关爱这些看似没有温度、没有表情、没有生命的钢筋和混凝土……

没有专注和专心的爱，世界上再温情与温和之物，也会变得冷酷与无情。反之，一切都会变得那么温情、温和，最后甚至让你感觉它们如此温馨可亲——张宝兰后来在牛头岛干了整五年，从第一个沉管预制，到最后一个……

采访时，她回顾这段“大桥情”时说：“我是摇摇晃晃过来的，但也是唯一一位在岛上坚持下来的教授级女工程师。最初我是被林总用激将法逼到岛上的，后来他想再逼我下岛都是不可能的了，因为看不到沉管顺顺利利地下到深坞，我会发疯的。”

她真的“疯”了，她真的视冷冰冰的沉管为一个个新生儿！

是的，这份情，谁也无法从张宝兰那里抢走，更不用说林鸣和1000多名预制沉管的工程师与工人。

这些钢筋必须人工绑扎，而且是在复杂的笼罩之中绑扎。万千条钢筋绑扎后，得连续浇混凝土，其间又要工人用振捣器振捣均匀。一位重庆籍混凝土浇筑振捣工流着眼泪跟我说：“开始我们在五六米深、八九十公分（厘米）宽的钢筋笼内捣匀混凝土，大热天的，人进到里面，就像进到又闷又烫的钢笼子里，低下头一看都能吓死人。干活不到十分钟，就想逃。林总知道后，立马命令工区负责人和设备组的人给我们通冷气到振捣施工现场的笼子里，还特意从德国进口最轻便省力的振捣器……后来我们一进钢筋笼工作，就再不想出来了，因为里面凉爽极了，而车间里起码有四十度高温！”

“林总是用心在设计和谋划沉管预制，也用心在关心和关怀我们大家……”牛头岛上的预制工人和工程师不止一两个这样对我说，有的是含着热泪在诉说。

我突然臆想：那一个个沉管后来那么圆满、坚实、牢固与稳定地安然卧在海底，自觉自愿地充当大桥的脊梁，原来是林鸣他们给予了它们如此多的温暖与温馨啊！

难道不是这样吗？

柒

第七章
刚柔中间方为道

沉管钢筋笼

“一节沉管，就如一艘航母；33 节沉管，就是 33 艘航母……”这是大桥建设者经常给我比喻的一句话。是的，当我来到牛头岛，看到预制车间里尚未拆卸的模板，以及那个深挖了数百万方后储水成池的大坞时，我终于相信了这话。8 万吨左右的一节沉管，无论是放在岸头还是沉浮在深坞中，你都能想象出它的庞大与魁梧！180 米的身躯，“膛肚”内可以安置 6 个车道和一个人行设备通道，而且都是钢铁与水泥构成的“巨无霸”……将 33 节这样的沉管连接在一起，组成了世界上最长的海底沉管隧道。这就是林鸣他们的伟大创举和特别贡献。

不说每段沉管本身复杂的结构，也不说为确保 120 年寿命所要求的产品质量，单就 33 节沉管之间实现“滴水不漏”的接头止水和合缝的技术要求而言，就够林鸣他们绞尽脑汁的了。而这中间，还有诸多科学、技术工程难题，以及人与自然之间的非工程师所长的哲学难题，竟然也需要林鸣和他的团队去处理、去解决……这是我常常感叹的一件事：大国工程师需要无限量的担当与创造！

海洋世界和海底工程的复杂与多变性，是建设跨海大桥和海底隧道的工程师们所必须面对的问题，这里既涉及诸多综合领域的工程学问题，更有施工现场和大自然之间应时应景应需的应变能力、判断能力和执行能力的问题。

这些问题综合在一起，显然是个包罗万象的哲学问题了！

“哲学问题。”林鸣肯定地回答。

“你喜欢哲学？”我好奇地问。

“是，喜欢。其实建筑工程，尤其像建特长大桥这样的工程，许多问题看起来是技术和装备问题，但最后你在工程现场会发现：许多突然冒出来的复杂事情，靠以往的理论和经验根本解决不了。这个时候，组织者、决策者的智慧和判断力，甚至情绪与环境，都可能是关系到成功的关键因素……”林鸣说。

“比如说？”我越发好奇。

“太多这方面的‘比如’了！”林鸣顿时兴奋起来，“比如我们的沉管生产，最初摆在面前的困难是毫无经验之下如何把它制造出来。当时我们手头仅有一本外国专业杂志上的30页文字材料，而且都不是对核心技术的阐述。面对这样一个世界级难题，如何去攻克，需要的是一种敢于挑战的勇气。但光凭勇气又是远远不够的，于是我们就要组织团队进行数百次，甚至上千次的反复研讨与试验。这一过程常常极其痛苦，因为难免要走弯路，要失败。这个时候换了谁都会出现畏难情绪，甚至是抵触情绪。你是团队的领导者，攻关的带头人，你在这个时候的情绪把握很关键。可是仅仅把握情绪又能解决多少问题？真的能攻克难题了？并非如此。智慧和耐力，恐怕需要齐头并进……”

林鸣讲到这儿，我想起了第一次采访时，工程项目党委副书记樊建华穿插讲了一个故事：那时，研究沉管最关键的时刻，一日吃完晚饭，项目骨干又被叫进会议室“夜战”，讨论的内容还是沉管的某一技术难题。因为会上要用电脑放影像小片，工作人员把窗帘拉上了。这一晚讨论得

"天昏地暗"，大家都忘了时间。等诸葛亮会结束时，林鸣收起手中的笔和小本子，很豪爽地跟大伙说："今晚大家辛苦了，我请你们吃夜宵！"

"哈哈……"会议室内突然哄笑开来。

林鸣愣了，问："你们笑什么？"

于是有人走到窗前，一把将窗帘拉开。

"啊哈！天都亮了呀！"林鸣有些对不住地说，"下次我早点'出血'，早点准备……"

提起这事，林鸣又笑了，道："这样的事不止一次，肯定不止一次。"林鸣说："整个岛隧工程建设中，我们几乎每天都在攻克难关。一方面，施工的工期摆在那里，你不可能拖大桥整个工程的后腿；另一方面，岛隧工程面临的施工问题都是全新的技术难题，你必须及时攻克。比如第一节沉管预制成功后，虽然对我们来说，是件欢天喜地的事，它证明我们中国工程师也具有攀登世界海洋沉管技术高峰的能力，但对接下来的大桥建设而言，新问题又来了：这第一节沉管预制时间用了七个月，33节沉管如果都按此速度，得20年才能完成，这还了得！肯定不行。如何办？矛盾又出来了！"

是啊，而且是极大的问题。谁能等得及一座建设20年的大桥！

"唉——难啊！"林鸣说到这儿，双手往头顶一举，十指相扣，将头颅枕在其中，道，"七年走来，大桥施工中的每一个环节都充满了技术难题和现场施工的困难……当初我们选定工厂法，就是为了解决预制沉管中可能出现的速度问题。这就需要决策者最初的思路要到位，要抓住核心的问题和要害。工厂法比起干坞法预制，长处就在于此，它能流水作业，实现产品的快速生产。然而它不是没有难度，沉管的制造就有这样的难题：每一节沉管要绑扎几千吨的钢筋，且都是人工绑扎的，你能快到什么程度？那混凝土浇筑，它也有时间要求，太快或太慢都不符合技术指标要求，有的想快也快不起来。可是大桥工程建设绝对不允许我们七个月预制一节沉管，这速度会把大桥建设拖到彻底失败。所以第一节沉管预制成功后的第一个晚上，我就要求技术团队和预制工区的骨干，马上坐下来研究如何解决生产时间问题。当时我提出的要求让许多人跳了起来……”

“为何？”我问。

“大家觉得这是不可能的事。”林鸣说，“我要求每节沉管预制的时间，从七个月压缩到两个月，最后实现两个月预制两节……”

“不可能！绝对不可能！”

“奶奶的，这要求也太高了！”

“是想逼死我们啊？”

“撑死不干了呗！”

上面这些话有的是当着林鸣的面说的，有的是背地里说的，但大家的表情，林鸣都看到了。他没有沉默，也没有发火，只是说：“不是我逼大家，而是大桥建设从一开始就是这样要求我们的。招标时的标书上写得清清楚楚：岛隧工程属于设计施工总承包，不管碰到多大的难题都由承包施工单位自行解决，承包施工单位不得因为技术难题而拖延整个大桥的施工工期。作为项目总经理、总工程师，我无法抗拒业主对我们的要求。如果说有人逼我们，那也是我们这些选择了参与大桥建设的建设者自己！你们都听好了，我们面前只有一条路：留下来把难题攻克了，绝不能像战场上的逃兵一样，丢盔弃甲，落荒而逃。你们谁公开说一声‘我就是𡴞’，那我立马同意他走——有没有？”

林鸣喊了一声，接着又猛地大喊了一声：“有没有啊？有就喊出声来，站在我面前让我看一看他是谁，长得啥熊样。”

一片寂静。没有一个人出声，只有起伏的呼吸声和心跳声……林鸣的脸色由严峻变成了严肃，最后变成了温和。

“对了，这才是我所想要看到的中交人！这才是我们港珠澳大桥所需要的建设者！这才是我岛隧团队的汉子们和姑娘们！”

我已然发现，林鸣不仅是个能够攻克许多重大工程难题、承接各种国家工程的优秀工程师，而且还有一种大将风度，像一位指挥战役的军事天才。

“我喜欢看毛主席的著作，特别是《论持久战》和《矛盾论》《实践论》这样的经典著作，有些精彩的段落还能够一字不落地背诵出来，这对我组织指挥工程和解决工程难题有极大帮助。”林鸣说。他特别欣赏毛泽东运用辩证唯物主义观点研究指导战争的高超艺术，包括：着眼特点，具体地研究战争；着眼发展，动态地研究战争；着眼全局，整体地研究战争；着眼实际，客观地研究战争；着眼矛盾，运用对立统一的规律研究战争。“一切从战争的客观实际出发，再进行具体情况具体分析，最后实事求是地研究和指导具体的战争，这是毛泽东军事思想的精髓所在。我把它运用到大工程建设上，受益很多。”林鸣说。

工序繁多、技术难度高的沉管预制，如何从七个月预制两节到两个月预制两节，这看起来只是个时间问题，但就技术要求、预制工厂和整个预制现场的设备，甚至绑扎钢筋、混凝土浇筑时间等而言，则意味着叠加式的时间压缩与劳动强度的成倍加强……最终还要看制造出的沉管是否符合大桥 120 年质量所需，是否符合预制时间与前方施工现场的衔接要求等。

“两个月两节是我们计算工程的最低限度，慢于这个预制速度，就会严重影响大桥施工速度，也就是说，33 节沉管，预制时间用去两年零九个月，我们预留给大桥沉管施工的最长时间也就是这个。两年零九个月是沉管预制的时间，而沉管在海底安装也必须预留出时间，也就是说，两个月预制两节沉管，我们的岛隧工程就可能需要五年甚至更长的时间才能完工。这对大桥工期而言，是个痛苦的无奈选择。两个月两节预制沉管，这是我们所设想的最佳工效，它既可满足我们岛隧工程预定的工期，又与同期岛隧前方的施工进度相符。我们建设预制厂共有两条流水线，包括深坞设计所考虑的装备与容量。但实际工作中能否实现这种最佳的工厂法设计，对我们预制厂一线工作的所有人来说都是一个巨大的考验。扎钢筋的工人能不能熟练地赶速度，混凝土浇筑能不能确保在规定的时间之中完成——这绝对不是光靠执行所能实现的标准化要求就万事大吉的，还有设备能不能在长达数年的每天 24 小时的工作状态下，保持正常运转，10 亿元造价的整个预制厂中途会不会出现意外，包括台风等不可抗拒的外来因素……”

说到这儿，我截住了林鸣的话，说：“前天到牛头岛去了一次，看到整个厂区的房顶全部被去年的强台风‘天鸽’给摧毁了！”

“是嘛！我们运气好，去年七月份就完成了沉管安装。‘天鸽’台风是八月下旬登陆的，如果早一年袭击我们，那就非常惨了。”林鸣道。

“也就是说不光会耽误工期，还要重建预制厂？那得多少钱啊？”

“是这样。不仅仅是钱的问题，它涉及方方面面的问题就多了！”林鸣点头，说，“所以当时在第一个沉管预制成功后，我就提出加速沉管预制，道理就在这里。除了我们工程上的工期等需要外，当像台风这样不可控的外在因素突然降临时，你是无法抗拒的。人为因素有时也无法控制，比如大环境的经济形势、国际关系的复杂多变等。你作为大工程的组织与领导者，必须在战略与战术上思考问题，必须有全局的意识，高瞻远瞩地把控大局。”

“后来你们都实现了。从七个月两节，到最后实现了两个月两节的沉管预制目标，确实堪称奇迹。”我敬佩地说道。

“是这样。这是大家同心同德、苦干巧干拼出来的！”林鸣感叹道，“我很感谢刘晓东、梁桁他们这些年轻工程师，以及1000多名在牛头岛上的预制参战人员，没有他们的智慧和拼劲，万不可能完成这样艰巨的任务。后来荷兰和日本等国的专家看了我们的沉管预制，都纷纷竖起拇指，敬佩我们不仅成功制造出了世界上最好的沉管，而且在速度上也让其他国家难以赶超。这就是我们中国工程师、中国工人和中国特色社会主义制度的伟大！”

“这中间没有林总你在关键问题上的决策和决断，也是做不到的。”我说。

“对工程总指挥者、总工程师来说，我最重要的任务是把握全局、服务全局，为全局的进度与速度、质量与要求负责，谋篇布局具体的施工设计，攻克施工中的难点和要点，关注施工中的细节与往往被忽略的地方……”林鸣强烈的全局意识，时时都在紧绷着。这似乎也证实了他为什么能越来越轻车熟路地驾驭越来越大的国家工程，并且在这些史无前例的大工程面前遇险不惊、遇惊不慌，展现越战越勇、战无不胜的“林鸣风度”了！

“立足全局，把控局部，方能审时度势、灵活作战，取得无往而不胜的结果，这是毛泽东指导战争取得胜利的奥秘所在。我们大工程建设有着相同与相似的道理。”林鸣的头脑里有一个广阔的天空。在这个天空中，他既仰望浩瀚的宇宙，畅想和寻觅着无数奇妙与未知，又随时跃入一个个具体而细微的世界里探求各种方法与可能……他告诉我自到珠海参与大桥建设起，就深知这是个漫长而艰难的关乎人生与生命、技术与智慧的“珠峰”攀越过程，在这个过程中也许中途摔倒不归，也许某一时候、某一节点上被无法跨越的难点锁住困死，所以为了与大桥一起前行，他开始了每天十多公里的晨跑——只要在珠海，在施工现场的每一天，他都坚持着，即使有时讨论和研究问题彻夜未眠，第二天黎明时刻，他依然迈开双腿，迎着朝霞而行……

他说他在晨跑中，大脑一直在转动。“让过去和即将要做的大桥上的每一件事情在大脑里像放电影一样过一遍……这个方法是我当工程师的第一天，我的领导教我的，我一直把它烙在心上，落实在行动上。”林鸣说。

“十几公里的晨跑，需要一个多小时。在双腿习惯性地向前跑动时，我开动了大脑，让大脑在不受任何杂乱事情的干扰下，清醒地思考问题，缜密地思考问题，然后寻找出解决问题的方法……这个过程我很享受，很惬意，所以我一直坚持到现在——大桥通车的那天，有记者问我在大桥建好后最想做什么事情，我说我想跑完大桥全程……”大桥通车这一天，林鸣其实已过六旬，但我相信他能跑完55公里的大桥全程。因为他有这份意志，更有对大桥独一无二的情感，还有他极少失手的把控力——这绝非一般人所具备的能力，林鸣属于稀少的例外。

我们现在回到他的难题上来——最难预制的曲线段沉管，一个更难解决的世界级高难度技术难题。

“一节长180米、高11.4米的庞大沉管，它分为刚性和柔性……”

“慢点，慢点。”我打断林鸣的话，问，“沉管还有刚性和柔性一说？啥意思？”

“技术问题，当然也是海洋工程上所要解决的施工要求问题。”林鸣开始用纸和笔，边比画边解释道，“简单地讲，刚性沉管是一个整体，比如一根100米长的管子，它就是用钢筋混凝土一下浇筑而成，中间没有连接点；柔性沉管相比较而言是将一根100米的管子，分成几节进行浇筑，最后合成一体，它的特点是有连接点……”

“从工程与性能而言，有什么区别？”我问。

“这很专业了！”林鸣直起身子，道，“这得科普一下，读者喜欢这样的专业问题？”

“反正我喜欢……”我道。

“那好，我说细点……”林鸣开始给我科普了。

应该说，世界范围内的沉管隧道这一跨海越江隧道的结构形式，已经有100年历史，其管节结构形式主要分为刚性（整体式）和柔性（节段式）两类。1910年建成的美国密歇根底特律河铁路隧道是世界上第一个运用沉管的工程，该隧道所用的就是钢壳式沉管技术，水下段由10节长80米的钢壳管段组成，这就是那个时候海底与江河隧道的刚性沉管。后来北美洲经常采用这种刚性沉管技术建桥筑路，一般都是在比较浅的江河和浅海中建设。柔性沉管将长长的沉管管节分成若干节段，节段之间钢筋不连续，只有剪力键和止水装置。这样的节段由于采取钢筋混凝土一体浇筑成型，无须采用外防水。节段之间通过临时的预应力组合成一个整体管节，沉放到位后将预应力剪断，形成柔性管节。此时，节段处呈现较柔特性，使得沉管隧道可以适应地基不均匀沉降。从施工角度看，柔性管节将长达百米的特大混凝土预制构件，划分为若干个较小的预制构件，从而可以使用管节制作的工厂法预制方法，使管节的制作质量与速度得到明显提高，也能降低工程成本。从受力方面看，对长达数千米的大型沉管隧道工程而言，节段接头允许一定变形，对运营和地震情况下地基的变形具有较强的适应性。然而柔性沉管在应用中也有缺点，即当节段接头剪力较大时，对隧道正常使用——主要是接头处防水、止水有相当难度。因此，世界上所有柔性沉管隧道几乎没有不漏水的，这给隧道带来风险。

沉管漏水也就成了世界级难题。其实刚性沉管也很难保证不漏水。相比之下，刚性沉管由于钢筋在管节内纵向连续布置，并设置后浇带，分段浇筑，而且刚性管节只有两端才有接头，其可变性小。同时刚性管节浇筑工艺相对简单、工艺流程稳定、技术较成熟，管节结构整体受力状态明确。所以在港珠澳大桥之前我们中国所有的穿江越河的隧道，都是运用的刚性沉管。

一般情况下的隧道，指的是那些浅滩的、短距离的江河海底，对用哪种沉管的要求都不会太严格。然而深海隧道的沉管就很不一样了，其要求非一般条件所能同等而论。深海隧道会遇见工程力学和海洋环境等多方面的多种外力，这对沉管造成的破坏是空前的，而且当下科技尚不能达到防风险最佳点。比如有些海域是地震第三区域，沉管隧道可能承受拉伸及剪切作用，对柔性管节沉管隧道节段接头变形会很不利。因为当接头张开量过大时，将导致隧道结构渗漏。一旦出现这种情况，深海处的隧道会迅速形成大量积水，从而瞬间可使整个隧道被淹没，后果极其严重。但是在深海隧道中运用刚性沉管，几乎就是天方夜谭，根本不可能的事，尤其像港珠澳大桥的海底隧道，长几公里、深埋于海底四五十米处，刚性沉管从一开始就被专家们否定了。而柔性沉管又同样面临着如何解决海洋深处的巨大海洋水流压力，和 120 年间沉积在沉管之上无法估量的沙泥等问题——据说以 10 年一个时段计算，海底沉积的泥沙量可达几千万吨之重。120 年是多少呢？天文数字！

林鸣他们所需预制的沉管，将挑战的是世界沉管工程学上的前所未有，而最初的他们，连最基本的资料都没有。当时跟荷兰人谈判时，人家那么高傲地回应你拿 3 亿人民币只能"给你点首祈祷歌"，也不是没有一点道理。谁让你不掌握高精尖技术呢！

工程技术领域与国际政治间的斗争一样严酷：强者为王，历来如此。林鸣十分清楚这一点，因此他明白一个道理：自力更生、创新创造是硬道理；依靠国外支持，但绝不依赖他人。

问题是，港珠澳大桥海底沉管隧道的长度是世界绝无仅有的，其沉管埋深深度同样绝无仅有。如此一个超级海洋工程建设，刚性与柔性沉管都面临难以逾越的工程绝境：复杂的海底地质结构，不可能选择刚性沉管，而传统的柔性沉管又承载不了深海负荷压力，止水技术过不了关，就难保隧道不漏水。隧道漏水等于置大桥于随时可能发生的意想不到的巨大危险中……这是港珠澳大桥最致命的要害。

一个不得了的风险！

还有什么新的办法？还有什么可能可防止沉管之间因止水乏力、乏技而造成的工程风险呢？ 120 年啊！这漫长的岁月里谁也不知道会发生什么！更何况在深海，人类对它的控制力几乎是零。

"好好计算！把方方面面所想到的问题，统统计算他十遍八遍，一直到彻底弄清楚为止！"林鸣亲自挂帅沉管选择的可行性攻关小组，他要求这个团队的工程师们计算各种科学数据，然后再进行每一项的试验。与此同时，全国各地的相关专家被邀请到临近珠海的中山温泉宾馆开会……

"专家会议极为重要，我把它称为诸葛亮会，大桥沉管隧道工程中遇到的所有问题，我都要求请专家来‘会诊’。当研究方案出来后，又请各路专家来挑毛病、提建议，最后达成共识。这叫集思广益。”林鸣这一招解决了两个关键性问题，不盲目，不冒进。

中山温泉宾馆是个环境很好的地方。改革开放的总设计师邓小平当年就在这个宾馆里跟珠海特区的梁广大等领导干部说了“经济特区好”“不走回头路”等经典话语。可以说，针对改革开放初期中国遇到的一些方向性问题，邓小平在此有高瞻远瞩的讲话。

林鸣信这块风水宝地。所以大桥建设过程中遇到技术难题时，他邀请各路专家开会有数十次，但从来没有改变过地方——温泉宾馆也因此成为大桥岛隧工程建设的诸葛亮会永久性会址。

我最后一次采访林鸣，他特意将我安排在此地。顺着当年邓小平走过的路线走一遍，你能感觉扑面而来的风是暖和温馨的，你也能感觉这风里有一股催人奋进的力量，你还能感觉这里的风让你保持一种清醒和方向感……由此我似乎也明白些林鸣为什么看中这块风水宝地。

然而，大桥工程施工中所遇到的问题绝非我们想象中的那么容易化解与攻克。刚性沉管与柔性沉管的问题让林鸣和他的工程师技术团队一度陷入困境与迷途……

“这事折腾了你多长时间？”我问。

“一年多……”林鸣答。

“据说你组织了200多人的攻关团队，一直都想不出解决的办法？”

“是，就是想不出招数来。”

“后来呢？”

“想不出办法也要继续想，直到想出来为止！搞工程的就是这样，你不可能因为没办法解决，让大桥工程半途而废，或者像造房子一样造了一半就扔在那里走人了。这不是工程师干的事。工程师跟匠人一样，再难的活，他最终也会想法让桥梁连接、把房子造好。这就是工程师的不易之处，也是我们这些人的职业道德所在。”林鸣是个实干家，而他的理论素养则是支撑他总在为国家扛着大工程的动力。可以说，没有理论素养的工程师只能干些小活，而担当伟大工程的总工程师，他一定是个能够到达相当高度的理想人选。林鸣属于此。

难题一个接一个摆在总工程师林鸣面前，但此刻最大的难题是沉管问题。虽说牛头岛预制厂的沉管流水作业台上两个月才预制出两个沉管，但一年下来也有二十个沉管预制完成。如果因为刚性还是柔性问题没有解决，这预制流水线便将自动“断线”，这对预制生产来说，又是毁灭性的。

工程啊工程，你一步赶一步地追在林鸣身后，稍有迟疑，工程便将以排山倒海之势，瞬间摧毁和压碎林鸣，甚至将其埋入万丈深渊……

其实，林鸣的困难也是整个团队的困难，一旦总司令陷入困境，最惨的可能是整个团队的基层。在大桥工程建设上也是如此。

当刚性还是柔性不得要领时，负责设计的刘晓东等人的日子就更难过了。“得找专家来帮助一起对付难题不是？可赞成刚性的一定是反对柔性的，而赞成柔性的也不会让坚持刚性的那么轻易占上风。工程技术上的争议，经常火药味挺浓。我们还得时常当好‘灭火员’，且要看准火候，一旦灭火过度，就可能殃及自身。”刘晓东看起来像个老好人，他这种人都要冒火发脾气，事情肯定到了无法忍受和控制的地步了。

“工程建设七年，我们遇上这种无法忍受和控制的事情至少有一百次吧！”刘晓东笑着说。

再好的老好人也会被接踵而来的困难折磨得无限愤慨。“确实，有一段时间里我们被刚性、柔性弄得精疲力竭，肚里的苦水不比伶仃洋的苦水少……”

过多的苦水会影响人的肠胃，思想和情绪上有了过多的苦水会阻碍思维的活跃与激情的燃烧。正当刘晓东这帮年轻人痛苦得想往墙上撞的某一天半夜，同样辗转难眠的林鸣从床上起身，开始在房间里踱起碎步来——这是他实在睡不着的克敌法，借踱步来刺激神经，从而思考问题……因为是半夜，还没有到晨跑时间，如果到了黎明时刻，他才不会躲在狭窄的房间里踱碎步呢！

实属无奈之举。但深夜有个好处，人静鸟寂，只有近处的海浪涌动声似乎在温柔地助力大桥的建设者产生一瞬间的灵感：自然界的法则告诉我们，世上并无走不通的道。古人曰：“刚柔者，昼夜之象也。”孔颖达疏：“昼则阳日照临，万物生而坚刚，是昼之象也。夜则阴润浸被，万物而皆柔弱，是夜之象也。”（《易·系辞上》）既然刚性与柔性皆不能解决问题，取其折中之道，来个半刚性结构的沉管难道不行吗？

林鸣的大脑转至此处，猛然兴奋起来。他的碎步变成了阔步，大步流星地跨到桌子前，一把抓起手机，唰唰地给刘晓东发去一行字：试试半刚性……

“半刚性？半……刚……性……一个哲学的思考！辩证的攻关法和选择法！”刘晓东被林鸣的想法激荡得神思飞扬起来。这个早晨刘晓东起得特别早，他想跟林鸣一起晨跑去，想在晨跑过程中倾听他更多的关于半刚性的思考。但等他去见林鸣时，人家早就已经在海岸边跑出好儿公里了……

就是慢儿拍！刘晓东感叹了一声。

到底什么是半刚性？林鸣给我比画了一个多小时，最后问我理解了没有。我直言没有。

他再比画，然后问：“明白点没有？”我不敢再直言了，就说：“明白了一半。”

然后我们俩都笑了。最后他说：“你可以看看我和我儿子林巍一起写的论文，发表在国际刊物上。”

“你儿子参与了半刚性研究？”我十分好奇。

林鸣一下骄傲了：“他可厉害了！这件事上他帮我做了不少！”

于是我在当天的采访之后，看到了一份“WTC-2018”的中英文对照的论文集。这是在2018年国际隧道与地下空间协会召开的世界隧道大会上发表的学术论文，作者是林鸣、林巍、刘晓东等人，他们是林鸣沉管技术团队成员，显然林巍是重要的主角之一。

林鸣和林巍等发表的这篇论文题目是《沉管隧道的半刚性管节》，开头有这样一段话：

> 为解决港珠澳大桥沉管隧道内深埋荷载导致的高过载问题，我们提出采用“半刚性管节”这一纵向结构概念。通过这种方法，无须切割预应力钢筋并保持对其进行永久使用，节段接头位置的受剪承载力将随着摩擦力的增加而增加……在正常情况下，半刚性管节与节段式管节之间的结构差异在于，前者在不明显增加成本的条件下，用永久应力取代临时应力，同时管节完整性和稳定性得到大幅提高，因此半刚性管节是一种具有成本效益的结构解决方案。特别是对因为很难控制基础结构质量所以不均匀沉降不确定性相对较大的项目，半刚性管节是一种有利的选择……

上面这一段学理性很强的文字，仍然让人很难理解其意。林鸣说，简单地讲，就是我提出了一个“预应力”的新概念，通过预应力不剪断，使沉管接头处的张拉力加大，从而不会造成深埋在海底的沉管出现漏水等工程问题。

你懂了吗？林鸣又问我。

我不能再说不懂了。估计再说不懂林鸣他就要放弃接受我的采访了。但他很有耐心地接受我的采访，因为他清楚别说我这样的外行听不懂，就是当他正式提出半刚性概念后，那些世界级沉管权威专家甚至站起来跟他说，你们中国人也太疯狂了吧！刚学会走路，就想奔跑？你们就不怕摔跤？林鸣说，我也怕摔跤，但我们的大桥深海沉管隧道还能有其他什么别的办法吗？你们的办法能用在我们这座大桥上吗？你们提出的方案不仅不适用于我们的大桥，而且是天文数字的投入，我们无法接受。只能靠自己的力量，靠新的思路，走自己的路！

权威专家们不说话了，心里在想：走着瞧吧！

也只有这条路。林鸣的心里比这些权威更清楚：最难的题，是不会有人将好办法轻易拱手相送的。

林鸣将自己有关半刚性的灵感，先向国内清华大学、同济大学工程学方面的著名教授求教，在获得理论上的支持后，他就把技术攻关交给了刘晓东他们，他的儿子林巍参与其中。

刘晓东、林巍他们接受任务后，便邀请了国内几十个专家进行了为期一年多的反复论证与攻克试验。“这个过程是够磨人的。”刘晓东感叹一声道。

如果磨人能出成果则另说，关键是真能在刚与柔之间找到工程技术上的中间平衡点，则是另一码事。且不说半刚性沉管无技术可循，另一个重要因素是港珠澳大桥穿越的海洋——伶仃洋海底的地质状况异常复杂，整个隧道纵横两个方向的海底地质结构并不均匀，这样深埋在海底的沉管承载力就不一样，即这个 180 米长、约 8 万吨重的沉管与另一个 180 米长、约 8 万吨重的沉管之间的承载力不一样；如果这样两节沉管之间有“不均匀沉降”问题的存在，即技术上所说的“抗剪力”便会不够，那么沉管肯定会出现错位与漏水，这将是灾难性的后果！

林鸣他们所要承受的技术压力就在此。

说到这儿，再论老外说林鸣他们“刚学会走路，就想奔跑”和花 3 个亿人民币点一首祈祷歌也不是一点道理没有。

科学就是科学，技术不是靠空话“吹”出来的。在遇到困难的时候，林鸣的脑海里常浮现出荷兰人告诉他 3 亿人民币只能点首祈祷歌这情形。于是有一天他问儿子林巍，这《祈祷者》到底唱了些什么呀？

儿子很快从手机上给他搜索了出来——

我祈祷你是我们的双眼

看着我们的去处

赐予我们睿智

在我们彷徨的时刻

让这段祷告

伴着我们前进

领导我们到那里

您的恩惠指引我们

到一个平安地方

您赐给我们的光

我祈祷我们能找到您的光

将闪耀我们心中

将之留在心中……

儿子又找出了席琳·迪翁与安德烈的原唱——两位当代了不起的歌唱家嗓子中出来的《祈祷者》旋律与歌词，能征服所有心灵受过刺激的人，包括林鸣在内。

太美妙了！林鸣听完《祈祷者》，心头不由暗暗感慨了一声。

是啊，如果苍天能祈祷我们的半刚性沉管研制成功，这难道不值得感恩一下吗？林鸣内心也在祈祷——当然是祈祷他的团队，当然是因为相信他的团队有这能力实现目标，所以他才祈祷。

但祈祷只是一种心理作用，真正有用的是坚定的信念，对大桥建设成功的信念，甚至是对“滴水不漏”的信仰——这是林鸣从踏上港珠澳大桥建设征程的第一天起就树立起的信仰，也正是这份信仰让他无论遇到多大的困难，依然坚定地向前走，一直到走通每一条路为止……不然就不是我林鸣！无数次晨跑的路上，他这样自勉，这样鼓励自己。

真正的工程师，什么时候被困难吓倒过？真正的工程师，什么时候被技术难倒过？

林鸣认为，真正的工程师还必须在无路走的时候寻找到出路，寻找到可以到达预期目标的最佳道路。这样的道路在何处？林鸣说，在你的心里，在你的意志和信仰里，在你坚持不懈的奋斗与实践中。

“这样的道路融合的是一个人的综合素质与能力，它是人最具光芒的智慧与创新之点……”林鸣说。末了，他又添了一句：“但工程师还得另有一手，那就是他能干巧干。否则再闪光的智慧与创新，也只能束之高阁。”

他说得对，做得更好。

为了解释和成功试验半刚性沉管，林鸣从三个维度对这道自己给出的科学难题进行攻关：设计团队的细化设计；开展多项模型试验，从原理上验证半刚性结构；请多方面专业机构平等展开计算，从而实现对半刚性的科学确认。无数次试验挫败之后，团队有人出现沮丧情绪，林鸣就告诉大家："既然我们已经认为半刚性是存在的科学方法之一，那么如果我们不把它研究到最后，就是我们对科学没有尽到最后的责任。”刘晓东带领的年轻攻关团队一次又一次咬紧牙关，又坚持了 200 多天，终于有了满意的收获。

我还听说，仅半刚性沉管所需的那个被称为“沉管保险锁”的钢剪力键制造与安装就够他们喝一壶的。负责该任务的工程师魏杰体会深刻，他形容道：“等于我们是在鱼肚里给鱼胆镶嵌钢护支架，难死了！”最初的钢剪力键，是先在振华南通基地做好后，再送到牛头岛沉管预制车间装入沉管之中的，仅这一个安装过程，就能把工程师们熬出白发来。一个钢剪力键重达 3 吨，长 2 米、厚 0.85 米。“可安装它的作业空间只有 1 米长宽、6 米高。我们要在仅仅 6 立方米的空间里，又不能用吊车，来完成 3 吨重的钢家伙的精细安装，而且还得与沉管内的埋件、螺栓孔等精密设备配接好，既需要使全力，更需要精雕细琢。8 个人，300 多个钢剪力键，确保它们 120 年寿命，这就是我们这些现场工程师要一丝不苟做好的事，是拿身家性命在干活！没有这种精神绝不可能实现林总要求的沉管隧道‘滴水不漏’目标。”

林鸣所要的半刚性沉管最终以完美成功宣告了它的诞生。

“它的顺利诞生，既解决了沉管接头之间的漏水问题，也消除了由于海底不同的承载力，沉管可能出现的超载负荷问题，从而实现了更简单的制造过程，同时也加强了它的坚固性，而且比同等外国技术制造节省了 10 亿元的成本。”林鸣告诉我。

一个创造性的思维，解决了工程上的世界级技术难题，又为国家省了 10 亿元钱，林鸣用他的智慧与创新，再次告诉了我们什么叫工程师！

大桥通车那天，习近平总书记夸奖他和他团队的情形，全国人民在《新闻联播》里都看到了……我也看到了，看到那一刻的林鸣半张着嘴在乐，乐得有些像天真的儿童。

那一刻，林鸣显露的是纯真。他其实就是这样一个人，当全国政协常委会让他去介绍大桥建设时，他紧张得悄悄跟我说："这事比工程还难啊！"我告诉他："比你搞工程简单多了！"他又张大了嘴："不会吧！我怎么觉得很难？"

天下的难，难得倒工程师？难得倒你林鸣？

后来他笑了，自言自语道："是嘛，怕难就不当工程师了！"

捌

第八章
娇“闺”如何待“嫁”？

沉管安装现场

现在，我们权当超级复杂的沉管非常简单地制造完毕了——其实整座大桥七年的施工中，牛头岛的沉管制造几乎占了六年，它是渐进式地一个个预制完成的，尽管是在流水线上诞生的，但也终成正果。

那半刚性沉管的技术复杂性更不用提。对外行人说那么多也没有用，像我这样采访了数次最后仍然似懂非懂。不过后来我还是懂得了一些基本知识，如刚性沉管隧道是由整体管节或多个首尾相连接的管节节段通过有黏结预应力连接而成，管节以整体刚性抵抗外荷载，整个隧道结构纵向受力较大。这种刚性沉管隧道不能通过管节柔性变形来实现结构内力重分布，结构内受力不均衡，受力较大区域长期承受高应力，存在开裂及漏水风险。因此它不被港珠澳大桥海底隧道所采纳。

另一种叫柔性沉管隧道的则是由多个首尾相连的管节节段连接而成，其管节节段间通过匹配的榫凸结构及跨缝中埋式止水带连接。这种沉管隧道在遇外荷载时，沉管结构主要呈现柔性特性，管节节段接头张开和转动，通过变形释放管节弯矩，结构纵向受力较小，管节节段为抗衡及防水的薄弱环节。

半刚性沉管隧道通过预应力钢束和榫卯结构具有的半刚性特性，使隧道管节具备更好的适应海底或者河底地基位移的变形能力。林鸣提出的半刚性的关键点就是预应力的问题，这是工程科学技术上的突破，为港珠澳大桥顺利实现海底隧道段的成功做出了不可替代的贡献，其技术水平达到了世界海底沉管隧道的高峰。

现在，我们回头再去看大工厂法下的一个个如航母一般的大家伙，如何从车间里“走”出来，“走”出来之后又如何待“嫁”的过程，这其实非常复杂，也很壮观。

那一次我到牛头岛的预制厂实地参观，虽然已经无法看到沉管制造的现场，也没有看到将8万吨的大家伙从预制台座上往深坞推移的过程，但尹海卿副总告诉我一件曾经让他“吓破了胆”的事：第一个沉管浇筑完毕之后，必须先向浅坞推出130多米，之后再进入“待嫁”的深坞。可就在沉管向外推的时候，那力大无比的顶推系统竟然无力将“新生儿”——沉管向前推出预制车间！

这不是大笑话吗？！

“我一听前方的报告，就昏了头。这不是要急死人吗？！你想想：预制沉管，劳尽了我们团队的神！现在可好，养得白白胖胖的‘大闺女’，竟然不知如何把它‘抬’出家门？这不是天大的笑话吗？！”尹海卿说。

那些日子，牛头岛的事成了全大桥工地的关注点和笑话点：那“老牛”犯犟了，不愿意把“闺女”嫁出去！上上下下都在这样议论。

当时林鸣也急了：“怎么回事，十几二十天还没有把沉管顶推出去？”于是他跑到牛头岛连续召集技术骨干开大会，又是研究讨论，又是现场操作试验，结果发现，在顶推过程中，垫于支撑千斤顶下的润滑板，总是随之前行，造成千斤顶滑脱，或与滑轨“铁对铁”。怎么办？林鸣与现场工程师商量克服润滑板脱落问题，每一次润滑板脱落后就成了废物，大家很是痛惜。“别小看一米来长的PTFE润滑板，一个沉管节段有24

个支撑千斤顶，每个千斤顶下垫3块润滑板，一条标准的沉管有8个节段，这要用多少润滑板！负责现场顶推的工人师傅们很痛惜润滑板就这样浪费了，所以每一次顶推失败，他们看着一批批润滑板粉身碎骨，便十分痛心。”林鸣说，“其实当时我的心情也一样，但我想的一笔账就更大了：假如预制好的沉管不能从预制厂顶推出去，或者迟上十天半个月，那我们的海底隧道施工时间会拖得更长，这个损失就不是几百万、几千万的事了……”

大工程建设中，小账必须算，但更要算大账。大账小账一起算，效益和效率才能显现出来。于是林鸣亲自带着工区总工程师张文森、工区装备部部长李海峰等在牛头岛开展了一场“伏击行动”——十几个人统统猫进沉管的底部，围绕着支撑千斤顶，时而比比画画，时而激烈讨论。数小时过去了，最后大家形成共同的改进方案：在支撑千斤顶下均匀地加焊点，增强千斤顶与润滑板之间的摩擦力；同时在润滑板的底部开挖进油槽和贮油孔，以增加润滑板和滑移轨道的润滑性；再在润滑板与千斤顶接触边缘挖个浅槽，使千斤顶牢牢钳住润滑板，从而实现顶推顺利进行。

果不其然，新方案环环落实之后，待再启动顶推系统时，那8万吨的沉管竟悠悠然地“走”动了起来，“走”得雍容华贵，直至平稳“走”向浅坞。顿时，沉闷了一个多月的牛头岛山呼海啸，一片沸腾。

林鸣自然也笑了。末了，他给现场的预制沉管施工人员留下了一句话：“记住，每一次顶推都是第一次。”

是的，每一次顶推都是第一次。在如此的岛隧项目施工文化影响下，之后的数十次顶推再也没有发生类似卡壳的事件。那次一个多月的卡壳，让负责预制沉管工程的尹海卿差点犯心脏病。

假如制造好的“闺女”嫁不出去，该当何罪？

大桥造好之后我再问尹副总时，这位与林鸣一起创造多项沉管技术世界纪录的专家，抿着嘴巴乐道：我往伶仃洋里跳……

真遇到困难解决不了时，林鸣他们想跳海也没有可能。为什么？因为在工程现场，工程师当逃兵的绝不是林鸣团队中的！

沉管出车间后，进入深坞，还有最后一次“化妆打扮”的程序，术语上叫“舾装”。第一次听“舾装”二字，我一直以为像我们男人出席正式场合时所穿的西装。海底沉管也该打扮一番，“西装”而出？后来林鸣告诉我：是沉管安装之前需要对整个沉管再进行一次检测和调试，以确保沉管下到海底后能够管用120年不出任何问题……

嗯，有点像我们男人在出席重要活动时穿西装的味道。不过，沉管的舾装要求会高出许多。技术人员需要对它的“五脏六腑”进行一次全面“体检”，然后决定可否“出嫁”（术语叫“出坞”）。

“待嫁”的沉管，是在深坞之中完成舾装和“静养”。那个深坞是牛头岛预制厂的一部分，与外边的伶仃洋仅一门之隔。说起这扇“超级大门”，林鸣打趣道：“它是我们大桥的‘第一门’，也是我们大桥建设中的‘金库大门’——里面放着价值连城的沉管，它绝对是守护沉管最重要的一道铜墙铁壁。”需要10台250千牛的卷扬机方能开启与闭合的13000吨重的大坞门，只有在林鸣总指挥下达命令时才能见一次它雄伟壮丽的“华丽转身”，平时它安稳平静地将深坞与大海隔成两个世界。

“超级大门”有60多米宽、30来米高，如果站在它的近处，你感觉就是一面“天”竖在你的面前；如果背对着它，即使十二级台风与沙尘暴袭击也安然无恙……但当8万吨的沉管出门的那一刻，对林鸣、对这扇“超级大门”而言，都是一次比生命历程更冒风险的天大的事儿！

我们知道，假如一艘航母启程，它有自己的动力系统，也就是说只要它发动机器，航母便可以自己行动；如果是一艘潜艇，那么它也是同样的道理，可以依靠自己的动力系统行走于深海之下……然而，与航母同等大小的沉管，却是一个没有任何自我动力系统的“死家伙”，它必须靠其他动力，比如推拉它的船只，实现移动。180 米长、近 40 米宽的钢筋混凝土合成的庞然大物，如何在海洋中行走，非我等外行人想得那么简单。

首先，有没有能够拖拉得动 8 万吨以上货物的船舶；其次，沉管“行走”于海洋之中，可不是随地拖着走的，它是浮在水中而运，因此术语叫“浮运”，是大桥工程沉管安装中的三大环节（制造、浮运和落槽安装）之一。8 万吨的大家伙，无腿无脚，要在海洋中“浮”着运，光有巨大的拖船还不行，还得有装配了大吊车的船只。中国有这样的装备船吗？很少，且不是专门用于安装沉管的装备船。“所以我们要为沉管安装专门造这样的船只……”林鸣说，“预制和安装沉管，就像一个系统工程，它牵涉近百个部门、百条战线。作为项目负责人，你必须把每个环节都统筹进去，否则顾此失彼，手忙脚乱。”

可以想象林鸣到底忙到什么程度。他遇到的扯皮磨嘴皮子的事数不清，而前方后方各个方面都要去关注关切的电话通知、询问、催促又有多少呢？

“多的时候，我给他数过，有两百来个电话吧！”总经理部的秘书说，“那还没有算他回到宿舍躺在床上可能还要接着打的一二十个电话呢！”

“振华这方面出了大力。这些浮运船只装备都是自力更生制造的。”林鸣告诉我，“大桥建设也促使我国海洋装备业有了突飞猛进的发展。”

沉管的一次浮运，远非我们想象的那么简单。除了巨大的动力保障外，还需要多个方面的海洋条件下的安全保障，比如天气、海浪、海潮等。台风和大风必定是要避开的，但伶仃洋的大风你无法预测，它是魔幻式的，你以为风平浪静时，它瞬间而至；你以为狂风暴雨将至，它却飘忽而去。总之，它让你捉摸不透，直到弄得你天翻地覆为止。南海的天气是魔鬼，说变就变，一变便没完。伶仃洋的海浪没有规律，而且它的变化多端与无情，人很难预测。林鸣他们遇到的另一个难题是：从桂山牛头岛，到大桥施工的海域，有十几公里，中间与繁忙的航道相交，而沉管在海上浮运一次，需要十多个小时，这期间，沉管就是大佬，一切船只必须为其让道。所以，沉管从深坞的超级大门中徐徐“走”出的那一刻，整个伶仃洋威严壮观，因为护送沉管“出嫁”的大小船只，可用“浩浩荡荡”来形容……

“浮运用多少条船？”

“大大小小有四十来条……”林鸣告诉我。

“大到什么份上的船？小至何种船？”

“大至万吨级的拖运吊装船，小至巡逻的汽艇。里三道、外三道地组成一个庞大的浮运军团……”林鸣喜欢军事用语。其实在大桥施工尤其是沉管安装建设中，他就是一场历时七年之久的“海洋大战”的总司令。

沉管正式浮运前，林鸣要求相关“参战”船只和工程技术人员进行演练。刚开始，那些久经沙场的船老大冲林鸣说：“不就是一个钢铁大疙瘩吗，往你大桥那边拉就是了，还用得着费钱费力地演练吗？”

林鸣便双手抱拳道：“拜托各位，我这宝贝疙瘩虽都是些钢筋混凝土，但比我的心肝还要珍贵，你们千万要高度重视。万无一失，方算保险了！拜托！实在有劳各位老大！”

“行啊，既然林总这么重视，又请我们吃饭喝酒，咱们也得赏脸不是？走——”一声令下，大小船队开始演练……

哪知没两天，那些原本牛哄哄的船老大一个个就像霜打的茄子了。林鸣问为何。哈，站在牛头岛的崖壁上往海里一看，不笑破肚子才怪：三四十条大大小小的船，不仅没把“闺女”抬上轿，倒是自个儿在海中央转圈圈——咋啦？

玩不转呗！

林鸣无可奈何地摇头。末了，他啥话没说，再请船老大们喝酒！千万别把这当作不正之风，大海上施工，兴这！这跟打仗一样，生死攸关的大事和关键时刻，喝酒能壮胆，也能排除晦气！有些事，老天爷说了算。

酒过三巡，船老大们开始一个接一个地向林鸣致歉：“林总啊，怪我们大意，怪我们骄傲，哪知你的宝贝疙瘩这么难缠啊！它就是不听话，跟我们的船队玩转圈哩！”还有的船老大竟然哭了起来，乞求林鸣，说：“林总啊，我在海上走南闯北，五湖四海都走遍了，但没有想到栽在伶仃洋上……它就是不听我使唤！林总你说说，你那个宝贝疙瘩是不是有啥魔法让我不得要领，累得要命呀？”林鸣就笑，说：“老大啊，我的宝贝疙瘩啥都没有，就是沉，就是闷，但到了海里，它就是头巨兽，你不顺它心思，它就会跟你拧着劲，死活不会让你轻松。所以啊，万请老大用心真诚地待它，说不准下一回它就乖乖地跟着你浪迹天涯了！”

“哈哈……”船老大们抹着眼泪，擦去酒痕，集体向林鸣发誓道：“下回，再在海里打转转，就不回来见你林总！”

“哎，别别别，我全仗各位老大了！无论如何，祝大家一帆风顺！”

“一帆风顺！”

又一次演练开始。这回真的被林鸣言中，数十只浮运船只不再在海中打转转，而且终于到达了大桥施工的预定海面位置。不过，林鸣一看时间：比正式施工浮运的时间长出了差不多一倍。

都是第一次。纸上谈兵与实际施工，就有这么大的差距。工程师对这些很现实的问题，已经习以为常了。他们的本领也常常在无数次这样的“心里没底”的实战中磨炼和积累起来。现在，作为大桥工程师的林鸣要接受的考验是中国独一无二，也是世界上独一无二的——33次沉管的浮运与安装……

大桥真正的战斗其实是从这个时候开始的。前面，有一百个未知的高难度困难正等着林鸣去挑战——

玖

第九章
第一次“深海接吻”的滋味

最终接头钢结构制造现场

2013 年五一假期，这个日子在港珠澳大桥的建桥史上，许多人都记着，而林鸣记得比谁都清楚。现在你问他儿子林巍的生日是哪一天，他会愣一下，再回答时可能也未必一下说得准，但你问大桥的第一节沉管何时安装的，他随口就会说出一串准确的时间：2013 年 5 月 2 日下午 1 点开始出坞……一直到 6 日晚上才完成！

前后时间约 100 个小时。“这是我一生中最漫长的时间！”林鸣无数次如此感叹，因为这第一节沉管的安装过程，在他心中留下的印象太深刻，太惊心动魄——

为了安装沉管，项目经理部组建了 V 工区，专司海上沉管安装。这个队伍非常庞大，如一支海上舰队，他们分别由海底整平团队、海上浮运团队和沉管安装团队组成，每个团队都有一支数量不等的船只队伍。“整个安装筹备共用去 10 个月时间，真的是十月怀胎。”林鸣说。

为了确保沉管安装万无一失，林鸣给海上安装团队制定了一条工作原则：集众人之志，扬各方专长；投精良装备，克技术难关。同时，他还与安装技术团队先后开了 62 次会议，制定和编写出了《外海沉管隧道施工成套技术方案》。这是中国工程师在没有任何经验的情况下，自己摸索出的一套专业安装技术。它在沉管学术界具有相当大的意义，昭示着中国工程师不再受外国技术封锁的制约，能够自主从事海洋深水区的沉管工程施工了！

然而，那些参与这一方案编写与制定的工程师心里都明白，这份《技术方案》来得太不容易。2012 年 2 月 6 日，是林鸣第一次主持召开外海沉管隧道施工技术方案周会。从那天起，他为了方便《技术方案》编写小组工作，将自己办公室周围的几间房临时腾出，作为集体办公地点。小组成员大部分是青年工程师，摆在他们面前的只是一张沉管隧道产品宣传单子，还是从外国公司“捡”到的。这是团队工作起步时唯一可以依据的东西。第一天开会，林鸣就申明：“我们就这点家当，但要干的却是沉管世界的顶尖技术。大家肩上的压力肯定像山一样大，希望我们能够扛起来，而不是被它压垮了！”年轻的工程师们没辜负期望，此项工作完成得非常出色。3 个月后的 2012 年 5 月 13 日，《外海沉管隧道施工成套技术方案》出炉，这期间林鸣带领团队在 100 天内连续开过 300 多个会议。问起感受，林鸣说，那段时间几乎是连轴转，没有一晚是在深夜 12 点前休息的。方案的初稿出来后，林鸣又邀请各路专家进行了 3 次大型技术评审论证，最终方案被审批通过。

“来，来，我请大家干一杯！”林鸣破例为参加方案评审的工程师们设宴。他心存感激。

2012 年 10 月 19 日，当今世界最大，也是中国第一艘用于外海施工的深海抛石整平船——“津平 1”安全抵达伶仃洋，沉管安装准备工作全面拉开。当这艘造价过亿的专为港珠澳大桥沉管安装所用的，长 81.8 米、宽 46 米、吃水 5.5 米的海上巨无霸出现在伶仃洋上时，林鸣和项目经理部及所有工区的头头脑脑全体出动，列队迎候。这艘出生于振华集团南通基地，我国自主研发的现代化巨型海上工程船，光四条桩腿每条就长达 90 米。它还在南通基地的船厂时，林鸣就去探望过，第一眼便让林鸣喜出望外：这长腿家伙跟我有缘！因为林鸣喜欢它满身的声呐、测控仪器等。

第一节沉管（简称 E1）并非安装在海底的平面，而是在人工岛端水陆相交的地方，它的床位是个斜面，坡度为 2.9996%。180 米长的沉管要放置在这样一个斜坡上，难度系数很大。沉管也并非我们想象的随意着床于海底，它被安置在一条铺筑好的基槽上——事实上，在海底铺筑基槽绝非易事。首先是装备必须到位。8 万吨的庞然大物，没有相应的装备，根本无法移动和吊装。所以，同样是专为大桥沉管安装所造的主船"津安 3"和辅船"津安 2"，于 2012 年 11 月 18 日和 28 日相继抵达伶仃洋。这对兄弟船的到达，与已经在海上开始整平工作的"津平 1"会合，预示着沉管"出嫁"的唢呐已经吹响。

"62 次会议是解决纸上的问题，林总在项目总经理部的会议室里又跟我们进行过 184 次的专题技术分析研讨会……这比十月怀胎复杂得多啊！"V 工区负责人告诉我，浮运和安装沉管的每一道工序对他们来说，都是一座高山。"攀越它就得使尽心力，否则极有可能功亏一篑。"他举例说，两条安装船停在海洋中间，要确保 8 万吨的沉管准确落位，安装船就必须四平八稳，纹丝不动。但海上有潮流与风浪，如何让安装船一动不动，本身就是个极大的难题。"光安装船用的大铁锚我们就备了 8 只 8 吨 HY-17 型及 4 只 5 吨 HY-17 型的……"津安船老大说。

风浪中靠大铁锚泊定得了吗？"必须有定位控制系统，而且我们的船上安装了三个这样的控制系统——锚泊控制系统、压载水控制系统和拉合控制系统。"

真能控制得了大海上的沉管安装船队？"这就是高难度。"

安装船老大心有余悸，林鸣的心头更有余悸。

“其实出坞那一天就不太顺。尽管先前有过几次出坞的预演，可真到沉管要出坞时，怎么弄都不顺手。那天从深坞出来，费了十几二十个小时，折腾得人困马乏。等到能真正出坞，已是下午 1 点了。最后又经过约两小时的出坞程序，共 29 次换缆、带缆。下午 4 点 30 分左右，我们的沉管才算离开深坞，开始在数艘大拖轮的拉动下，随浩浩荡荡的浮运船队，向大桥那边缓缓前行。那情景，确实让我们所有人都很激动，真的像自己的闺女出嫁一样，心情复杂……我跟在指挥船上，眼睛直盯在贴着海面走的沉管上不敢移开，生怕它什么时候掉到海底似的。”林鸣回忆道。

沉管最终没有掉，还算安稳地被大拖轮拖着向大桥方向走去。但大海并不十分地配合，或者有意跟林鸣他们作起对来——近十个小时的黑夜缓行之后，在第二天清晨的霞光下，正当林鸣他们以为可以松一口气时，突然一股海流朝浮运船队的正面袭来……

浩荡的船队，轰鸣的马达声下，竟然眼巴巴地看着沉管浮运船在节节后退——“怎么啦？怎么啦？”林鸣向船老大猛喊。

“林总，有海流呀！了不得的海流呀！”船老大回答。

“有办法吗？”

“只能顺其而退……”

“会退多少呀？”

“说不准……”

说不准的事是最可怕的事。林鸣的心悬了起来，海面上所有工作人员的心也都悬了起来。

问题是，海流并没有像浮运团队演练时所考虑的那么简单——它才不按规矩办事。“津安3”和“津安2”携着8万吨的沉管被冲得直往后退的同时，也开始出现斜横，而且直至横在洋面上……原本在它们旁边的8艘牵引、拖拉大船，此时已经乱了方阵，自顾不暇。

“调度！调度！”浮运指挥长通过对讲机奋力呼喊着。

津安兄弟俩一边后退一边调整行驶方向，尽力正面逆流上顶……如此一番苦苦挣扎，沉管船队在海上后退了700多米才止住。

“当时我的心一直揪着，生怕船队在海流冲击下左右不听使唤，那麻烦就大了。”林鸣说。

在演练时曾经遇过这样的事：在海上干了大半辈子的某船老大，开始以为不就是拖个几万吨的东西吗。但当他担任演练队长后，左右前后的船只就是不能按他的指令到达指定海域，无论他怎么把嗓门喊破，“海上方阵”就是组织不起来。这位船老大最后竟然蹲在甲板上呜呜地哭了起来。大伙嘲笑他丢份，他说自己从来没遇到过这么难的事情。可不，一条船碰上再大的事儿，左舵右锚，啥风浪都能摆平。可这拖运沉管的船只实实在在是浩浩荡荡的架势，你指挥的口令稍有偏差，就会造成整个船队七零八落，乱成一片。

“那个时候我最怕他们叫乱了口令。但偏偏十句口令中就有那么一两句是错的。一错，就把船队搞乱阵了……”林鸣说自己在船队的现场，急的时候恨不得跳到海里去纠正船队的队形，“但只能揪着心急，没有实际用处。因为在大海之中，人的力量微不足道，即使一万个人也抵不上一股汹涌的海流。”

好在津安兄弟没有太让人失望，最后在集体努力下，浮运船队慢慢恢复了队形，重新加足马力，顶着逆流到达了指定位置。

这是第一节沉管的安装，它格外引人注目。同时在技术安装上又是相当难的一节，因为这节沉管是人工岛海平面之下的第一节，它与海底隧道的沉管安装不太一样，在海底的沉管安装基本是在一个平面上，而与人工岛相嵌的前几节沉管特别是第一节沉管与人工岛开口处衔接，有两个难度：一是斜坡面，二是安装船不能正常进入安装位置。前一个问题，影响到的是沉管的坚固稳定性，后一个问题是如何把几万吨的沉管吊装到相应的位置。

先来说说如何解决斜坡面的基床坚固问题。这又是一个摆在林鸣面前的世界级难题，必须解决。

下面是我与林鸣就这一问题的一次长长的对话。

林鸣："基床就像是沉管躺在上面的大床一样，它的坚固程度是决定我们沉管以后是否可以 120 年不出现问题的关键所在。"

何建明："这基床是否就是贴在海底的那一层土？"

林鸣："对，简单说就是它了。但海底的土分几层，最上面的我们叫它软土层，它很松软……"

何建明："这放不了几万吨的沉管吧？"

林鸣："也不全是。软土层约 30 米厚，最上面的几米是新土，很软很松，必须清除。到下面十几米、二三十米处，它也很坚硬了。但对我们几万吨的沉管来说，又不够结实，尤其是 120 年寿命的沉管，我们必须有更坚固的地基。为了解决这个问题，传统的做法是往这些软土层里打桩，打密密麻麻的水泥桩下去。我们在这座大桥工程的隧道建设中没有采用这种传统的打桩法，而是采用了世界先进的挤密砂桩法。这也是我们国家交通运输部的一个科技攻关项目。它的基本做法是：一根直径一米的钢管，将这钢管往下插，插到预定的位置。这根钢管下面有一个装置可以把钢管的口关住，然后上面的人通过机械往这个钢管内灌进一二十米的海砂，通过上面的振动锤加压，让这些砂土形成坚固的砂柱。等硬度满足要求后，将钢管的装置阀门拔出，同时将钢管往上提拔五六米。如此反复，这些留在软土里的砂桩就通过自己的体积，形成对周围软土空间的挤压，使得整个软土层变得坚固异常。而我们就在这样坚固的软土层上面安放沉管——当然我们会通过严密的计算，确保这样的挤密砂桩上面足够承载沉管的负荷。整个挤密砂桩的施工过程都是通过电脑控制，如果沉管每平方米的负荷力为 2 吨的话，那我们就给挤密砂桩的承载力放大到 2.4 吨左右，确保它有足够的承载力。”

何建明：“这个工程量也够大的呀！”

林鸣：“是。东、西两个人工岛与沉管的衔接处我们共投入了上百万方石头，试验它的承载力。”

何建明：“天哪。上百万方石头要干多长时间，要派多少运输船队，耗费多少人力物力呀?！”

林鸣：“百年工程要保证它的可靠性，就不能怕麻烦。工程师可能是世界上最讲实效和出实活的人，因为任何马虎在大工程上都是绝不允许的。我们宁可麻烦些，也绝不会有丝毫的应付和马虎。我们在大桥海底隧道的沉管下面通过这挤密砂桩施工所组成的复合地基，在世界海底隧道建设中也是首例。这是一项已经被专家们列为重大科研成果的项目。”

何建明：“你提出来的？”

林鸣：“是。当初提出来时反对意见也不少，但我坚持了。一是大桥的 120 年寿命需要，再者也保护和稳定了伶仃洋海底软土层。我内心一直有个信念，就是在伶仃洋上建一座大桥，要尽可能少地改变它原有的环境状况。这一点非常重要。另外就是要尊重自然，即使万不得已的时候，也要尽量减少对自然环境的影响。软土层使用挤密砂桩法的复合地基，就是最佳的科学选择。因为我们先前没有人使用过，所以一开始连我们中交内部的一些专家都不支持。后来我把这事交给了四航院的卢永昌大师。”

何建明：“卢大师是工程设计大师？”

林鸣：“是的。他在这件事上做出了大贡献，做了大量试验性研究。我们不是在软土层里打了挤密砂桩吗？为了防止有可能存在的承载力等诸多问题，卢大师想到一个办法：在这些挤密砂桩上面进行堆载试验，即用碎石在上面加压，一段时间后看看软土层会不会变化，最后来验证上面安装沉管的稳定可能性。”

何建明：“真的是万无一失啊！”

林鸣：“必须保证万无一失。”

何建明：“你说为确保东、西两个人工岛海水下的衔接处斜坡底的稳定坚固性，进行了100万方碎石的加压试验？”

林鸣：“是这样。还有一件事顺便提一下，就是为保证两个岛头的沉管以后不被过往的船只碰撞，我们特别各加出了200米长的石头垒墙……”

何建明：“200米的石头垒墙？简直就是铜墙铁壁！”

林鸣：“必须这样。”

何建明：“那么在人工岛安装第一节沉管时，遇到的另一个困难是，两艘安装船不能同时定位在预定位置，这样就造成了安装的复杂和困难？”

林鸣：“是这样。这也就是后来第一节沉管在现场安装时几度失败的主要原因，一直持续了四天五夜的最长一次安装……”

与林鸣的对话，让我更清晰地领悟了海洋工程的繁杂与艰难，尤其是海底沉管安装的不可控性。于是也有了林鸣说的“第一次对接10个小时，最后还是失败了”的话。

第一节沉管的安装过程，如果让林鸣来介绍，恐怕得几个小时，我手上有一份当时在现场的一位记者采写的报道，对此做了较为简单的记述。

昨天（5月5日——笔者注），在港珠澳大桥西人工岛，海底隧道首节沉管开始对接。由于对接时发现海底基槽高出数厘米，比原计划的完成时间推迟。截至昨晚10时许，施工还在紧张进行中。

港珠澳大桥海底隧道对接，是整个工程中最难的部分，也是当今世界施工难度最大的海底隧道工程，被称之为与神九和天宫一号太空对接比肩的“深海之吻”。

首节沉管调整到沉放位置

5月2日上午11时，两端密封后的港珠澳大桥首节沉管漂浮在海面，由八艘拖轮拖着，从珠海桂山岛出发前往7海里外的西人工岛，整个拖行过程非常缓慢，根据海水的不同流速而调整，最快航速只有0.8节，最慢航速0.03节。5月3日凌晨，首节沉管顺利抵达西人工岛，与计划时间表基本吻合。

中交联合体港珠澳大桥岛隧工程项目总经理部副总工程师尹海卿介绍，首节沉管抵达沉放现场后，就像船只在海中停泊时一样，通过往海中抛锚固定位置，然后通过收放缆绳控制沉管的姿态和位置。

即使是全自动控制的沉放系统，面对这个体积巨大的庞然大物时，调整位置的过程也非常缓慢，直到4日上午6时左右，沉管才基本调整到沉放的位置。

沉管的位置调整到位后，要拆除沉管周围橡胶止水带的防护罩，首先由潜水员进行海中保护罩底端螺栓拆除，再由岛头吊机吊装拆除。随后，在沉管的上方装一个拉合千斤顶，对接的时候该千斤顶将与安装在暗埋段的另一部分握手，使两个管节初步对接在一起。

泥沙使铺设好的基槽高出约 5 厘米

5 月 4 日 15 时许，随着往沉管内的压载水箱注水，沉管缓缓往下沉，当沉管抵达海底基槽时，施工人员发现，海底预先铺设好的基槽比原来高出 5 厘米左右。

“我们在 4 月 30 日曾测量过一次，当时是符合要求的。”尹海卿解释，由于海底水流比较复杂，暗埋段两边的围岛钢圆筒使海流形成小漩涡，泥沙被带到原来已经铺设平整的基槽上，使其比原来的高。发现这个问题后，施工人员抽空沉管内的水，沉管重新浮上来。5 月 4 日晚上，潜水员下海将这些多出的泥沙清理掉，昨天下午才完成。

对接误差小于 2 厘米

昨天下午 4 时许，在西人工岛的东面，两艘沉放船一前一后横跨在沉管上方，施工人员通过沉放船上的操纵系统，往沉管内的压载水箱注水，沉管缓缓往下沉。在下沉的过程中，通过声呐系统测量沉管与暗埋段的相对位置，然后用缆绳进行调整。当沉管下沉到海底后，通过拉合千斤顶，使得两个管节基本对准。

“等晚上七八点，海水涨到最高潮时，还要进行水压对接。”尹海卿说，在两个管节的横截面周围，安装了巨大的 GINA 止水带。

当拉合千斤顶完成拉合后，将对接处的海水抽掉，形成一个密封的空腔，通过海水的巨大压力，使两个沉管完成紧密地对接。沉管对接的精确度要求非常高，两边横向偏差要控制在2厘米之内，纵向偏差3.5厘米之内，轴线偏差控制在5厘米之内。相对航空母舰大小的沉管本身，要达到这个精确度，难度可想而知。截至昨晚10时南都记者截稿时，水压对接仍在进行中。因清理泥沙插曲，对接工作比原计划推迟……

记者的报道没有记录第一节沉管安装的全部过程，因为他要回去发稿，已经等待七八十个小时了，后面到底还需多少时间，当时记者并不知道。

可林鸣和现场的安装人员全都在岗位上全神贯注地持续战斗……坚持吧，继续吧，担忧煎熬吧，直到最后！

只能如此。林鸣还能有什么办法呢？倘若第一次安装失败，后果是什么？林鸣说他不敢想。倘若第一次没成功，往后怎么办？林鸣说他也不敢去想。“我想的是，只有想尽办法把第一节沉管圆满安装好了，我才有可能继续在大桥工程上战斗下去，否则即使跳进伶仃洋，也不知道……”多么悲惨的后果！但可能就如他所说。

后来，我越来越理解为什么一个生龙活虎的帅哥，因为一座大桥活活地变成了白发苍苍的“老头”！岁月无情，人间正道。

苦与累，是一个方面。但长期的担忧与煎熬，才是根本。

第一节沉管为什么在最后下降安装时没有成功？我问林鸣。他告诉了我真相，是因为突然发现沉管的床上出现了十几厘米厚的淤泥。这就意味着如果沉管下降到这样的床上，就如一个人睡觉时腰背上硌着一样东西，难受死了！100多米长的巨大沉管，中间搁置着十几厘米厚的东西，就不仅仅是难受的问题了，它既会使沉管的安装和对接无法完成，也会造成沉管折裂等严重后果。这是最不得了的事。

“立即起浮！”林鸣在现场马上下令道。

“怎么会出现这种情况呢，不是已经测控过一切正常吗？”负责沉管安装的尹海卿副总经理额上冒出一排汗珠，他追问负责水下情况的技术员。

“几小时前还是干干净净的，不知怎么回事会出现新的淤泥……”技术员回答时的话音都在颤抖。

“花田先生，这种情况你以前遇到过吗？”林鸣悄声问花田顾问。

花田摇摇头。

“过来开会！”林鸣二话没说，朝几位骨干挥手。

经过几个小时的激烈讨论和争辩，大家才把事情弄明白了：人工岛的岛头在这之前为了给安装沉管做准备，围堤上装了一段数百米的挡潮堤。就是这条好心的挡潮堤的作用，使海流在人工岛头前形成了一个回流水域，所以在回流的海水中积聚了淤泥，它们落在了沉管的床基上，形成了十几厘米厚的淤泥堆积物……

“怎么办？把它挖掉？”我问。

林鸣：“不好挖。人工岛那个地方海域空间小得不行，安装船退不出去，更进不来挖泥船……”

何建明：“这么麻烦呀，那怎么办呢？”

林鸣：“是很麻烦。人工岛头的那么一点海域，由于安装船和沉管都堵搁在那里，形成了湍急的海潮，大船的屁股都没法动一下，最后只好派潜水员下去人工清理。结果发现，潜水员的工作进度太慢……怎么办呢？我思考着：如果按照当时的情况，潜水员清理淤泥的速度跟回流造成淤泥积聚的速度恐怕差不多，这样下去第一节沉管安装就不知道会拖延到什么时候。战机不能耽误，现场指挥必须做出决策。在问清淤泥的堆积程度和潜水员现场清理量度后，我们经过缜密分析，也征求了花田先生等人的意见，决定在淤泥还剩下12厘米左右时，再次沉管下降，进行第二次安装……”

“为什么？不是还有12厘米淤泥吗？”我追问。

林鸣道：“是。确实还有12厘米左右的淤泥。但我考虑这些淤泥是刚刚积聚的，还很松软，如果将数万吨的沉管压在上面，基本上可以算作忽略不计的阻碍物……”

原来如此。

于是也就有了第二次的沉管下水……

对此，林鸣记忆犹新：“48个小时后，我们开始第二次对接。那个时候是最让人头疼的。一方面对在没有经验情况下的安装心里无底，虽然我的旁边有日本专家花田先生，他有过许多沉管安装的现场经历，但对我们的大桥隧道沉管也很陌生。所以这种情况下，我作为总指挥、总负责人压力肯定大过所有人。这几万吨的大家伙放在海水里，不能安到应有的位置上，确实是挺揪心的事。另一方面，时间拖得越长，现场施工的人会越烦躁越疲劳。而对接安装时，几十个岗位、数条船只，你口令说错一个，再要把大家伙调整过来，一次就要几十分钟，甚至几个小时。这之后的时间里你又不能保证海上不会出现新情况，那海潮海流可是不听我们指挥的……”

林鸣的种种忧心啊，只有他自己担着扛着，甚至还要忍着！

“口令说对了，可又担心他们操作出偏差。几万吨的东西在海底下，实在让人不放心。”林鸣说，“第二次对接前的精度还没有达到标准，可时间已经过去很多，只能下达命令再次退出……”

第二次对接又没成功。现场已经有人叹气了，泄劲的情绪也出现了。林鸣命令暂时休整。“骨干开会。”他把骨干叫到指挥船上开会，一方面查找问题根源，另一方面调整大家的情绪。“越在这个时候越不能泄气松劲。谁也没有干过沉管安装，如果那么简单容易，那它就不是世界级难题了，外国专家也不会一向我们开价就是多少亿多少亿了！”林鸣说。

“尽管我在做大家的思想工作，但其实我内心也不平静。时间越长越不平静。我必须克制，必须冷静，因为没有其他选择。你是一个指挥员，你必须有理性，那个时候你内心一定要比任何人都强大与坚定，你内心透出来的情绪和表情会影响整个团队。你要让事情成功，就必须坚定和保持理性，同时还要有智慧和办法。”林鸣说。

70 个小时后的第三次对接与安装开始……这又是一次非常痛苦的决定。因为中国有句老话叫作“事不过三”。在做出“最后”一次安装对接的命令时，林鸣看了一眼站在他身边的花田先生，因为只有他干过这样的活，其余的中国人都是头一回与大海“接吻”，这“吻”在前 70 个小时里，已深知它并不那么容易，更不那么甜美。是苦涩，是煎人熬人，是要命的事!

林鸣将希望寄托于花田先生身上，因为花田先生也确实优秀，在现场几乎用了百分之一百二十的本领。五月的伶仃洋虽不是最热的季节，但花田先生的汗水已经把内外衣浸了个透湿，脸上的表情也达到了崩溃的边缘……林鸣心头泛出一丝忧伤与悲切，他知道自己必须顶上去，无论如何也要用胸膛去堵枪眼了，像黄继光一样，不然就没有其他办法克敌制胜了！

“第三次沉管下沉开始——”他又一次发出了命令，声音显然有些颤抖，但却是坚决的。

现场所有人都在目睹巨大的沉管又一次往海水里沉降，一直到看不见其影……随后大家赶忙到控制指挥室的屏幕前，看那沉管一米一米地接近着床和对接的位置——这个过程可谓是把人的心悬在针尖儿上。

林鸣此时的心则似乎已搁在刀尖上……

他已经数小时连口水都没有进过——小陈秘书告诉我，每一个关键时刻，林总在施工现场可以说几个小时的话、站着工作几个小时，但却不喝一口水。“越关键越紧张的时候他就越不喝水……”小陈说。

后来成功了！第一节沉管的“深海之吻”圆满成功！

我看过现场一段视频，林鸣他们在船上狭窄的指挥室里欢呼鼓掌，能看出他们的脸上都是笑，眼里都盈着泪光……

“100 个小时，是这一辈子熬得最长的一次啊！”林鸣感慨道。

实际上沉管对接完成后，还有相当多的事要做。林鸣告诉我，至少还有以下十道工序要完成：1. 拉合。通过预先安装好的千斤顶，使沉管与预埋段对接在一起。2. 水力压接。利用深海水压，使沉管充分对接。3. 贯通测量。测量对接的情况和误差。4. 管内精调。对沉管的位置进行精确调整。5. 安装船撤离。6. 一次舾装件拆除。拆除对接时安装在沉管上的工具。7. 锁定回填。往沉管位置回填沙石和混凝土等，固定沉管。8. 二次舾装件拆除。拆除剩余的对接工具，完成对接。9. 拆除各种仪器和设备。10. 报告到总指挥那里获得圆满完成对接的确认书。

“现场的工程技术人员，100 个小时后可能可以喘口气，但作为总指挥的我，还要等待上面的这些工作干完，最后在沉管安装备忘录上签上我的名字，才算告一段落……”林鸣说他第一次签这样的名时，眼皮已经睁不开了，手脚都有些不听使唤了。

难怪，四天五夜，100 个小时没有正经合过眼，你行吗？大桥工程师林鸣就是这样熬过来的。

这仅仅是他 30 多回“深海之吻”中的一次。

拾

第十章
窗口、心口，与大摊的血……

全力解缆（陈向阳摄）

记得30多年前，那时我刚从部队转业到地方的一家中央级报社当记者，一次有机会单独采访钱学森大师。钱大师一向很随和，我到他办公室后，他亲自为我端茶倒水，然后开口道：建明同志，今天给你讲个“0”的故事。我一听暗暗吃惊：“0”有啥好讲的嘛！

钱大师笑呵呵地拿出一张白纸，随即在纸上画了一个“十”字，在“十”字的中央又画了一个圈——“0”。然后说：你看到这个“0”了吧！

这时，有点中学数学基础的我才恍然大悟：原来钱大师是在用一个数学坐标来向我解释“0”的意义。

钱大师说，“0”在一般人眼里是啥都没有的概念，但它其实是万物之源，是一切的开始……

这是我一直记在心上的一堂十分重要的人生课。这堂课是钱学森大师讲给我听的。也是在这一次采访中，钱学森给我讲到了从事科学研究最怕的是心里没底。心里没底的事，容易做错，但科学试验不怕做错，错是科学成功的必经之路。

港珠澳大桥建设，对中国工程师来说，就是一次前所未有的闯关，而且必须是成功的闯关。现实种种因素，不可能给工程师们有失败的机会和可能，因为一旦建桥失败，就不会单单是负责施工的工程师们的问题，而会被上升到三地政府，特别是中国共产党的形象和“一国两制”的大是大非了！

可，从未做过这么大的工程，又面临无数科学技术问题，想不出错是不太可能的事。林鸣接受的现实是：必须把工程做好，而且不能出错。一旦出了错，问题和责任都不可设想！过去林鸣从未对人讲过一件事：在第一次浮运沉管之前，大家心头都紧张得不知该如何是好！因为花了10亿元钱建了一个沉管预制厂，又花了几十亿元的成本买这买那地进装备、材料，特别是还雇了数十艘大大小小的安装船只，等等，如果沉管安装出差错，谁负得起这个责？

不行！万一咱们的沉管没安装好，安装不下去，或者中途它跑偏了，掉到海底去了……我们担当不起啊！

到了沉管真的出深坞的前两三天，林鸣的团队出现了前所未有的躁动：所有人都担心起来——沉管出海后出了事谁来担责？担什么责？

事情太大了！算算钱就能吓死人。十几个亿呀！一旦失手，出现操作上或是意外的事故，导致沉管没了……咋办？

“林总你想没想过这事？”

大家都跑来问林鸣。林鸣开始没觉得这是事，后来被问多了，心里也有些毛毛的，惶惶的……

可不是，沉管真要出了事，谁负责？让下面的人负责？不可能！肯定是我这个当总承包和总经理的负责嘛！我能负责得起吗？以前从来没想过什么责任不责任的林鸣，此刻也被身边的人问得心头有些不平静了。

“你们说怎么办呢？”林鸣问大家。

“得让上面知道，一旦出了意外，我们可以负责任，可以负生产责任和管理责任，但不能负刑事责任。”

“是呀，我们并不是故意要让国家和大桥遭受重大损失，是技术达不到那水平，不可控的失误……”

工程师们七嘴八舌这样说道。

林鸣不语，心想大家讲的多少有些道理。

于是，在大伙共同的愿望下，一份由大桥岛隧项目部草拟的“请求免于刑事处分”的报告从珠海发到了北京……

“林鸣啊，这个报告我们不能批。工程上的事，一旦真出了问题，上级会按照客观情况实事求是的，但你们这个报告不能批准。你是党委书记，要做好大家的思想工作，要放下包袱，轻装上阵，尤其是沉管安装的关键时刻，军心不可懈啊！”报告刚到北京，珠海施工前线马上接到北京的电话。中交集团主要领导要求林鸣一方面不能自己背包袱，同时更要让所有前线施工人员不能有精神压力。

“听到了没有？上级其实给了我们一颗定心丸，大伙不要再有太大的心理压力。话说回来，面对沉管安装这么大的事情，况且我们中国人还是第一次干这样的事，没点压力那是假的。但大家要把压力变动力。这才是我们的大桥精神！”林鸣是个很有激情的人，鼓动性很强，而且说话很有感染力。尤其是现场动员，能把群情鼓动起来。

沉管安装前是需要激情的。与大海搏斗更需要激情。人与大自然的奋争同样需要激情。激情在某种时刻可以说是克敌制胜的重要力量和支撑点。

林鸣跟我说过，在每次沉管安装的那一天，他在离开自己的宿舍时，都会往房间里看一眼……我问什么意思，他脸上表情会突然凝重起来：怕回不来了。

为什么会有这样的想法？

“因为假如一个沉管安装在大海上出了问题。我是项目总经理、总工程师，肯定要主动承担责任……”林鸣说。

“真要出了事故，就真的要承担责任？”

“那是一定的。”

这个时候的采访也是凝重的。做工程师真不易啊！比起作家、科学家，甚至是政治家来说，工程师的责任也许是直接和无法掩饰的，而其他职业的人则都可以或多或少地逃避责任，唯独工程师，他似乎必须直面事故的所有责任。

看起来显然不怎么公平。但这也是工程师职业的一个特殊性：无法逃避，必须直面。

刚开始林鸣向我介绍沉管隧道工程时，说了三个关键点：一是预制过程，二是浮运，三是安装。当时我对浮运很不理解。从预制厂运到大桥的施工点，有那么复杂和重要吗？

“浮运太重要了！因为整个过程是在与大海进行周旋与斗争，你都不知道会出现什么难题……”林鸣对此大为感慨。

“最初我们在与荷兰等沉管安装的国外知名机构谈判时，并不了解安装沉管还有一个窗口之说。后来才知道这里面玄机多多……”林鸣说，最初时，中方与荷兰某公司谈判，请求他们帮助我们生产和安装沉管，中方从自己大桥施工的时间上考虑，希望一个月内能有安装4节左右的窗口，这样可以抢工期。对方就说，按我们正常的安装能力和水平，一个月只能安装两节沉管，如果你们坚持要一个月安装4节的窗口，那么费用肯定会加倍。林鸣他们想，这是合理价码，可以接受。但是后来因为总体要价远远高出中方承受力，谈判合作事宜没有成功。林鸣他们不得不自己干。自己干的过程中才发现，其实安装沉管并不是想什么时候安装就可以什么时候安装的，它受海洋环境、气候等条件影响，一个月也只能有一两次窗口时间。

“我们以前听说过航天飞船发射有个窗口问题，哪知海洋工程施工上也有窗口之说！所以在大桥工程前期设计规划中，也没有提到窗口问题，更没有相关的技术提示和要求。但到了施工时刻，窗口问题真让我们吃惊不小，也大开了眼界……”林鸣说，“窗口对安装沉管太关键了，不懂得窗口会吃尽苦头。知道了什么是窗口，那苦头也多得不行。”

怎么讲？

“因为窗口条件对我们安装沉管提出了一大堆新问题，你得去处理呀！不处理，你就没法完成安装。”林鸣说。

窗口，比较容易理解，它在工程学中是指某一个事物在大自然条件下的许可状态。航天器的发射窗口是指地球引力和天体运动过程的对角及气象等条件影响下的一个比较合适的时间范围。沉管安装的窗口，则是受海洋浮运与转弯角度及沉管下放状态下的海洋气候、洋流等条件影响。有道是，海洋工程与航天工程同样复杂，道理就在于此。

林鸣曾说“安装沉管难，难于上青天”，是因为他经历了其他大桥工程上前所未有的诸多困难，有些困难以前工程师们想都没想过，或者说是根本不可能有的事，在港珠澳大桥建设中，却应有尽有地出现了。

比如一个听起来并不复杂，实际却充满玄机的伶仃洋的海洋环境和波浪条件。“我们就说一个海洋流速问题，开始我们把它估计得比较宽，也就是测算伶仃洋在我们施工的洋段中的水流速度。但很快发现这个流速并没有那么简单。它不光有不同季节的不同流速问题，而且在同一个季节里也有不同流速，甚至在同一天的洋面上就有好几个不同流速。因为伶仃洋的海底条件与海面条件都隐藏了许多不同，有的流速在几百米之间就有不同。这就给我们庞大的沉管和它在桥段面的安装造成了困难。你得了解每一个点上的流速情况，这个工程准备就复杂烦琐了……”林鸣说。

林鸣说：“丹麦人有这方面的经验和技术能力，我们开始时请他们帮忙。但对方提出的两个主要条件，又让我们退回到了不得不自己干的困境。”

“什么条件？”

“一是价钱，无法接受的高价。二是要我们为他们提供详尽的珠江水域的水文资料。第一个条件，我们工程预算没法接受。第二个条件，为了我们国家安全考虑也不能接受，因为珠江口是我国重要的出海口，其水文资料属于国家机密，不可能提供给一个外国公司。”林鸣说，“关键一点是按最初的协议，如果没有一个月安装四五节沉管的窗口的话，施工时间延长的责任不在丹麦方，中方依旧需要按合同规定的每月费用支付给丹麦方。这个伏笔让中方损失太大了，也就是说，实际工程中，一个月也就只能安装一到两个沉管，有的月份可能一个都安装不了。施工时间会延长很多，丹麦方的服务时间也就长了很多，我们要支付的费用就增加很多……看看，这里就有不可预估的费用，真的好像是个陷阱啊！”

可是，我们自己能不能把大桥周边的海洋水文资料提供出来，并且符合大桥沉管安装所需？我关注到这一点。

开始不行，后来成功了。林鸣欣慰地说。

仅海洋流速预测这一课题，也是由大桥建设而引出的，并且为我国填补了一项科研空白。那天到林鸣办公室，看到几张布满密密麻麻水文点的流速图纸，我才知道原来这项海洋科研也是十分复杂的。林鸣他们花了五六千万元，委托国家海洋环境预报中心用了近半年的时间把它研发成功了。这一科研项目研发成功后，可以在林鸣他们所要求的时间内，将伶仃洋海面、海底的海水流速按百米的细密度提供出准确资料，给沉管安装带来了极大帮助。

"这是一项划时代的中国海洋科研成果，将给今后中国海洋工程带来不可估量的价值。"林鸣断定。

海洋流速很像个顽童，你太把它当回事，它就跟你兜圈圈；你不把它当回事，它就跟你没完没了，扰得你心烦意乱，万事无绪。林鸣的团队在安装沉管时吃尽了它苦头，有时连跳海的力气都没了。咋回事？

你看，沉管从深坞往大桥方向的海面行进，你一定想着是顺流而行还是逆水而上。实际上，8 万吨级的沉管，如果逆水而行，12 艘大拖轮肯定是拉不动的，到底用 15 艘还是 20 艘大拖轮拖着走，如何布阵，又都成了大问题。那么只剩下"顺水推舟"这一种办法。可这 8 万吨的"舟"实在太大，大到想让它动起来都很难，可一旦动起来，想要让它收住脚步又异常困难。林鸣他们请了广州珠江口最有经验的船老大来帮忙，可干了一阵后这些船老大叫苦连天："林总啊，你这活我们从来都没干过，这航母一样的大家伙死沉死沉，可一到了海水里，它怎么比泥鳅还滑呀？"

"咋啦，老大们？"林鸣好奇地问。

"它不听使唤嘛！"船老大们冤得直吐苦水。

林鸣哈哈大笑起来，说："你们可得给我管住它，它要有个三长两短，我只能跳伶仃洋了！"

"别，别，林总，你如果都跳了伶仃洋，我们可就连个坟地都找不到啦！咱们不说丧气的话，一定把你这‘大宝贝疙瘩’调教好。”

“谢谢各位老大！谢谢了！”林鸣给船老大们拱手致谢。

真想把林鸣的“大宝贝疙瘩”调教好，可不是件容易的事。“不容易！太不容易！”林鸣几次这么说。

不容易在何处？

关键是要让它在海域里分毫不差地落停在设定的位置上。林鸣说，珠江口的水流量在枯水季每秒约两三千立方米，而洪水期能达到每秒四五万立方米。“如此大的落差，相当于一二十倍，我们把潮流与海流叠加后，认为珠海口流量超过每秒 1.6 万立方米时，沉管安装就有很大风险。于是每秒 1.6 万立方米基本成了我们设定的一个风险窗口。但实际上海洋中的现场情况又很不一样，比如我们在安装期间，还必须保证伶仃洋航道的正常通航，要划出一定的施工空间，就像修马路一样，至少要做到修左边的时候保证右边仍能通行。我们在海上施工也要遵循这样一个现场原则。这样沉管安装实际上是在非常有限的海域内进行的，而海洋潮汐洋流不会管这些，我们的施工难度于无形中增加了许多……”

船老大们开始都很牛，但几回下来，便再没有了牛人，真正能够冒着风险留下来继续战斗且有信心者寥寥无几。所有参战者都必须坚持到每一次沉管安装完毕。

沉管从深坞出来，在 12 艘大拖轮的拖动下，顺着潮流向大桥前行。这 12 公里海路，通常六七个小时可以走完，但有时却要走上十来个小时，太快太慢，都给安装带来巨大考验。过快了，表面的水流流速还没降下来，沉管到达基槽上方后转弯 90 度，进入横拖状态，这时沉管受到的水流力一下子增大了近 5 倍，如果 12 艘大拖轮驾驭不住，8 万吨的沉管就将随流而下，触底搁浅。撞坏了沉管谁也吃不消。

窗口扰人。

如果浮运沉管的船队过晚到达海面现场，情况也十分不利。沉管到达现场后，需要经过系泊、沉放等一系列工序，做完这些工序需要十来个小时，中间还存在不确定性。所以如果到达现场过晚，最为关键的工序——水下沉管对接就很可能错过水下流速最小的这个窗口时间，这又成了大问题。

窗口会难死人。窗口既是时间概念，又是科学概念。顺应窗口最佳时间，所有可能的困难会迎刃而解；相反，如果违背窗口时间，不仅寸步难行，更可能折兵大海，甚至全军覆没，后果不堪设想。

沉管在安装前有一个关键点，就是它在下降之前的落位点，也就是通常所说的安装点的海面位置，需要准确定位，必须丝毫不差。“从理论和实际工作上讲，这个定位点，我们在计算机系统中是可以获得的。现在我们既有天上的卫星、海底声呐遥感，现场也有一整套定位系统。加上国家海洋局科研机构提供的海潮、海流情报资料，可谓应有尽有。但即使这样，现场的情况还是会与预想的设定有很大的差别。比如安装船能不能固定好，这一点本身就会带出其他问题。大船是靠四面八方的大锚来稳定的，一根锚链就要几百米长，一只巨锚抛进大海深处，好比一根针的针尖插在一片软草地里，到底是不是上劲吃力，这就是个不小的问题。锚抛不好，船就会移动，安装船一移动，沉管的定位就会出现几米几十米的差错。可沉管安装别说几米几十米差错，就是几十厘米也不允许。我们工程上的允许误差只有几厘米……想想这些，你就知道窗口的意义所在了！”

原来窗口真的这么重要啊！

除了环境的大窗口，还要有现场安装环境的小窗口。那是指沉管本身在海域里的移动和定位。8 万吨的巨无霸到了目的地，让它乖乖“立正”“稍息”和“向左向右转”，难死了！林鸣说。因为航行和海流因素，在海面上留给 180 米长的沉管的转身空间只有 200 米，也就是说它只能在这 200 米的窗口立正、稍息和向左向右向后转。并且每一次这样的“华丽转身”，都必须是数条巨船步调一致的联合行动，否则肯定乱成一锅粥……

如何解决巨无霸的高难度“华丽转身”，林鸣不只是给船长们拱手致谢、求助，更要亲临海面现场一次次指挥。这样的一次演练，需要动用十几个单位和数十艘船只。但到了沉管真的出现在舞台时，现场情况会比演练时还要紧张复杂得多，因为真沉管不可能让你在它“华丽转身”时还有失败的机会。倘若失败了，就是天塌下来的大事，谁也担当不起。

可谁能摸得清、弄得懂清海潮与海流的多变呢?

林鸣他们必须做到万无一失，所以每次在沉管安装前，都要召开无数次会议，研究讨论各种状态与窗口之间的相撞、相遇、相叠的可能与不可能。

七年施工期间，他们先后遇到的台风多达 29 场，小的可以掀翻船只，大的能把万吨巨轮掀到珠海街头……林鸣什么苦头都吃过，就连百年不遇的强台风他也撞上过。

不遇大难的人成不了大器。林鸣曾经痛苦地呻吟道:“宁可不成大器，也别让大难再来折磨人了！”

然而大海就是如此暴虐，对于所有彬彬有礼的乞求，它才不会搭理。任性是大海的本质，它总是以自身的强大来显示自己的独一无二和自高自大。

港珠澳大桥的建设过程，就是与这种性格脾气的大海搏斗周旋的过程。林鸣的团队冲在了搏杀的最前阵，于是也格外残酷与血腥……

第八节沉管安装窗口时间已确定。林鸣和团队所有人员包括远道而来的各路船老大皆已到位，上千人的安装团队都在等待总指挥林鸣的一声号令。

那一天晚上回到宿舍，林鸣突然感觉自己的右鼻孔有些瘙痒，于是用手指轻轻在鼻腔揉了一下，哪知这轻微的一下，却诱来鼻出血，且血流不止。

“赶紧上医院！”负责基地后勤的党委副书记樊建华等人赶忙扶林鸣去了珠海医院。医生一看，说是鼻内主动脉出了些问题，需要马上手术。

林鸣着急起来，他想到了沉管安装的窗口时间。原计划第二天要到施工现场各个主要环节去检查，以确定沉管浮动和安装最后的时间。“塞点棉絮就行了吧？”他问医生。

医生这回对林总可不那么客气，推着他就往手术室里走。

这会大家都在想：林总鼻子出血，动个小手术也无甚大碍。哪知天错地错，手术没有成功——不仅没有止住血，而且孔腔主动脉破裂，血流如注……

“一会儿工夫，医生接血的那个盆里竟然满了。”林鸣事后这样描述。

“我们看了吓坏了，怎么会出这么多血啊！”樊建华是女同志，回忆起当时的情景，仍然不停地向我摇头。“吓煞人！”她说。

随即林鸣又进行了第二次手术。四天进行了两次全麻手术的他，一周后又出现在海上 E8 沉管安装现场。

拾壹

第十一章
海之难，谁之错？

大钢圆筒的制造现场

如果你以为航母般的沉管那么容易安装，那真是大错特错！

林鸣跟我讲过一句话：每制造一节沉管，都可以写成一本书，因为每制造一节沉管，资料几乎都有一柜子。而每安装一次沉管，各种准备和演练的数据与资料，就又比制造一节沉管还要复杂得多。所以他们大本营一楼有一个资料库。我本想找机会待在里面翻翻沉管制造与安装过程中的那些原始档案资料，但一进那资料库便胆怯了退缩了——实在不敢去动手翻，因为估计翻一遍至少得花一年时间吧。

只能借助林鸣和他的同事给我讲故事了。他又讲了一个令人意外的故事——

“林总，你放我走吧！我要回日本去了……”也正是在林鸣他们热火朝天地按计划安装了一节又一节沉管时，突然有一天，日本的花田先生跑到林鸣的宿舍门口，低着头说。

“为什么，想洋子啦？”林鸣奇怪地问。洋子是花田的妻子，是个非常活泼开朗的日本女人。在第一节沉管安装之前曾来过港珠澳大桥的施工现场，跟林鸣他们都很熟。花田是林鸣特意邀请的外国专家，是一位非常有经验的沉管安装专家。中方技术人员对花田也十分尊重，可以说沉管安装因为有了这样的专家，让林鸣他们安心不少。令林鸣非常感动并印象深刻的是，尽管花田先生几乎每天都要跟着林鸣他们到紧张的海上施工现场，但他是个能静得下心的专家——从大桥工地回到营地后，花田先生一有空就在营地的一块空地上捯饬他的蔬菜地。这是日本人的一种好习惯，他们善于通过自己的耕作劳动得到收获。蔬菜成熟后，花田每天早上都会把新摘的黄瓜、西红柿等用塑料袋装好，挂在林鸣的宿舍门锁上。早班后，花田也总是一丝不苟地为林鸣泡好一杯咖啡放在他的办公桌上。这让林鸣时常感受到友情的温馨。可现在沉管安装才刚刚开始，花田先生为何提出要回国？

“先生对待遇有新的要求？”林鸣关切地问，“还是家里有事？”

花田一听就急得跺脚，连连摆手，说：“不是不是！”

“那到底是为什么？我们的人哪里对不住先生了？”林鸣又问。

花田又摇头晃手：“没，没，绝对没有！”

林鸣也着急了：“到底为何呢，先生？”

花田就看着林鸣，终于勉强地说出了原因：“我……我很担心你们的沉管安装……”

林鸣觉得奇怪：“我们请先生来就是为了帮助我们安装沉管的，可你担心什么呢？”

花田支支吾吾道：“我……我觉得完成不了你们交代的任务……”

“为什么？”

“因为我现在十分害怕……你们往后的安装。”花田先生总算道出了心里话。他说，虽然林总你们在没有任何先例和经验的条件下，把一节又一节沉管安装到了深海底下，看起来似乎也算是“创造了奇迹”，但你们的干法，我实在不敢恭维，长此以往，我作为林总你聘来的安装顾问，可承担不起这份责任啊！

本来挺担心安装进行不下去的林鸣，见一节接一节的沉管成功放入海底，心中自有一分喜悦，如今见花田先生这么评价，他一时愣在原地，不知该如何劝说花田。末了，他说：“花田先生，我明白了阁下的意思。你看这样行吗？你再留一些日子，看看我们后面的沉管安装……那时如果你还觉得必须离开我们，那我肯定批准先生回国。一定的，你看如何？”

花田想了想，说：“那我暂且不走，听林总的。对不起，打扰你了。”

看着花田战战兢兢、慌里慌张的样子，林鸣心头一阵痛楚：多么好的一位国际友人，他竟然也担心得不敢再与我们一起担当沉管安装的重任……沉管啊沉管，你不是要压死我吗？

这一天晨跑，林鸣一直是迎着酸雨在往前奔的。他不知自己嘴里嚼过的是雨还是泪，总之那滋味很酸很酸……

突然，他的脑海里又一次飘出儿子林巍给他搜出的那首《祈祷者》的后半阕歌词——

提醒我们
当每晚星光熄灭
在我的祷告中
您是永恒之星
让这段祷告
强烈信念
在阴影覆盖白日时
领导我们到那里
您的恩惠指引我们

赐予我们信念让我们平安……

唉，我堂堂一名中国工程师、中国共产党党员，我有共产主义信仰，坚信身后有13亿祖国人民做后盾。有什么可怕的？伶仃洋啊伶仃洋，你难道没有看清今天的中国早已今非昔比了吗？林鸣内心如此说，也始终认为，谋事在人，成事在天，什么事只要肯努力，尽责任，并且选择了正确的方向，就一定能成功，任何困难也都是可以克服的。于是他脚底下的步子变得更加坚定、矫健……

大桥海底下的路，每一步都充满了复杂的险情和意想不到的各种变幻。海底隧道后来选择了沉管式的路径，考虑的就是它可以最有效地避免各种险情及复杂多变的风险。然而，用33节沉管连接起来的海底隧道，本身就存在极大风险——各沉管之间的连接止水就是最大的风险问题。每节沉管180米长，还要满足曲线形的海底世界柔性走向，所以林鸣他们这些大桥工程师只得创造了半刚性沉管，也就是说每节180米长的沉管，实际上是由8个22.5米的管节串联而成的。用林鸣他们的话说，这海底隧道就像一串钢筋混凝土做成的巨型糖葫芦。它们的安全系数好与差，取决于各个管节之间的接头止水可不可靠，也就是大桥工程师们常说的“接头防水”的可靠性。

沉管的接头防水技术，苦死了林鸣他们这些参与数年攻关试验的人。

这一技术被外国权威机构完全封锁，不出高价是不可能获得的。出了高价也未必能获得技术专利，只能得到产品。林鸣他们的大桥预算既满足不了外国公司出的高价，更无法指望他人恩赐这类高精尖核心技术。

自己研发，就必须了解沉管接头和止水的原理与机理。

解释接头和止水的技术难点，就多少得了解些关于沉管及沉管接头与止水的知识。林鸣用了很大一块时间给我做科普，我费力听着，仍一知半解。他说，沉管隧道预制管段依靠水力压接技术在水中连接，而沉管管段之间的接头是实现水力压接的重要构造，也是沉管隧道设计的重点。港珠澳大桥的海底隧道部分所采用的沉管是半刚性接头，要满足水力压接、接头防水、适应变形三个方面的功能，因此结构也非常复杂。我们知道，海底的水压，深度不同，压力也就不同。港珠澳大桥的海底隧道，从第七八节沉管开始，进入海底四五十米深处，庞大的沉管躺在海床上，既要承受“肚子”里面来来往往车辆的行驶压力，更要承受几十米深的海潮、海水的巨大压力，每节管段之间的接头所要承受的压力可想而知。沉管的高精尖技术，也在这个环节上体现得最复杂、最要命……

林鸣为此不知愁死了多少脑细胞！可死几亿个脑细胞又算得了啥？要命的是你无法控制掌握海底世界的复杂多变性。

自 2013 年五一安装第一节沉管后，林鸣与工程师们对“难上难”的海上沉管安装已经不再那么畏惧了，大有跃跃欲试之感，尽管日本顾问花田先生担心得想要逃跑。每月安装一节的速度，从第一节开始，一直维持到第二年（2014）的 3 月份，沉管 E10 如期落装。林鸣在安装结束时特意让营地后勤人员多准备了些鞭炮之类的庆贺物品，让安装沉管逢十成果的欢庆气氛浓烈一点。

没说的，3 月 23 日这一天伶仃洋阳光明媚，南国海面的气温也十分宜人。林鸣和安装人员虽说已在海上辛苦了十几二十个小时，但 10 节沉管落定海底，对林鸣来说，是一个非常值得庆贺的阶段性胜利。那一天，他脸上的笑容格外多，也没有骂过人一句。

“林总这回真高兴了！”工程师们都在悄悄地议论，并且跟着一起心花怒放：近三分之一数量的沉管已经完成了安装，谁不高兴嘛！因为

E1—E8 管节尚属浅海和半浅海安装，E9、E10 管节可就进入深海区域安装了，它的难度与复杂性可谓瞎子摸大象一般。能安安稳稳把大家伙放入海底，林鸣和大家自然高兴不已。

“报告林总：部里的领导要来看看我们的沉管安装现场……”秘书突然报告道。

“好啊，欢迎领导检查指导！”打大桥工程施工开始，林鸣已经习惯这类上级领导到现场检查参观事宜。“好好接待。想看哪儿就安排到哪儿……”林鸣补充道，这也是他的一贯作风，只要是自己领头的项目，他喜欢别人来挑毛病。海底沉管隧道，世界级难题，林鸣自然更愿意让专家和各级领导到现场来给予帮助、支持和指导。

但他这回想得有些天真。

“怎么回事，不是说你们的安装偏差率很低吗，怎么这节沉管偏差都到八九厘米了？”部领导到海上的沉管现场走了一圈，发现这一节沉管的安装偏差与以往的并不一样，差了一大截，脸色就变了。

部领导立即找来负责这块工作的工程师问原因。林鸣的部属回答道：“这节沉管确实存在较大偏差，但我们报告业主并进行工程原理上的解释之后，业主同意了这个偏差的存在，也就说这是合格的沉管安装。”

“那也不行。这说明你们的质量没有过关，没有过关是很严重的问题，必须整改！”领导生气道。找来林鸣后，也当场提出了这一问题。林鸣自然从技术和实际安装的情况做了详细介绍。

沉管安装工程出现类似的情况也属正常。某些技术设计上的要求在实际施工中难免出现偏差，只要这种偏差在许可范围之内，就都是符合技术标准的。E10 管节就属于这种情况，因此林鸣一方面安排专人分析查找偏差原因，另一方面，他需要根据工程的整体进度按部就班地运作与指挥，每天忙碌在千头万绪之中。

北京，交通运输部——这些事情是林鸣后来才知道的——部长看了送来的一份关于港珠澳大桥沉管安装的问题报告后，噌地从办公椅上站起："这还了得！出这么大的偏差是有问题的。百年大计、120 年的大桥寿命能有保证吗？"

马上召开部长办公会！把总工、公路局局长、安质司领导也一起叫来。

会议开得异常严肃，而且非常有效率。"鉴于港珠澳大桥岛隧工程项目出现的质量问题，交通运输部立即组织质量督查组赶赴大桥施工现场督查。组长我来当，分管局长担任副组长，再配六人，明天你们马上出发到珠海，把系统负责人一起拉到珠海开工程质量现场会，不把问题搞清楚，你们不能回京！听明白了没有？这港珠澳大桥不同于其他项目，你们要像啄木鸟一样，把所有危害大桥项目的点点滴滴都给我找出来，并及时加以纠正。要毫不留情！"部长的语调和表情都表明了交通运输部对大桥岛隧项目的高度重视，以及对国家大工程负责的态度。

不日，珠海某宾馆的会议室济济一堂，坐满了交通运输部承担大桥项目的相关局、公司要员，他们都是局级领导和公司头头。林鸣也被"邀请"参加会议。

会议的内容只有一个：大桥的岛隧工程发生了质量问题，遵照部里的要求，相关施工单位即日起停工整改，其他项目单位要以此为鉴，全面进行一次质量大检查。

会议时间不长，但气氛异常紧张，林鸣的感觉是"头上突然有一座大山压过来"，他和岛隧工程的几位主要负责人被压得喘不过气来。

"大家听着，督查组那里，有我、刘晓东和高纪兵三人负责应对，你们该干什么还干什么，绝不能影响工程进度。听明白了没有？"林鸣板着脸，在工区负责人会上说道。

回答的声音不像以往，有些有气无力的样子。林鸣生气了，说：“上级机关来督查工程质量是正常的事。本来嘛，如果我们的工程特别是沉管安装质量能做到分毫不差，也就不用停工停产被检查整顿了。我们应当放下包袱，以更高的要求严把工程质量关，把工程每一个局部细节的质量做得更过硬，这不就可以交出更满意的答卷了吗！”

话虽如此，但明摆着的事实是：沉管安装不能继续如期进行，需要等待部里督查组的检查结果。

关于这件事，林鸣与我有段对话——

何建明：“督查过程中，你的角色是不是比较尴尬？”

林鸣：“是。因为我们不能为自己解释什么，只能等待专家结论。尤其是我，不能自辩。高纪兵是副总工，他陪着督查组成员，他可以说说，但我要求他尊重专家，让专业人士评说专业的问题会比较客观和科学。”

何建明：“问题的关键是，你们做的工程尤其是沉管这一块，在中国没有人做过，科学结论和技术标准谁来定、定成什么样的标准，这恐怕是个根本性问题。”

林鸣：“你说到点子上了。在沉管技术方面我们中国基本是一片空白，尤其是深海安装沉管，谁都没有经验，对沉管在深海条件下的技术参数和技术标准也没有国内专家能做得出评判，这是我们在接受部里派来督查组督查时最感困惑的问题。我当时的态度比较强硬：如果是问题，那督查没有任何错，但如果是工程所遇的技术难题，那就应该帮助我们。”

何建明：“此话怎讲？”

林鸣：“因为如果认定是施工或管理上的问题，那我们就有被处罚的必要。但现在所出现的并不是这样的问题，而是施工中没有弄明白的技术难题，或者说就是因为出了这样的技术问题，我们还一时找不到原因。真正着急的是我们，是施工一线的我们呀！在这个时候，大家心里本来就有些紧张，你来一声势不一般的督查，我们上上下下不就压力山大了吗！所以当时一方面我们完全理解部里派督查组下来的真实意图，觉得换了谁当领导都会这样做。想想看，港珠澳大桥的投入和影响面，假如你作为一名领导，听人说我们工程这边出了质量问题，能不着急吗？但另一方面，这次督查确实打乱了我们正常的工作和施工秩序。大桥岛隧工程是个系统工程，前方是 4000 多人的施工现场，材料和设备的制造与供应方，几乎牵涉五湖四海，哪个环节出了问题，影响的是全局和整座大桥建设进程，也会造成多方经济纠纷。还有关键一点：大桥建设是在海上进行，本来条件就十分艰苦，一旦士气受到意外打击，想重振旗鼓难度极大。尤其是再想在工程质量与施工进度上有所突破，有时比重新打一仗、重干一个工程还要费劲。我内心焦虑和烦恼的正是这一点……”

何建明：“个人不感觉受了很大委屈？”

林鸣：“有一些，但不是主要的。委屈谈不上，只是再次证明，科学问题必须要靠科学的态度去认识和解决。”

何建明：“这又怎讲？”

林鸣：“海洋工程中，技术要求和标准都不是绝对的，它受气候、海潮、海底压力等因素影响，因此所有装备与技术设计必须尊重这些客观条件。而海洋的客观条件又几乎都是动态的。我们的隧道沉管所面对的就是这般复杂而变化着的客观条件。几乎每一节沉管的安装环境都有所差别，相对统一的技术要求和技术标准只是在通常条件下沉管安装的一个基本标准而已，而相对弹性的技术标准恰恰符合海洋与海底条件下的沉管安装要求。E10 管节在安装之后出现的若干厘米偏差，就是这种情况。”

问题出现后，部领导高度重视，领导们马上开始意识到：毕竟谁也没有做过深海沉管工程，E10的意外偏差会不会是因为自主创新的成套系统和技术有缺陷？会不会是管理流程有问题？会不会是安装团队能力有问题？工程还能不能继续？工程是停，还是继续干？交通运输部需要通过督查判断，外海沉管安装较之桥梁工程，要做出正确判断面临挑战。交通运输部要成立由冯副部长亲自挂帅，多位业内专家组成的最严格的督查组，才能在最短的时间内做出正确判断。冯副部长说：“交通运输部共和国历史上第一次为一个项目的一个标段组织一个最高规格的督查组，而且我亲自当组长，前所未有，且我查的只是一个工序，何等地重视！”如果政府不担当、交通运输部不担当、领导不担当，工程就会在此时出现非常困难的局面。

结局到底如何，这是大家所关心的。

督查组的七位专家尽心尽力，认真严肃地对林鸣他们负责的岛隧沉管预制和安装工作进行了全方位深入细致的检查，随后形成一份递交交通运输部的督查报告。

事关大桥大局，交通运输部冯副部长亲临珠海，在听取督查组和有关专家、施工方和业主等意见后，做出了“管理、技术、装备”三个基本可控的判断，开出了继续施工的通行证。

“同意的举手并签名。”重要工程论证有这样一条规矩。最后，所有与会人员都在E10的继续开工书上庄严地签上了自己的名字。

林鸣坦言，E10督查确实给整个团队带来很大压力，因为当时工程还处于探索过程，队伍正处于磨合之中，所有人如临深渊，如履薄冰，特别是他本人压力更大。其实这时更需要信任、理解和支持，否则会影响队伍稳定。在这种矛盾中和困难下，集团、项目部、林总以大局为重，周密安排，一边积极配合督查，一边继续组织攻关，一边推进其他线路施工。

“E10 事件”之后，林鸣的心胸宽广了许多，境界也高了更多。

林鸣告诉我，这次 E10 工作督查虽然没有查出他和他的团队在技术上、管理上有什么问题，却让他和他的团队发现了一个重大的工程问题：在伶仃洋海面上，上面和下面的海水密度不一样。也就是说，林鸣他们施工的大桥海域，海水密度在同一个区域的不同深度是不一样的，海面下 10 米左右深的那部分海水，密度远低于海底那部分的。“它是密度分层次的水。以往我们在安装沉管时，仅测量上面十来米的海水密度，却忽视了深海的测量，故出现了深埋于深海之中的 E10 管节比先前几节沉管误差大的情况。造成这个的原因，是我们并不知道在海潮涨起时基槽底下会形成另一种压力比重的流速，这是问题的根本，是我们先前根本不懂的技术难题……”

“海底世界真的那么复杂啊！差一二十米深，情况就很不一样了？”我听后不由得惊诧起来。

“是的。”林鸣解释道，“因为涨潮，在海底深处就会出现一股强大的顶力作用，表层流水很小的时候，海底有个时间段会发生很大的潮流，流速甚至会超过 1 米每秒，1 米就会形成千吨推力，这个推力足以让沉管发生移动，E10 管节后来出现八九厘米的偏差就是这个原因。”

“原来如此！”

林鸣说：“吃一堑，长一智。找到原因后，我们就开始考虑避开海底涨潮暗流所形成的巨大推力，让安装沉管的窗口更精准，使得 E10 那样的安装偏差不再重现。”

督查 E10 后，林鸣的团队对深槽安装这一全新领域有了更加深刻的认知。同时，项目部请来国家级的海洋研究专家，进行深水深槽的技术攻关，找到了深槽里海流动力产生原因，集成了一个新的深槽安装的窗口管理技术；还请来航天等方面的专家，解决了超低频高精度运动量的监测问题，并采取措施予以控制。这些技术措施，填补了复杂海流环境下深水深槽沉管安装的空白，也是世界上的首次突破。

“坏事”变成了好事。

看来人类对大海真正的认识才算刚刚摸到门口而已，还需要无数漫长的探索与教训，之后方能更深入一步。

的确，在大海深处安装一节航母般的沉管，对于林鸣和他的团队来说，就是一场大战。E10 管节之后是 E11 管节的安装，两个管节之间的安装时间相距 100 天，E10 是 3 月下旬安装的，启动 E11 安装程序时，一转眼已经到了 7 月。

“耽误了 100 天，必须把失去的时间抢回来！”林鸣确实心急如焚，他知道进入夏季的伶仃洋“脾气很坏”，说来风就来风，而且是大风和台风。

副总工高纪兵向林鸣报告：“前后有两个台风，窗口时间只有几天……”

林鸣站在工程指挥室里，脸色凝重，他询问各工区负责人和几位副总：“你们的意见呢？”

“我还是认为等两个台风都过去后再动也不迟……”有人说。

“我反对。”有人马上接话，说，“台风固然可怕，但它还是给我们留出了一个窗口时间。如果这个窗口再放弃，那今年的任务彻底泡汤了！”

“虽然督查让我们的安装任务延误了几个月，但如果冒险在台风中安装，实在太危险！施工稍有不慎，沉管一旦坠入海底，那我们这些人就真得去‘泡汤’了！”

“是，是，还是保险些好……”众人开始附和。

“别把台风看成鬼似的，它不也就是风吗！我不信它就非跟我们过不去！”坚持上马的工程师请林鸣决断。

林鸣没有立即表态，他把目光移向负责沉管安装的副总尹海卿，问道：“尹总，你的意见呢？”

尹海卿是上海人，别看他平时说话软绵绵的，做起事来特别让林鸣放心，技术上相当有一套，沉管技术攻关基本上是他在为林鸣把守着每一个关节。

“说，你的意见是关键。”林鸣催道。

尹海卿用右手摸了一下腮，道：“听国家海洋环境预报中心怎么说吧。”

林鸣立即示意高纪兵：“赶紧问问他们，请他们出一份未来10天的详细天气情况预报……”

很快，国家海洋环境预报中心传来情报：未来10天的两场台风不会正面袭击伶仃洋，符合沉管安装条件。

“那么大家表态吧。”林鸣按照工程施工程序，拿出一本白皮本本，让大家表态并在上面签字，“同意安装E11沉管的，在这里签字吧——”

第一个签名的是林鸣自己。接着，尹海卿、刘晓东、高纪兵等一一签名。

然而这一回，老天并没有听林鸣的。

拾贰

第十二章
台风无情亦有情

沉放演练

在伶仃洋作业，什么最可怕？自然是大风大浪。俗话说，海上无风三尺浪。那么大风来了会有多高的浪呢？有海员告诉我，得有一两丈高吧！那台风来了会有多高的海浪呢？海员们也没有告诉我，因为台风来了，海上根本不能停留任何舰艇，留下来的也会葬入海底。

大海时常借助台风对人类施威，很少有人能在台风中的海面上生存下来。

我们中国人从古至今一直对大海心存敬畏，所以一听闻台风来了，就吓得赶紧远远躲闪。但即便如此，台风对我们中国造成的危害也一直非常严重。被老一代人称为“八一大台风”的台风 WANDA，1956 年 8 月 1 日 22 时在浙江沿海一带登陆，其风力之大，举世罕见，对华东地区造成了巨大的影响，这场台风造成 5000 多人死亡、1.7 万人受伤的惨剧。

“积浪成高丘，盘涡为嵌窟。”“老树蛇蜕皮，崩崖龙退骨。”古人如此形容江上暴风雨的恐怖。今女诗人王小妮久居海边，她的一首现代诗《台风》让我们对台风有了更切身的感受——

我看见南面的海

呼叫着。
涉海而来的黑狮之群
竖起了生满白牙的鬃毛。

我看见全天下
侧过身雀跃着响应它。
所有的树都吸紧了气。
大地吃惊地弯曲
日月把光避向西北。

我看见不可阻挡
水和天推举出分秒接续的君主。
那么气派
在陡峭的雷电中上下行走。

山被削成泥
再削成雨。
遍地翻开金色的水毡。
君主驾着盛大的狮队。
城市飘摇起一只死头颅。

在世界的颤动中
我看见了隐藏已久的疯人。
我的心里翻卷起不安

我要立刻倾斜着出门。

海，抬起
连着天堂的脚上岸了。
在一瞬间
迈过了
这含羞草一样的危城。

狮皮在大洋里浮现。
鬼魂从水的内核里走出来。
只有在这风雨满面之时
我才能看清万物。
活着，就是要等待台风
等待不可知的登门……

这是一种何等的恐怖！反正在我从小的时候，每每广播喇叭里响起“今天有台风”时，总见大人忙着安整房屋上的瓦片，检查宅前宅后的树篱是否结实，孩子们则相互关照“别出门”之类的事儿。台风真的来临时，各家各户大门紧闭，听雨听风。待雨声风声过后再出来看时，通常到处都是一片狼藉。最惨状的田野，不是棉花连片贴地，就是稻穗颗粒无收……这是让人欲哭无泪的天灾，农民一年的劳累也不及一场台风的袭击。因此我们从小畏惧台风，一切皆始于它不可战胜的强大。

林鸣他们施工建设的港珠澳大桥位于南海，是台风多发的海域，也是少不了每年数场台风的必经之地。当初设想的时候就有人对伶仃洋上建几十公里长的大桥持怀疑态度，台风是其中重要原因之一。有人形容，伶仃洋上的台风有掀天盖地、爬山上岸之势，你造一座海面上的大桥，抵敌得了一场十二级台风？

有人算过，珠海每年遭遇的台风大大小小少则也有四五次，120 年的大桥寿命，也就是说要经历大约 600 场台风，其中不乏十二级以上的强台风。能够经受住如此多、如此强烈台风袭击的大桥该是怎样的大桥？也许只有我们中国的港珠澳大桥！

120 年的岁月太遥远，我们并不可知。但我们知道在建桥的七年岁月里，林鸣这些大桥建设者所遇的 29 场台风便足以令人胆战的了！

“每一场台风来临，我们就像经历一场与魔鬼厮杀的遭遇战！”林鸣说。

林鸣对其间所经历的台风侵袭记忆犹新：人工岛施工一年多以后，他们便在海上遇见了 2012 年的第 8 号台风“韦森特”，这次超强台风带来的最大阵风为 60 米 / 秒（17 级）。光听听这样的风速，我们这些陆上长大的人就会被吓出心脏病了！设想，港珠澳大桥造得再坚实，恐怕也经受不住如此等级和如此频繁的强台风吧！

林鸣他们设计的大桥方案中，抵敌得了 15 级强台风袭击是其中的一项硬指标。15 级的强台风到底有多强？一年有多少次？伶仃洋海域会不会出现 16 级或 16 级以上的超强台风呢？根据历史记载，确实有过。林鸣他们必须面对大海上的各种变幻风云，而且即便海面风平浪静，在海底深处也还有自然活动的海潮，这些因素都会影响到航母般巨型沉管的安装。

事实上，林鸣他们从一开始安装沉管就遇上了台风，并非 E11 才巧遇……

第一节沉管 E1 是 2013 年 5 月开始安装的。安装前的海上准备工作，主要是海底的整平等基础工作，需要几个月时间。参与这一工作的张建军工程师体会很深，他和几位同事是 2011 年夏天来到珠海的。“最初到珠海时就感觉热，热得让人很难受。我甚至怀疑之后六七年时间里能不能坚持到底。这年 9 月份搬到营地后，好像天公作美，气温降了不少。再后来就慢慢习惯了珠海的热天，因为它从春节后不多时就开始热，一直能热到 9、10 月份……天一热台风就相伴到来，这是海洋的特点。我记得非常清楚，2013 年 3 月至 4 月期间，我们正在海上为 E1 管节的安装做最后的海床整平工作。这个时候突然来了一股大风，还不是真正的台风，我们叫它‘突风’——突然起的海风，很大，从东南方向来的。整平船的缆线拉不住了，海浪一下涌起两米多高，连缆绳都没法去解开。怎么办？缆绳一旦任海风绷裂折断，上亿元打造的一艘整平船可能顷刻间就会四分五裂！说时迟，那时快，我们当机立断，硬是用大斧子将缆绳剁断甩掉，再用拖轮把整平船从施工的大桥海域拖靠岸头……整个过程时间不长，但就像一场噩梦，如果反应慢一些，说不准连人带船一起被大风掀到海里！”

张建军不是第一次遇见这种险情。2013 年经过南海的台风共有 9 次。台风是无法抗拒的自然风险，在台风的夹缝中战斗又会有怎样的凶神恶煞与你厮杀？

林鸣他们在海上的七年间，什么样的事都经历了……

第一年安装沉管并非没有遇见台风所造成的危急事件。2014 年因为“督查”，一度打乱林鸣的工作计划，使他们必须在台风横行的夏季与其进行一场场拼时间的激烈战斗……

虽然在网上没有搜索到 2014 年珠海附近海域遭遇了多少场强台风，

但对林鸣他们这些在海面上施工的大桥建设者来说，每一场即使是七八级的小风暴也是相当致命的，更何况沉管安装这精细得如绣花一般的活儿，它要求的对接误差只能在几厘米之间。想一想就觉得比登天还难。难就难在台风并不像预报的那么准确，它的“脾气”不是一颗两颗气象卫星所能预测定的。它是流体，既任自己的“脾气”横行，也受海域环境的影响，你想掌握它发疯时的风速与风向，简直就是痴心妄想！

E11 管节安装时间已经被林鸣他们圈定在 7 月 21 日，这是一个“风”险极大的时间点，因为珠海的台风一般都是从每年的 6 月开始“发疯”，7 月底就是彻底疯狂了。

海洋环境预报中心将侦察来的情报告诉林鸣，沉管可以安装，但必须保证不能出意外，就是浮运和安装的时间不能因为突发的问题而被耽搁，比如像 E1，一干就是近百个小时，那台风必定过来“亲密接吻”……

林鸣反复掂量后决定：上，还是上！时间不等人。因督查失去的时间已经够多了，现在 E11 出征，就看天意了。

隆重的海祭再次在伶仃洋上举行。这一次林鸣要求参加沉管安装的所有船只和人员无一例外地向大海、向老天敬一敬心头语，祈祷上天和大海保佑他们的宝贝疙瘩顺利安装——林鸣坚持认为这绝非迷信，而是出于对大自然的敬畏之心、对价值一二十亿元的沉管的爱惜之情。“它是国家的财产，是人民血汗凝成的现代化装备，我们没有理由不让它平平安安！”当有人对海祭提出异议时，林鸣毫不含糊地反驳道。

自古至今，民间和官场上的许多祭典，并非完全是他人所言的“迷信”。事实上，这更多的是一种礼节仪式，包括当年林则徐抗击英军、焚烧鸦片时的祭海仪式在内。《论语·八佾》中早有言：“祭如在，祭神如神在。子曰：‘吾不与祭，如不祭。’”这既是一种表达内心的仪式，又关乎虔诚的信念。

“是的。我们在安装每一节沉管时，都有海祭这一重要仪式，除了要求所有在海上的大桥建设者要对大海有敬畏之心外，仪式感十分重要，它激励我们全神贯注地做好安装的每一个细微过程，始终保持饱满的精神状态和干劲，因为沉管安装太关键了，我们经不起一点点的闪失啊！”这才是林鸣祭海的本意。

祭海之后，是浩浩荡荡的沉管浮运船队将 E11 拉出深坞的场面，随后是数十艘大拖轮前拉后扯着把重约 8 万吨的沉管徐徐拉向海面……

“这一路我们真的是提心吊胆！”尹海卿副总习惯性地抹了抹嘴，带着几分神秘劲儿说，“气象部门告诉我们说那个台风不会吹到我们施工的伶仃洋海域，但谁能保证它不会突然来个转向？真要是转向了，我们可没有那本事及时将大家伙稀里哗啦地往回拉呀！这来不及往回拉，就等于是把 8 万吨的沉管往大海里扔……一节沉管积了多少人多少时间的心血，一节沉管又是多少钱造起来的，你说谁敢将它往海里扔？扔了以后伶仃洋航道怎么办？这些问题，你想一想就会吓破胆！我们怕，林总他内心也是怕的，真要遇上台风来，我们一伙人彻底完蛋，林总第一个完蛋……”

尹海卿没再往下说啥，只是一个劲儿摆手和摇头。他不敢设想，我也不敢设想。

林鸣他的胆子这么大？台风就在伶仃洋不远的地方转悠着，他竟然敢冒如此大的风险？

“大桥建设的每一次技术攻关、每一个沉管的制造与安装，包括人工岛筑岛工程，其实都跟打仗一样。既然是打仗，怎么可能不冒风险？甚至有的时候必须拼个死活……七年大桥施工期间，这种生生死死的风险我经历过无数次，或许哪一次我就再也不能回到海上营地……”林鸣说到此处，眼神里流露着几分悲怆。

我理解了之前他曾说过的每一次沉管安装，离开宿舍时他都会回头看一眼的心情……他是准备着自己有可能再也回不去了。

谁能知道一个大工程师指挥千军万马过程中的悲怆呢？谁能理解一个工程总经理、总承包人、总工程师、技术总负责内心所承受的如大山一般的压力啊！

林鸣需要承受这所有的一切。他是大桥控制性工程——岛隧工程的施工总经理、技术总工程师、现场总指挥，他是第一责任人。一旦有事，是第一个被问责者。

“同志们，台风就在离我们不远的地方，我们必须赶在它到达之前完成安装！”

“必须赶在它前面，赶在它没侵袭我们的时刻！”

从 E11 沉管拉出深坞的第一米开始，林鸣每隔一个来小时，就要不停地向浮运船队和海上安装队伍高喊一声、提醒一声，直到他的嗓门喊不出声。可他仍在用嘶哑的嗓子喊着……

“林总，喝口水吧！你喊了一天，怎么连口水都不喝呀！”高纪兵等身边的人都在劝林鸣。但林鸣就是很怪：一到海上，一到施工现场，多数时间里一口水都不喝。

这是为何？他是大神？我觉得奇怪。

问林鸣。他不好意思地笑笑，说：“我自己也不知道为什么，反正一到工地、一到沉管安装现场，整个人都在沉管上，其他全都想不起来。”

这人，还真有点神嘛！我在想。

E11 沉管出坞之后发生的事确实让林鸣变得有些神了。早先是台风，预报中心告诉林鸣他们有窗口条件，那台风到不了你们施工的海域，于是林鸣他们就将沉管从预制厂牵了出来。但一牵出来后，全体施工人员紧张得每隔一小时都会相互问一声："台风咋样了？"

这台风真不咋样，似乎跟林鸣他们捉迷藏似的，在远远的海面上瞅着港珠澳大桥的海上施工现场，就是不往伶仃洋这边走，或者像是在瞅什么机会……

就在林鸣他们紧张得喘不过气来时，它默不作声地走了，走得远远的，往日本岛那边漂了过去。

林鸣和海上全体沉管安装人员乐翻了天，说这台风够意思，说不准是林总的亲戚，要不怎么这么照顾我们的沉管安装。

"是我亲戚嘛。"林鸣这玩笑话还没有说出口，高纪兵上气不接下气地过来告诉他："林……林总……麻烦……麻烦大了！"

"年轻人，啥事沉不住气？说，慢慢说来。"林鸣想笑看年轻助理，可又板了板脸，站在指挥船上一动不动。

"气象部门说又有一个台风从南边冲过来了。"高纪兵总算把话说清楚了。

"什么？刚过去一个，又来了一个？"这回轮到林鸣嚷嚷了。

"没错，就这么倒霉。"高纪兵刚从嘴里蹦出这话，就让林鸣给堵了回去："你怎么知道是倒霉？我看这两个台风是来给我们助威的！"

高纪兵愣着看了自己的林总半天，然后皮笑肉不笑地附和道："说不准，说不准，还是林总'高见'！"

"快通知尹总，要做好一切准备，尽快顺利地安装好E11！"林鸣不再与助手半开玩笑了，极其严肃地命令道。

"是！"

高纪兵很快像猴子似的从这条船蹦到了另一条船上……不多时，可以看出庞大的安装船队在伶仃洋海面上以特有的方式摆开了决战的阵势，威壮且严整。再看看包括林鸣在内的每一个参与安装的施工人员，他们表情严峻，仿佛为这一场殊死决战时刻准备着。

此刻，分分秒秒的时间就像神灵一样在拉紧林鸣他们的神经；此刻，天象则如一群群高深莫测的野兽在林鸣他们眼前蹿动与变幻着，并且不时发出挑衅，令伶仃洋上每一个沉管安装现场的施工人员心惊肉跳……

“稳！”“再稳！——”

“不要耽误每一分每一秒！”

那是总指挥林鸣的声音，那声音伴着隆隆的安装机械声，也和着他的心脏跳动声……可以听出其坚毅的果敢，也可以听出其紧张的哆嗦。那是冷静与急促、稳重与急躁掺杂在一起的情绪表现。

一切皆因为那场台风就守候在林鸣他们沉管安装的西南部的海面，距伶仃洋不远的几百公里外的海面上……

林鸣比谁都紧张，但在现场，他似乎又比谁都显得镇静——“真是大将风度！”船上有人已经不止一次悄悄说道，后来是尹海卿这些副老总在悄悄议论。

“再急也没用，老天它看着我们呢！”林鸣时不时地仰起头，朝天际望去，并且对属下说，“台风无情亦有情，就看我们建设大桥的心诚不诚了……”

“诚！没有比我们更诚的了！”尹海卿、高纪兵等战将赶紧附和道。

于是林鸣笑了，说：“得了，我听见老天说放你们一马，抓紧安装吧！”

“真的？老天真说了？”尹海卿、高纪兵等假装信以为真地问林鸣。

林鸣笑道：“信则灵。”然后又高声道：“命令各船队和海底检测人员，抓紧一切时间，务必安全精准地将沉管安装好！”

“是！——”

“是！——”

云彩之下，大海深处，一声声气吞山河、惊天动地的安装号角，让整个伶仃洋沸腾着、呼啸着……一直到风平浪静，机声渐息。

E11 沉管安然落定于深海怀抱时，天空悠然地飘来一片红彤彤的晚霞，将林鸣他们映照得绚丽多彩，红光满面……

“成功啦！”“E11 沉管安装完毕啦——”

胜利的鞭炮声和欢呼声一起在伶仃洋上响起。林鸣又一次被大桥建设者们簇拥在一起，以相互击拳的方式共同庆贺这次超神奇的台风之战。

回忆起 E11 安装的这场两个台风相继来袭的战斗情形时，林鸣不无有趣地道：“确实神奇得很！它们前后跟着过来，却又在不远处转着圈看着我们安装，一直到最后也没有向我们袭击……老天帮忙啊！”

E11 沉管安装其实是老天帮了林鸣他们的忙。但大海之上的风可不像这两次台风这样眷顾林鸣他们，海风该吹照样吹，而且一吹就是惊涛骇浪。我没能现场观赏大风中林鸣他们安装沉管时的壮丽情景，但他们总经理部的李正林用文字完整记录了 E14 安装时遇大风的情形——

10 月 16 日下午石龙山下通往深坞口的路上一下热闹起来，车辆来来回回，一群群头戴安全帽、身着救生衣的施工人员陆陆续续向这里聚集。往日寄放在深坞里面的 E14 沉管已经被绞移至坞口，白色的管体上架着安装船，正整装待发。此时，晚秋澄清的天空，映着坞外一片无际的碧海，强烈的白光掺着海面蒸腾的雾岚，在空中跳动着，展现着难得的温柔。每个参与沉管浮运作业的人都清楚，暂时平静的海面其实暗藏着风险，现在这个季节台风对伶仃洋施工海域的影响减弱，偏北风的影响则在加强。国家海洋环境预报中心通报，当天晚上一股冷空气将南下到达施工海域，会影响即将进行的沉管浮运施工。

怎么办？林鸣决定，时不我待，只要不是台风，大风天也要正常进行沉管浮运和安装——

“报告指挥长，E14 管节出坞各项准备工作就绪，请指示！”沉管浮运安装施工副总指挥宿发强大声汇报。

“开始！”总指挥林鸣下达施工命令。

顿时，参与沉管浮运的 30 多艘船舶同时拉响汽笛，坞门旁边鞭炮齐鸣，安装船上的绞缆系统缓缓转动，巨大的沉管慢慢被牵出坞门，开始浮入大海……

浮运编队渐成队形，与此同时沉管浮运安装的施工决策会亦在指挥舱召开。现场负责人分别汇报 E14 沉管浮运计划和安装计划、大桥海底隧道水下扫描情况及海底情况的情报汇总，以及海面安全保障系统报告。

“受北方冷空气南下影响，施工区域风力 5—6 级，浪高 0.6 米左右。”国家海洋环境预报中心王彰贵总工程师指着屏幕上的最新卫星云图，通报了大家关心的情报。

林鸣开始对浮运和安装工作进行部署：“E14 管节拖航、系泊均在夜间进行，封航时间、夜间作业时间都比较长，再加上风浪的影响，因此现场的不利因素较多，控制难度较大，大家一定要充分认识到施工过程中存在的风险，严格按照计划进行作业，尤其是要保证对接窗口。安全工作是重中之重，安全员要做好现场管理，组织好夜航和夜间系泊工作，保证万无一失。”

“一定要合理安排好大家的作息。”林鸣总经理特别强调。

夜航是漫长和艰难的，尤其是在风浪之中。8 万吨的非动力航母般体量的沉管，要在海洋中安全行进，绝非简单的儿戏，它既要方向、路线准确，更要确保平安无事，不出任何问题，10 多艘大拖轮，左右前后需要行动一致，也非易事，每一道命令出去，就是牵一发动全身，稍有差错，便会让整个船队在大海上漂荡不停，无所依从。从坞口到大桥海底隧道的沉管安装海域其实只有十多公里，但这风浪中的浮运，就是一场艰辛的战斗——

没有两边岩石的遮挡，风大了起来，浪高了起来；没有月亮，安装船上放出的灯光被撕得粉碎，犹如无数片碎银在海面不停地跳动，渐渐变得狂野；山上的树木也在不停随风摇摆，好像在向出征的船队挥手送行。

这应该还是在刚刚离开深坞之时。

浮运船队沿着拖运航道缓慢前行着。担任拖航任务的船长们非常清楚即将面对的困难：巨大的沉管顶上架着两艘安装船，前方两边分别绑着两列拖轮，为了确保拖运时整个船队的可控性，前后担任主拖和制动的拖轮均按照八字形分布，240 米宽的拖运航道就显得太过狭窄。在传统的海上拖运施工中，四条拖轮协同拖运对指挥人员来说已经很困难，而现场是 10 多艘拖轮，这对浮运指挥组来说简直就是终极挑战。流速、风浪、变化不定的洋流，更加增添了拖运的难度。

风越来越猛，浪越来越高。技术保障组向指挥组汇报实时监测情况：“最大风速 11 米每秒、最大浪高 0.6 米。”站在安装船甲板上，大风从耳边呜呜刮过，风速仪在飞速转动着，绑在甲板护栏上的垃圾箱挣脱了束缚，躲到了角落里。伶仃洋露出狰狞本色。往日平静的海面犹如开水一般沸腾着、翻滚着，一层叠一层的波浪不断涌向沉管，漫过管顶，扑向另一侧……

这是现场记录者才有可能观察到的那种惊心动魄的海上险情，现场感十足！

浮运指挥舱前方的屏幕上面不停地刷新着航向和每条拖轮的位置，用来记录每条拖轮角度、缆长、拖力的白板上密密麻麻写满了数字。拖运总船长眼睛紧紧地盯在屏幕上，不时发出调度指令……先进的浮运控制系统和技术保障团队的丰富经验珠联璧合，10 多艘拖轮密切配合，整个浮运船队劈波斩浪，在夜色中平稳行进，直向海底隧道沉管的安装位置挺进，挺进……

奇妙的海景出现了，当船队在凌晨时分抵达安装海域位置时，海风小了，海面变得温柔了。这时，总指挥林鸣再次出现在拖轮上，他用手抹了一把脸，似乎像用海风将自己的脸清洗了一下，然后深深吸了口清新的空气，又回头问浮运队长王伟："系泊到位了吗？人员都醒了吗？"

"报告总指挥，系泊准确到位。人员都醒了。"

"好。马上通知相关人员到指挥舱开会。"林鸣又一道指令下达。这时，他看了看手表，正好是凌晨 3 点。

伶仃洋上依然一片漆黑，只有海涛在轻轻地拍打着船舶。

指挥舱内已是灯光通明。林鸣双手支撑在一张简易的桌子上，声音洪亮："现场的实测数据，证明我们昨夜决定浮运沉管的决策是对的，现在大海已经平静，国家海洋环境预报中心的情报告诉我们：天亮之后的窗口流速较小，可以安装沉管。同志们，振作精神，准备安装 E14！"

"振作精神，安装 E14！"

"振作精神！""安装 E14！"

"安全第一！确保胜利！"林鸣乘势而为，再度振臂高喊。

群情顿时更加昂扬，口号声震荡着伶仃洋海面……

“这仅仅是一次普通的沉管安装场面，只不过稍稍出现了一点儿并不大的风浪，但还只是七年间我们经历的 29 场台风之外的一次普通战斗而已。与掀天倒山的台风相比，实在不值一提。”林鸣见我提起 E14 的事，这样说。

“那你得跟我讲讲经历台风的事儿。”我紧追不舍道。

“台风？真讲台风的事儿？哈，这里边的故事太多了。”听我问起台风给大桥建设带来什么影响时，林鸣干脆腾出半天时间跟我细细道来——

“七年大桥建设中，台风最多、受影响最大的应该是 2016 年这一年……”不过，林鸣对我说，“你可以到施工队伍中让工程师们讲讲他们的经历，他们一年四季在海上，体会更深。听他们讲完后，我再跟你讲讲最厉害的那场。”

谁来讲？一说起台风，林鸣麾下的战将变得特别活跃，你一言我一语，好不热闹。

尹海卿说，他印象最深的是 2015 年安装 E22 沉管时。“按照气象部门早先预测的窗口时间，我们先让整平船把海底整平好，一节沉管的整平需要近一个月时间，还得提前准备，等于像是给沉管铺床一样。先把海底整平好，才可以让沉管安稳地躺在上面。但就在这个时间节点，一场突如其来的强台风开始形成，并且迅速朝我们施工的海面袭来，当时我们已经整平了四个船距的海底，差不多是一节 180 米沉管床铺的一半之多。怎么办？必须撤呀！我们赶紧把海面上施工的船只往岸边撤。但台风太强劲，我们有一条驳船几千吨位，被台风吹到了外海，再也没有回来。”

“沉了？”

“沉了。几千万元，就这么扔在了外海……没有办法。”尹海卿长叹一声，道，“好在沉管还没有出坞，这要是在海上安装过程中，后果不堪设想。”

“那一次我们损失最惨重，不堪回首。”E22沉管安装前的那场台风让林鸣刻骨铭心。

但2013、2014、2015年的台风都不如2016年的台风那么多，且破坏力巨大！

2016年八一节，中央电视台《新闻联播》之后的天气预报：本年度第4号强台风将在8月2日凌晨3点左右登陆广东深圳、珠海、广州等地，中心附近风力达15级……

林鸣他们与国家海洋环境预报中心有直线情报联系，所以在8月1日一早就知道了名为“妮妲”的台风即将正面袭击珠海海面。正面袭击和台风要来完全是两个概念，林鸣接到情报后的第一个决定是：尽可能快地撤离岛上的施工人员，要确保沉管预制厂的安全和人工岛的安全——此时的沉管制造及人工岛都在施工紧要关头，最繁忙，一旦遭受台风正面袭击，后果与损失不可估量。

“人的安全是第一位的！必须确保所有施工人员不掉一块皮！”林鸣向海上、岛上的六个工区发出最严厉的命令。根据气象预报部门给出的情报：此次“妮妲”台风将在珠海市南面登陆。毫无疑问，伶仃洋上正在建设之中的两个人工岛即将面临一场风雨浩劫，而桂山牛头岛上仍在生产中的沉管预制厂同样生死难料……

“我们请求留在岛上与人工岛和预制厂同存亡！”工区负责人摩拳擦掌向林鸣请求。

"设备和厂房可以重建，但人命关天，一个也不能牺牲！"林鸣黑着脸，声音从牙缝里蹦出，"留下必要的敢死队员，其余施工人员全部撤离海面和预制厂岛屿！"

命令一下达，整个大桥岛隧工地的前后方全部紧急行动起来。8月1日清晨6点，从营地出发的惠佳福星和惠佳新星两艘高速客船已经抵达东、西人工岛，林鸣站在小艇上，在两岛之间来回亲自督战，看着一个个施工人员登上客运船后，又登上人工岛，一一检查隧道口、沉管安装现场及人工岛的围堰。

然后与留下来的敢死队员一一握手，用坚毅的目光勉励大家与台风展开殊死搏斗。

"林总，现场和装备我们熟悉，让我们也留在岛上吧！"当林鸣准备离开人工岛向桂山牛头岛进发时，随他一起上岛的项目总工办副主任杨永宏和物资部副部长李家林请战。

"好样的！留下来吧，与敢死队员们一起坚守一线，共抗台风！"

"是！"

林鸣与两位常在身边工作的大将紧紧地握手后，迅速登上快艇，直奔桂山牛头岛。这里距总营地远，工地的小营地条件简陋，林鸣亲临前线指挥撤离。此时已值下午时分，距台风登陆仅剩十几个小时。这里是沉管预制厂，用工程人员的话讲，是沉管的产房，能否保护它不受台风干扰破坏，直接关系到整个大桥的施工进度快慢和投入成本的多少。"沉管重要，人的生命更重要。不让一个施工人员伤亡，就是大桥建设最根本的保证。"林鸣对工区负责人下达的命令清晰而坚决。于是一场加固厂房、撤离人员的紧急战斗全面摆开。傍晚时分，台风的前奏曲奏响——大风挟着海浪已在快艇面前嘶嚎扑打起来，林鸣命令船老大再绕东、西两岛走一圈，他要最后检查一遍台风来临前的各种防御准备，确保万无一失。

露天工程，4000 余人的战场，要做到万无一失，谈何容易！

天渐黑，台风前珠海城的大街小巷上已经见不到人和车的影子了，只听见屋外的雨声和风声如被刺伤的奔马般嘶鸣着、刨蹄着，令人胆战心惊。

从黄昏后的 8 点多开始，林鸣一直在总值班室不停地与东、西两岛和牛头岛的留守人员进行通话，那时断时续的通话，夹杂着刺刺啦啦的声音，加之通话两头声嘶力竭的叫喊声，让人异常担忧与胆战。

"林总，您歇一会儿吧。"几位副总在一旁劝说，林鸣仿佛独临一隅，依然独立于方寸之上，几个小时内竟没有挪过步，一直站立在那儿或与前方联系，或等待着岛上的战情报告……

8 月 2 日凌晨 3 点左右，"妮妲"在珠海市登陆。随之，海上的风雨开始减弱。林鸣的身子开始摆动，然后只见他僵硬地瘫坐到椅子上。

"来，来，来——我读读牛头岛那边二分厂安全总监聂四生刚刚发来的一则微信……"一位办公室的工作人员举着手机，突然异常兴奋地朗读起来，"'扎实的安全管理工作使生命安全第一的理念深入人心，在面临危险时，大家思想统一，高度重视，全员参与，行动有力，未出现麻痹大意、责任推诿、违反纪律的事情；大家拧成一股绳，没人掉队，没人逃跑……'"

"好，快代表总经理部向牛头岛全体留守队员致敬吧！"平时很少喜形于色的副总尹海卿此时也激动了起来。

"我这里还有人发来一首诗呢……"这时的林鸣，虽一脸疲乏，但也举着手机朗读了起来，"'深水深，跨航道，直管告捷咫东岛；观往慎远备曲管，不忘初心港珠澳！’”

“哈哈哈，蛮押韵嘛，谁写的诗呀？”大伙热闹起来。

“杨永宏。看来留在岛上真的有了台风现场的生活体验嘛。”林鸣笑言。

“你们听听我的诗吧：台风‘妮妲’你算啥，咱岛隧人才是天不怕！台风‘妮妲’你算啥……”有人装模作样赋起诗来，立即又被众人的起哄淹没在欢乐声中。

战胜台风“妮妲”的喜悦场面是激奋的，昂扬的。然而，夏季伶仃洋的台风远非那么简单，一场比一场更强劲的台风正在窥视着林鸣他们的大桥工地，并且正聚集着罕见的能量，无时无刻不在等候着机会，与林鸣他们的造桥工地展开殊死决战……

“应该说，2017 年那场叫‘天鸽’的台风最厉害了！”经历的 29 场台风中，令林鸣印象最深刻的是“天鸽”。

“天鸽”这名字听起来多美啊，但叫“天鸽”的台风却残忍无比。我问过一位老珠海人，他形容台风“天鸽”：“那就是魔鬼，甚至比魔鬼更妖孽的魔鬼！”他说在珠海生活了 80 多年，从未见过像“天鸽”那么强的台风。“百年大树被连根拔起，万吨大轮船‘跑’到马路上了，汽车‘飞’到楼顶上去了……你见过这样的台风吗？我们都感觉是天要灭我们珠海似的，那真是一场噩梦！”

我查看了网络上留下来的当时“天鸽”袭击珠海的一些电视镜头，其作孽的情形其实比这位珠海老人形容的还要可怕。

我还看到珠海市民写的一段“天鸽”来临时的亲身经历。

我家的楼房在情侣大道边，台风登陆那一刻，我们躲在房子里最坚固的小厕所内不敢出来，因为听人说楼房倒塌时厕所可能是最安全的地方……外面的声音太可怕，像无数头饿狮在咆哮，时而贴在我们的窗口上敲砸着想夺窗而入，时而又抓着墙皮欲将整座大楼推倒一般，总之我们全都吓坏了！待台风稍稍过去一些，我们轻手轻脚揭开窗帘一角往外一看，又全都吓晕了：竟然有一艘巨大的船艇横在我们的楼房外面……原来，台风把一艘几百吨的游轮吹到了岸头，砸在了我们家的那栋楼房上。后来等台风离开后，我们上街看到这种情形不止一处，无数原本停在海里的船艇都“跑”到了岸头……

大桥工地在这场“天鸽”后又如何呢？它们能逃避得了吗？

“这是无法逃避的。好在老天对我们高抬贵手，让它晚来了一年……”林鸣感叹着回应我的疑问。

“为什么？”

“因为这场台风如果早一年，就会把我们的沉管预制厂全部毁灭，那我们就真的太惨了。一个预制厂重新建设，至少也要一两年时间，而且又得投入五六个亿的资金。”林鸣说完，对办公室的人说，“你们带何作家去牛头岛上看一看，那边厂房的破相还在，可以去感受一下台风‘天鸽’的厉害。”

就这样，那天我乘坐一艘快艇来到桂山的牛头岛，沉管预制厂所在地。此岛孤零零地屹立在伶仃洋上靠近香港一侧，距香港最近也就几千米，而离大桥建设的海面则有十几公里，是一个相对独立的岛屿。登岛后，几位留守人员在码头上迎接。随后我们去了预制厂和深坞那边参观。远远看去，一片惨状，高高的预制厂房只有残墙，没有了屋顶，只零星留下一两块钢皮残片，山路边依然留存着一块块大如半个篮球场的钢皮板，七扭八歪地躺在那里无声地叹息着……这就是一年前那场珠海历史上罕见的超强台风——“天鸽”留下来的“功绩”。看到这般情景，我也就明白了林鸣所说的话。

这是一场无法抗拒的天灾。若说老天无情，它却给林鸣他们预制沉管留出了时间，因为大桥所用的最后一节沉管是在2017年3月造好并拉出深坞的。当然，老天也给大海上安装沉管留出了时间，最后一个接头的安装是2017年5月份完成的。

但台风依然很无情。因为2017年8月份，正值林鸣他们东、西两个人工岛岛面建设最紧张的时刻，此时“天鸽”不仅来势凶猛，而且还让人毫无防备……

大桥岛隧项目工程党委副书记樊建华向我描述那场台风及林鸣现场指挥的情景时表示，仿佛跟上甘岭战役一样，打得极其艰苦，可谓惊心动魄。

开始林总他们到了西岛，那个时候正在进行岛面房屋装修，是工程用工最集中的时候，2000多人分别在东、西两岛作业。台风来临之际，因为考虑到工期时间等问题，总经理部决定让所有人员利用岛上的房屋设施进行防风避险，虽然当时许多房子的门窗还没有来得及安装，但坚固的主体建筑已完成，按说正常的大台风袭击，是不会有什么危险的。但谁也没有想到“天鸽”会是一场百年不遇的破坏力超强的台风……

当台风袭来时，林鸣带着几位项目助手先是在东岛检查。当他发现有200多名工人躲在岛面二层没有窗户挡风的屋内时，当即命令工区负责人安排这些工人快速转移到比较安全的底层。

“那风猛烈到不知如何形容它，反正从窗户刮进来的风能把人吹倒在地……”樊建华说。

“快，快！小心，扶住把手！——”林鸣站在楼梯的拐弯处风口上指挥着工人们下撤，直到最后一名工人下到底层楼间后才放心。

“西岛的情况更让人担心。”林鸣和几位助手从东岛检查出来向西岛行进时，正是台风正面袭击伶仃洋的时候，重型车子也像纸片似的被台风吹得剧烈地摇晃着……“车子上坐满人，让车子尽量往下压着走！”林鸣一边率先登上车，一边指挥着众随员冲向正处台风中心的西岛救险现场。

“到达西岛后一看，情况比我想象的更糟……”林鸣向我描述，“工区接到的台风预报是早晨经过伶仃洋海面，所以我们的工人早晨5点多钟就被动员到地下室了，那里面空气不好，电灯和通风等设施又没有装好，上千人挤在里面，时间一长，就非常难受。当时正处8月份的闷热季节，加之多数工人在连夜作业，没有洗澡，浑身汗臭味……我去的时候，已经有人嚷嚷着要从里面出来，嘴里骂骂咧咧，说啥的都有。但值班的干部堵在门口不让他们出来，这是我们要求的，因为一旦强台风过境，岛面上的人肯定会被台风刮到大海里去，这是绝不许出现的事。但从早晨5点多钟一直到八九点钟的三四个小时一直挤拥在环境极差的楼底暗幽幽的房间内，也确实太压抑了，快令人窒息了……”

“我要出去！”

“我们是人！让我们出去——”

开始是一两个人嚷嚷，后来是十几个人、几十个人一起叫嚷，再后来几乎是几百人一起叫嚷。这阵势让林鸣都感到惊恐。

“我看到那些叫嚷的人，眼睛里冒着火焰，跟你拼命的话都出口了……”林鸣说。

“我要去死！让我去死吧——”有人真的这样大叫起来，甚至一屁股坐在地上又哭又闹，其情其景，可怜又无奈。

“干部和党员要站在工人中间，劝说和帮助他们渡过难关！”

此刻的林鸣，双眼猩红。他一边要求骨干把守好门口，不允许有一个人擅自跑去岛面，更不允许挤满人的房间内出现骚动。同时他在检查各个工区的人员安置时，发现有一个队的工人在同样的条件下却异常安静有秩序，一问工区负责人，得知原来这个工区在安置工人到岛底房间后，给大家吃了一顿美美的早饭，而其他工区则没有来得及给工人们准备早饭，因此在又饿又累、环境又不好的条件下，相当多的人情绪暴躁起来……

“马上组织敢死队去储藏库抢夺食品过来！”林鸣反应过来后，当即命令手下的几名年轻工程师。

“太危险了呀，台风还在疯狂刮着呢！”有人提醒林鸣。

林鸣摇摇头，嘴里喃喃着：“台风可怕，我的人饿着肚子、长时间挤在黑屋子里更可怕……小伙子们，不管你们采取什么办法，马上！立即！越快越好，给我把食品抢夺过来！——”

“是，保证完成任务！”敢死队员驾着车出发了，像一叶漂荡在大海里的小舟，很快消失在林鸣他们的视野内……

“其实当时我也是非常非常地担心，但没有办法，为了上千人的性命，必须组织几个人去冒一次险，否则后果不堪设想。”林鸣说，“当时我获得台风情报，有一个减弱涡流，但也只有几分钟时间，所以敢给敢死队队员下达去抢夺食品的命令……”

敢死队员不负众望，以雷霆万钧之势，从储藏库里抢得满满一车的食品。林鸣马上让干部们分发给工人，这样骚动才算平息了。

“台风减弱啦！——”

“可以放我们出去了吧！”

“放我们出去吧！——”

或许是吃完东西的三五十分钟吧，突然有人大喊起来，随即又是几百人、上千人跟着在喊：“让我们出去吧！——”

“怎么办，林总？”守门的干部惊恐万分地跑到林鸣跟前，问道。

林鸣看看手表，又侧耳听了听上面的风声，再瞅了一眼挤满人的屋子，他咬了咬牙，只说了五个字：“放他们出去！”

没有干部去传达，林鸣也没有去向工人们说话，但突然有人高喊起来：“林总同意放我们出去啦！”

随即，是响彻云霄的欢呼声和万马奔腾般的千百脚步交织在一起的声音：“林总同意我们出去啦！——”

“出去啦！——”

“出去啦！——”

林鸣是最后一个走出黑屋子的。当他走到岛面，看到的场景令他热泪横流：一个个工人、工程师或双腿跪在地上，敞开衣衫，昂着头，大口大口地呼吸着清新的空气；或相互搂抱在一起，痛哭着，欢笑着……

这就是29场台风给予我们大桥建设者永世难忘的历练。

拾叁

第十三章
千人走钢丝与海底绣花

底板钢筋绑扎现场

林鸣有句很经典的话："大桥工程就是千人走钢丝的工程，我们必须用海底绣花的功夫和精神来对待每一天的工作，以及每一项工作中的每一道工序。"他说这话，是因为他提出的要确保海底隧道滴水不漏和大桥120年使用寿命的两项要求几乎已是人类工程的极限。这要求既放在自己面前，也放在港珠澳大桥建设者面前。

大桥长55公里，用去的钢铁达42万吨，几乎相当于60座埃菲尔铁塔的用钢量。海中主体桥梁被分成478个单元，平均每个单元重量超过2000吨，完全是工厂化制造和大型装备化海上安装。这是世界上最大规模的装配式钢结构桥。而最艰巨的大桥工程部分，即林鸣负责的海底隧道——要在几十米深的海底，瞎子摸象似的进行厘米级误差的隧道沉管安装，故此也是世界级技术难题。33节沉管中的每一节沉管内都是复杂无比的航母级技术，再将每节重约8万吨的33节沉管在海底无缝衔接起来，确保滴水不漏且保持120年的寿命，你听了恐怕会晕过去……

一般人认为，一个庞大的工程，所有的装备与部件，几乎都是大的：大的跨梁、大的板块和大的墩子……一切的一切，都是巨大无比。既然是大的，就基本都是五大三粗；五大三粗者怎能精细、精致，且要分毫不差？当林鸣自己给自己提出33节沉管、6.7公里的海底隧道要做到滴水不漏时，外国权威专家都在笑话他：“你中国人刚跳下水，就想畅游长江、大海？痴心妄想！”

林鸣没时间去跟洋专家绕心计。有一天他看书看到一篇日本人写的题为《这一生，至少当一次傻瓜》的文章，大为欣赏。文章讲了这样一个故事：

日本有位叫木村秋则的果农，想出了自然栽培法。比有机种植更激进，连堆肥都不施怎么能让苹果丰收？可能吗？当初因为心疼一喷农药就要卧床休养一周的老婆，他参考前人的理论，在2600亩的土地上，在日本最知名的苹果产地青森县尝试这史无前例的种植法。

可木村没有想到，这样做仿佛是在向地狱挑战。他家的果园成了昆虫的天堂，果树很快干枯而死。绝望的木村在果园里大量种植大豆，大豆根块密密麻麻的根瘤菌增加了土壤的含氮量。种植杂草，让小昆虫、小动物进入他的果园，使植物和动物建立起它们的生态系统。终于，在果园停止使用农药的第8年，果树开出7朵苹果花，其中两朵结了苹果。相隔9年之后木村的苹果园再度开满了白色的苹果花，第11年他的苹果园大丰收了。

位于东京白金台的一家高级法国餐厅开始销售木村的苹果，并且打着“木村的苹果”的旗号，结果总是人满为患，生意好得不行。顾客必须提前半年才能预订到木村的苹果。餐厅老板这样介绍：“木村的苹果居然能放很久不会烂，可能汇聚了生产者的灵气。现在每年有超过4000人想吃木村亲手种的苹果，但只有2000人通过抽选才能如愿以偿。”

日本的苹果栽培历史已有120年，之前也有许多人尝试过无农药、无化肥的栽培，但都失败了。木村像个傻瓜一样，苦撑了11年，因此有了这本根据他的经历写的《这一生，至少当一次傻瓜》。

尽管工作繁忙，但林鸣爱读书的习惯几十年未变。在大桥施工开始不久，他就发现光靠喊口号来要求工程人员确保质量是很难的。入心，入脑，直至自觉和习惯，才是根本。于是当他有一天看到关于木村的这本书后，便通过项目内部网站向大家推荐。林鸣在推荐时这样说：

看到了一篇值得一看的文章。

日本果农木村先生经受无数挫折和失败，历时 11 年用自然栽培法种植出最好吃的苹果。这个故事被写成了一本书，叫《这一生，至少当一次傻瓜》。

在我看来，木村先生是一个做事认真，不拘常规，能够坚持到底的人，他身上那份执着精神和认真态度让人敬佩。我们每一个人都在为梦想奋斗，开始的时候都热忱无比，充满激情，但是在坚持梦想的这条路上，布满了荆棘、曲折、阻力、质疑，甚至是看似难以逾越的鸿沟。越是艰难的时候，我们就越想打退堂鼓，或者越想换另外的方向，或者找出一个捷径，甚至是给梦想打个折扣。

最近我们的东、西人工岛和隧道管内都在全力以赴拼抢施工，我们的目的是打造珠江口地标性建筑和最美海底隧道。设定这个目标的时候，我们信心满满，然而在建设过程中却碰到了工期紧张、质量要求高、现场施工组织困难等难题，这是一个进程和质量两者不可兼得的难题。每天繁重的施工让我们疲惫不堪，每天处理不完的问题让我们心力交瘁。我知道，有的人心里会想：能不能在质量要求上放松一点点，让进度更快一些。

在这个异常艰苦艰难的时期，在这个最容易放弃梦想的时候，木村先生种苹果的故事给了我很大的触动和启示。虽然没有亲自尝过木村先生种出的苹果，但我已经猜到那味道一定很香甜。读这篇文章时，甚至都能嗅出这种苹果的味道。如果木村先生在最后一刻放弃了自己的梦想，人间会少了一种美味。

将《这一生，至少当一次傻瓜》分享给大家。

林鸣的这篇推荐文在项目内部网上发布后，反响极大，工区各个战场包括总营地每一位施工人员和参与施工的后勤人员都在学习和讨论，大家得出的结论是一致的：建设大桥光荣，必须一丝不苟地保证大桥120年寿命的质量。滴水不漏，从我手上做起，从我每天的工作要求做起。而这绝非是嘴上说说而已，它必须贯彻到每个工序环节。几千、几万人，几个月、几年，甚至十几年如一日坚持不懈地保质保量。这本身就是矛盾体，工期希望越短越好，速度越快越好，但质量却又希望越保险越好。这是业主给出的非常矛盾的要求，然而这对林鸣他们施工人员来说，没有一点可以商量的余地。没有，绝对没有。

但，这是纸上谈兵的要求，落实到每道工序、每个人身上，你又能用什么来保证呢？

参与大桥建设的人，有高级工程师，他们来自四面八方；有刚刚放下锄头的农民工，他们同样来自四面八方。你能用统一的标准、统一的要求，一下管理好这千差万别的几千、几万人吗？

难，甚至是难上加难。因为大桥质量要求不像建一座普通的桥、普通的房子，它是在大海上、在大海的海底深处，甚至是在见不着、摸不到的地方建一个世界顶级技术要求的海底隧道工程……靠什么来控制质量？

林鸣不是没有想过这些问题，他想得最多的也是这个问题。世界级技术难题，他可以组织技术团队在设计和理念上攻克，但制造和制作过程并非纸上谈兵，它还有一个度、一个标准，一个靠尺度和计算机算不出来的标准和度。

这个度和标准谁来把握？要求和根本点在哪儿？它在人的眼里、心里和手感里……难也就难在此处。

眼里的精度是心灵的反应和回照。这功夫需要熟能生巧。

手感是全身神经所做出的一致性反应，这功夫需要的不仅是熟能生巧，而且还需高度的自觉意识。

作为大国工程师、大桥岛隧工程总工程师的林鸣，习惯上工地戴上一副洁白的手套，这既代表他是至高无上的技术权威和统帅，同时又证明他是一个特别讲究的人，这种讲究里包含着一种威严。他的手抹到一处，必是“白”的——看看弄脏了他手套没有。变了颜色，就意味着你的“质量”出了问题；没有弄脏他的手套，算是合格。

在预制工地，到处是水泥和水泥搅拌机——土与泥的工地上，通常是脏乱差的环境，但在沉管预制厂工地，林鸣每次来都要掏出他那双白手套到处抹一抹，尤其是那些拉水泥和混凝土的车身、车轮底下。这是最容易脏的地方，以往的司机并不会把车子的这些部位当作清洗的对象，但林鸣的白手套出现在他们面前时，这些车子变得异常整洁。

林鸣的白手套抹了几回，每一回都让他清晰地看到自己没有任何变色的手套。这个时候的林鸣笑得两眼眯缝，说：“可以，没揩脏我的手套。”

连厕所的水池和小便池，他都要这样整洁干净，当然厕所内他主要用鼻子嗅一嗅味道……蛮清新，还有点香味哩！这个时候他很是高兴。

这太不容易。人工岛上千人蹲在一块海面上的小地方，天又热，每天工作十几个小时，汗臭味、男人味、海水味……所有的味道汇聚在一起，确实够呛。但林鸣要求：必须保证有热水洗澡，有干净的水喝，厕所要干净，睡觉的地方要有空调，要有休闲和娱乐的地方。这一切的一切，看起来事小，但关乎到大桥建设的质量与进度。林鸣清楚，要让大桥滴水不漏，先要把自己的管理工作做得滴水不漏。只有管理上的滴水不漏，才可能保证工程质量上的滴水不漏。

几千、几万人的施工队伍，几万、几十万吨的材料供应源与生产线，几十万、几百万道的工程重复性工序……而在这些过程中，有谁能保证所有的环节不出毛病？不出差错？出一次毛病，出一次差错，就无法实现整体工程的滴水不漏。

但林鸣现在提出的工程标准就是滴水不漏——丝毫没有含糊。6.7 公里的海底隧道、33 段大节管、264 个小节管，都要做到滴水不漏且确保 120 年内皆滴水不漏，你能有这胆量拍胸脯？

林鸣在工程招标之初就已经拍下这样的胸脯，而且拍得嗵嗵响，因为他得向自己的所在单位——中交集团交账，当然在全国 13 亿人民面前这个账更要交好，没有退路。大桥岛隧工程设计施工总承包合同签字时，林鸣就已经用自己的身家性命为这画押了！

很不一般的是林鸣这位工程师出身的总经理，在统率大桥岛隧施工的过程中，充分地发挥了他作为党委书记的作用。这是我没有想到的，他特别在乎和重视党建工作，把党建工作作为自己抓好队伍，实现滴水不漏，以及保证 120 年大桥寿命的重要抓手。查他的履历，过去基本上是清一色的工程师业务相关职务，但兼任大桥项目党委书记之后，他似乎更看重“党委书记”这一角色。我第一次到工地采访，他并没有头头是道地给我介绍工程如何如何，而是让办公室人员播放他们的党建片子给我看，这让我很是奇怪。后来发现，林鸣真的十分重视党建工作，他把党建工作实实在在地运用到了工程管理的每一个细节中去，令人意外和感慨。

我还深刻地感觉到：林鸣是个对毛泽东思想和毛泽东军事指挥艺术学习与运用得比较透彻的工程师。指挥几千人作战并不容易，但林鸣指挥得头头是道，有条不紊。他没有军队经历，但对军队管理的那一套却十分内行。比如他规定施工队伍每天都有班前会，收工时有小结会，以及晚点名，等等。每逢施工重大节点时，他很会运用军队出征前的誓师大会，将士气鼓得足足的，而这为他实现整个团队勇往直前、无往而不胜做足了心理上的准备。这是一般的工程技术干部很难有的品质，林鸣具备且娴熟地做到了。

曾经是军人的我，特别佩服他这一点。习近平总书记在接见林鸣等大桥建设者时，就称赞他们的工程是“国之重器”。建设国家工程，需要林鸣这样的大国重器。是重器者，必有其重要的思想和精神之储备，必有其缜密的工作思路与细致的工作方法。作为总工程师，胆量和胆识、战略与战术，都是他应有的素质与能力。数十年的建桥经验，林鸣已经成为工程上的大将军；而他特有的细腻个性，又使他可以是一个“能做针线活”的人……如此双重能力的总工程师，造就了他成为管理和领导工程的将军级人物。

近十个工区同时作战——每个工区就像一个部队战场的战区，几千几万人的前线战场作战人员，数百套装备与供应链，他能够事无巨细地盯住，这本身就是一种超强的本领。而且林鸣要实现的是，每个细微环节，他都得盯得死死的、牢牢的，不轻易让你逃过不该马虎的每一个细节。“滴水不漏谈何容易，但眼皮底下稍稍马虎，就会出现滔滔大浪……

要让眼下所有的事情都做到滴水不漏，其实是很难的一件事。”林鸣道。

清楚这个道理的他，因此在领导大桥控制性工程时，从一开始就抓标准、抓规范管理。很难想象，有一天我走进工程项目总营地的技术人员办公室，见每个工作人员桌子上除了堆满各种人工岛、预制沉管等资料外，还看到好几大本《项目管理制度汇编》，随手一翻，看完后有些吓人，因为光《管理篇》方面的制度就有 39 项，专项管理办法有 17 项，工作流程有 44 项，工作台账有 42 项，各种报表等有上百个……《技术篇》更多，密密麻麻、厚厚实实的几大本，我基本看不懂。但林鸣说，他管辖的所有工区的一线人员都要掌握这些制度与施工要求，并且要做到娴熟运用。

“开始有人觉得这么多制度和要求约束太严了，跟我商量能不能简化些。我说，大桥要保证 120 年寿命，估计我们所有参加建设的人都不会活得比大桥还长。从情理上讲，我们似乎不用为自己不在世所出现的问题承担任何责任，但我们谁愿意在 100 年、120 年之后被人从历史书里拉出来骂呢？估计多数人不愿意吧。这是为什么？因为我们是人，是人就有尊严和灵魂，我们不能因为自己现在的马虎、不负责任，而让后人在 100 年、120 年之后践踏我们的尊严与灵魂。大家都为参与港珠澳大桥建设而感到光荣，那就得干出值得光荣的工程。施工中的每一道工序、每一天的工作、每干一件事的质量要求，就是我们实现这份光荣的起步，做好了，做到了，我们就是光荣的大桥建设者；反之，则会受人唾弃。也就是说，你是个让人瞧不起的人。谁都厌你、烦你，你们谁愿意做这样的人？”

“没有！——”

林鸣经常在工地上与施工人员这样交流问话，于是那大海深处、岛屿之上，就响彻起一阵阵惊天动地的激荡人心的回声……

每每听得这般充满自豪感的激荡人心的回声，林鸣的脸上就绽开了花一般的灿烂笑容。

质量是在有干劲的前提下才能得以保证的，而要让大工程上的每一个施工人员都充满干劲，每一个人持久不懈地充满干劲，就必须注意安全施工——生命安全是工程的重中之重、要之最要。没有安全，一切皆无可言。

庞大且复杂艰巨的海上工程、海底世界，惊涛骇浪和风雨交加之下的种种恶劣环境，谁能确保所有的时刻、所有的工序都万无一失？

难！太难！一天或许可以保证，一个月或许也能做到，一年、两年、三年、五年……能做到吗？那海上的千变万化，那海底世界的惊险莫测，那岛屿上的步步惊心，那沉管技术的无穷奥妙，有谁敢言稳执于手掌之间？

自然无人。但林鸣要做的就是天下无敌，敢言工程滴水不漏！

靠制度？制度必须有。制度靠什么保证？制度靠强化和反复地灌输使形成自觉意识，有了自觉意识之后的结果是什么？“习惯。”林鸣说，制度是强制性的，但这不是目的和根本，习惯和自觉才是确保工程质量万无一失的根本。但习惯和自觉的过程中也会有差错，人不是机器，机器也会有走神的时候。那么，如何克服人的走神呢？

看林鸣的“精工妙法”——

“搞施工的都会提出安全第一的口号。这是为什么？首先是为大家，并不是为我这个总经理。你们大家安全了，我这个总经理才会安全。你们不安全，我何来安全？你们说是不是这样？”施工现场，林鸣对工程参战人员耐心诱导、热心解释。

大家先是你看我，我看你，后来是相互点点头：“林总说得对。安全关系到大家的性命，确实是我们自己的事。”

“对啊，我们都在喊‘安全’‘安全’，应该是大家要安全，而不是我这个总经理要安全，你们说是不是？”林鸣又说。

“是呀，应该是我们自己要安全，而不是为了总经理和当官的安全嘛！”“对，是我们要安全！我们要安全！”施工人员相互看看，又喊出了心声：“我们自己要安全！”

“对啊，是我们大家要安全，不是为谁要安全！”林鸣高兴了，嗓门更高了，“不安全的事，我们该不该干？”

“不干！不安全我们不干！”施工人员高喊起来。

“对啊！不安全我们不干！坚决不干！”林鸣跟着大家振臂高呼。

“不安全我不干！”“安全第一！不安全我不干！——”后来，林鸣和所有大桥施工人员一起这样喊，越喊越来劲，一直到大家把这口号喊出了感情，使之成为天天要喊的一个行动自觉，一直喊到了大桥施工的最后一天。

“安全第一！”“不安全我不干！”这话在林鸣领导的工地上，成了一句每个人每天必背、必喊的口号。每每遇到施工危险时刻，遇到犹豫不决的时刻，遇到可能会出现问题的时刻，大家就会不自觉地高喊起这样的口号。

结果是什么状况？林鸣笑着告诉我，七年大桥艰苦、拼命式的施工中，几十个战场上，几千人的队伍，没有伤亡一个人！这是奇迹。是中交人创造的奇迹，是林鸣作为总指挥、总经理所创造的奇迹，是大桥创造的又一个世界奇迹！

谈起这事，林鸣甚至比攻克沉管这一世界级难题还要兴奋：在以往的工程惯例上，这么大的工程、这么长的时间、这么艰巨困难的施工环境，有所死伤在所难免，但我们在大桥建设中，确实没有因为施工意外现场死亡过一个人。这是大家的功劳，大家的自觉意识所致，它的力量强大，是最大的保险。

是的，一切的施工安全和工程质量的保险，靠什么？制度和规矩当然重要，而且十分地重要，有规章可循，有制度可执行，有纪律可对照，但人也是受思想和意识支配的。只有在自觉自愿和习惯的基础上，才能实现对思想和意识的正确支配。大桥工程千头万绪、工程质量要求严格又极其高精尖，用林鸣的话讲，是“千人走钢丝”。

一个人走钢丝，是一种高难度，一个人走钢丝与一百人同走一条钢丝是完全不同的概念，其难度可能会高出十倍甚至更多；百人走同一条钢丝和千人走同一条钢丝的难度更是不可同日而语……港珠澳大桥的海底隧道工程之所以被林鸣称为“千人走钢丝”工程，是因为它首先是一个涉及方方面面的系统工程。比如沉管预制，首先必须在设计上不出任何问题，而一个设计方案涉及多少专家，每个专家给出的方案是否最科学、最权威还是个问题，因为我们国家没人造过这样的设备。其次是制造，制造就要有材料，材料供应是否有质量问题？得有懂行的人去盯着，去验收，有标准地验收。再回到生产车间的生产安装，每一道工序是否符合标准，标准又是由谁来定的，所定的标准由谁来审核……每一环节都必须建立在严格、科学、符合规范之上。沉管预制，最高端的技术与航天技术一样，精细到分毫；最简单的粗料加工，如混凝土搅拌，也同样包含着不同于一般混凝土搅拌的要求，它受气候、水温、水泥粒径的粗细和均匀程度等因素影响。整个沉管制作流水线，牵涉几十个甚至上百个工序，倘若一个环节马虎，出现质量问题，影响的将是整个预制产品，滴水不漏将无从谈起！

原子弹、航天工程之所以被称为“国之重器”，除了因其拥有可以威慑敌国的强大破坏力外，重要的原因就是它能够体现一个国家在工程技术和科学领域综合性能力上的整体性、协调性。港珠澳大桥同样被习近平总书记称为“国之重器”，可见它在诸多方面与原子弹、航天工程一样，复杂而艰巨，具备系统而整体的至高无上性。林鸣统率的岛隧工程的每一个环节就是这样的“国之重器”之重要组成部分。

“刚接手时，大家雄心壮志都很高，但真到了设计和施工的时候，全都感觉非同寻常地‘压力山大’……毕竟，这是没有任何先例可依循的工程，也就是说它又是没有退路的工程，怎么办呢？就得用心，再用心，直到所有的人都把全部心思和精力用在了一起、用到了一个地方，才可能实现得了‘千人同走一条钢丝’而不出问题。”林鸣说。

然而说与做又是两码事。

被称为“首席深海钳工”的管延安，青岛人，到珠海参与大桥工程之前，就有20年的钳工经验，他心灵手巧加上又特别喜欢钳工这行当，所以对机械设备安装、调试的事得心应手。到大桥沉管预制工厂后，管延安的工作是沉管设备零件的安装等钳工活儿。其中安装电动蝶阀是他的一个重要任务。别小看了一个蝶阀，它可是确保沉管滴水不漏的一个关键性的精致小零件。“约8万吨的沉管，就像一艘航母潜艇，沉放、起浮就靠这蝶阀来控制，安装精度误差必须控制在1毫米以内，为了掌握好这误差1毫米以内的细工细活，我们不知要下多少功夫。”管延安的体会映射出了沉管工程所有岗位上的每一道工序标准。看一看他的工作环境和认真劲儿，你就知道他和队友们为了创造这误差1毫米以内的精度，付出了怎样的代价：那个还没有沉至海底的约8万吨重的巨型沉管，浮在水上时就好比一个巨大的混凝土箱子，除了一个直径1米的工作孔洞之外，别无其他换气通道，内里的空气湿度在95%以上，又闷又潮，人在里面工作，稍一会儿就被蒸得浑身黏糊糊的，难受不堪。管延安就是在这样的环境下完成了一个又一个蝶阀的安装，而且只能在安全帽上的白色光线下作业……安装一只蝶阀，必须将每一只螺丝帽拧到适度的松紧，这小小螺丝帽的紧与松之间的度，是管延安需要靠熟练技术与手感来把握的。这就是质量的创造过程，既有技术标准书上的要求，更有他作为沉管器材安装工对技术把握的心理判断——质量就是他管延安对沉管、对大桥、对祖国建设等多种情感凝聚在一起的技术结晶。

即便如此，有一次在现场，管延安也被林鸣老总的一句话点亮了质量观。有一天，管延安正在工地现场，林鸣来了，见了钳工老同行，林鸣非常开心地握了握管延安的手说："我们是同行啊！"随后林鸣看到两排放得整整齐齐的蝶阀，问："这些设备保养过了吗？怎么分成两排？"

管延安回答："前面一排都是保养过的，后面一排的多多少少有些隐患，所以已经被淘汰下来。"

林鸣就停顿了下来，对管延安说："通常情况下，大家可能不会拿错保养过的和没有保养的蝶阀，但在紧急情况下会不会有不熟悉的人将这两排蝶阀混拿呢？"

"这个……"管延安一下被林总问住了，当时就涨红了脸，"是啊，我怎么就没有想到这个情况呢？"

林鸣拍拍管延安的肩膀，耐心而真挚地诱导："质量问题，其实是要走心的，心走得越细，越认真，越复杂些，出问题的可能性就越小。有些事情靠一般意识和自觉还不一定行，它需要更严格的规范。"

"明白了，林总。"管延安被林鸣这一点，算是点到了质量的穴位上。而管延安这样的优秀钳工身上暴露的问题死角，也及时提醒了林鸣。从这件很不起眼的事情上，林鸣开始要求每个类似的工序上都要排列序号，编列次序，杜绝意想不到的差错。

有些质量要求看起来并非标准和设计书里所有，而是在人工作的精细之中、意识之中。

比如造沉管最普遍和最多的活儿就是扎钢筋。这钢筋怎么个扎法看起来是最简单和粗糙不过的活儿，干这事的多数是农民工。难道这里面还有高深的道理吗？

“太有了！”有到什么程度？林鸣说它同样影响到整个海底沉管的滴水不漏。比如在南海海域施工，空气中的水汽和氯离子对钢筋有很大的威胁，如何防止钢筋丝头被锈蚀，是摆在扎钢筋工人面前的一道难题。按照施工要求，钢筋加工时需要添加切削液。而切削液按化学成分又有非水溶性和水溶性两大类。港珠澳大桥用的是水基钢筋切削液，这水基切削液还分为乳化液、半合成切削液和全合成切削液。如此类别繁多的化学液看起来差别不大，但对沉管钢筋丝头的防蚀作用就不一样了。沉管要求严之又严，所以选择什么样的切削液，施工人员更要掌握选择的精准性。即便如此，不同季节所用的化学材料也会对钢筋产生不同的效果。施工人员针对这些问题，不是简单地按设计要求做，而是从施工现场实际出发，分三种比例进行现场试验后再决定何时扎钢筋、选择何种成分及何种比例的切削液运用到施工之中。经过如此一次次反复试验，最后合格率比标准要求高出4%。钢筋工在这一工序中拿到全国工程建设优秀奖的那一刻，林鸣又一次笑得特别灿烂，因为这正是他所期待的工程质量。

林鸣为了实现“千人走钢丝”的过程不出任何差错，所提出的质量要求听起来实在太难。他说，质量上要实现零缺陷，也就是必须样样完美。

世界上有真正完美的事物吗？也许有，但太少。一个大工程，大到从未有过的工程，一干就是六七年的大工程，几千、几万人的大工程，不分白天黑夜地干，要做到样样零缺陷，我问林鸣，你自己有这种把握吗？

他很认真、很严肃地看着我，神情突然变得异常严峻，道："当然，必须有这种把握！"

当着他的面，我不能驳他的面子，但内心在想：你真能做得到？或许你林鸣能做得到，其他那些人也能做得到？

后来通过一次次现场采访和一件件事证明，不仅林鸣自己做到了，而且在整个大桥岛隧项目施工中他们都做到了，也就是说，无论内行人、外行人，都认为是一项十分完美的工程！

这真的是奇迹。恐怕只有林鸣这样的总工程师才能做得到。

林鸣能提出和做到这样的零缺陷，其实是他这个人的本性所决定的。我问过林夫人他在家里是不是也是个追求完美的人。林夫人毫不犹豫地道："他就是这样一个人。就是在家打扫卫生，也得一尘不染才肯放手。"

看来，港珠澳大桥建设选择林鸣这样的统帅，完全是英明决策的重要部分。

有一次到沉管预制厂检查工作，林鸣的白手套放置到哪儿，哪儿就会一阵紧张，然后是一阵欢笑声，因为都是"林式合格"——白手套依然洁白如初，所以大家欢笑，林鸣也笑。看到水泥车子也那么整洁干净，林鸣满脸笑容。后来他问了司机一个问题："每次罐车都是上磅秤的？"

司机师傅自豪地说："对。上磅秤后再装料，每次浇灌混凝土的质量就有保证。"

林鸣点点头，又问："每次都检查和清洗罐车车肚子里面吗？"

司机师傅的脸顿时绯红起来。

林鸣拍拍司机师傅的肩膀，意味深长地说道："质量问题可能藏在每个细微之处……"

可不，后来司机清洗车子肚内时，发现里面时常有几十公斤甚至数百公斤的混凝土残留黏附在罐壳的内壁上。这就是林鸣所说的一个不易被发现和注意的“质量问题”。

几个工区、几百个施工岗位和每一个施工环节，就是在林鸣式的零缺陷要求下，完美地实现了一般人想都不敢想的目标。

“千人走钢丝”就是这样走过来的，林鸣和他的团队，依靠的就是同样的信念：我参加港珠澳大桥建设，我就是祖国建设中光荣的一员。我是祖国建设光荣的一员，我就要把祖国的大桥建设好。

我要建设好祖国的大桥，就必须从自我做起，从点滴做起，用最高的标准做好每一件事、每一天的工作……

我不仅要自己做好，而且还会帮助和监督身边的人做好。我做好了，还要向比我做得更好的学习。

林鸣和他的团队怀有共同的意志，执行共同的标准要求。

当这种信念、这种要求、这种意志融合在一起的时候，它就变得坚如钢、硬如钻，谁也别想轻易将其扭曲腐蚀，于是最后的结果是：千人共舞于钢丝之上，钢丝便成了一个平稳、宽阔的展现林鸣和他团队高超技艺的大舞台，所有可以编导出的舞姿在大桥建设上皆能充分地发挥和展现出来，并且变成了诗，化作了虹，最终锤炼出一曲曲经典……

我开始以为，海底放置一节节约8万吨的沉管，简单嘛——用一个什么特殊的装置，将33个大家伙像串珠子似的把它们串起来，然后安然地放落在海底，不就那么回事嘛！然而当我在大桥通车前几次深入海底隧道之后才发现，这串珠子哪有那么简单！且不说那一个个大家伙是用什么串起来的，光在海底隧道中央站那么一会儿，左右上下抬头看一看、瞧一瞧之后，你会无限地感叹：这么庞大的隧道，怎么可以是用一节节巨大无比的钢筋混凝土制造物（沉管），放入几十米深的海底世界并且让人丝毫不觉是在海底，它是那样平展、舒坦、精美、豪华……完完全全犹如一个山洞隧道，根本看不出这是一条长达数公里的大海深处的超级海底沉管隧道！

这般地感叹之后，突然有个问题从我头脑中冒出：大海潮流汹涌，120 年风云变幻，如此海底钢铁管节隧道，真要左右摇晃、动弹三五下，如何了得？

当这样愚蠢而拙劣的问题摆到林鸣面前时，他笑了，说："我们的沉管虽然巨大笨拙，但它极其高贵。既然是高贵者，我们在施工中就给予这位高贵者所有可能的'高贵待遇'……"

"怎样的'高贵待遇'？"我好奇。

"让它在海底睡上'席梦思'。"林鸣说。

约 8 万吨的大家伙，在海底睡席梦思床。林鸣的比喻令人忍俊不禁，甚至哈哈大笑。

中国人对睡觉的讲究程度，世界独一无二，且自古有之。我和林鸣这一代对睡觉的最高要求大概就是席梦思了。许多中国人都有这种体会：睡了千百年硬板床和棕丝床后，睡上席梦思后的那种舒服与惬意，恐怕算得上改革开放中国人过上无数好日子中的体验最深切的一种了。

席梦思的美名也太贴切，睡上那样的床，所有的梦想和美妙全然涌动于我们的感受之中……

竟然连沉入海底世界的约 8 万吨重的钢筋混凝土制造物也要享受席梦思待遇，美哉！美哉！

如何保证沉管在海底能够睡上席梦思，其实是个非常复杂的工序，因为伶仃洋海底本无一块平展之地，如丘峦一般，高高低低，凹凸不平。每个长度都在 180 米左右的巨物，如何让它躺在海底世界的席梦思上，这是林鸣他们面临的又一个世界超级难题——全世界没有哪个国家有过这般工程的先例，外国专家也给不出准确的技术指导。

林鸣他们最初的摸索仍然是瞎子摸大象一样，完全没有方向。于是他就组织自己的技术团队进行一次次设计和模拟试验，这个过程用去的时间有一两年，后来才慢慢摸出些门道，但从门道到最后方案之间，又是几个“万里长征”，其中的坎坷与曲折，只有林鸣他们自己知道。

“俗话说，摸着石头过河。可我们在大海深处干活，连块石头都没有，所有的海底世界摸索全凭试验来探索和完成。”林鸣说出了他们所面临的困境。

从沉管安装工程师那里我知道了海底沉管席梦思床的大致构造体系：先要在设定好的线路上挖一条很深的槽，这槽深度、宽度要比沉管的体量大很多。这样的基槽挖起来非常难，在几十米深的海底泥床往下挖几十米，如何挖，挖得如何？这又是一个需要林鸣他们与海洋装备部门共同设计制造后才能完成的难题。

一艘名叫金雄的巨轮出现在了伶仃洋上，它足有四层楼高的身躯和那个力大无比的大抓斗格外吸睛。据说那抓斗一抓就能抓起 30 方的泥土。这是林鸣他们所需要的我国自主制造的钢铁巨爪，专门用于港珠澳大桥海底挖基打槽。金雄的巨手抓斗，重达 110 吨，一抓出去，稍不留意，就可能比指定的地方差出两三米——这在常人看来，也算是常理。但林鸣他们要求的沉管席梦思则必须做到分厘不差。怎么办？

林鸣和技术团队开始研究如何给金雄的巨手安装上慧眼，也就是数控系统。慧眼装好后，又给金雄本身研发了一套大脑，以指挥巨手在海底之下能够运用自如，确保误差控制在几厘米之内。

一项简称为 DDS 的深海精挖直接数字控制系统在林鸣的领导和指挥下开始了攻关……其实这就是给数千吨巨轮金雄安装上能够使它到海底

去绣花的那些绣针程序。负责这攻关项目的还真是位绣女，她叫刘烈晖，是中交广航局的教授级女高工。刘烈晖很在意自己这创造绣花针的绣女称号，林鸣对她也寄予了巨大的希望，这个希望后来化作了DDS，完美安装到了金雄身上，当然按照林鸣要求，DDS做了多次升级版的科研，才获得成功。加装电液比例控制阀、由计算机控制的操作手柄、光电脉冲编码器等设备，以及数十个与七台计算机连接的传感器和监视器，只要在挖泥室操作控制面板上输入挖泥数据，就能准确地控制挖泥过程，海上的人也可以通过传感器及抓斗的挖泥轨迹，一目了然地看清想知道的海底槽基的一切状态。

第一次绣花试验前，金雄船长唐少鸣一夜没合眼。“太兴奋，太紧张了！我们从来没有干过在海底下几十米深的地方挖泥，而且要做到分毫不差……这就像闭着眼睛绣花，我们竟然还绣得有模有样！”

“海底世界第一绣”之后，唐少鸣船长又是一夜没睡，他感觉自己像是第一次睡席梦思，“那是一种在天上神游一般的舒坦和兴奋”。老唐逢人便吹。当然他是有资本地吹，因为老唐是被表彰的大桥工程优秀建设者之一。

老唐和他的金雄为沉管挖泥建槽，其实并不简单，因为海底不是一路平展之地，它是个锅底形状，在这样的地形条件下要实现分毫不差的槽基挖泥工程，绝非轻而易举的事。更何况海底泥层结构里还有种种杂质，锅底常让老唐他们的绣花功夫出现意外的挫折。林鸣知道后，随即赶到现场，站在金雄船上的控制室观察，一站就是几小时，直到海底绣花似锦如画为止……

挖槽，仅仅是让沉管睡上席梦思的第一步制作工序。

基槽挖好后，需要填两层石块。石块也有讲究，先是大石，然后最上面一层是细石，巨石起的作用是坚固夯实海底基槽，细石就像日后铺在沉管底下的棉被——它影响到沉管卧伏的舒适度。抛石填平本身又需要特别的装备和船只，而且也是数控装置下的系统指挥操作。这样才可能使海底绣花更具标准性和舒适度。

在此基础上，再按照沉管的体形进行铺平填埋工作，一直到沉管在席梦思上舒适地躺下……

其实躺下后的沉管，林鸣他们还要给它盖上一层舒舒服服的被子——碎石块铺成的厚厚一层保暖挡风的泥石被子，这同样要用“绣花”本领方可完成。

我这里说得简单，也就几百字几千字，可林鸣他们在伶仃洋上为沉管这“席梦思”，不知付出了多少代价和多少心血啊！

天知道，海知道，如今美美地沉睡在海底世界的沉管知道。当然，林鸣他们也知道。

这都是世界级的技术难关，中国人都一个个完美地攻克了。

若要问林鸣他们是如何做到这些的，请读一下他们项目经理部伍绍博在2014年底看到海底绣花成果累累时写下的一首中英文诗——《功到，自然成》(*We Do*，*Nature Makes*)。

我怀疑，

I doubt,

“功到自然成”，

That the saying “we pay and naturally we gain”,

有更深层次的意思。

Carries a deeper philosophical probing.

正确的断句方法应该是，

A no-bias insight shall be,

功到，自然成。

“We do，nature makes”.

主体是两个，

It contains two objectives.

第一个是人，

One is human,

人只能用功。

Who can simply try best for success.

至于能否成就，

But success comes or not,

主体已不可能是人，

Human unquestionably cannot decide.

而是自然。

Only nature do.

这是唯一更大的主体。

The only one making result.

如果你怀疑我说的，

When you doubt,

你可以想想过去的 2014 年。

Recall what come across in 2014.

拾肆

第十四章
让全体落泪的E15

小构件安装

能让大桥建设者落泪的时候很少，让林鸣落泪的时候更少，但沉管 E15 真的让参与岛隧建设的人都落了泪，也让铁骨铮铮的林鸣泪雨纷飞……

这是怎么回事？说起来故事还比较曲折，也很离奇。有关沉管 E15 的资料在林鸣处和工程项目部那里能够端出几箱子来，那天我还专门想去看一看这些资料，结果林鸣说，还是讲讲更感性些吧。那我就顺着他的思绪对 E15 做了详情记录——

最初的时候，E15 与之前安装的 E1—E14 没有多大区别，走常规，前面一节沉管安装完毕后，就开始寻找下一个沉管的安装窗口，也就是看看哪个时间段里的气候与海洋潮流适合安装海底沉管。

我们这些大桥工程之外的人并不知，其实每一节沉管从预制到安装这个程序，林鸣他们走得非常复杂而漫长。我们且不说沉管设计和预制过程的复杂性，仅沉管下安的前期工作准备也是漫长而又复杂。比如 E15 管节，正式下海安装的时间是 2014 年 11 月 15 日，这一窗口是根据各种汇集来的数据挑选出的，其实在这之前的两年多时间里关于 E15 管节的海底安装前期准备早已开始。

为了让沉管能在海底睡上席梦思，每一节沉管的海底基槽施工准备工作必须早于沉管正式安装时间一年。因为基槽开挖也有几个工序，比如最初是粗挖，那就比较简单，由挖泥船在预设的海底线路上挖出一条大沟轮廓。粗挖完工后等上几天或者十几天再进行第二道工序，叫精挖。粗挖与精挖之间相隔的十来天时间叫晾槽，这时需要观察承受海洋潮流影响下的淤泥积存情况。这时即使有淤泥积存也不做处理。十天左右过去后，开始精挖，这个时间对基槽的宽深就有了精细要求，将按未来沉管体积大小来决定基槽的精细开挖工作。我找到E15的《开挖原始质量检验记录表》，这份表上清晰地记录了当时E15开挖基槽的几个关键性技术指标数据，如“轴线偏差度”“槽底边坡单边宽度”“槽底标高”“基槽边坡率”等都有检验数据，各技术检测负责人都在上面签过字，最后是工区负责人陈林的签名。

基槽粗、精挖完成后，是块石夯平工序。前者与后者的间隔时间约为一个月，也称晾槽，确切地说，是再次晾槽。

块石下抛后，有个夯平工序，E15管节段的块石夯平共用了20多天时间。结束这一工序后，孟凡利负责的这一工区任务，需报港珠澳大桥工区监理公司联合体港珠澳大桥岛隧工程西人工岛驻岛办——从这个很长的单位名称中可以看出大桥层层设置的监理、监督机构的紧密性，E15基础施工归西人工岛工区。

E15管节海底基槽部分在此“沉默”一段时间，为正式安装沉管做前期准备，这也就是沉管温床的初级阶段。

温床的时间近两年，两年的晾槽，为的是迎接沉管“大婚”的日子。

沉管“大婚”的日子——安装窗口为2014年11月15日。

从温床到席梦思也还有一个过程，它需要两个月的提前量。于是在2014年8月25日，林鸣所在的项目工程部再次向监理申请准备安装沉管的基础施工工作。

这一阶段的工作，叫抛石夯平，好比给沉管铺床被子一样，至此海底基槽已经做得很细致了。这项工作由“振驳 28”完成。2014 年 9 月 24 日，检验组负责人梁桁在签字的那份工程质量确认单上写下这样一段话：根据提供的施工总结，E15（东侧 127 米区域）抛石夯平施工的平均夯沉量为 26 厘米，平均夯平时间为 42 秒，满足相关规定要求，夯平后的块石基础标高满足设计要求。

项目技术负责人张志刚又在后面写道：“后续整平施工前应进行回淤量测试，确认合格后可开始碎石整平施工。”

由此可见，为使沉管睡上席梦思，需要多少道工序啊！

林鸣说，沉管就是他们的宝贝疙瘩，它比他们自己的儿子闺女还娇气。

看来此话并非夸张。

读者也许会注意到，其实每节沉管的安装前奏曲是个非常复杂的工序，而且时间拖得也相当长，完全不是我们想象中的那般简单。这里还有一个突出的情况是：每一道工序之间有着环环紧扣的时间衔接点。比如梁桁签字可以进行抛石夯平施工后，紧接着就是“振驳 28”船到海上的工作。待这一任务结束后，紧接着的是碎石垫层施工。这一施工工序要在沉管安装前的十多天内完成，而碎石垫层之前必须进行清淤，就是说要对沉管的席梦思进行一次铺床单式的细活，细到要检测早先整平的基槽上留存的淤泥是不是全部被清理掉了，目的是要让 180 米的沉管躺下来舒舒服服的，不得出现一点点儿的硌腰硌背。有人读到这儿也许会问：在海底世界，你眼睛又看不到，人又到不了那么深的地方，怎么办呢？林鸣告诉我，他们有最先进的声呐、声波设备。但是这些海底世界的透明镜、望远镜，开始我们国家都没有，外国人也一直想借机敲我们竹杠，林鸣他们不吃那一套：没有就自己造。一直到有了海底透明镜、望远镜为止。

“习近平总书记在视察大桥时为什么特别表扬我们在建造大桥过程中的创新精神、自力更生精神？就是在一些核心技术和关键工程上，外国公司一直对我们采取封锁和卡脖子的做法。我们就是坚持了走自己研发的创新之路，否则也不可能在建一座大桥的过程中，有了那么项科技创新和发明项目。”林鸣说到这儿，又给我讲了一件曾经让他心头久久发疼的事儿。

“在深海安装沉管时，有个对接的问题，对接过程中有个测量系统，那在深海里，靠什么来测量呢？我们在技术上叫它为拉法线。这是绝对的先进装备，科技含量高。我们到韩国学习沉管安装时，对这个测量系统崇拜极了，它可以让人在海面上通过这个测量系统把海底的沉管看得清清楚楚。后来我们就想要这东西，面向全世界采购。调研后发现这东西只有英国和荷兰有，于是我们就进行国际招标，结果有两个欧洲公司来了，他们报的价高出了我们预想的一倍，原本我们预计五六百万元，这两家公司各报了1000多万元，而且两家公司的报价仅仅差了一元钱。”林鸣说，“我一看这情况就火了，明显这两家公司串通一气，合起伙来敲我们竹杠！”

“那怎么办？人家知道你没这个能力，就敲呗！”我说。

“那不成！我们中国现在是有钱，是不缺钱，但我们的钱也是老百姓的血汗钱，不能让外国公司用这个法子敲我们的竹杠！我不想买他们的东西了……”林鸣气呼呼道。

“还是自己造？容易造吗？”

“真要自己造也不那么容易，而且时间也不太允许。”林鸣回答我，

“这时我就跟日本专家花田先生商量看怎么办……”

“花田怎么说？”

“他说他们日本有类似的东西，就是靠无线声呐来解决水下的问题。后来我们找日本公司，又通过日本相关公司进行技术攻关，最后实现了我们在深海安装沉管所需要的对接信号声呐引导。简单地说，就是通过这一系统，海底下的两个沉管能够借助声呐引领，精准快速地实现成功对接。我们与日本朋友一起开发的这一声呐系统，不仅花钱少，而且更适用于我们大桥的深海沉管安装。真可谓是省钱又省事的技术装备。”

“难怪习近平总书记表扬你们在大桥建设中非常可贵的创新精神。”我赞许道。

林鸣点头道：“确实，我们就是在一边建大桥，一边对建桥过程中所遇到的技术难题不断进行创新与攻关，并通过这些创新与攻关，把我们国家的制造能力，尤其是沉管技术推到一个全新的高度，用真真切切的事实让世界明白，中国建桥的水平绝不亚于发达国家，而且有些方面我们一定要赶上或超过他们。这也是我们建桥几年来最感自豪的地方……”

我由衷赞同林鸣的观点，因为我了解林鸣和他的团队为建好这座超级大桥，所耗费的心血和所呈现的创造力、创新力，这也许是目前为止中国有史以来工程建设中所遇的最大一次挑战，最根本的原因是我们中国人之前与大海交手的机会不是太多，尤其是这种在深海区域的大工程建设，史无前例。这种特殊环境下的不可控性、未知性和多变性，以及人类科学技术尚未达到的能力，都给林鸣和他的建设团队带来不可知的巨大挑战，有些甚至可以彻底摧毁和击败你。

E15 安装中所遇的问题就是如此。

11 月 2 日，按常规时间，林鸣办公桌上放着一份由技术负责人梁桁、张志刚签字的《沉管隧道基础清淤施工会商会速报》。这份报告非常清晰地告诉林鸣：

“现 E15 管节碎石整平前清淤施工已全面完成，清淤成果满足相关技术要求。”

“根据工区的检测，并经过潜水探摸确认，E15 管节块石基础面上在反复清淤后，除极个别点仍发现有小于 10 厘米的浮泥外，其余区域的块石均直接出露，清淤效果理想。监控组认为，E15 管节已经具备开展碎石基床铺设的条件，可按照沉放窗口的安排及时开展碎石基床的铺设施工……”

这是海域前方汇总的技术分析报告，也是让林鸣最后决定沉管何时启动安装的关键性技术报告。这一技术报告一经林鸣审核，之后就是等待在深坞里的那个大家伙走出闺门，步入大海，再入深海洞房，直至安然地躺到海底几十米深的席梦思上——这就是沉管安装的整个步骤，其时间长短完全要由窗口来决定，非常有限，也常常是不可更改的。因为气象、水文、海洋潮流等都是影响沉管安装的重要因素。

“说沉管娇气就在于此，它受许多外在条件的影响，而且工程环环相扣……”林鸣说。

与窗口时间——11 月 15 日相对应，所要做的准备还有重要的几项：沉管在深坞里做最后一次调试，目的是让内部的百千条线路及安装装置进入实战状态；与此同时，要调动各种船艇到大桥工地海面，这个工作并不简单，三四十艘船艇出去“走”一趟，林鸣他们的项目部就要花去几千万元工程费用，每耽搁或延缓一天，就等于把无数金条扔进了海里，故调度亦被人称为“扔捡黄金的人”。

当上面的这些工序完成后，船队集结完毕，剩下的就是沉管从深坞里被牵出来，再到大桥海底隧道的海面区域，这得一天时间准备。

“到了这个时间点上，海域前方每一天的情报对我这个决策者来说，都跟打仗那么重要。”林鸣翻着他的沉管安装日志说道。

11 月 9 日，梁桁签字的《沉管隧道基础碎石垫层施工开工确认单》上再次确认沉管安装已具备条件。只是这个时候梁桁在签字中多出了这样一句话：“请继续安排潜水跟踪探摸。”意思是：要派潜水员下海底随时观察实情。

“安装 E15 管节工作全线启动！”这个时候距窗口时间只有几天了，林鸣必须下达相关的指令，不然船队不能到达，深坞里的沉管还没有苏醒，这是绝对不行的。

“这叫临战状态。”林鸣说。

临战状态下的大海上，已经看得见安装战场的气势了：工程一线人员个个严阵以待，后勤人员忙着给工区送鞭炮等壮行物品，就连临时来队的建桥人家属都忙乎着给自己的亲人准备一顿香喷喷的饺子啥的……总之，你能感受到伶仃洋上与平时不一样的紧张而兴奋的气氛。

这个时候，总指挥林鸣会提前出现在海上，出现在牛头岛上，出现在船舶上……他依旧一身干净的工服，双手戴着白白的手套，平时有些驼背的身板也挺得笔直。这个时候，林鸣不太说话，只用犀利的目光巡视四周，每当发现不对劲的地方，他的眼睛便会停在那里不动，然后抬头寻找工区负责人，并命令其迅速采取措施纠正。尽管这种情况不多，但只要有一次，就够负责人受的，这个时候的林鸣异常沉默，完全不像平时发现问题后会骂得你无地自容。可他手下的人说，我们不怕林总骂，就怕他不骂，却默默地死盯着你不说话。那才叫可怕！

看来林鸣的威望是绝对的。这么大的工程，无数个分战场，不厉害点管得住吗？悍将都是逼出来的。

14日一早送来的报告，林鸣看后还是满意的，因为梁桁在报告上这样写道："根据工区监测数据，E15管节的基础碎石垫层高测点平均合格率为94.1%；碎石垄纵向宽度合格率为100%；碎石垫层两侧顶边线与设计位置平面偏差合格率为100%；单个管节相邻的整平床位基面偏差均在2厘米之内；碎石垫层的施工满足设计要求，使用碎石级配符合规定；形成的纵坡满足设计要求。监控组同意按照窗口安排开展E15管节的浮运安装。"

林鸣根据梁桁等前方监测组送来的情报，决定在牛头岛开启深坞大闸门。E15就这样隆重而又庄严地从摇篮中走向大海……

"每一次沉管从深坞游离到大海的那一瞬，我的眼睛都会湿一下……实在太壮观，又太让人担心，因为大海变幻莫测，弄不好不知会给我们带来多大的麻烦！"林鸣感叹道。

E15的麻烦是林鸣完全没有想到的，当他随安装船在伶仃洋上漂荡着向大桥那边行进就快接近目的地时，也就是11月15日正式安装窗口日子的一早，前方的梁桁他们送来一份急电：潜水员苑全宽和李振对E15管节处碎石垫层进行探摸。探摸情况为：垄顶大约有5—7厘米深的稀薄浮泥，垄沟中存在深10—15厘米稀薄浮泥。

这是前所未有的情况！安装前的席梦思床上出现10—15厘米厚的浮泥，会对沉管安装造成危险。

"建议立即委托试验室对样品进行密度检测，以便提供决策依据。同时建议立即上报总经理部，对E15管节的出运沉放进行集体决策。"这是梁桁的签名意见。

林鸣看了梁桁的电文，目光凝重起来，陷入了深思……

“不是说是稀薄的浮泥吗？那 8 万吨的大家伙往上一压不就啥都没有了吗！”

“是，这算啥！该安装的照样安装。”

“恐怕还是要观察一下，千万不能马虎……”

林鸣身后议论声不绝于耳。到底怎么办？林鸣抬起头时，看到身边的数十条安装船刚刚抵达大桥海底隧道的预定海面……一切都已准备就绪，只待他一声令下。

安还是不安呢？林鸣陷入了痛苦的抉择之中。安装，万一出了问题，8 万吨的沉管折沉于大海深处，就是想挽救也没那可能，因为世界上还没有一台可以将深海处的 8 万吨巨物吊出海面的装备。假如不能把 8 万吨的巨物从海底捞上来，伶仃洋的航道将受到严重影响，这样的罪过谁能担得起啊！

想到这里，林鸣仰天长叹：怎么办呀？

老天无语。

后来我才知道，有关港珠澳大桥建设的设计方案和设计资料，以及相关的工程监理、监督方面的要求条例规定等，恐怕有几百几千份，如果把这些东西放在一起，足足能装几卡车。但所有的资料中，却唯独没有关于沉管安装一旦中途出现问题后如何处置这一条，也就是说，谁也没有考虑它在窗口时间内不能安装完毕时该如何处置，更具体地说，沉管出深坞后，就没有设定过它还有可能回来的事！

偏偏，E15 遇上了这桩事。

怎么办？往回走到底会发生什么，没有人知道，林鸣也不知道，因为没有这方面的预案，更没有这方面的先例。日本没有，韩国没有，美国没有，“沉管老大”荷兰也没有这方面的先例。好像所有设计者都认定沉管一旦被浮运出去就必定会成功地安装。

“林总，你说怎么办？”刘晓东和梁桁等几位年轻技术骨干在催问林鸣。

“这事进退都是大事，得集体决定。”尹海卿等副总这么说，是有其深意的：天塌下来一样的大事，你林鸣可别当傻大头！有些事情是“不可抗拒的原因”造成的，我们何必非要承担相应的责任！老实说，这样的责任谁能承担得起？

尹海卿他们的意见不仅有道理，且道理深刻。

再怎么集体决策，也还得有个领头的人发表最终意见。安装总指挥、项目总经理林鸣就是这样的角色。

庞大的船队已经抵达预定海面，进与退不再那么简单。“上千人一个多月的准备，花出的代价可以用几千万元来计算……就这么往回拉？我不赞成！试也该试一把吧。”监控室内，参与决策的人都到齐了，有人就这么说。也有人拿出国外同类工程的例证在林鸣面前说，沉管对接精度即使放宽到8厘米也不是问题，几厘米回淤，并不会给隧道质量造成根本性的影响。

“再说，E15安装，意味着我们整个沉管安装进行了快一半了，士气非常重要，否则就有点半途而废的味道……”有人甚至这样说。

“说这话的人并不是没有依据。就不均匀沉降来说，目前国际上同类隧道的沉降量控制在20厘米的也有。所以有人提出上面的意见。”尹海卿这样回忆当时的情景。然而他马上又话锋一转，说：“林总对我们港珠澳大桥的海底隧道工程提出了滴水不漏的质量要求，这就不是那种马马虎虎和差不离、过得去的做法了！”

梁桁则进而解释道：“假如我们33节沉管中，有一节在安装时它的腹部底下有超出标准的淤泥，就意味着沉降量额外增加6—7厘米以上。这会接近或超过沉管关键性的GINA止水带的承受能力，而在这种情形下，滴水不漏便成了泡影。同时还有可能造成最坏的结果：整个隧道沉管出现严重偏差，而由于海底下的巨大吸力，人为将其抬起来校正的可能性几乎是零，后果不堪设想……”

“派潜水员再下去弄清回淤情况，并把实物取上来！”林鸣终于下达了命令，但并非是进还是退的命令，而是再派海底侦察兵下去摸情况。

为了确保海底沉管安装的安全，林鸣他们有一支专门配备的潜水队。这支深海侦察兵在沉管安装过程中做出了巨大的贡献。从E1开始，每一次安装沉管他们都要在现场听从指挥，给沉管入睡席梦思扫雷拂尘。由于沉管埋于海底四五十米的深处，一次潜水要消耗潜水员极大的体能，而且沉管安装在海底遇到的问题复杂多变，潜水员的工作量经常翻倍。“伶仃洋的海底又深又险，每次潜水员上来后需要几小时的特殊降压休整……我很感谢这些潜水员跟着我们共同战斗数年。”林鸣在提到潜水员时多次这样说。

潜水员这一次再潜入深海，意义极不寻常。所有现场人员都看着潜水员出征……一段时间后又一齐等着潜水员浮出水面。

报告的结果是：回淤不仅没有消失，而且仍在增加，已达到了十几厘米。实物也取到了，放在林鸣的面前。

林鸣蹲下身子，脱下洁白的手套，右手的几根手指一下插进那黑黝黝的淤泥里，随后他将淤泥放入手心，再用手指碾了几下，滑且有些硬块……他甚至将淤泥放至鼻子前嗅了嗅，略有些臭味。

林鸣神色更加凝重。他站起身，用犀利的目光扫了一遍全场的所有参与决策的工程技术人员和各工区负责人，然后一字一顿地从口中吐出这样一句重如泰山的话语："基础不牢，地动山摇！如果继续安装，沉管隧道基础存在着极大不确定性。这是一条生命线，绝不能拿大桥质量和沉管安全做赌注。现在我决定：中止安装，管节回航！同意的请举手……"

监控室内的气氛一下严肃起来。"就像唱《国际歌》一样地严肃……"尹海卿说，他第一个举手赞同林鸣的决定。后来其他几位副总也都举了手，刘晓东、梁桁等技术专家也举手，最后没有一个人不同意林鸣的决定。

不过在做出回航的决定之前，林鸣也让技术人员再充分打开思路想一想还有没有别的法子，甚至请日本专家花田他们一起开动脑筋。这期间有人确实也提出过其他两种方案：一是将沉管暂时寄存某海域，等条件成熟后，再把沉管拉出来安装；二是锚吊在现在的海域，等候海底干净后直接安装。反对第一种方案的是海事部门——"这么重要的家伙，伶仃洋又有那么多繁忙的航道，一旦有个阴差阳错，我们可负不起这个责任！"海事部门的人这么说。林鸣只好罢了。第二个方案的反对者是国家海洋环境预报中心的专家，他们认为，11 月中旬伶仃洋正好遇上一股大潮汛，但临近冬季，珠江口将进入小潮流和大风季节，极不利于将庞大的沉管长久地锚吊在海面上，容易出现意想不到的问题。如此这般，讨论来讨论去，只剩下一种选择——回航！然而这是最痛苦的选择，谁也不愿意这么想，更不愿意这么做，除非总指挥林鸣断然决定。然而当林鸣真的做出这样的决定后，那些参与决策者虽然都举手赞同回航的方案，但心底里仍然不愿意"败归"——他们私底下偷偷这么说。

11 月 15 日一夜和 16 日一天，整个岛隧工地上都笼罩着一股巨大的悲情，那是大桥开工以来从未有过的一次悲壮之情。一支浩浩荡荡、斗志昂扬的战斗队伍开拔未多时，却又折回归营，谁遇到这样的事都不会爽心的。然而如果单纯这么认为，那又是小瞧了我们的大桥建设者了。

后来在深入采访时我才知道其他许多事。比如，为了确保E15回航顺利，林鸣立即指示宿发强等在深坞口进行沉管回坞预演及做好相关回坞准备。“按照林总的安排，我们立即制订了回坞的应急预案，并且连夜做成了操作手册和作业指导书，发到每个岗位的每个人手上。”负责回航的宁进进回忆说，“其实沉管回航也有一个窗口问题，所以我们为了确定这个回航窗口，16日晚上开过一个会，17日中午又开了一次会，到17日下午临走前又开了一个会，反复研究讨论回航的最佳时间。”

“当回航的时间确定后，林总特意把我叫到跟前，说你去做一次战前动员，要把大家的士气鼓得足足的。要让大家明白：回航也是一场战斗，安全地把沉管拖回到深坞，就是一场胜利，不要悲观，要当作胜利之仗去打！”宿发强说，“17日下午5点45分，在距离回航正式出发前的15分钟，我就向回拖船队动员，记得话说得不多，但真的像林总预计的那样，大伙的情绪产生了一个大的变化，可以说群情激昂，纷纷表示要把沉管安全地拖回深坞……”

回航的战斗正式拉开大幕。17日下午6点，林鸣选择了太阳即将落山的时候，命令E15的整个安装船队拖着沉管回航。这是一场真正的硬仗，一场谁也没有心理准备的硬仗。林鸣亲自压阵，内心却也忐忑不安。所有船队的老大和船员，更是不敢有丝毫懈怠。偏偏大海开始作怪，海面上骤然吹起了五六级大风，回航的船队遇上了扑面而来的海浪。宿发强备下的14艘船此刻全部用上后仍感觉异常吃力。海浪越来越大，浪打在林鸣的脸上，犹如刺在他的心尖儿上，势态极度紧张。“沉着！再沉着！稳住！再稳住！”他一遍又一遍地跟宿发强说，又通过宿发强传达给每一位船员。

回航的路远比出来时要难走得多。"因为沉管出来的时候，航道是越走越宽，相对好走些。可回航就恰恰相反，越走越狭窄，最后到坞口前又遇到了意想不到的海潮回流问题,14 条拖船，任凭你怎么指挥、怎么下令，就是不听你的调度，靠近岸边的回流在起反作用……"宿发强说。

18 日 15 时 30 分，在伶仃洋上霞光的映照下，林鸣看到 E15 管节那巨大的身躯稳稳地重新回到牛头岛的深坞，泪水盈满了双眼……再回头看看船长王汉永，独自蹲在甲板上，竟然像孩儿般呜呜大哭起来。

"老王，你哭啥呀，都成功了你还哭？你这人怎么这么差劲啊？"宿发强觉得王汉永太夸张了，过去劝说，说着说着，自己竟然也跟着抹眼泪。

所有的人都一样，试想，70 多个小时啊！出坞，又回坞，E15 所经历的这 70 多个小时，犹如黄花闺女出嫁后又被退回到娘家的情形，让人百感交集，不知说什么好。

但林鸣知道，尽管 E15 没有顺利实现安装，可一次顺利回航，却让他和他的团队在沉管工程的历史上创造了另一个世界奇迹！

为此，林鸣决定召开全项目的总结表彰会，表彰奖励那些成功将 E15 管节拉回深坞的将士——

同志们：

今天我们在这里隆重举行 E15 管节回拖总结表彰大会，共同回顾在 11 月 15 日至 18 日这 70 多个小时里，E15 管节浮运及回拖的艰辛历程；对奋战在沉管安装一线，克服寒潮天气及狂风涌浪等自然因素影响，直面首次回拖作业的巨大压力和挑战，保证沉管安全的立功班组和立功个人进行表彰。

这是林鸣在E15管节回拖总结表彰大会上的开场白。写到这个地方，林鸣又让我多了一分敬佩：他是那种从不把困难当作包袱的人，他的工作艺术中有毛泽东的那一套高明做法——这也证实了他为什么特别喜欢看毛主席的著作。我知道，毛主席从秋收起义带队伍起，一直到解放全中国，这过程中不知遇到了多少艰难困苦，而每一次全军、全党同志失望痛苦至极时，他总能高瞻远瞩，化消极因素为积极因素，从而让困难化为乌有。这就是一个战略家的高明之处。

林鸣学到了毛泽东思想的精髓。在一次失败的沉管作业面前，他这样对自己的队伍说：

这次回拖作业，是岛隧工程建设以来的第一次，也可能是世界沉管隧道建设史上的第一次，是对我们的技术储备、预案准备、应急处置、员工队伍的一次重大检验。当遇上这种突发情况时，沉管浮运安装团队科学决策，沉着应战，经受住了考验，确保了工程质量，让我们看到了中交港珠澳大桥岛隧工程建设者团结一心、风雨同舟的团队精神和不惧艰苦、勇于面对挑战的优良作风。

在此，我代表岛隧项目总经理部，对关心、指导、参与这次沉管浮运及回拖作业的所有同志表示最诚挚的感谢！

感谢国家海洋环境预报中心的专家们。你们在王彰贵总工的带领下，冒着寒风巨浪，分布在系泊区、航道、坞口等每一个观测点，细心检测流速、海浪、风力等气象环境因素，70多个小时无间断检测，24小时全天候预报，为沉管顺利回拖保驾护航。

感谢广州港拖轮公司的船长和全体船员。你们派出了最精干的团队，协同作战，完美配合，彻夜未眠，刚返航的14艘拖轮接到指令后又全速返回施工现场，始终与我们战斗在一起，以丰富的经验精确操控14艘拖轮，克服了极端环境条件造成的浮运作业极限，充分展现了国企的责任和担当。

感谢海事部门的鼎力支持。你们坚守在10艘警戒船上，肩负着水上安全保障的重任，风浪里船舶颠簸厉害，很多船员都出现了呕吐、晕船现象，工作强度和难度超过了日常作业的极限。十余次驱离误闯警戒区域的民船，为沉管安全返航创造了安全的环境和条件。

感谢V工区起重班20余名工人兄弟。你们战风斗浪，坚持三天三夜战斗在沉管安装第一线，拆卸、安装舾装件，换缆、带缆，劳动强度超过体能的上限，尤其是回坞带缆作业的时候，屡次受到风浪的冲击，缆绳带不上，你们冒着生命危险，一遍一遍地尝试，带缆没有出现一次失误。你们服从安排，冲锋在前，没有人叫苦，没有人喊累，没有人退出，更没有人倒下。

感谢潜水作业队的队员们。你们一次次下潜到40多米深的海底，一次次挑战潜水的极限，细心探摸检测，及时回传检测结果，为现场决策提供了翔实的数据，为工程质量提供了最可靠的保障。

感谢V工区全体参战人员。你们从指挥员到技术员，从船员到操作工人，精心准备方案，快速启动预案，精心换缆、带缆，70多个小时坚守在各自岗位上。三天三夜的连续作战没有熬垮这个团队，反而让你们越战越勇，没有出现一次失误，证明了这是一支有精神，敢担当，能吃苦，能打硬仗，善打硬仗的英雄团队。

最后，尤其要感谢大桥管理局和监理单位的大力支持。在最困难的时候与我们同舟共济，坚守在回拖作业的每一个现场，共同分析现场情况，共同制订方案，风雨与共，共闯难关。

E15 管节的顺利回拖，既有尊重客观规律、找准自然法则的经验积淀，也有因势利导、顺势而为的努力付出。我们今后要找准两个合力：第一是人与自然的合力，通过认真总结，掌握规律，积累经验，不断提升管控风险的能力；第二是团队的合力，没有国家海洋环境预报中心的科学保障，没有海事部门的全力配合，没有 V 工区的顽强拼搏，没有现场决策组的统一协调，没有业主监理单位一如既往的鼎力支持，工程建设就不可能取得胜利，这是我们取得成功的重要保证。

在此，向所有在 E15 管节顺利回拖中付出艰辛和努力的员工表示衷心的感谢，对你们战狂风斗恶浪所取得的成果表示祝贺！愿岛隧工程所有参建者同心合力，为港珠澳大桥工程的顺利完成做出新的贡献！

谢谢大家！

这就是林鸣。这就是港珠澳大桥控制性工程的总指挥。在这样的总指挥的领导下，原本士气消沉的一次失败，用表彰和七个“感谢”，顿时让大家心头暖融融的，立马重燃激情，又摩拳擦掌、跃跃欲试地投入新战斗。

然而 E15 管节安装时，基槽内突然出现的大量淤泥积存现象，确实让林鸣他们迷惑不解——伶仃洋的脾气为何又突然发生变化？以往为何不曾有过如此快速的淤泥积存呢？海底 45 米深处到底存在着怎样的险情与不测？问题被提出后，现场的技术人员仍无法给出准确的答案与解决方案。

“马上召开专家会议，请各路‘神仙’立即到珠海来……”林鸣对刘晓东和总工办同事说。

不久，与珠海市一步之隔的中山市温泉宾馆内又热闹起来，几十名来自全国各工程建筑、科研机构和大学的相关专家再次聚首。类似这样的会，林鸣已经出面主持了数十次，然而这一次，从林鸣的神色和口气上看，非同寻常。

“沉管出事了？”

“出事了！”

“出大事了？”

“出大事了！”

“裂了还是爆了？”

“都不是。是放不下去了！”

“为啥？”

“突然间出现了大量淤泥，积到了基槽内……”

“基槽内积点泥算什么？正常的事嘛！”

“不正常啊，大师。以往也有过，按照我们的沉管安装程序和事先清淤的时间计算，基槽内不应该在这么短时间内就出现这么多淤泥的……”

“嗯，这么说来莫不是海底深处真有异物在作怪？”

“所以请大师您一行来帮助我们解难，否则我们林总可就有点惨了！”

“确实，林总一路走来不容易！这深海沉管实在是难上加难，风险莫测啊！”

会前、会中，充满了这样的对话和感叹，更有一股从问题到问题，从学术到学术的味道。港珠澳大桥建设，中国史无前例，世界也是从未有过，没有哪个专家和工程大师能对它胸有成竹。既然如此，请各路专家走到一起来，就是积聚大家的智慧，说一说，议一议，群策群力，说不准能弄出个名堂来！更何况，林鸣是个胸襟特别开阔之人，做事从不为一些眼前利益斤斤计较。比如在沉管安装了五六个节段后，有人见日本专家花田顾问的角色不再重要，就悄悄问林鸣：是不是把花田解雇得了，花那么多钱有必要吗？林鸣摇摇头。后来聘期到了，林鸣亲自去问花田：先生感觉在我们这儿好不好呀？花田脱口而出：好！大大地好，林先生对我顶好！林鸣乐了：既然你感觉好，我们的沉管安装还没有完成，先生可否继续留在我们这儿？花田欣然接受：好！我尽力而为。后来沉管安装结束了，林鸣又问花田：先生是否愿意继续留下来与我们在一起？花田不好意思地回道：这里已经没有我可以帮忙的事了，我再留下来实在不好……林鸣说：如果先生愿意留下来，我们依然欢迎。花田红着脸，说：那多不好意思嘛！林鸣则说：先生是港珠澳大桥的有功之臣，只要你愿意，我们就欢迎，直到大桥全部建好为止。花田激动地说：这太让我意外了！我真的愿意等到大桥建好的那一天，因为我对这大桥已经有感情了，对你们也都有感情了！林鸣大悦：既然如此，先生可以每个月来一次，往返路费我们出，来去自由。花田一听，连鞠三躬，深表感激。

林鸣这样做，是因为他深切地明白专家们对大桥的意义和作用。在最困难的时候，在每一项技术攻关的关键时刻，他们之所以能够战胜重重艰难险阻顺利通关，各路专家的帮助支持起着至关重要的作用。他，因此深深地敬重各路专家、大师。

E15 不能安装而被迫返航的事情太意外，影响非同小可。林鸣紧急召集专家和大师会聚中山温泉宾馆，其目的也确实与以往专家会不一样。林鸣内心着急啊——且不说安装不下去的原因在何处，如果不能解决这一问题，连带出来的问题林鸣一时间也无法处理：假如沉管十天八天不能安装问题似乎还不是太大，但倘若一个月、几个月不安装，那沉管预制的生产流水线怎么办？几千人的工作安排又如何处理？这还没有估算由此增加的成本……其实，真让林鸣为 E15 白了头的并非上面这些事，而是另一些让他道不清、讲不明的“人心”上的恼火事。比如有人（而且并非一般人）责问林鸣：“E14 安装时为何没有像 E15 那么严重的回淤？”言外之意是：你林鸣不是很厉害吗！不会是出现意外之后不好收场了，就垒出这么个问题想掩饰什么吧？

林鸣对这样的质疑辩无可辩，完全被逼到了问题的死角。这比他当初在海上做出让 E15 回航的决定还要痛苦很多倍！可他必须承受……

“哎呀，林总，几日不见，你的头发怎么又白了不少！”中交集团以外的几个建筑大桥的同行，这回来到珠海，一见到林鸣便惊愕地围着他，仔仔细细地向前、往后将他瞅了一个遍，然后发出如此惊叹。林鸣与他们是老熟人，不免也要回敬几句：承蒙几位关心，你们是没有坐在火山口，不知老夫我的苦处啊！几根头发白了是小事，海底沉管安装不下去才是大事，诸位一定要多帮助我渡过难关呀！那是，那是，我们义不容辞！同行自然你一言我一语在帮助林鸣分析、探讨 E15 的症结……专家会一上来，就出现了少有的热烈场面，但似乎又与林鸣他们所要解决的问题实际有些距离。

这时，一起参加会议的刘晓东、梁桁等现场工程项目技术人员着急起来，尤其是老将王汝凯更着急，自从与林鸣在大钢圆筒上意见一致后，王汝凯与林鸣的交情非同一般。这回得知林鸣他们的 E15 出了问题，他也跟着急。12 月 17 日，温泉宾馆第一天专家会议轮到王汝凯发言，他就站起来毫不客气地对各路专家和大师说：“我们这次会议是解决问题的会。”意思是那些不痛不痒的“胡扯”就别再占用大家的宝贵时间了。林鸣听得出王大师是在帮他说这话，作为主人，林鸣可不太好意思这么直截了当。

林鸣当着各路专家、大师的面不宜显露百爪挠心的急迫，但其实内心就是这么着急。当专家们在会议厅内喝着茶，抽着烟，“热烈”讨论与研究时，早已坐不住的林鸣在牛头岛安排好预制厂的相关工作之后，乘着快艇回营地的他在甲板迎风伫立，目光凝视着远处的珠江口许久，许久……

突然，他掏出手机，拨通梁桁的号码，大声说道：“明天你和我，再叫上晓东，我们几个乘船到珠江口上游看看去……”

“明白！”对方干脆利落地应道。

第二天，林鸣一行坐上快艇，逆伶仃洋之水，向珠江口进发。从大桥建设海面到珠江口的水面距离并不太远，快艇逆水而行 25 公里左右。珠江上的一景令林鸣大吃一惊：天，这里怎么会有那么多的挖沙船呀！

一旁的船老大对林鸣一行说：俗话说，沙里淘金。这些挖沙船就是珠江里的淘金船！你们可不知道，在这一带，谁要是能够弄个挖沙的指标，谁就可以发大财喽！

“要我说，我们的沉管基槽突然出现异常的回淤，肯定跟这有关！他们就是罪魁祸首！”梁桁愤然道。

“我看也是。”刘晓东也赞同。

“十有八九。”林鸣点点头后，又若有所思地说道，“这事涉及面广，各方的利益都有，没有铁的证据，弄不好我们会很被动。走，马上回去，请专家来办这事！”

快艇转回伶仃洋后，林鸣立即找到王汝凯大师，将珠江口挖沙船情况一说，王汝凯马上表示自己要亲自带人去看。

不日，在王汝凯带领下，一群泥沙专家带着相关仪器设备，乘船抵达珠江口上游淘沙江段进行考察，并且采集了一批水质标本。

和王汝凯交换了意见后，初步认识到上游挖沙船与沉管基槽突然出现回淤之间的联系，林鸣正式宣布成立泥沙攻关组，由王汝凯大师任组长，天科院、南科院、中山大学、中交四航局等四家单位的泥沙专家参与。当年 12 月 20 日开始，这些来自四面八方的专家多数直接留在了大桥项目施工现场，马上投入珠江口泥沙课题的研究与攻关中。这份工作看起来并不太复杂，主要是到有淘沙江段的地方去取水样并实时监测江水的环境变化，摸清珠江口的泥沙分布规律及泥沙粒径分布规律。林鸣还指示梁桁等利用卫星遥感技术，对比珠江口各个时段的水域泥沙变化情况。

“你要让他们把每天所观察和监测到的数据一个都不落地给我全程记录下来，否则我们就是有一百张嘴也抵不住他们一张嘴……明白吗？”林鸣单独找来项目副总经理尹海卿重点交代道。

“我明白。”尹海卿负责沉管安装，他清楚林鸣这话的含意，倘若没有铁一样的实据，想提出“挖沙危害沉管安装”这样的观点，恐怕是白日做梦。

“注意，还有海面和江面的风浪与径流问题。”林鸣突然想起。

“好。”尹海卿应道。

自从 E15 管节第一次安装失败之后，下一次安装的时间已经一个月又一个月地在无止境地往后拖，林鸣及整个团队内心其实非常焦虑，因为如果找不到问题症结，就意味着回淤问题永远无法解决，这不仅意味着沉管安装要被无限期地耽搁，大桥工程建设时间极有可能也会被无止境地拖后……后果的严重性日益显现。

首要问题是牛头岛沉管预制厂那边的1000多名施工人员怎么办？放假？总不是个事，一旦大桥这边的问题解决了怎么办？总不能让休假的人半途扫兴而归吧。

可不放假，不遣散，这1000多名钢筋水泥工人怎么办？养着他们？还是重新给他们分配劳动？工区负责人对此没有了主意，纷纷找到林鸣。

“你们认为呢？”林鸣希望发扬民主来讨论研究这一问题。他说这事虽然是突然冒出来的，但必须处理好。

“干脆解雇得了！养1000多人，一个月两个月勉强可能，五个月十个月，甚至更长时间，那非得把我们整个项目部给拖垮不可！”立即有人站起来这么说。说这个意见的人掰手指算工钱及各种福利等，那一大笔钱确实让人抓耳挠腮。

这样的问题和言论一多，就成了整个工程项目和施工一线的大问题了。想想：有人拼死拼活，出力流汗，赚的是一份工钱；有人整个休息，吃吃喝喝，同样拿一份工钱……这怎么不让人着急呢？一天，林鸣正与尹海卿他们忙着分析珠江口的泥沙一事，项目经理部的几个人过来堵着他要他就牛头岛那1000多“闲人”处理事宜表态。

“表什么态？让他们走？你们知道一旦赶走他们会是什么后果吗？他们可是我们的熟练工，有的人已经跟我们公司南征北战了数载，是真正的技术工匠，这样的人是一天两天培养得出来的吗？是我们说赶走就能赶得走的吗？你们也不想想：这大桥建设、这预制和安装沉管，能少得了这些人吗？……”林鸣一连反问了七八个“是”与“不是”，把那些提出遣返农民工的人问得哑口无言。

于是接下来，项目经理部的工作人员全体出动，去牛头岛为闲下来的施工人员开讲座，办培训班，组织劳动和体育比赛、读书会等活动……从未有过的热闹和欢乐就这样在牛头岛掀起。三年后的采访里，当我向几个留守在岛上的农民工问起那段“热闹时光”时，他们个个笑逐颜开。其中一名四川老乡跟我讲，他跟随林鸣领导的施工团队已经十余年了，从南到北干过几座大桥及其他工程。“忙的时候，林总要求我们冲锋陷阵，我们没有含糊过；闲的时候，他比平时高强度劳动时还关心关怀我们，从不扣发工钱和减少福利等，让我们感到作为一名劳动者的崇高荣誉感。别以为我们农民工出来干活就是为了挣钱，钱固然要挣，但得有尊严地挣。林总让我们感到每天像是在为自己、为家里干活一样，所以我们自愿、自觉、自信地在为大桥出力流汗，我们愿意为他和他领导的工程上刀山下火海……”

这名普通农民工的话，字字滚烫，句句炽热。

“预制厂在E15停止安装的几个月里，我们没有让一位一线人员离开，他们后来都成了大桥建设的有功之臣。而且在这一年多的时间里，他们通过各种培训，技术水平也都获得了进一步的提高，其他方面素质更是得到了飞跃发展，用林总的话说：养兵千日，用兵一时。没有这一年多时间的精心养兵，也不会有工程最后冲刺时的完美收官！”党委副书记樊建华谈起这件事深有体会。

我们还是把话题重新拉回珠江口上游的泥沙问题上来吧——

王汝凯领衔的泥沙攻关小组经过一段时间的详细观测、反复模拟，最终得出结论：珠江口上游的挖沙行为是造成伶仃洋里大桥海底工程隧道沉管基槽回淤的罪魁祸首。

"不可能！凭什么说是我们的挖沙船影响到你们大桥建设了？别小题大做了。"

"是吗？你们自己工程技术跟不上，反倒把责任扣到别人的头上，这有意思吗？"

"是不是花了国家那么多的钱现在不好交代了，就想把责任推到我们身上？真是想得美！"

尹海卿第一次奉命将专家们的研究结果告知大桥建设业主之后，各种愤愤不平的意见涌地向林鸣他们。

"沉着，我们不想感情用事，只想从科学角度和现场实际情况来做出准确的判断，从而达到解决问题的目的。"林鸣要求项目部和各工区负责人及施工人员在处理这一问题上统一思想、统一口径、统一行动。

发挥专家作用是关键。林鸣特别吩咐刘晓东、梁桁等一定要配合好王汝凯大师，用科学结论向相关利益单位和广东省政府等方面解释泥沙回淤的形成过程。同时要求尹海卿副总经理出面与业主方面进行沟通，争取获得支持。

"可谓几路兵马同时出击应战……"形容当时的情形时，林鸣这样说。

开始，业主代表朱永灵局长对林鸣他们提出的"泥沙论"持怀疑态度，后来慢慢就信服了。可业主的工程师专家团队提出否定意见。尹海卿就让王汝凯大师的泥沙攻关组拿着相关数据去解释。几次三番后，业主技术团队的专家也信服了。广东省海洋渔业局的相关部门又出来极力否定，说王汝凯他们的结论不可信，理由是：挖沙船挖的沙即使会泛起一些浮沙随江水流入大海，但也不至于正巧积聚到你们安装沉管的那个海底，成为影响你们安装沉管的罪魁祸首吧！

有人向林鸣报告这些情况后，他不仅没有恼怒，反而频频点头，说：

“可不是，我们点到了别人的痛处，而且也会影响到人家的财路，这种事不生气跳脚才怪呢！”

说几句牢骚和埋怨的话不算什么，林鸣遇到的困难是人家也组织起专家团队，对这边提出的“挖沙船造成沉管槽回淤”一说进行正面反击。广东省海洋渔业局针锋相对地组织了几乎同样等级和数量的专家，也进行了广泛的数据收集与调研工作，并且拿出报告来找林鸣和王汝凯大师。

于是一场关于泥沙问题的“中山论战”，在中山温泉宾馆全面展开——

双方的阵势旗鼓相当。林鸣说他没有参加这两队专家的PK，但尹海卿和梁桁等技术人员都参加了。会上，以王汝凯大师为代表的工程项目专家团队坚持认为，上游挖沙船对大桥施工区域的海底回淤起着关键作用。对方则完全否定这种说法，认为林鸣他们是在技术无法突破时，强词夺理。当然还有更难听的话。

起初，两大阵营互不相让。最后，专家们运用了更多的科学与事实论证，给予林鸣他们这边的意见以充分的肯定。一次公正和严肃的博弈——它包含了学术与利益等多方面的关切点，让林鸣他们更加清醒地认识到大桥建设其实随时随地可能牵涉方方面面，即便是一个回淤问题，也牵动着复杂的多方利益关系。

问题症结虽被确定，但解决起来仍然十分困难，因为挖沙业务归广东省海洋渔业局管辖，况且挖沙船有由海洋渔业局有关部门签发的许可证，凭何要求其说关就关？不同于专家与专家之间在学术问题上的交锋，对关乎切身利益的挖沙船来说，科学道理显得苍白无力。尹海卿回忆说，为了“摆平”挖沙船老板，业主方面也不得不由朱永灵局长亲自出面把那些老板请到大桥管理局，请他们吃饭，喝酒……虽然给足了这些船老板面子，但骂骂咧咧的各种丑话还是灌了尹海卿两耳朵。“没法子，人家靠挖沙吃饭、发财，你要断人家的财路，换谁都一样。”

最后还是广东省政府出面，徐副省长到珠江口，与海洋局和沿岸相关单位一个一个地召开协调会、通气会，以省政府名义正式发文暂时禁止大桥沉管安装期的所有挖沙行为。

省政府的红头文件一出，珠江口上百条挖沙大船立马关停。很快王汝凯领导的泥沙攻关小组发现在沉管安装基槽上的回淤开始减弱……这个监测结果让林鸣大为兴奋：王大师他们的研究成果终于被事实认证，E15 管节可以重新启动安装程序！

“必须把耽误的时间夺回来！春节一过就开始新一次的沉管安装。”2015 年春节前，林鸣就向项目工区布置和下达任务。与沉管安装相关的战线全部被动员起来，数千名通过培训的施工人员，此时早已斗志满怀、摩拳擦掌，恨不得跃上伶仃洋，将 8 万吨的沉管“拎”出深坞，然后“轻轻一放”将其安落在海底深处的“席梦思”上……

根据各种数据和情报汇总，林鸣在春节前宣布：E15 管节将在节后的第一个窗口进行第二次安装。

这个窗口不偏不倚，正好是大年初六。林鸣对大家说：“我从小在家就听大人们说，年初六是个特别好的日子，六六顺！”他的话一出，那些本想说是不是等春节假期过完了再进行安装的人也收住了嘴。

大年初六，安装 E15！

2015 年的春节，对林鸣和岛隧工程项目的几千名建设者来说，可谓是一个完完全全、彻彻底底的“生产化春节”：岸上备物、海上备船、海底在侦察清淤……就连基地的干部职工都忙着把原来过节要放的鞭炮等全部集中起来，等候沉管安装的那个时间点好好地轰轰烈烈几下。战斗的激情洋溢在整个大桥工地和每一个建设者的胸膛，甚至流露到每一个人的言谈话语间。尤其是牛头岛的沉管预制厂那一头，从小年夜到大年初一，全岛 24 小时都是灯火辉煌。许多原本准备回家过春节的工程师和工人，听说 E15 要进行第二次安装，个个争先恐后要求留在厂里工作，他们这样打趣道："沉管第一次意外失败，让我们憋了几个月的劲，这回不能错过显身手的机会了，留下来过一个有意义的春节，将来有人说起大桥的建设史，说不准就把我们这件事写进文章里呢！"这不，现在真的有人开始动笔写了。

项目经理部宣布安装 E15 的窗口为初六，这就意味着沉管出坞的准备将占用整个春节假期。其实，何止是牛头岛那边的预制厂忙碌了起来，在海面为沉管做最后一次海底整平的船队更是忙得不可开交，而且必须与沉管安装的窗口时间对接上，所以整平基槽的船员们从 2 月中旬就开始马不停蹄地一直忙乎着。更不用说那些需要从四面八方赶过来的海事、警卫、拖运等方面的人员，他们放弃了春节假期，加足马力向伶仃洋的大桥建设海面赶来……如此激动人心的调兵遣将，林鸣因此赞其为"革命化的春节，有意义的战斗史"，并以此作为鼓励全体沉管安装人员的动员令。

初五那天，牛头岛再次响起祭海的鞭炮声和沉管出发的壮行声，这些声音中，我们分明能听出施工人员憋了几个月的跃跃欲试的豪气……总之，在林鸣和各工区负责人的动员与鼓励下，新的战斗乘着春节的喜气，一齐向伶仃洋的海面推进，仿佛让冰凉的海水也沸腾起来了！

这年的大年初六是公历 2015 年 2 月 24 日。沉管出坞的时间是前一天，23 日晚。E15 再次抵达安装海域的目的地应该是 24 日的中午时分，但就在快要到达指定海域的上午 11 点钟，林鸣突然接到海底回淤监测报告：沉管基槽再度发现严重回淤堆积，而且是巨量！

怎么回事？林鸣大惊：难道是整平出了问题？还是有其他什么原因？

到昨天为止，整平还是顺顺当当，清淤非常及时到位。急得有些六神无主的副总尹海卿一边这么回答林鸣，一边不停地催促潜水员下去实地摸情况："务必搞清海底下面到底是怎么回事！"

严阵以待的潜水员很快把下面的情况摸清：是基槽的边坡滑塌，造成大量的淤泥堆积并淹没了基槽。"一胳膊插下去不见底呢！"潜水员这样形容。

林鸣一听，差点儿没瘫坐到甲板上。半晌，他醒过神，和尹海卿、刘晓东、梁桁等技术骨干碰过面后宣布：E15 再往牛头岛深坞回拖！

"什么？又要回拖啦？"有人吼道。

"咋，我们春节都没赶上回家，就这么着又要泡汤啦？"有人开始埋怨道，甚至十分愤怒。

再一次的回拖，给全体参战人员带来的心理打击难以用言语来形容……

但别无选择。林鸣要求各安装战场的负责人向大家讲明此次回拖是科学的选择，绝非心血来潮。

"话虽这么说，但我们这些为了第二次安装跑前跑后忙了几个月，又因为指证挖沙船造成回淤而饱受方方面面质疑的人，当听到林总再次决定回航时，真的一下子哭了起来，感觉刚想把憋了那么长时间的一口气吐出来，却又被当头一棒硬生生憋回去，那种心情确实不是一般人所能承受的……"素有铁汉之称的沉管现场安装副总指挥宿发强如此说。

"扬起头！硬气些！"关键时刻，林鸣要求宿发强及全体安装人员振作精神，确保沉管再次安全回进深坞。

“E15 第二次回拖并没有出现特别的意外，一切正常操作，而且比较顺利。原因是我们有了第一次回拖的经验，特别是在林总动员下对再次回拖有了精神上的准备后，所有的拖运过程比较顺利且技术到位，于第二天早上 10 点左右安全地将沉管拉回了深坞……”宿发强回忆道。

E15 再次回拖，海底再度出现严重回淤，惊动了广东省领导。负责前期处理挖沙船工作的徐副省长更是火速赶到牛头岛，在沉管回拖现场询问宿发强他们到底是怎么回事。当听明白此次基槽出现大量淤泥并非原来的挖沙所致，也就放下了心。

副省长走了，但林鸣并没有放下心，边坡滑塌所造成的大量淤泥淹没了相当大面积的沉管基槽，再次造成沉管安装的失败，教训是惨重的。因为一个回拖不仅损失了时间，而且造成的经济损失也是相当大的，更重要的是再一次严重挫伤了施工人员的士气。“我深感自责！”林鸣多个场合如此说道。

原因必须查清。很快，工程技术人员和深入海底现场的潜水员摸清了边坡滑塌的原因。E15 安装拖延时间过长，边坡上的回淤物由于受海底潮流的冲击和侵袭，出现部分滑塌。这既是工程实际情况，又提醒林鸣他们注意做好类似沉管海底基槽的工程准备工作，更需要做好科学化的时间控制。

边坡滑塌起因弄清后，基槽整治和清淤又成抢救性任务。陈林、岳远征等工程师按照林鸣的布置，迅速开始了清淤工作，“捷龙”清淤船于 3 月初便投入战斗，数十位潜水员配合进行，数千方淤泥很快被清除。与此同时，林鸣在思考一个更长远的问题：如何确保以后的沉管安装不出现类似的边坡滑塌现象。“我们能不能制造出一个类似吸尘器的东西，一旦沉管基槽出现淤积，就把海底吸尘器拉出来吸一吸，吸完我们就可以安全安装沉管了！”一天，林鸣对刘晓东说。

“你这个想法太奇妙了！”刘晓东拍手叫好。

“那你就回趟上海，找找振华，他们有这方面的技术能人，让他们开动脑筋，弄个海底吸尘器出来。这样以后一旦再出现回淤，我们随时把吸尘器拉出来。也不用像现在，一出问题，我们的心脏就跟着沉管出毛病了！”

“哈哈……林总你这比喻好！有了海底吸尘器，我们再也不用跟着犯心脏病了，我马上去振华。”刘晓东兴冲冲地接受了新任务。

“海潮的径流问题绝对不能忽视。”王汝凯大师再次提醒林鸣和刘晓东等。

“王大师的提醒，让我们从根本和长远上思考问题。这一带的海洋径流监测绝不能放松！”林鸣吩咐梁桁。

“明白。”梁桁点头。

为了再次安装 E15，林鸣组织几路人马，开始了紧张而有序的新战斗，并且迅速见效。

“捷龙”的清淤和重新整平基槽工作进展相当顺利。E15 管节基槽的槽底碎石也很快被清理干净，同时对所有边坡进行了清理。深坞内的 E15 管节再一次舾装完毕，第三次安装 E15 管节的窗口被锁定——2015 年 3 月 25 日。

E15 第三次安装这一仗怎么打？打的过程中会不会再次出现第三次回拖？当时整个大桥工程的上上下下压力都很大，因为这是“三地”共同管理的工程，每一件可能影响工程进度和质量的事，都会引起香港、澳门和内地的诸多连锁反应，甚至冒出许多想象不到的事端来。

毫无疑问，“压力山大”的不止林鸣一人，还有业主代表朱永灵局长他们。

3 月 24 日，港珠澳大桥岛隧工程 E15 管节第三次浮运安装水上交通安全保障决策会在珠海的大桥岛隧项目总部 1 号会议室召开。广东海事局局长梁建伟，港珠澳大桥管理局局长朱永灵，国家海洋环境预报中心、深圳海事局、广州海事局、珠海海事局、广州港拖轮公司，以及林鸣他们的大桥岛隧项目总部和几个工区单位的相关领导、技术人员参加了这个决策会。

会议开得非常严肃。“中国有句老话，叫作‘事不过三’。如果 E15 这第三次安装再回拖，恐怕不仅林鸣这位项目负责人干不下去了，我这个大桥管理局局长也无法向香港、澳门和珠海三地交代了！”朱永灵局长接受采访时如此说道。

“沉管本身有没有问题？”

“没有。全部准备就绪。”

“拖运的船队全部到位了？预案有没有？”

“全部到位，而且我们安排了预备队。即使再出现像上两次的情况，预案也全部演练过……”

“近期海底回淤情况如何？数据都有吧？”

“有。全套数据都在这儿。”工作人员把各种水文数据放到会议桌的中央，在场的每个人都可以翻阅。“而且对海底回淤情况，除了各种监测外，每天派潜水员下去十多次，就是正月里这些天，潜水员也每天坚持下海底……”

梁建伟、朱永灵两位局长和专家们就 E15 管节第三次浮运安装水上交通安全保障措施和施工准备情况轮番提问，林鸣团队的相关负责人当场回答，并就相关细节问题进行了一一说明与确认。然后是林鸣代表项目经理部做了全面的阐述与报告，最后，等待的是业主的态度。

只见业主代表朱永灵局长跟身旁的梁建伟局长交流了几句后，发表了重要指示。他指出：香港、澳门方面都在等着看 E15 的最后结果。广东省委、省政府，以及社会各界更是高度关注岛隧工程建设的推进工作，同时也对前期岛隧项目沉管安装中遭遇异常情况果断决策并安全回拖的做法给予肯定。同时希望各方参战人员高度重视 E15 的第三次安装工作，要从零开始，细致部署，严密落实检查，每个环节都要有责任人，确保沉管的浮运和安装万无一失。

“大家有没有信心？”朱永灵局长最后询问参战人员。

“有！——”林鸣和团队骨干齐声喊道。

“好！明天我们一起到海上去。”朱永灵和梁建伟两位局长与在场人员一一握手，与林鸣握手的时间最长。“老伙计，明天徐少华副省长将来安装现场，就看你的了。”朱永灵特意透露道。

林鸣握住朱永灵局长的手，明白此次安装的分量，他用坚定的话语回答道：“明天，我们将战之必胜！等待胜利的喜讯吧！”

“好！——”朱永灵局长激动地伸出另一只手，与林鸣的双手再一次握紧。

“E15 管节第三次出坞浮运和安装准备完毕，请总指挥指示！”当日傍晚，牛头岛上红旗招展，鞭炮齐鸣。当沉管安装现场副总指挥宿发强向林鸣报告与请示后，林鸣当即发出了“出发”的命令。

此时，只见庞大的深坞前，E15 在数条钢索的牵动下，开始游动起巨大的身躯，然后稳稳地“走”出坞门，与前来迎接它的安装船队会合，并迅速组成了浩浩荡荡的队伍，向大桥的建设海域方向驶去……

“3 月 26 日清晨 6 点，就在这个安装窗口，林总再次下达了沉降安装的命令。于是我就开始现场安装行动的指挥。”宿发强告诉我，“哪知沉管在往下操作第一个 5 米时，突然又发生了意外——压载水箱阀门打不开！”

“那怎么办呀？”我一听，惊得不由得喊出了声。

“这个压载水箱阀门打不开，就意味着 8 万吨的沉管上下动弹不得。动弹不得，就意味着安装又得失败……”宿发强解释这一技术险情，“但这回我们有了预案准备，所以在这危急时刻，立即启动了应急预案。”他说：“承受船的技术保障人员和电器检修员迅速开启沉管上的人孔门，检修人员就从这狭窄的人孔门穿行到沉管内部。虽然这一招我们从来没有启用过，但第一次启用还是非常成功，检修结束后，沉管压载水箱阀门恢复了正常。于是整个沉管在后来的下降与安装中都很顺利，数据测试结果也都正常。”

“26 日晚，当前方把各种汇总的检测数据报来时，我才彻彻底底松了一口气……E15 第三次安装完全符合技术要求，而且是百分之百的圆满！”林鸣说，当时他签完名后，两眼一合，很久很久没有睁开，因为脑门子里闪动的尽是过去几个月里两次回拖、三次起航的一幕幕酸甜苦辣情景……“那种滋味不好受啊！”钢汉林鸣在回忆 E15 的一波三折时，感慨万千。虽然他并没有跟我说更多的酸甜苦辣内容，但我能深切地体味其苦、其酸、其辣之味，因为遇到像 E15 管节安装这样的曲折之事，容易被各个方面误解并因此对林鸣个人身心造成伤害，甚至稍不留神都有可能将他从大桥建设最重要的岗位上撤下。值得欣慰的是，这样的后果没有出现。这也是林鸣在 E15 安装过程中的一份甜。它最后圆满成功，就是最甜最甜的。

E15 的曲折并不完全是坏事，在一定程度上也是好事，因为它让林鸣更强大了，让我们的大国工程师更加具备了战胜困难的勇气与智慧，也让他的岛隧建设团队练就了过硬的本领和意志。如宿发强所言，通过 E15，他和他的工友们有了“三个一”的本领：坚守一条生命线，即大桥工程质量不容突破；第二个“一”是背水一战的勇气和毅力，在两次返航的困境面前，没有一个人掉队，没有一个人喊累；第三个“一”，即在落实林鸣总指挥所提出的“每一次都是第一次”的建桥理念中凝聚的对企业精神的坚信和执着。

其实我还知道，林鸣每经历一次像 E15 这样的困难，他和他团队的创新意识和创新能力便获得一个新的提高与展现。E15 引出的问题，让林鸣不断地开启思维，提炼智慧。

王学军，上海振华重工集团海工机械设计所副所长，他因主持设计港珠澳大桥岛隧工程的抛石整平船等关键设备，获得国家级科技进步奖和“建设功臣”等荣誉。林鸣在施工中遇到技术问题，就把这些技术攻关问题交给像王学军这样的技术专家去攻关，并且一次又一次地获得成功。“E15 遇到几次沉管海底基槽回淤之后，林总见到我就首先提出能否在整平船上装一套清淤装置。用他的话讲就是设计个海底吸尘器，什么时候海底有了回淤，拿起来就能用的设备。后来我们就是根据他的这一设想，研制成了这个清淤装置，填补了一项技术空白。整个研制过程就是与林总不断交流、完善的过程。现在这份科技成果单上虽然没有林鸣的名字，但他是真正的发明者和研制者……”王学军带着感恩之情如是说。

我知道这一项技术发明在后来的沉管安装中起到了神奇的功效，尤其是在 E22 管节安装中得到了淋漓尽致的发挥。

现在我终于知道了为什么林鸣和他的团队在建设港珠澳大桥过程中能够创造如此之多的先进科技发明成果。因为它们几乎都是在像 E15 管节安装时所遇的险和难之中被一个个“逼”出来的创新与创造。这似乎也印证了一句话：所有伟大的创造和创举，都是在走投无路时萌发出的光明与光芒。

大桥建设的每一步都能把林鸣逼到无路可走的地步。而他赤胆忠心，毫不畏惧，且坦然面对，大义凛然，勇于担当，所以每每绝路遇险时，皆能化险为夷，披荆斩棘地战胜一个又一个困难，迎来一个比一个更加辉煌的胜利……

拾伍

第十五章
完美的最终接头

安装最终接头的振华 30 号起重船

林鸣这个人，你接触多了，会越来越喜欢他。我总觉得世界上这样的男人太少：有血性，干大事，讲义气，办事利索，在家做事比女人还要细致，工作中也是如此。你想糊弄他根本不可能，他对工程质量的要求，比绝大多数人都要讲究；他在乎你的人格更甚于工程本身……这样的人就是国宝。

港珠澳大桥的技术难点一个接一个。如果换总工程师，我不知道会不会出现让世界笑话我们的大纰漏。或者大桥建起了，也通车了，可要不了多长时间，它到处是毛病，不得不整修！再者，就是大桥也终于建好了，可工期拖了好几年，花的钱多出几百个亿……在我采访和了解了林鸣这七年中所遇的困难之后，我真的一直在想这些问题。我一直在想为什么习近平总书记在大桥通车典礼那天接见了林鸣他们，一再表扬林鸣他们建设的工程是“国之重器”。

我只能这样感叹地告诉国人：林鸣和他的大桥建设团队实在太不容易，海底世界的工程复杂性远超我们一般人的想象，即使是同行技术权威，对林鸣他们能闯过一个个高难度技术禁区也是赞叹不绝。

我们再来看那个神秘的几乎不可实现的海底隧道的最终接头——

海底隧道共有 33 节沉管，这也是大桥工程中最艰难的技术部分。每一次沉管安装，都充满了不确定的风险和意想不到的困难。E15 并不是唯一一波三折的沉管，用尹海卿的话说：只是我们碰到的困难和曲折太多了，所以很多过去的事就不会记得那么牢，也不会像纪录片那样重复去讲述而已。林鸣则告诉我，多数是因为问题出得太接近，所以不容易让人一一表述清楚。其实工程后期，有些技术问题的处理比前期成熟了，所以施工相对也顺利些。但有些难题则越到最后，就越让人心里没底。

“最终接头便是。为了它，我们几乎所有的人都被折腾够了。”林鸣说。

林鸣说的最终接头，是 33 节沉管之外的衔接于 E29 与 E30 节沉管之间的那个长达 12 米的牵手——双边沉管的接头。

“‘最终’两字分量太重，它影响并决定着我们此前七年多建设长跑的成败。”林鸣这样比喻。他说，从一开始，交通运输部的领导特别是主管业务的冯副部长一直关心和关注着“最终接头”，曾无数次直接与他联系，听取意见，帮助解决难题。“最后安装那天，冯副部长还专门飞到珠海，在安装现场看到最终接头着床后，才又乘飞机回京参加下午的一个重要会议……”林鸣说。

确实，这个最终接头虽没有 8 万吨一节的沉管那么庞大，但其精密程度和技术要求则远远超过普通的沉管。如果把连接起来的 33 节沉管比作我们身上的腰带的话，那么最终接头就像最后装嵌在腰带上的皮带扣。没有皮带扣的皮带无法系住我们的裤腰，皮带也就没有存在的意义。大海深处的隧道无论长度几何，由多少节沉管连接而成，没有这最终接头，也就没有海底隧道一说，港珠澳大桥也就不会实现今天的通车。这就是最终接头的牛气所在。

世界海底隧道史上，技术核心之核心、尖端之尖端，说的就是这最终接头。它若过关了，海底隧道也就成功了。林鸣之所以说最终接头影响和决定着工程的成败，就是因为无论是前面的人工岛建设，还是33节沉管的安装中所克服的困难有多少，假如最终接头无法研制成功或安装失败，那么林鸣和他的整个团队七年多拼死拼活的所有努力，等于付诸东流。

最终接头，对林鸣和数万名大桥建设者、对港珠澳大桥来说，犹如咽喉一般，险要而关键。从外形看，最终接头除了长度之外，高、宽与其他沉管无异。虽然它只有12米的长度，但其内部密集而复杂的装置和花样万千的精密部件，使它看上去很像一块巨型三明治。

“最初的构思是从2012年开始的。”林鸣对最终接头的前世今生记忆犹新。那时大桥工程开工不久，林鸣便带领技术团队的骨干到国外去取经，但各种技术大多走在中国前面的日本和欧洲，他们的海底隧道的沉管技术却并不那么前卫，他们采取的最终接头是在海底现浇的钢筋混凝土装置，即在两个沉管之间包裹上模板灌筑起来的钢筋混凝土密封接头，此类最终接头既笨又粗，只有在浅海施工中才有可能实现。像港珠澳大桥的深海隧道所处的几十米深的海底，很难在现场灌筑钢筋混凝土。

“到底用什么样的最终接头，我们是整整吵了一个星期的架才‘吵’出来的。”林鸣说，“因为我们中国没有谁搞过海底沉管，更没有谁做过海底沉管的最终接头，所以专家会在讨论时意见分歧很大，主张各异，最终的思路真正是‘吵’出来的。我们集中大家的智慧，放弃了传统现浇钢筋混凝土最终接头，而选择了一种创新型的整体式结构，即三明治结构的最终接头……”

三明治据说是一位英国爵士“发明”的，这种“夹心面包”首创时并没有那么时尚，似乎是这位喜欢赌博的爵士“懒”出来的美食，没想到后来风靡英伦，直至全球。中国工程师林鸣在大桥海底隧道最终接头的制造方式上采用三明治结构，顾名思义，其形状像极英国人发明的三明治。但是真要造出这种用于海底几十米深、寿命可达120年的钢壳混凝土三明治，可就不那么容易了！

首先，到底这样的“三明治”该是个什么样。林鸣他们在2012年之前根本就没有什么概念，也就是说，谁都不知道它是个啥玩意儿。

高纪兵，林鸣的得力助手，年轻的技术专家，大桥建设七年间多数时间跟在林鸣身边。他说：“最终接头应该是我们在海底隧道工程的技术攻关中耗时最长的一个，也是整个工程中的巅峰级技术难题。2012年之前，我们根本就没有碰过，都忙着沉管制造和安装的难题，因为沉管的事就足够难倒我们团队，而且33节沉管的海底安装本身就是一道道坎，当时我们心里都没底，更没有时间，也似乎没有多少胆量去触碰最终接头。最早的想法是跟当初做沉管一样——争取让外国人来搞，或者买他们的装备。但最后要不是因为核心技术和关键性装备人家不肯卖给我们，就是出的价太高，我们买不起！”

高纪兵说：“其实，关于最终接头这一技术和装备，就连发达国家也没有那么成熟的制作经验和安装技术。我记得最早看过一篇他们的文章，讲到了最终接头的各种各样的设计、施工方法，有传统的止水板，有V形法、K形法，等等，但似乎也很不规范，没有成熟的东西。”

林鸣说，2012年是他领导的大桥岛隧工程项目全面开花的一年，工程施工十分繁忙，但一方面沉管预制和安装所面临的诸多困难与问题要解决，同时如果沉管的事解决了，最终接头不解决的话，前面的工作就等于白干。于是他腾出一点时间往日本跑了一次。找日本公司帮忙，是因为早先请荷兰公司帮助安装沉管一事受到了挫折，所以回头想请日本专家和日本公司帮助一起攻克最终接头。“我当时想，假如再向欧洲人提出让他们帮助搞最终接头，不知我们又要多花多少钱，而且也根本出不起他们开出的价。所以回头还是想走捷径——花小钱，请日本专家帮忙，帮助攻克最终接头这一难关。”

开始的想法总是有些天真。到了日本后，林鸣通过各种关系寻求合作伙伴，但人家一听说是搞海底沉管的最终接头，不是不理会，就是躲着不见。

无奈，林鸣跟刘晓东等技术骨干商量：最终接头的商务合作，还是想办法找国外公司试一试。

很快刘晓东通过邮件与正在合作开发半刚性沉管的 NCC 公司联系上了，这里面有位李姓华人，原是山东水科院的一名技术专家，通过他的帮助，刘晓东与 NCC 的人交流之后，人家对最终接头一事很感兴趣。

林鸣说：“当时我们是想先拿到人家的相关资料，然后再由我们自己研制，想走个捷径。”

刘晓东说：“但人家说，相关资料在建设公司手里，显然是不想以这种方式合作。但由于 NCC 公司在半刚性沉管上对我们的合作非常满意，所以当我们提出最终接头的合作意愿后，他们非常感兴趣。于是根据我们提出的一些概念，让他们先帮忙设计起来。对方领会得不错，后来就朝着三个方向进行概念上的研究，主要是对传统止水板法的改良设计。我们希望 NCC 能先做个微型的最终接头出来，但对方说不行，涉及别人的专利技术，不能这么做。最后商量只能我们自己开发。”

又是一个“没准星”的高难度技术畅想！

刘晓东回忆说：“大约在 2013 年 6 月份，当时正在开一个关于半刚性沉管制造的会议。会议中途休息的时候，一位 NCC 专家把我拉到一边，很兴奋地告诉我，他已经设想出一个最终接头的好主意了，是十几页纸的一个 PPT。我一看内容很粗，他说他的这个东西就是在我们设想的三个研究方向上进行的改良，重点是把止水板化零为整。这个设想虽然还很粗浅，而且把止水板化零为整也是超难度的事，但值得去探一探……”

NCC 专家回去做他的探索。林鸣和刘晓东他们在之后的那一年多时间里忙着沉管制造与安装，几乎没有心思去管最终接头的事，牛头岛和海面上的沉管预制和安装已经把他们弄得精疲力竭，苦不堪言。

“2014 年底，最终接头的方案基本上就稳定在一个梯形概念上了，就是不考虑传统的止水板法了！”林鸣说。

“E15 沉管安装结束后，我们便正式开始最终接头这件事了。”刘晓东说，“从 2015 年五六月开始，林总带着我们，基本上每个月要开一次关于最终接头的设计会议，有时一个月开两次专题会。任务是根据粗思路的一些信息，进行工程风险控制的评估和怎样具体实施、制造，包括对设计本身的优化等进行分析研究。那个时候连一张最终接头的施工图都没有，还处在概念阶段。林总要求我们在这一阶段多到外面去跑一跑，多掌握些信息与知识。于是我们就在 2015 年底和 2016 年初，先到了日本，后又到了欧洲，想去学人家的‘三明治’制造沉管接头的经验与技术……”

林鸣说：“那段时间我的压力很大。为什么呢？因为刘晓东、高纪兵他们在日本和欧洲转悠，但就是拿不出最终接头的具体图纸与方案来，所以我们大桥这边的业主、中交集团以及交通运输部的领导们一直在催问，到底能不能搞得出最终接头。我也回答不上来。当时感觉到国内的这些上级单位和权威专家，都不怎么相信我们自己能搞得出最终接头。”

高纪兵说：“我们上级单位的一位老总还专门带我去了佛山，在那里看到了一个止水板的接头，他的意思是希望我们回到传统的止水板法上，但林总告诉我们，方向认准后就不能随意动摇。所以我们还是按我们已经确定的方向研究……”

那一段时间，林鸣的压力非常大。他必须回答业主和众多关心隧道工程的人士所提出的方方面面的问题。

刘晓东说：“一直到了 2016 年四五月份，我们研制的方案才差不多可以拿出来跟大家见面了，但也很担心，对于我们的方案会不会通过，心里没底。”

林鸣说：“刘晓东第一次跟人家讲不用止水板法止水了，就把大家吓了一跳！”

刘晓东说：“是。我第一次拿着我们的方案到大桥管理局去汇报，局里十几个人出来听我说。之后我边说边放了 20 多张 PPT，跟业主们说传统的止水板法与这个新方法有啥不同之处，我们的新方法有什么好处，而它又有什么不足。之后大家提了不少问题，其中最担心的是我们的最终接头选择在第 29 节沉管与 30 节沉管之间会不会跑偏了，等等。另外就是水下压力的不平衡性，会不会影响到我们设计的最终接头。我一一做了回答。这次汇报非常成功，业主方面认可了我们的研制大方向！”

但是，当林鸣他们把正式方案抛出去时，反对意见不绝，审查会最后不得不由朱永灵亲自拍板方才通过。

“关键时刻朱局长一直坚定地支持我们，这一点让我十分敬佩。尽管我们时常‘吵架’，但吵得有价值，他是我非常敬佩和尊重的人。”林鸣对朱永灵心怀感激。

“其实是他的执着精神和创新意识时常感动着我。”朱永灵则这样评价林鸣。

是的，在谁也不了解不熟悉最终接头到底如何制作的时候，所有技术构思必须具有超智慧的设想和风险防范措施。为此，林鸣要求刘晓东和高纪兵等年轻技术专家团队反复演练，一一攻克。

“方向定下后，就是如何制造，制造出来的东西到底行不行的问题了，因为我们没有做过甚至没见过最终接头，更何况它是用在海底隧道上且需要保证120年的寿命。这样的装备如何制造，制造出来后能不能达到技术要求，对我们来说，完全是在一张白纸上画图，而画出的图在实际工程中行不行，风险评估越精细，精细到千分之一、万分之一，成功的概率就越高。为这，我们可是苦透了……”刘晓东坦言，“可又非常甜美，因为每消除一个风险，就向成功的高峰迈进了一步。”

林鸣感叹道：“这些艰难的坎，必须一道道闯过，绝不能因为想偷懒少跨一道……”

高纪兵说：“这个时候，我们的方案进入了第二个优化阶段，即提出了整体安装的概念。这一步对后来最终接头的制造和安装起了非常关键的作用。”

“后来我又提出了主动止水概念，使得我们的‘三明治’越做越好了！”林鸣说。

“林总提出的主动止水法，可以称得上定乾坤的创新，因为它极大地提高了最终接头的技术精度。当然，它的攻关难度也更艰巨……”刘晓东说，“光相关系统就是一大堆。最终接头开始设计是在5000吨左右，后来到了6000吨，这是一个巨型‘三明治’！”

“6000吨的最终接头概念一出来，先不说到底怎么制造它，或者制造它到底有多难，当时就有人提出：这么个大家伙用什么来吊装呢？它不像180米长的大沉管可以靠十几条拖船联手拖运，安装时也不用吊起来。最终接头不一样，它长度只有 12 米，只能靠一个大力士把它吊起来，再安装到 E29 与 E30 这两节沉管之间。”林鸣说，“后来我们又把这难题交给了振华。他们就想办法，最后动用了个单臂可以起重 12000 吨的大浮吊，载负这个大浮吊的是‘振华 30’。如此载荷的单臂大吊船，又是一个世界第一。所以说，造一座大桥，带动的是国家一连串世界级水平的装备制造和技术创新。”

“但是，最终接头的核心技术还是在‘三明治’上。”刘晓东说，“光为了‘三明治’的图纸设计和专家论证，就花了一年多时间。后来出的图纸就有三大册，包括‘三明治’的试验、配合比、检验方法都要在里面呈现。2016 年开始的专家专题会主要讨论和研究的就是这些技术问题。随后是‘三明治’工艺的定位、测控、测量塔位置，还包括了导向杆、调位、封门位置与基础等核心技术。”

王强是最终接头攻关总体组的成员，跟随林鸣负责和协调其他六个攻关小组的工作。他说：“当方案和图纸确定后，就剩技术攻关了。但在技术攻关之前必须弄清楚我们自己设计的‘三明治’最终接头到底有多少把握和多大的风险。接下来的事情就复杂而烦琐了。那个时候几乎天天开会，刘晓东和高纪兵等不分日夜地带着我们干。林总最后也时不时过来跟我们一起研讨，并且拍板重大技术标准。记得最早我们梳理了 50 项重大风险，随后一项一项地进行优化与分解，最后剩下 10 项，再请专家们来一起帮助解决，真是跟攀珠峰一样艰巨……”

最终接头的制造地选在振华集团的南通基地。2016 年 10 月 14 日，振华集团南通基地热闹非凡，用林鸣的话说，这一天，中国在装备制造业上将创造一项绝对的世界级纪录。也就是从这一天开始，林鸣的心就一直被南通紧紧地拴住了。“记不清之后的半年多时间里到底去过多少回南通。”林鸣从手机里翻出长长的一串携程订单记录给我看，粗略一数，数十次往返，最频繁时一周去两次。

“他是‘飞人’，我都不知道他这么频繁去干吗。有几次他老家的兄弟打电话来问他到哪儿去了，我说隔三岔五就跑到你们老家附近的南通去了。老家的人就怨他，说回来这么多次，竟然一次都没回过老家，实在太不像话了！我忙给他打圆场，说都是为了工作。”林鸣夫人悄悄告诉我这事。

刘晓东告诉我，林鸣总去南通是因为制造最终接头那边麻烦不断，一会儿是从荷兰运来的货在海关上遇到一、二、三的困难，一会儿缺锅炉，一会儿要确定小梁的安装间隙……“总之，确实太操心了！”刘晓东说到这儿直摇头，表示有的时候连好脾气的他都感到绝望，“不知道前面还会碰到什么越不过去的难关，可又得攻克它。难就难在大家都没有一点儿经验。问外国专家，他们说他们也没有见过类似的制造技术。这不等于要命嘛！”

2017 年春节期间，原定的对一个配件进行拉张，但就是不成功。大年三十了，工人们都换上新衣服准备回家了，晚上喝完酒，第二天就大年初一，工区负责人就说了：上午大伙歇半天，算是过年。下午干活，干完活就回家了，所以都不用换工服，在新衣服外面罩一件雨衣，等活干完了，雨衣一脱就回家过年去。哪知一直干到初二都没有干完。在珠江工地现场的林鸣知道后，再次急飞南通。他细细查看了最终接头的制造现场后，立即召开现场会，制订解决措施。“那个春节，南通的天气特别冷，林总天天去制造现场，跟大伙儿一起摸爬滚打，后勤人员给我们送来百般关心，让我们在工厂过了一个既紧张又温暖的春节……”副总经理吴凤亮说。

“眼看快要完成任务时，中间又出了个要紧的事——小梁的安装间隙到底定多少最为合适。”吴凤亮说。

“要紧吗？”我问。

“太要紧了！”吴凤亮说，“如果这个间隙确定得不合理，这个全世界都盯着的最终接头在水下看不见摸不着的地方，要么卡壳，要么漏水，那整个接头在水下就成铁疙瘩了……”

“这么玄啊？”

“是啊。我们的这个最终接头，技术最为关键的是在它本体端面内的小梁。最终接头安装着床后，用 54 个液压千斤顶把回缩在端面周圈内的两个小梁顶推出来，顶在 E29、E30 管节上，小梁前端的小 GINA 止水带随即发挥临时止水作用。这个小梁，截出一段来看，就像是桌子的抽屉，这个抽屉很长，沿最终接头周圈布置，将近 100 米，千斤顶藏在抽屉里面顶着抽屉使其能够被打开或者合上。”

吴凤亮在形象地解释着。

“小梁与最终接头的间隙，决定了最终接头安装到水下后这个抽屉能否顺利地顶出打开或者缩回合上。最终接头和小梁的加工制造都有误差，吊装过程也会引起各自的变形，着床后最终接头的姿态也会造成最终接头和小梁的变形，这些变形加在一起，总量是多少实在难以用计算确定下来。所以需要预留一个合适的间隙，确保在水下小梁能顺利伸缩。”

这确实是个很难的决定。

小梁与本体的间隙一开始定的是 15 毫米，振华的加工精度能做到，没有问题，但是，考虑上面说的各种变形后，增大这个间隙的呼声随之而起。

增大到多少，止水有没有问题，最终接头的制造到了后期，这些新提出的问题必须立即解决。林鸣又一次飞到南通，技术讨论会在最终接头制造现场举行。大点，小点，大的好，小的好，不同的理由，不同的观点，争论异常激烈。林鸣听着各方意见，一条思路渐渐明确起来。

“适当增加小梁与本体的间隙，对适应制造误差和安装变形肯定是有利的，这一点能不能达成共识……”

“至于大家担心的间隙加大后止水会不会出问题，我记得年初和晓东在荷兰 Trelleborg 公司看他们试验时，应该是 60 毫米时止水也没问题。我提一个数，40 毫米，请设计核算结构有没有问题，总工办核查一下 Trelleborg 公司的试验结果，振华你们再考虑一下进一步提高装配精度，减小吊装变形的技术措施……明天早上 8 点复会。”

又是多少人一夜无眠。

第二天早上 8 点，会场气氛似乎缓和了许多，40 毫米，成了各方都认可的数据。

“就定 40 毫米了……”林鸣一锤定音。

事实证明，这个 40 毫米间隙，在最终接头安装和精调过程中，真是恰到好处。

“林总在最关键的时刻，总能拍板确定重要的数据。”高纪兵对此极为敬佩。

林鸣自己说：“这个工程，涉及太多的专业，我们的团队真的很强大，我们有这个底气——能造好这样的大桥的底气！”

回到最终接头吧。在南通基地完成了基本躯壳的制造后，接下来是如何将最终接头运达伶仃洋上的牛头岛，再进行三明治结构的钢壳混凝土灌筑环节。走出南通基地的最终接头，内部的主要技术配制与安装算是基本完成。

林鸣告诉我，在这其中还有一个技术环节特别重要，就是后来他提出的可逆式主动止水技术。这一创造，用曾经参与过众多沉管隧道项目的 TEC 首席隧道专家汉斯·德维特的话说，那是超越了之前任何沉管隧道项目的技术极限。因为这一技术的创造和运用，使中国一跃而起，成为国际隧道行业沉管隧道技术的领军国家之一。汉斯还说：“中国工程师创新的最终接头方案是对沉管技术的重大贡献，尤其是在外海作业条件下，相比传统接头方式，该接头最大优势在于一次性作业。以前在外海安装需要半年的时间，现在一天就可以完成。从质量和外海作业风险性的角度看，这种接头是当前最好的方案。未来世界沉管隧道业可能会更多地采用这种方式。”

“2017 年的春节特别冷。南通那个地方还下着雪，可这个春节也是林总特别心急上火的一个时间段。”刘晓东说。

“为什么？”我问。

“因为 2016 年整个港珠澳大桥的桥面建设已经进入了收尾阶段。6 月 29 日，桥梁工程合龙。9 月 27 日，长达 22.9 公里的主体桥梁工程全线贯通。但我们负责的岛隧工程因为 E15 管节拖后了半年时间，如果最终接头再出现制造和安装上的问题，那就明摆着是我们在拖整座大桥完工的后腿……林总这人怎么可能会接受这种结局呢？”刘晓东道出了真情。

林鸣真的是在用鞭子赶着他的施工团队，包括技术创新项目。时间不等人啊！千军万马的海上建设战场，数十个工程施工队伍相互比赛着干活，更何况还有三地百姓和政府都在关注着大桥，尤其是控制性工程的海底隧道建设的每一个细节与进度。他林鸣好胜要强，丢不起这人呀！

“这里早一天制造好，前方海上安装就会主动十天半月；这里演练得越成功，大桥施工现场就会越安全越有保障！”在南通过春节的那段日子里，林鸣天天在制造最终接头现场跟技术人员念叨着这些话，甚至有人私下里嘀咕他林鸣这么大的一个大桥建设项目总指挥，怎么当起生产队长来了。林鸣在雨里、雪里一边擦着鼻涕，一边笑着跟大伙儿说："我真要当甩手掌柜，这 6000 吨重的大家伙，从南通'飞'不'飞'得到珠海那边，恐怕就难说了……"

还别说，事情就是这个样儿。

"吴凤亮，快去给大伙儿每人买一件棉袄！"大年初四早晨起来，林鸣搓着冻得通红的手，对现场"小工头"吴凤亮说。

吴凤亮咧着嘴笑了，说："林总来了，我们的待遇就往上蹿……"

林鸣接茬："你把最终接头圆满整发了，棉袄算啥！我请大伙喝 55 度的烧酒！"

于是雨雪里的工程技术人员更是精神百倍……2 月 24 日，最终接头的制造工作圆满完成。

2 月 25 日，是林鸣与振华集团定下的将最终接头从南通基地起吊并装载到"振驳 28"上的日子，然而正式起航运往珠海方向是在 2 月 27 日。

最终接头走出"闺房"是件大事。大桥管理局局长朱永灵亲自赶到南通与林鸣一起为"振驳 28"的起航鸣炮剪彩。

现场工程技术负责人之一王强说："从 24 日夜间到 25 日凌晨，我们一帮人就没有合过一次眼，一直在调试和封梁，直到 25 日上午才算罢手……"

"同事们，我真心感激你们！"林鸣在最终接头发运现场发表了一番暖人心肠的话，"春寒料峭，从北方吹来的寒风依然刺骨，但刚才几分钟的视频，一下子让我们穿越时光，开启了那一段段铭记在心的历史，一起回忆起最终接头研发、设计、制作中火热而又艰辛的历程……"

"世界上没有哪个国家的人能在短短的 131 天时间里，把一张张复杂的图纸转换成高精度的工程实体，这里面困难重重——加工精度要求特别高，生产工期又特别紧；本体巨大，结构又格外复杂，成型难度特别大；施工需要多个国家的建设者密切协作，数十个班组同步推进，交叉作业，这种协调难度之大实属罕见；其间包括元旦、春节两个重大节日，多次遇上寒流，阴雨天气又时常侵扰，更增添了施工难度……可你们每天整齐列队进入施工现场，精神抖擞，全力投入生产；你们每天冒着凛冽的寒风，进出于狭窄的空间忘我工作。为了抢抓一分一秒，你们伴着风雨吞咽着冰凉的盒饭；为了保证制作精度，你们不顾疲劳，加班加点，精心调试；面对困难，你们迎难而上，同心协力，以'每一次都是第一次'的态度，以'鸡蛋里面挑骨头'的要求，做好每一个细节，严控制造全过程，牢牢坚守住安全、质量的红线。万家团圆的时刻，你们默默地坚守在岗位上，无怨无悔地为世纪工程做出了卓越的贡献。你们是一支刚强坚韧、无坚不摧的热血团队！”林鸣不是诗人，也不是政治家、宣传干部，但这一刻，他以诗一般的语言，以深情而感恩之口吻，对他面前的几百名苦干了131个日日夜夜、成功制作出最终接头的工程师和施工人员说了上面这番令他自己也感动的话语。

“林鸣的话让我和全体现场人员的情绪都被感染了！他和大家为最终接头的制造付出的确实太多！”朱永灵局长如是说。

27日，载着6000吨最终接头的“振驳28”拉响汽笛，徐徐离开南通基地码头的那一刻，站在岸上的数百名奋力苦干了数个月的工程师和施工人员个个热泪盈眶，深情地目送着他们的“娇闺女”远嫁珠海……

此刻的林鸣已经上了轿车，直奔飞机场。数小时后，他回到大桥工地，马不停蹄地上了牛头岛预制厂，开始组织准备迎接远道而来的最终接头。旅途中有个细节：林鸣一行下飞机的时候，迎面过来一位女同志将一束特别艳丽的鲜花送到他手里。林鸣惊诧之余，满脸笑容，他猜这准是留在基地的樊建华副书记“指使”的事。闻着花香，林鸣很开心，但这轻松仅仅持续了几分钟，因为后面还有更紧张和重要的事在等着他。

经过1600公里的长途远行，“振驳28”于3月7日上午顺利抵达伶仃洋海域的牛头岛沉管预制厂深坞坞口区。下午4时左右，最终接头平稳安然地进入坞口区……那一刻，在场的上千名工程技术人员和工人爆发出一片震耳的欢呼声。林鸣则站在山冈下的一片草地上，双手不停地拍打着，连声道：“妙！太妙！它终于过来了！”

刘晓东告诉我，其实那天上午，林总他们刚刚平安地把E30沉管从深坞拖出去……

“搞得这么紧张啊！”我不由得惊呼起来。这可不是一般的你进我出的小事，而是大桥海底隧道接近尾声的最重要的沉管与接头啊！

“当时时间就安排得那么紧，没有别的办法，进入2017年后，整座大桥工程的方方面面都是按倒计时开展，我们隧道工程被人看作是能不能实现全桥2017年完工的最关键的施工段了！林总的头发在那段时间里又白出了许多。”刘晓东感慨道。

最终接头落停深坞之后，接下来就是在预制厂的“三明治”灌筑了。因为最终接头采用的钢壳混凝土结构，其整体呈楔形，底板有9.6米长，顶板长为12米。其底板、墙体、顶板、侧墙小梁等位置共计304个隔舱，单个隔舱0.5—10立方米不等，浇筑总方量约1250立方米，分五次浇筑，所以像一层层叠加起来的三明治。这道工序决定最终接头的最后成败，也是整座大桥能不能全线合龙、能不能保证120年寿命、能不能确保海底隧道滴水不漏的关键之关键，是大桥主体建设的最后决战，具有一接定乾坤的重要意义。

整个巨型钢壳混凝土结构“三明治”的制作过程，让林鸣和他的技术团队费尽心思、呕心沥血，经过一年多时间反复研制，总算摸索出一套中国特色、世界首创的混凝土配比和灌筑方法。

“这里我要特别强调一点……”接受采访时，林鸣拉了拉我的手说。这种情况很少见，一般情况下我对他的回答半懂不懂时他会笑笑，停顿下来，然后说：“可以慢慢说，让外行人知道个大概就行了，因为大桥里面的技术太复杂，三天三夜都讲不完。”然而对“三明治”最终接头，他耐心而主动地跟我说：“最终接头用钢壳混凝土，给我们带来的工作量其实不比沉管隧道少，某种意义上讲，为它花的时间与精力更多。专家们讲，它相当于我们又干了一个大工程。”

“你能用工程语言讲一下‘三明治’吗？”我们都知道食品中的三明治，但钢壳混凝土又如何可以做成‘三明治’呢？这个问题一直萦绕在我心中。

林鸣说：“‘三明治’概念是什么呢？它最早在欧洲研究，后来真正做出来是在日本，因为钢壳混凝土不需要传统地靠人工去振捣。日本是缺少劳动力的国家，他们喜欢用这类免去劳动力的技术。后来发展了，因为用于工业方面的要求不一样了，所以对混凝土的要求也越来越高，于是就有了高流动性混凝土，而且分为四级的高流动性混凝土，每个标准都代表一种先进技术。那么‘三明治’钢壳结构与钢筋混凝土结构有什么不同呢？一个是免振捣，还有一个是钢筋混凝土把钢筋放在混凝土里，它所起的作用就是稳固，但免振捣的钢壳混凝土不是这样，它所用的混凝土是在钢壳之内，是通过内板嵌在里面，稳固性受到影响。而为了解决这个问题，对混凝土的要求就完全不一样了，于是通过攻关，研制出了高流动性混凝土，并且有四个级别的高流动性混凝土技术标准。我们的最终接头就引进了日本技术、日本装备，还有他们的工艺和工法，即使这样，我和尹海卿、刘晓东等整个团队，花了一年多时间才把这些东西变成了我们自己做出来的东西。不容易啊！比如混凝土的浇筑标准是什么，我们的标准成不成立，这都是问题。但我们国家自己没有这种标准，所以完全按照日本人定的标准，在实际工作中也无法去核实日本的标准到底是对还是错。从时间上讲，我们根本没法去讲究和实现这些了，只是一个劲地往前做，做到连日本专家都认为技术标准超过了他们时，我们才敢放手……所有这一切就是这么走过来的，用披荆斩棘形容一点不过分。”

尹海卿副总经理负责沉管预制技术，技术同时也是最终接头的高流动性混凝土研制配比总负责人，他从技术角度讲述了大桥最终接头的“三明治”制作法中最核心的高流动性混凝土原理与制作工艺——

一般的混凝土配比无法实现在钢壳结构里面填混凝土，比如沉管、人工岛的混凝土配比都不能满足钢壳混凝土的要求，因为它要求不能有空隙。其他制品有一点小空隙没关系，但最终接头的钢壳混凝土必须无空隙。我们没有经验，就参考了日本的一些标准和体系。混凝土有一种体系是加增塑剂，一种是加粉料，一种是混合的，配置成高流动性混凝土。海底沉管最终接头在我国没人搞过，我们就自己摸索着做试验，开始在一个格子里配好后浇进去，并且要做到密实，不能让它收缩，收缩了就基本上等于零。我们原材料的配比先在试验室内做，然后做成 1 立方米的小试块，再到后来就做成大模型，最后到现场就做成了一个 10 立方米大小的试验品，一直做到整个玻璃墙……这些都是为了试验。为此我们还专门从日本购买了一套试验设备。

配置中的水泥、砂沿用的是以前的材料，即沉管混凝土材料。在正式做试验时，需要一种外加剂，国内产品不过硬，到日本采购的同类产品我们发现也不行。最后由我们自己来完成配方，做了上百次试验，成功摸索出了一套配方和工艺参数。这个过程比较虐心，但我们成功了！之后又遇到的问题是，到底配置什么样的混凝土才叫好呢？于是又回到试验室，再一次次地进行试验，最终拿出各种参数，比如流动度、适应时间度、多少升、多少秒等数据。我们本无一点经验，就靠在试验室和模型上做试验。我们用玻璃当模板，看混凝土流下去的形态是什么样的，是不是能满密无缝，包括模板里钢板状态下的流动情况，看看上面有没有气孔、气孔有多大。因为在浇筑之前，里面的空气要排干净，这样上来的气孔就很小很少，最好没有。最后还要看它硬化后到底有多大间隙、气泡有多大，等等。

最后就是做一个模型试验，按 1:1 实物做。它的要求就很严了，将来浇灌成什么样，模型试验就做成什么样。这个模型有几种：一种混凝土搅拌出来后要做检查，检查不合格这个混凝土就不能用；第二种拉到现场，即放在混凝土运输车上，运到现场放出来做几个试验，例如扩展度试验、流动度试验。这两个指标达不到标准也不能用，比如流动度差一点儿肯定搅不好，肯定填不满、流不过去，所以配比的稳定性十分重要。刚开始几次试验出来都合格的混凝土，对原材料和水量要求也非常高。

整个最终接头其实像是个大仓体，它的立面全部都要用混凝土填死、填实、填牢固。12 米长的最终接头，仓体内共装置了 304 个大大小小的仓，因为里面有各式各样的隔断、型钢、管线等，所以有人说最终接头比飞行到太空的航天器还要复杂。我们的混凝土浇灌就是要在接头这里把 304 个仓体全部浇灌满、浇灌密实和牢固，不留一丝缝隙，难就难在这里，技术要求高也高在这里。而混凝土又是凝固物，能否让 304 个大大小小的仓体灌满灌实，全靠我们研制的混凝土是否符合高流动性标准要求，而且浇灌中又不能靠人工振捣……

“但我们把这些高难度问题全给解决了！”尹海卿最后朝我神秘地笑了笑。

听完林鸣和尹海卿对“三明治”原理和制作过程的介绍，我再一次由衷感叹中国工程师的创造力和攻关毅力的强大！

2017 年 3 月 13 日，这对林鸣和港珠澳大桥岛隧工程来说，是一个值得记住的日子。这一天，大桥最核心的一个部件在进行最后的制造——最终接头的混凝土灌筑开始。执行现场施工任务的领班工程师张洪在早晨 7 点就站在混凝土搅拌机前，向他的战斗施工员们做了几分钟激情澎湃的动员，他有一句话响彻了牛头岛：“我们今天将要干一件创造世界历史的事！”

“大家有没有信心啊？”他随即又问工友们。

“有！——”回应他的是地动山摇的声音。

林鸣站在一旁咧着嘴笑。他当时内心也很激动与兴奋，整个灌筑过程，他纹丝不动地站在搅拌机前目不转睛地注视着，见不太对劲的时候，吼一声，其情其景，犹如巴顿将军拿拐杖站在指挥前线一样威严。

“这个过程还是让张洪讲吧。”林鸣说。

张洪说：“正式浇灌混凝土之前我们还是很有把握的，因为演练过多次，泵管怎么拆、怎么接都做过，工程操作量也估计过，大约 1 小时浇灌 50 吨混凝土。这是日本专家花田先生传授给我们的。演练中我们认为 1 小时浇灌 50 吨不算太大问题，因为我们考虑了两个布料点。但真正到了浇灌开始的第一天，我们就蒙了……”

“为何？”我问。

“按照程序，最开始浇灌的应该是中间的廊道位置，但你知道那中廊才多大空间吗？20 立方米，这么大的空间里放满了剪刀掌和数不清的仪器设备……我们进去工作的人有 30 多个！而且还各持操作器件，你想一下就够呛了！我们的那个浇灌对大桥建设来说非常关键，很多记者都知道了，他们持着‘长枪短炮’来拍摄，都想往里面钻，我挡在门口，说一个也进不去，只能我帮你们用手机拍一两张照片……就这样，折腾了一天，到下班时，我彻底崩溃了！”

“又为何？”我笑了，问张洪。

“苦撑了一天，收工一算：惨了，才浇灌了 7 吨混凝土！你说这个速度我们什么时候才能制作好这‘三明治’呀？”张洪自问。

“怎么办呢？”我也为他着急。

“林总当晚就跟我们一起开会，分析总结现场的情况，最后大家对舱内的浇灌秩序与设备、人员一一进行了优化，工效才慢慢开始有所提高。即便如此，那块底板的浇灌我们也花了三天时间。”张洪解释，“一个操作工在那里面最多的工作时间我们设置了 80 分钟，混凝土的配比也是按 80 分钟来调配的。如果操作工不能在 80 分钟内完成浇灌任务，他必须走仓，但我们配比好的混凝土就得全部废掉。因为这不是普通的混凝土，它具有特殊配比，是受时间影响的。”

林鸣告诉我，最终接头的制造需要几个时间段浇灌成的几个不同的结构层面。张洪他们后来分别取了 2017 年 3 月的 17 日、20 日、23 日和 26 日四个时间点完成浇灌。

3 月 26 日下午 2 点 15 分，在数十个新闻媒体镜头的注视下，世界上最大的海底沉管最终接头成功完成了混凝土浇灌，这也意味着我们说了好久的“三明治”正式宣告做成！它没有香喷喷的食品味道，却有着流芳于伶仃洋海域四方的工业制造的特殊芬芳……林鸣对此是满意的，望着重新安放于深坞之中的 6000 吨的最终接头，他朝尹海卿、刘晓东、梁桁、高纪兵等一挥手，说：走，牛头岛这边的事圆满了，现在去海上！

林鸣说的海上，当然就是大桥建设的两个人工岛之间那片在海底安装沉管的海面……

这里的海仍然平静，临近 5 月的伶仃洋海面开始热气蒸腾了。然而最引人关注的是这看似平静的海底世界里躺着一段 6.7 公里长由 33 节沉管组成的巨型沉管，此刻它正等待着最后 12 米的对接。这个对接一旦完成，就意味着港珠澳大桥全线连通，届时可言："大功告成！"

仅差海底 12 米。这 12 米就是林鸣他们的最终接头部分。

"快安装这最后的 12 米吧！"2017 年全国"两会"上，就有香港、澳门记者就大桥的最后这段控制性工程的施工进度问题向人大代表和国家领导人提问！当 3 月 7 日"振驳 28"载着最终接头进入珠江口的牛头岛后，"大桥即将全线贯通"的消息不时出现在港澳两地的报端与电视画面中。那段时间，前往林鸣他们的工地现场探情报的记者更是络绎不绝。

"其实看起来最终接头就那么一个 6000 吨的东西，而且当时振华集团也来了能吊动 12000 吨的'振华 30'，似乎只需要那么'轻轻地一抓起来'就完事了，实际上这最终接头远比 80000 吨的沉管难！"负责现场安装的岳远征工程师说，"33 节沉管安装历经了几年之后，从开始的混乱到后来有规律、有纪律、有规程地安装，已经比较顺手了。但这 12 米的最终接头不一样，它是在两节沉管中间非常狭窄的空间里安装，'振华 30'吊装船上的师傅都没有这种海底精细对接安装经验，因为我们的安装不是简单地把 6000 吨的大家伙吊起来往海底那么一掷就完事，它需要分毫不差地安装在海底 30 多米深的一个狭窄空间里。船和钢绳的稳定、海潮和风向等都必须在科学计算和实地控制下，才可能做到分毫不差地进入海底 30 多米深的狭窄空间……为这，我们从 3 月 10 日左右就开始天天研究、演练，一直摸索到 4 月底才算稳定下来。这样，第一个安装的窗口时间没赶上。5 月 2 日、3 日，又是个窗口，林总决定必须抓住这个窗口时间安装完最终接头。”

“劳动节后的第一天，5 月 2 日，对我们大桥建设者来说，是个非常特别的日子。2013 年 5 月 2 日，我们第一节沉管的安装时间是这一天，四年后的最终接头安装又是 5 月 2 日……是巧合，还是我们的幸运日，反正我们现在对这日子格外有感情。”林鸣说。

五月二日

普普通通的一天

但在我们眼里

它是一个特别的日子

……

从五月二日到五月二日

好像一个轮回

跨过四年

走过了五千六百六十四米

也讲述了三十四个中国故事……

年轻工程师宁进进现场为“五月二日”作起了诗。林鸣当场说，等工程结束时，我给你们出一套大桥建设者自己写的书，书名就叫《岛隧心录》！

"好！——"工友们一片欢呼。

2017 年 5 月 2 日，这一天，伶仃洋上格外引人注目：船，有无数条。每条船都披红戴彩，船上的人也比平时沉管安装时要多出许多，他们是各路专家、大桥业主部门负责人，更多的是新闻媒体记者，他们全都到海上施工现场来了，他们都在共同期待最终接头的安装和大桥全线对接成功的最后一刻。整个现场最耀眼的当然是上面插着 33 面迎风飘扬的鲜红国旗的最终接头——此刻它仿佛是一位盛装待嫁的新娘，正等待 12000 吨大吊向它发出一声醉人的"起轿"——

对林鸣来说，对所有大桥建设者来说，那一时刻是庄严而神圣的。

"报告总指挥：最终接头安装准备就绪，请指示！"现场安装负责人向林鸣报告。

林鸣一声威严的命令："开始！主钩起！——"随即，只见"振华 30"上那高耸入云的巨臂稳稳地展开，并伸向"待嫁"的最终接头……之后的 38 个小时，许多新闻记者在现场做了记录和报道，而且用的新闻标题极度不一样。为什么？因为在后面的 38 个小时里，林鸣和他的团队一会儿被"成功对接"的欢呼涌到巅峰，一会儿被"完啦""完啦"的悲切声拉至万丈深渊……

了解了后面这 38 个小时的惊心动魄经历，才真的知道林鸣这七年大桥建设过程是怎么过来的。六个字：悲苦喜泣交加！

这头一篇是报道安装现场"喜"的场面——

5 月 2 日的伶仃洋面，凉风徐徐，波涛不惊。"今天的天气非常好，风力 2—3 级，海面也很平静，对最终接头吊装工作非常有利。"港珠澳大桥管理局副总工程师钟辉虹说。一切就绪，蓄势待发，港珠澳大桥海底隧道为迎接最终接头对接的历史时刻，已经做好准备。

凌晨4时即全体到位

凌晨4时许，指挥船“津安3”、起重船“振华30”、拖运船“振驳28”及潜水船的工作人员全部到达伶仃洋施工海面，世界最大单臂全旋回起重船“振华30”高耸入云，这支气场巨大的团队即将进入紧张的最终接头吊装工作。

“预祝安装圆满成功！”“振华30”上，安装人员身穿橙色救生衣，整齐划一地列好队，进行最后的战前动员。

“呜——”5时许，“振华30”长长的汽笛声撕破了清晨伶仃洋平静的海面，吹响了港珠澳大桥海底隧道最终接头吊装的号角。

经过反复严格的调整、校对，“振华30”吊臂旋转到位，即将与最终接头连接。参与过全部33节沉管安装的港珠澳大桥岛隧工程项目部五工区质检部部长汤慧驰介绍，最终接头起吊升高约20米后，将越过缆绳，再旋转90度到达面前的施工海域上方。

7时许，“振华30”开始起吊准备。最终接头吊装过程中的姿态保持、旋转、落水等实时数据不断在“振华30”指挥室闪烁。20余名工人在15分钟内，利落地完成吊装最终接头所用4根吊带的连接安装，随后陆续撤离。

7时20分许，指挥室传来指令：正式起吊。港珠澳大桥岛隧工程项目总工程师林鸣宣布：“主钓起！——”

超级大力士“振华30”将最终接头缓缓吊起，逐渐吊离安放最终接头的船舶“振驳28”。

“哇！才一会儿的工夫，最终接头已经吊起有4米高了。”多艘船上的各路记者纷纷拿出手机记录这一时刻。

最终接头在“振华30”的作用下，开始缓慢转向“振华30”与“津安3”之间的安装海域上。一个多小时后，最终接头到达吊装海面上方。

最终接头被起重船吊起后缓缓转移。

约4小时的吊装沉放

9时许，在“振华30”的作用下，接头开始下放，即将进入水中。为确保船身稳定，吊装精度达到1.5厘米，“振华30”上连接船锚的各条钢缆全部拉直紧绷。

15分钟后，最终接头已接触到水面。“再降5米！”指挥室林鸣传来指令。接头继续缓慢进入水中，没过一半时，进行数据缆、定位缆的系缆等工作。

最终接头继续下沉，经过多次调整、校对，9时40分许，接头完全没入水中。

“成功着床！感谢大家！”林鸣话音刚落，一阵热烈的掌声随即响起。经过约4小时的吊装沉放，中午12时，港珠澳大桥沉管隧道最后12米的接头在30多米的海底成功着床。

潜水员轮番入水测距

之所以称之为“海底穿针”，是由于最终接头与两端沉管之间的安全距离仅有5厘米。一不小心，就会造成碰撞，破坏沉管隧道。

确认水下安全距离，除了几套测量系统，靠的是默默耕耘的潜水员团队。为进一步确保海底对接的精准性和安全性，潜水员轮番入水测量，确认最终接头的顶部间距、底部间距和周围间距。

下午 4 时许，最终接头间距检查完毕，最终接头的顶推系统准备就绪。

“开始顶推。”林鸣发出指令，最终接头随即进行小梁顶推，千斤顶将止水带顶出后，将与两侧沉管相接，形成临时止水。历经 6 小时的水下顶推后，晚上 10 时许，最终接头的橡胶止水带与两侧沉管紧紧相连，精准对接完成。

“最终接头安装成功！”中交集团总裁陈奋健话音未落，鞭炮声随即响起……

当日，当晚，中国港珠澳大桥“全线对接成功”的新闻，飞越了大江南北，也飞越了五湖四海。全世界都知道了中国，中国的工程师在珠江口、伶仃洋海面成功建设了一座世界上最长、工程最复杂、技术最高超的大桥！

但就在这之后的几小时里，当全世界都在羡慕中国和中国工程师，中国珠江口海面上庆祝“对接成功”的鞭炮声尚未全部消失的当口，也就是 2017 年 5 月 3 日凌晨三四点钟，有一个人在紧张中越来越焦虑起来：怎么搞的，到现在海上还没有来电话呀？

“凌晨了还来电话干吗？”一旁被惊醒的妻子问。她心疼地看着已经几天几夜没有踏实睡一觉的丈夫，有些无奈地起床为其倒上一杯热茶送到他手中。

“喝不下！”显然他越来越焦虑了，并且干脆从床上起身，推开窗户往海那边遥望了一眼，阴沉沉地说了一句，“肯定出事了！”

“不是昨晚已经安装对接成功了吗？”妻子不解地问。

“不是的。按以往，每个沉管安装好后，在两到三个小时里，他们会把安装的数据传过来，这样才算完事。可现在……”他说。

“这个最终接头不是跟平时的沉管不太一样吗！”妻子想安慰他。

“不，不，它的数据更重要！”他说完此话，已经穿好衣服，走出住处。

林鸣在最终接头安装的当晚几乎又是一夜未眠。

后面发生了什么事，《21世纪经济报道》首席记者赵忆宁做了一件比我做得要好的事——她在现场记录了林鸣七年建设大桥中最难选择和最要命的一段“极限人生”故事。我把它完整地搬来，是想让大家一起感受林鸣和大桥到底经历了怎样的“艰难困苦”（顺便也感谢赵忆宁女士）——

2017年5月2日22时30分，在100多位记者的见证下，林鸣带领团队完成了港珠澳大桥沉管隧道最终接头的吊装沉放，几十家媒体发出“最终接头安装成功”的消息，依据的是现场卫星、声呐测量数据。只有3厘米至4厘米的横向偏差堪称完美，这是按照设计最终接头横向偏差允许值在7厘米之内来说的。而林鸣等待的是“贯通测量”数据——一套以光学测量方法建立的测量系统所得的数据，也是最终将被承认的数据，这个数据只有打开最终接头的钢封门后才能获得。

2017年5月3日清晨6时，还未接到贯通数据电话的林鸣开始感到不安。“肯定出问题了。”他拿起电话打给贯通测量负责人刘兆权：“怎么回事啊？数据出来了吗？”刘兆权在电话里哼哼唧唧：“贯通数据，偏差10厘米……12厘米……可能是14—15厘米。”

之后他又补充说："沉管结构不受影响，滴水不漏。"显然，这个与GPS测量相差甚远的数据让刘兆权心有顾忌。"我们经过多次的数据复核验算，两个数据相差得太远了，所以不敢上报。"刘兆权对《21世纪经济报道》的记者说。

港珠澳大桥岛隧工程项目总设计师刘晓东、副总工程师尹海卿、沉管基础监控的负责人梁桁等在睡梦中接到林鸣的电话："出问题了，去现场。"从那一刻起直到2017年5月4日19时50分，所有参与其中的人都经历了职业生涯中惊心动魄的38小时……

过程超出了林鸣等所有人的意料。

从营地到最终接头沉放作业位置，"津安3"指挥工作船（沉管安装船）航行了几十海里。一路上，指挥工作船上的人从往日的相互交谈变为沉默不语。总设计师刘晓东望着海面，几小时前这里还在举行庆典，烟花绽放，而现在的结果预示着将要发生什么呢？梁桁看着表情凝重、一言不发的林鸣，也预感到未来时间里将注定发生不平凡的事情。此时，这个团队已经为港珠澳大桥岛隧工程工作了2550天。

2017年5月3日8时，决策会从营地会议室搬到"津安3"安装船上。几个项目负责人从东岛E33管节进入夹在E30和E29管节间的最终接头。眼见为实，手工测量横向最大偏差17厘米，纵向偏差1厘米，止水带压接均匀，不漏水。这个被反复核实的数据令在场的人感到震惊与不安。"横向误差17厘米，要不要重新精调对接？大家都说说吧。"这是林鸣的习惯，每当遇到重大决策时他第一步要做的就是收集信息并加以权衡。这是一个设计师、工程师、工程监理、设备提供商和业主共同参加的决策会议。

刘晓东感到从未有过的纠结，作为岛隧工程项目总设计师，他十分清楚沉管“错牙”是不能被接受的，如果缺陷在10厘米之内，可以通过管节内表面装修或者焊接来调整，前提是不能超过行车道净宽的安全间距。他第一个发言：“因为不漏水，所以偏差在10厘米以内我都可以接受，但17厘米的偏差已经到了设计可以容忍的极限，现在很难抉择。再装一次的话，过程不怕，而是怕再装一次不成功。一旦从成功走向不成功，一切就都毁了。”他的发言缓慢且音调低沉。

在拿到实测数据后，刘晓东打电话向港珠澳大桥管理局局长朱永灵汇报，他明显感到朱局长有压力。“昨天晚上已经向全世界宣布最终接头沉放成功了……但上报交通运输部的汇报文件还没发出，你们无论如何要万分小心。”朱局长补充说，“我相信你们，也相信林总能够把这件事情做好。”实际上，他没有明确表态。经过7年合作的风风雨雨，他太了解林鸣了，林鸣是一个具有睿智判断力和超常抗压能力，能坚持到底的人。

岛隧工程副总监理周玉峰语调平静地说：“错边超出了验收标准的要求，是一个质量的缺陷项。因为最终接头安装既没有先例，也没有国家标准可以参照，如果业主（港珠澳大桥管理局）和总设计师允许这样的偏差值并且放行，作为工程监理，我也会同意。但是，根据港珠澳大桥验评标准，在信誉评价的时候要对工程扣质量分。缺陷就是一个不合格项，势必成为5.6公里多的沉管安装的败笔。”现场有人注意到当林鸣听到“败笔”两字时动作的细微变化：合十紧压在嘴唇上的双手握成了拳头。

梁桁一直在观察林鸣的反应，他已经嗅到林鸣不甘心的气息。但梁桁还是表达了自己的想法：“如果能够满足设计和使用要求，我不赞成顶开重做，因为最终接头并没有漏水。理论上四个保障系统可以按照原来的流程逆向操作一次，但是对逆向操作过程中会碰到什么风险缺乏实操预案，所以马上再做一次的风险太大了。”事后，梁桁对《21 世纪经济报道》的记者说：“在决策会上我不能掩饰自己的看法，我很怕 7 年辛辛苦苦的成果毁于一旦。如果过程中出现问题，项目将拖延几个月或者一年，给业主、承包商乃至国家造成负面影响，因为已经对外宣布成功了。厄勒海峡沉管隧道在施工中曾有一节管节因密封门破裂沉入海底而延误了工期。所以我当时是持反对意见的。”事实上，他的担心代表了大多数人的想法。

瑞士威胜利（VSL）的沃尔特·奥尔索斯（Walter Althaus）在施工现场被称为“水爷”，他是国际著名预应力专家，也是国际预应力协会会员。沃尔特也认为不宜再次对接：“最终接头顶推系统的原设计方案中，没有‘重新安装’逆向操作的预案，但为了安装和测试，液压系统具备将顶推小梁移出并再次安装的功能。虽然千斤顶释放负载后用泵收回是可能的，但在复杂工况条件下将对系统设备构成很大挑战。”他表达了担心。最终接头安装控制的关键环节——液压顶推系统的设计出自他手，所以他不希望出现任何变数。

威胜利最终接头安装现场项目经理张立在接受《21 世纪经济报道》记者采访时说：“一开始我们并不清楚隧道合龙结合腔内的水压能否再次达到到与隧道外相同的状态，也不清楚已经完成结合腔排水的密封顶推小梁受到外部水压的弯曲载荷，另外在载荷下收回密封框架也没有做过。但沃尔特答应林总，可以在现场重新计算，找出在这种载荷情况下的轴承摩擦有多大。”

乔尔（Joel Van Stee）是荷兰特瑞堡公司港珠澳大桥岛隧项目密封产品设计师，这家公司是大桥橡胶止水带的供应商。乔尔说：“压接状况相当好，管内滴水不漏，根据我之前的经验，总体线形很好了，虽然将GINA止水带重新再压缩一次，从理论上说水密性是没有问题的。我们的纵向间距、平面转角、竖向位置、竖向转角、GINA止水带压缩情况及止水效果都很完美，但是为了一个精准对接度，意味着要将这些来之不易的完美结果全部重新置于不确定性之中，所以我倾向于不要再重新对接了。”

老外专家毕竟有一定的经验，他们的意见在决定性的时刻常常会被人们奉为“经典”。现在就看林鸣如何决定了，他是整个隧道工程的决策者。好与坏，责任全在他身上。“听林总决定了！”所有的人都在看着他——因为都知道，这份责任太重太重，大家不敢认真看他，只用心在看他。用眼看，实在不忍心了……这个时候的林鸣在想什么，大家不是很清楚，但有一点是知道的：他深深地感到了肩膀上的压力重如泰山。

“林鸣啊，其他的在现场我都看到了，你和你的团队做得非常圆满，我全放心。剩下的最终接头，老实说让我牵挂啊！无论如何要把最后的临门一脚踢好啊！”这是中交集团陈奋健总裁对林鸣讲的话。为了这最终接头，陈总裁连续三年都是在大年初一来到大桥工地，并且每一次都这样叮咛。就在2017年大年初一陈总裁来工地时还特意向林鸣交代：最终接头开始安装前，一定要开个专家咨询会。“让大家帮你们排排风险！”陈总裁的话此刻又在林鸣耳畔响起。就是按照陈总裁的指令，最终接头准备安装前的4月份，林鸣再次邀请六名院士和30多名国外权威专家来到珠海进行最后一次的把关和咨询，专家们共提出了100多项预防风险的建设和意见，这是一次“掏心窝的会”。会上有些院士和专家一次又一次地拉着林鸣的手，感慨和期望全在其中——咱中国人在海底世界的工程技术一直被人瞧不起，这回你把最终接头搞成了，我们从此可以扬眉吐气了啊！

这是怎样的一种期待和希望，林鸣比谁都清楚和明白，他的最终接头万众瞩目，其成与败，非他林鸣个人，也非他团队，而是大桥，是我们中国工程师的荣誉，我们伟大祖国的荣誉！

然而，前面未知的可能太多，生死乾坤，就可能系在林鸣的一句话、一个决策中啊！那么，现场的林鸣到底后来是怎样决定的呢？我们再看赵忆宁的现场叙述：

> 责任让人们对失败充满了恐惧，因为厌恶风险与担心犯错有千丝万缕的联系。港珠澳大桥的特性决定了这个项目“只能成功不许失败”，没有人喜欢不确定。多数人不愿意放弃已经得到的成果，害怕将来之不易的成果置于不确定以及风险中，因为没有人愿意被指着鼻子说“你搞砸了”。退一步讲，第二次沉放对项目团队而言，即便是获得成功，其收益也是补偿性的——“边际收益递减”，而一旦不成功，带来的有可能是颠覆性的结局。
>
> 此时，林鸣的大脑在高速运转，肾上腺素的增加使他的思维变得异常敏捷。他没有掉入群体思维的裂缝中，而是有自己独特的视角。他认为不能把“不确定”和“风险”画等号，不确定性并非都意味着风险，还有获得收益的可能，只有当不确定性可能造成损失时才能谈到风险。他决意将危机当成一次机遇。
>
> 从清晨6时林鸣得到贯通数据，到中午13时第二次决策会结

束，长达 7 小时，表达了看法的人们期盼总指挥说句话，林鸣早已确立起在这项工程中的技术与精神领袖地位。但他没有说一句话。“这 7 个小时你都在想些什么？”《21 世纪经济报道》记者后来问他。林鸣平静地回答：“始终在考虑该不该和能不能重新做，能不能做成功，以及风险可不可控的问题。”他在用经验和直觉权衡不确定性条件下重新对接的收益和损失概率。

对于决策判断，至关重要的第一步是描述决策发生时的情境：这些情境中都包括什么；哪些是确定的因素，哪些是客观不确定和主观不确定因素，或者哪些是结果与概率均无法确定的因素，以及哪些是要排除在外的因素。

1998 年，在林鸣被评为工程师的时候，一位老局长曾面对面地传授经验：“做工程，动手之前要先把工程像过电影画面一样在脑袋里放几轮，一直放到这个画面很清晰流畅时才可以做。”这一宝贵的经验让林鸣牢记至今。但是，港珠澳大桥沉管隧道工程是世纪工程超级大制作，自 2010 年底工程中标，使用钢圆筒人工快速成岛、工厂法沉管预制、E10 管节的深水深槽遭遇、E15 管节的回淤、E20 管节的异常波，以及 E33 管节——首个曲线管节的安装等，他们陆续遭遇了一个又一个难题，即便是再高明的导演与编剧也无法完成全部画面的预设。

对林鸣而言，刚刚过去的 15 个小时的最终接头沉放片段是清晰与完整的：使用振华 12000 吨起重船将 6000 吨的最终接头放置在 E29 和 E30 管节间；使用 54 个千斤顶将最终接头两端的小梁顶出，使最终接头与相邻管节接触，压缩临时止水带形成密封结合腔；再将结合腔内的水排出去；之后从隧道内通过钢板焊接与注浆实现永久连接施工结构。

他连续性地过电影，包括所有画面。在最终接头安装之前的2017年4月，曾召开过一次专家论证会，他们对专家们提出的100多项风险进行排查，并做出操作预案。有第一次成功沉放的经验，有经过检验的四大保障系统支撑（环境、海流、结构与测控系统），特别是有一支经过7年磨合，在设计施工领域经验丰富的一流团队，林鸣坚信：潜在风险升级为灾难的概率很小。

林鸣开始思考重新做的步骤并评估每个步骤的困难程度。尽管现场嘈杂、信息不充分，最大的不确定性因素还是被他锁定了：威胜利液压系统与特瑞堡密封止水系统。2017年5月2日，在第一次最终接头安装现场，《21世纪经济报道》记者曾与世界隧道协会著名专家汉斯·德维特简短交谈，当被问到千里迢迢地来观看最终接头安装最关注什么时，他回答说："我特别关注某些结构的创新、某些与隧道对接的部位、隧道区段之间的部件，还有止水带等。"也就是展开部分的顶推小梁，包括两边顶推部分的止水带，他与林鸣关注的焦点相同。所幸，这两家公司给林鸣提供了重要信息：逆向操作之门是敞开的。

找到"未知"中"已知"的林鸣，必须尽快做出决策，因为没有更多时间了。国家海洋环境预报中心总工程师王彰贵告诉《21世纪经济报道》记者，2017年5月3日的作业窗口期是从凌晨4时到下午6时，之后是5月4日的5时30分到19时30分。

做还是不做？林鸣只有两种选择。他脑海中呈现出一张分为两栏的白纸，分别是做与不做的收益与损失。

可以不做吗？第一次沉放已经满足"良好密封"的使用需求，

但超出之前制定的验收标准，工程如果就此结束可谓瑕不掩瑜。但17厘米的偏差将意味着什么？2014年3月4日安装的E10管节出现横向偏差9厘米（设计要求5厘米以内），林鸣曾因此受到交通运输部督查组的调查，这段经历让林鸣刻骨铭心。项目副总工程师高纪兵介绍说："我们整个沉管隧道的安装预算只有5亿元，购买深水测控系统时，外国人要价15亿元，所以我们只能自主研发，但是研发中遇到深水深槽的困难。督查组由交通运输部一位副部长带队，这是交通运输部自成立以来第一次对一个工序进行督查。当时，林鸣向督查组负责人说了句掏心窝子的话：'你们应该判断我们这里是发生了问题，还是出现了难题。显然，工程碰到了难题，你们应该帮助我们。'"在接受采访时林鸣不愿谈及此事，而对《21世纪经济报道》记者说："如果就此罢手，意味着120年设计使用寿命的超级工程会留下最大的遗憾。4000多名员工为之付出7年的心血将留下遗憾——不甘心。"

重来一次？重来就等于选择了不确定性，不确定性下最好的结果是精调大获成功，但也有可能是不成功，而且风险一定是和损失相关的，比如错过时间窗口而延误工期，顶推系统的保压期只有30天，一旦失去压力，势必造成极大的损失。经过深思熟虑，林鸣以他的工程经验和直觉，在反复确认所有细节及已知风险后做出抉择。他对在场的人说："这是设计使用寿命为120年的超级工程，我们不能给自己、给工程、给历史留下遗憾！这个数据会让港珠澳大桥建设的光辉变得暗淡，我们曾经承诺过，我们自己这一关就应该是最高标准的，所以我决定重新对接！"

5月3日13时，那一刻会场十分安静，甚至没有一个人争辩。

此刻，在感情上的触发成为凝聚共识的助推器，人们接受了跟随林鸣总指挥一起迎接严峻考验的选择。“林总这句不留遗憾的话，在那一刻触动了我们所有的人。他的最后决策如同战场统帅的命令，作为战士，理解要执行，不理解也要执行，而且是不折不扣地执行。”梁桁说，“我跟林总一起工作了那么多年，贯通数据一出来我就觉得林总一定会决定重新装。”林鸣团队的每个人都清楚那一刻总指挥在想什么和要做什么，因为林鸣心中有一个锚，这是他决策的起点和依据，他会根据这个所谓的锚收集信息，进行评估和判断。林鸣在判断过程中注意力始终聚焦在这个锚上，这个锚的起点就是“不甘心”，更是创造世界沉管隧道工程的“中国标准”。

梁桁对林鸣决策作风的了解可谓入骨三分。然而林鸣对梁桁的欣赏与大胆使用也同样淋漓尽致。“这小伙子头脑灵光，有独立的判断，他与刘晓东是我技术上的左膀右臂……”林鸣有过这样的话。现在就看林鸣的最终决定了！

不放弃意味着行走在成功的边缘。一条总长 6.7 公里的沉管隧道（其中沉管段长 5.664 公里）已经完成物理连接，它静静地卧在深海中。重新对接的逆向操作，意味着把已经沉放的最终接头重新吊起来，工程师们要做的第一件事是把已经打开的钢封门重新焊死，往结合腔里重新注满海水，使结合腔的水压与外部海水的压力相同。2017 年 5 月 2 日，最终接头首次沉放后，工作人员打开了结合舱门并完成了排水。

5 月 3 日 13 时 30 分，决策会后，焊接结合舱门拉开了最终接头逆向操作的第一幕。在此之后，一波又一波的惊险轮番上阵，躲藏在暗处的风险伺机而动，将林鸣和他的团队一次次置于险境之中。

“林总从最终接头高30多米的通气塔爬到最终接头里，现场督战上海振华工人对钢封门的重新封闭操作。当看到狭窄的工作面与工人在里面的各种操作时，林鸣非常担心散放的操作工具掉到凹槽中，因为那个地方就是舱门，哪怕是一段绳索、一个扳手、几颗螺丝钉，或者一块角钢，任何小的物品落下都将影响密封。”梁桁介绍说。工人们徒手排查凹槽中是否有异物，在确认安全后开始舱门的密闭焊接。振华重工拥有世界上最多最优秀的专业电焊技师，有1125人获得美国焊接协会（AWS）证书，所以林鸣对他们的技术很有信心。

5月3日19时，开始为临时止水结合腔注水增压。为保障液压顶推系统与橡胶密封系统的安全，要使10米高的结合腔内部压强达到与28米水深水压相同的0.28兆帕。灌水进展非常缓慢，4个多小时后水压只达到0.1兆帕。在“津安3”指挥船监控室中的林鸣一次次通过报话机询问压强，之后他开始怀疑水位计和水压计坏了。根据经验判断，灌入不足800立方米（最终接头长12米，宽38米，高11米）的水不可能用这么长的时间。他准备将顶推小梁液压系统锁死机扣松开并回收小梁。

指挥团队中的骨干刘晓东、梁桁，中交四航院总工卢永昌等都在密切关注并分析结合腔加水过程，他们提醒林鸣还没达到内外水压平衡；副总工程师高纪兵注意到一个细节，他告诉林鸣压强还没有达到要求，钢封门上的变形压强监测仪数值与水压计是一致的，两组数据的一致性证明当时结合腔里面的水压没有达到与外面相同的水平。林鸣听完汇报立刻从监控室来到二楼舱室亲自看数据，他突然感觉打开锁死机扣有风险，立刻下令将机扣重新锁死。“如果在此时回收千斤顶将会面临钢封门崩掉的极大风险，如同站在悬崖边上，一脚踏出去又果断地收回来了。”刘晓东说。

面对危机，虽然有四大保障系统做后盾，但林鸣的团队成员才是最强有力的保障。“在林总7年的训练下，这个团队形成了特别能战斗的职业精神以及精益求精的专业化工作态度，掌握了非常专业的工作方法。平日他就如同我们的父辈，急起来也会骂人，但在关键时刻所有人都没有后退，为了这个‘世纪工程’，也是‘士为知己者死’。”梁桁说。

那天采访林鸣，跟他讲我读到赵忆宁文章的此处时，以为“大功告成”可以收场了。林鸣摇头，说，最危险的事还在后面。

后面是什么事？赵忆宁这样描述：

仅仅过去5分钟，更大的考验来临：漏水了！重新焊接的钢封门漏水了！当结合腔水压上升到0.16兆帕的时候，人们在指挥船的监控视频中听到接头里“砰”的一声巨响，之后就看到滋水了。“水柱有5—6米高，就像高压水龙头一样，水从舱门进来了，当时沉管隧道中还有一个值班的工人，我们的一线工人冒着生命危险奋不顾身顶着雨衣往前冲去堵水，画面非常感人。水压很大，依靠人的力量根本顶不住。看到这个镜头时我们感到慌乱与震惊，因为在已经完成安装的33个管节中，从来没有见过漏水。我们紧急把已经注入的400多立方米的水向外排，然后再进去检查舱门，这才发现，舱门焊接的地方被崩出了一个缺口。万幸的是整体结构没有受到影响。”刘晓东说。

这个意外带给人们巨大的心理冲击。风险忧虑乃至恐惧袭来，还敢再做下去吗？此时已经是3日的23时，连续9个多小时的紧张操作，让所有人都非常疲劳。刘晓东、梁桁和高纪兵三人坐在指挥室的椅子上沉默不语。刘晓东心中在想：“重新对接也尝试过了，十几厘米的误差并不是不能接受，就此打住吧。”而梁桁非常担心发生连锁反应：“厄勒隧道E13管节沉入海底，沉放时没有任何迹象表明会发生事故，但15分钟后事故发生了。先是交通竖井的盖子发出爆炸声，30秒之后控制塔发现其中一个舱壁失灵，情况已经失控了。”而此时的高纪兵手脚冰凉：“如果5分钟前下达了脱开顶推系统的命令，舱门会彻底崩开，海水将涌入并淹没最终接头。还有必要再走下去吗？第一次决策会时很多人反对重新对接：非可控因素太多了，风险太大了！”林鸣并没有给他们再次表达的机会。“假如再开决策会讨论，我坚决不同意接着往下干了。”刘晓东说。

林鸣的情绪并没有受到漏水事件的冲击。碰到这种情况时人们一般都会往最坏的方面想，而忘了进行客观的风险评估。如何进行沟通才能避免恐慌呢？他找了几个苹果给周围的人吃，笑着说：“吃个苹果保平安。”之后他迅即将注意力集中在技术分析层面：只是焊接出现了问题而不是有其他问题。漏水，在他看来是一次没有造成实际损失的风险，犹如下棋时移动一个棋子，它可能被吃掉，但它却是胜局的起点。

“如果总指挥不是林鸣，可以肯定地说，换任何一个人都会停下来，他的自信基于经验的判断，如果没有这种自信，只有坚强的意志他也不敢做这种选择。因为这个选择注定只许成功不能失败。”刘晓东说。事后有人曾经问过刘正光署长，他肯定地说：“我不会选择重新对接的。”在困难的时候能够坚定不移，这才是林鸣真正令人钦佩的非凡之处。坚定、果敢寓于林鸣性格之中，高度的专业素养则是来自工程实践的长期磨炼。勇敢、顽强、坚定，就是要排除一切障碍。

结合腔中的水被重新排掉，重新修复损坏的钢封门，这对承担焊接任务的上海振华而言压力巨大。上海振华的工人认为自己给工程捅了娄子，但是林鸣甚至没有责怪他们一句。当钢封门被重新焊接之后，他通过对讲机下令：“继续加压！”4日5时，再次向结合舱成功注水，逆向操作的第一步已经完成。5日16时45分，“振华30”再次吊起最终接头，重新回到5月2日早上7时第一次沉放的原点……

再一次的对接开始。“振华30”的船老大在操作时双手都有些颤抖了，林鸣用鼓励的目光扫了他一眼，示意：放稳心态。

船老大心想：老大呀，你饶了我吧！可活还得认认真真地干。他振作了精神，朝林鸣点点头。

5月4日17时，“振华30”再次登场，最终接头开始第二次安装，此时距离5月窗口期结束只剩下两个半小时。

林鸣开始用对讲机指挥“振华30”吊车司机操控吊机大臂（扒杆）。“抬扒杆！”“下扒杆！”随着指令，大吊臂一起一落，两个小时过去了，他下达了上百次口令，不断地精确调整。“林总那时候在追求精度，此间已经多次显示偏差在3—4厘米之间，我们都认为完全可以停下来了，但他并没有停，林总这次要的是一个完美的精度。”梁桁说。19 时 50 分，吊机大臂的吊钩吊着 6000 吨重的最终接头在基床上稍微一滑一放。“放下去！”这是林鸣在此吊装中下达的最后一个指令。此时，距林鸣在 5 月 3 日 6 时许接到第一个电话过去了 38 个小时。GPS 的数据显示偏差为 1—2 厘米。此时，朱永灵局长也在现场。他说：“这个工程太惊心动魄了，我在这里，第一说明我们在一起，第二我坚信林总能够做好。”

5 月 5 日早晨 7 时，林鸣再次接到贯通数据电话时不敢相信奇迹发生了：“报告林总，贯通测量数据东西向偏差 0.8 毫米，南北向偏差 2.5 毫米。”还是刘兆权打来的电话。“搞错没有啊，怎么可能啊，是毫米级的精确度？”刘兆权肯定地说：“林总，数据经过多次复核，真实可靠。”再也没有支支吾吾，这次的回复语调肯定并非常流畅。“我之前估计能够达到 3—5 厘米就已经很好了，人们不能想象，在强大压力下我们做出重新对接的决策，竟把它做成功了。毫米级的精度只能说是天道酬勤的奖励，是对我们 7 年努力的一个奖励。”林鸣对《21 世纪经济报道》记者说。

港珠澳大桥岛隧工程项目常务副总工程师尹海卿评论说：“重新对接意味着中国建设者首次在世界沉管隧道建设史上实际验证了最终接头施工方法工序可逆，为同类工程建设提供了可复制的施工经验和可供同类事物比较核对的标准。”

林鸣再也无须愁眉不展了。又一个“大国重器”在他手上圆满成功！“最后的对接结果，连我自己都没弄明白为什么会有这么高水平的对接精度！”他在接受我采访时几次这样说，而且也让其他人回答他的疑问。

是啊，到底怎么回事？尹海卿、刘晓东、梁桁、高纪兵等也只有相互对视后的欢笑，似乎这是个只有他们几位才知晓，又谁都解释不清的“天大秘密”。

让林鸣特别高兴的是，那位全程参加最终接头对接的汉斯·德维特先生，在5月5日专门为林鸣写了一封贺信，说：“非常荣幸见证了沉管隧道最终接头的成功安装过程，这一重大节点预示着港珠澳大桥海底隧道即将胜利贯通，也预示着港珠澳大桥主体工程全线即将胜利贯通。向所有付出辛勤劳动，精准完成这一世界级安装难题的工程建设者致以崇高敬意！沉管隧道最终接头设计，以及施工中创新、高效的理念，是对沉管隧道技术的重大贡献，将来中国和世界隧道行业都会从这个项目获益。”

只有获得顶级专家和世界同行的认可，才是过硬的中国技术、中国创新。林鸣一直这样认为，也一直如此坚持，他的科学严谨与求实探究精神总是令人格外敬佩。

“大桥的好与坏，有120年时间来检验。我们做得好与不好，将同样接受这个时间的考验。”他说。

拾陆

第十六章
将深情留在蔚蓝的大海上

港珠澳大桥侧拍图

按理，最终接头对接成功之后，等于大桥全线贯通，更等于林鸣他们承担的控制性工程——海底隧道全部胜利完工了。但林鸣告诉我："并不是这样。我们还有两座海上人工岛，它主要是连接东西两头的海底隧道与桥面的海上平台。但因为大桥有55公里的长度，又连着三地，如果能够在大桥中间留下些标志性的建筑，岂不美哉！"

林鸣其实是个既务实又很浪漫的大工程师。"从几十年前第一次踏上珠海的土地时，我就深深地爱上了这里的大海。港珠澳大桥给了我前后近十五年参与设计、规划和直接建设的机会，我与大海结下的情意，几乎成了我后半生的全部理想。大桥七年建设期里，数万建设者其实与我一样，他们都对大桥、对这片大海满怀深情。我们4000多名海底隧道建设者还有一个特别的心愿：大家用心血铸成的海底隧道深深地沉埋于大海之下，不易被人看到，要留点什么象征大伙对于大桥的一往情深。于是，我和我的同事们就希望把东、西两座人工岛建成港珠澳大桥在伶仃洋上的两座地标意义的建筑，永远屹立于珠海口的大海上……"

"这个意见好！"大桥三地委最高决策者在审议林鸣他们对人工岛建设的方案时，一致给予了充分肯定。

"用最好的材料，建最好的建筑；以最好的心思，做最好的工程。"林鸣对自己团队提出的要求，远超出大桥业主对人工岛建设的质量与要求。

“这又是为什么？”有人不解。因为林鸣要求人工岛所有的挡浪墙体、隧道敞开道墙面和岛上房屋建筑内外墙头，全部用发达国家最流行的清水混凝土。如今去过大桥的人，都会觉得两个人工岛的整体色调特别悦目。

“这就是使用清水混凝土包墙的效果。”林鸣介绍，清水混凝土有混凝土中的贵族之称，比普通混凝土要高出很多质级，它具有非常耐久而又高贵的美感，体现的是一种高雅的素颜品质。在欧洲发达国家的重大建筑体上被广泛运用。中国则很少用得起这一特殊建筑材料，除了成本高以外，关键是技术配制复杂，属于建筑材料中的高科技。

“尹总，这次还是把攻关的任务交给你吧！要像攻克沉管技术一样，研发出我们中国自己的清水混凝土来。”林鸣把这一艰巨任务再次交给副总经理尹海卿。

“你既然要求了，我们就把它弄出来！”尹海卿就是这样一个人：话不多，但从嘴里蹦出的每一个字都分量千斤重。

林鸣提出的要求和方向，都是朝着世界一流、全国最好的标准去的，所以他手下的尹海卿等都习惯了，二话不说，照着世界上最高的标准、最好的工艺、最完美的设计去做，做到再也找不出毛病时再让林鸣验收，他说达到要求了，你就可以万事大吉。假如他挑出毛病一二三，你就按此改正，并努力达到更高的标准，这就是你所要做的全部。尹海卿与林鸣“混在一起几十年了”，清楚他的那把“心尺”。

“有了这把‘心尺’，你就大胆去做。”尹海卿说。他与林鸣之间是一种默契，不用太多语言，彼此都明白对方想要什么、反对什么。林鸣是组织者、指挥者和决策者，尹海卿是忠实的执行者、发明者和创造完善者。

然而，外人并不知，在人工岛采用清水混凝土这件事上，尹海卿最初是林鸣意见的反对者。“他确实是个坚定的反对者，但最后是他把清水混凝土做成了！”林鸣十分欣赏他的反对者。

尹海卿最初反对林鸣的意见，是因为他认为人工岛建筑用不着那么高度美颜，用些好的建筑材料就可以了，最根本的原因是时间又太紧张。海底隧道沉管安装完毕之后仅有半年时间，要把人工岛的数万平方米建筑建好已经非常不易了，还要搞清水混凝土这样的世界级技术建筑材料，那是自己给自己出了道高难度题目，且成本高出原预算很多。“关键还在于，沉管浇灌质量要求那么高，技术含量也非同一般，而且要求是在一个可控的范围和时间内一次性完成的。人工岛的建筑就不一样了，它数万平方米的面积，可不是一天两天就能完成的，要几个月才能做成，混凝土浇灌也不是在一个可控的范围内，而是在露天下作业，受气候、环境和时间等多方面影响，这种情况下你要弄出一种又好看又不开裂的混凝土宽体建筑面，国内又几乎没见过……林总他见多识广啊，拿出德国议会大厦等建筑照片给我们看，说你看人家的建筑，什么时候、什么人看了都感觉它时尚、美观、不落伍。我们这大桥要求120年寿命，人工岛是大桥的中间点，又在大海之上，一定要让它成为海上地标建筑，120年不落伍，那么清水混凝土外体是目前世界上最好的一种建筑材料，我们中国要有，必须要有！他讲的道理总是能让人信服。道理信服了，你就得自觉自愿去努力实现它。”尹海卿说，他后来从反对者转变成坚定的清水混凝土制造者和实践者，是因为最终被林鸣说服了。

“他派我们到德国去看人家的清水混凝土建筑。那个建筑体看着就是好，面光，色美，无论在哪个角度、哪个年代去看，它好像就是不落伍。那个时候我们才领会了林总为什么要把我们的人工岛也建成世界一流的建筑了。”尹海卿说，“但接下来的初试过程也是很烦人的。我们到德国跟人家谈采购模板，人家出的价吓死人，一立方米好几千欧元！我们不干，扭头就跑了。林总知道后逼着我们跟人家签约，说啥贵不贵，你用了就觉得不贵了。我们跟人家签约时的情形有点像黑社会，是在地下停车场签的……”尹海卿回忆起在德国的经历，抿嘴笑了起来。

如今我们通过大桥人工岛时，一眼望去，无论是与大海相嵌的挡浪墙，还是房屋体，就连脚踩的地面，皆是清一色的清水混凝土，充满柔和的美感，色调高雅而时尚，适合所有人的审美，令人赏心悦目，且与大海自然相嵌，浑然一体。这就是清水混凝土墙面给人的审美效果。你再走近这些建筑看一看，会发现涂在墙面上的清水混凝土那么细腻、那么柔和、那么精致，其质地就是独特工艺和材料所致。

曾经在攻克清水混凝土难关时遇到过困难。在某工区人工岛现场浇筑时，出现了不明原因的滞后沁水现象，导致清水混凝土成品表面出现砂线。“就像一个如花似玉的美女脸上长满了雀斑。更严峻的是，一时还找不到问题的突破点。”工区负责人说。

林鸣来到现场，与尹海卿等人一起分析问题，查找原因。是工艺问题、人工问题，还是配比问题？一一排查后发现，都不是。

“材料有问题吗？”林鸣问。

“没有。用的是最好的。”尹海卿说。

“现场工人们干活有无问题？”林鸣再问。

“没有。他们就连砂石料都冲洗了一遍又一遍，冲得干干净净……”有人回答说。

“干干净净？”林鸣默默嘀咕这四个字。混凝土一定要那么“干干净净”吗？“干干净净”后是不是就不是混凝土了呢？“干干净净”后会给混凝土带来什么后果呢？林鸣脑子里突然“飞”出三个字：富贵病！什么东西太好了，反而会出现新的毛病了。混凝土难道不也是这样吗？

于是他说：“我们把最好的材料都投进去了，现在却出现了不理想的效果。看来这清水混凝土是养尊处优了，是得了富贵病……我们要从混凝土的基本原理上找原因。”

还真是。后来的一个月时间里，尹海卿带着研发人员从每一道工艺源头上排查问题起因，最后发现，就是在集料集配时因砂石料冲洗得太干净才导致清水混凝土成品制成后出现砂线，俗称裂缝。

富贵病要不得！原材料和工艺上不能出现这毛病，在施工制作过程中人的“富贵病”更要不得！

有一次林鸣上岛，台阶上有一道不一样的光泽映射到他的眼中，于是他蹲下身子，侧着肩膀眯起眼，果然发现是一段清水混凝土没刷平。他便把工区负责人叫到跟前。“我们一起蹲下身子，什么时候把这地方弄光滑了，什么时候才起身。要到各个角度的光线照射过来，都能与四周台阶轮廓一个模样，看不出半点儿走样为止……”

林鸣就这样，每天带着他那双很“毒”的眼睛到人工岛的各个地方去检查，去“瞄一眼”，凡有谁被“瞄”出问题的，一定没好果子吃。

“他哪是个建桥工程师，简直就是个搞微雕的艺术家，细到能从鸡蛋里给挑出骨头来！”高纪兵说，大伙都说林总厉害，其实是怕他那双眼睛和那精明细致的高标准、严要求。“他能把人逼疯！”高纪兵举例说，“两个岛上有几层楼面建筑，面对大海自然少不了玻璃门窗。我们设计的时候，都是按国内建筑上最好的材料和标准来规划和预算的。所有的设计和技术要求都做好了，林总他也给我们东、西两个岛上的全体施工人员做了动员，大家的士气被他鼓得足足的。可临到最后，他瞅了一眼我们准备采购的玻璃和门窗材料，竟气呼呼地扔下一句话：废了，全给我废了！改用世界上最好的玻璃和材料。他这么一个命令，我们就得推倒重来。原本几百块一平方米的玻璃，按林总的采购标准，一扇玻璃窗子就要几千元！门也是，现在大家看到的人工岛上的那些门窗，都是几千块呀！价格高出原本设计的几倍……最后两场超级台风一来，林总就得意万分地回头找我们，说你们看看，我们的玻璃和门窗一块都没破吧！如果按照原来的材料，这两场台风一刮，基本全都报销了！换上新的，以后再来几场台风，又同样被吹得稀里哗啦！你们算算，120 年间大桥要经历多少场台风；假如用的是些一般性的玻璃和门窗，仅仅这一块要花多少钱。再回头看一看，我们从一开始就用了最好的材料，不是啥都省下来了吗？你们说对不对啊？可不，给他这么一算账，无人不佩服。这就是我们的林总，他总是比大家棋高一着！其实仔细想一想，他到底高在哪个地方呢？高就高在负责任，敢担当，看问题长远。”

对林鸣怀有敬佩之心的何止高纪兵。

尊敬的一线工友同志们，

尊敬的孟凡利、刘海青、杨红，

尊敬的卢永昌大师：

港珠澳大桥是一项划时代的伟大工程，是中国迈向新时代的标志性工程。同时它也是建设规模史无前例，建设条件空前复杂，建设挑战前所未有的超级工程。近七年来，我们怀揣梦想，坚守目标，随着隧道最终接头成功安装，工程取得了决定性胜利。在此我代表岛隧工程项目总经理部，向大家表示最衷心的感谢，并致以最崇高的敬意！

按照年底具备通车条件的目标要求，需要两年半的岛上工程，我们只有9个月的工期；需要一年多的隧道内装工程，我们只有5个月工期。从今年下半年到工程完工，半年要完成一年半的工程。

魔鬼在细节之中。细节决定工程成败，细节同样决定着我们能否将港珠澳岛隧工程建成世界一流水平的最美工程。做好细节要下功夫，而下功夫要花时间。从5月开始，我们一天当作三天用，我们一百天干了大半年的工程。通过三千建设者两百个日日夜夜的辛勤劳动，目前，一条最美隧道和两座精致完美的人工岛雏形已经呈现在伶仃洋上。

工程进入倒计时，我们与梦想看似仅有一步之遥。然而，孤岛坚守七年，持续高强度施工，干部员工都已经极度疲劳；界面交叉干扰，工程千头万绪，施工组面临着更大的考验；工期空前紧张，高品质工程的红线不可逾越，细节问题多如牛毛。我们还要面对材料保供、队伍稳定、交通生活等越来越多的具体困难和敏感问题。稍有不慎，功亏一篑。既要完成年底工程的建设目标，又要不折不扣实现世纪工程的建设要求，最后的考验依然严峻。

行百里者半九十。我们要不忘初心，牢记使命，保持状态，奋力拼搏，高质量建成港珠澳大桥岛隧工程，坚决完成年底具备通车条件的目标任务。

为此，提四点要求：……（略——笔者注）

同志们，七尺男儿，一诺千金！今天的誓师大会，吹响了七年坚守的冲锋号，让我们在十九大的旗帜下，为实现“两个一百年”的中国梦，为最终圆满完成港珠澳岛隧工程的建设任务而努力奋斗！

我们一定能够取得胜利！我们一定能够实现梦想！

这是林鸣在“背水一战，排除万难”誓师大会上的讲话。像这样的战前动员讲话在建大桥的七年中有过多少次，林鸣自己都记不住了。反正，每一个重大施工决战项目开始和完工之时，林鸣他都会做一次精彩而极具鼓动性的讲话，有时是在决战的困难途中，比如E15两次回航之后，他也做过类似的动员讲话。看他的动员讲话，有个特点很不一般，就是他在开头时，都会称他的那些属下是“尊敬的……”，这是为什么？

“因为大桥所有最重要、最艰难的工程都是他们干出来的，而非我这个总经理干出来的。他们理当是最值得我们去尊敬的人……我最看重一线的劳动者，他们是创造大桥奇迹和人间奇迹的人！”林鸣这样解释。

“每一次林总这样虔诚和真诚地称呼我们，都会一下子让我们心头热乎乎的！想干事、干好事的‘小火苗’在心窝里扑扑地燃起来，你说我们还有啥力气舍不得使的？没有了。剩下的就是拼命去干活，去工作，去创造奇迹！”工程师和工友们都这样说。

这就是林鸣的工作方法，他能像设计工程技术一样将团队的每一个成员设计得意气风发，斗志昂扬。

“大桥工程是什么？是举世瞩目的国家大事！大桥施工是件怎样的事情？每个细部环节，都将影响到“一国两制”、三地百姓的日常生活！120年的大桥寿命，意味着我们所有的施工技术和环节，都必须是创世界一流的水平和水准。马虎不得啊！”林鸣如此坦露其七年大桥战的心迹。

“所以，当我一次又一次站在大海中央的两个人工岛上时，都会有无数的畅想和理想。站在西岛往东望的时候，我想到了一百多年前被外国列强租占的香港，当然还有一旁的澳门，我就在想：今天我们港澳同胞的回归意识仍在一步步增强之中，有些人，特别是年轻人，还没有完全树立祖国的归属感，这是为什么？就是因为我们互通的机会太少了。现在，大桥要建好了，这样的交流机会就多了许多，但仅仅是一座大桥还远远不够的，心灵上的桥梁建起来后，才有可能带来真正的互通和相知相亲。这是我所期待的，也是祖国大家庭的人民所期待的。站在东岛往西望时，我看到了珠海，看到了珠海之后的祖国万里山河，看到了蒸蒸日上、一天比一天强盛的祖国和生活一天比一天美好的祖国人民……这个时候，我总是心潮澎湃，热血沸腾，于是也就有了把东、西两个人工岛建成珠江口和伶仃洋上一对海上明珠的想法。这是两颗富有许多象征意义的明珠，并且还可以是三地百姓通过大桥时观光与小憩的绝佳地方。有了这种想法后，我觉得眼前似乎又多了一个与海底隧道工程并驾齐驱的新工程，这就是把岛上建筑建好、建美！”在中山温泉宾馆接受采访的林鸣，其心情显然放松了许多。那段时间整个大桥工程已经全部完成，只等中央领导来剪彩，林鸣于是能用几个整块的时间来回忆他七年奋战大桥的历历往事，而且相对也可以谈得透些。

我们现在所见的美丽如画的人工岛，是林鸣团队的又一个杰作。在我来采访的2018年国庆节以前，许多专家和国家领导人来参观过大桥，并登上人工岛，频频赞其“完美无比”。

采访时我有过两次机会上岛，但并非由林鸣陪同，一次是樊建华书记陪同，一次是大桥管理局的一位工作人员陪我和我的一群广东作家学生。那时还都在大桥通车之前，观赏东、西两岛显得非常舒坦和自由。当时的感觉就是：美！美不胜收！

首先是颜色上的美感，整个人工岛触目可及的颜色，就是林鸣他们攻关下来的清水混凝土建筑色别，它是种淡青色，粗看并不感觉它多高贵，但越看越觉得再无他色可以替代。因为这种淡青色给人以视觉感官上的舒服、淡雅和耐久的可欣赏度，而且当你再次回头凝望时，会再度感到它是那样地高雅适宜。尤其是每一块挡浪墙——它圈着整座人工岛，像高高的围墙将大海与人工岛隔离成两个世界，又似乎融为一体，相互映照，各占一方天地。岛体上的大家举目所见的地方，或台阶、楼梯，或会议厅、办公室、房间、厕所，或地板和墙壁，皆是清水混凝土所制，于是你感觉不到这些地方有什么不同，它们都异常清洁，令人悦目与心畅。

沿岛边行走，可见远处白鹭飞翔，足底海浪拍岸。可见飞机穿梭于天上，听巨轮鸣笛于海上……俯首观望那整齐威武的挡浪墙下面，是一尊尊数吨重的防护块，它们犹如一个个忠诚的卫士，默默地坚守在自己的岗位上，随时准备迎接海浪与台风的袭击。之后，通过宽阔的岛台，走到岛的最前方，再迎风瞭望近在咫尺的香港与澳门，那感觉犹如站在巨轮的甲板上，无比愉悦，有一种想要拥抱大海的冲动……

人工岛确实美，它在大海的中央近距离地遥望祖国内地和港澳两地，无论你站在东岛还是西岛，往前望去，或看到的是港澳，或看到的是祖国内地，你都会有种向往或期盼回归的感觉；这时你若转过身来，心头就会涌起一团温暖，仿佛是自己家园的回望。没有人工岛时，伶仃洋阻断了三地亲人们的这份情感；大桥的建起，尤其是两座人工岛屹立于大海之上，让三地的人们都可以展望与回望。这种展望与回望的体验，既是对自身，也是对自己民族文化心理，以及对祖国认同感的心灵体验。“为了让这种体验保持一种畅通、愉悦和美好的感觉，我们必须将这两座岛建成心灵之岛、情感之岛、百年千年和睦一家之岛。”这是林鸣的愿望。

我还知道，从工程学角度，林鸣还有自己独到的思考与审美：大桥如此宏伟、美丽，但进入大海中央之后是一段潜入深海的海底隧道，它不在人们的视野之中，如果没有人工岛的存在，大桥就显出“残缺”之感。

“从视觉观感上看，大桥必须具有整体之美。失去整体之美，便是大桥建设者的一种遗憾。为此，我内心便有了强烈的愿望：一定要把东、西两座人工岛建出连贯大桥整体的一种特殊之美……”林鸣始终是个追求完美之人，大桥在他手中，本身就是一种幸运。

于是进入2017年之后的东、西两个人工岛，便成了林鸣及其团队的主要工程任务和心结，在这之前的数年间，他和团队的精力主要放在沉管、最终接头的制造与安装等方面。当海底隧道这两座技术高峰被拿下后，林鸣可以登高望远，俯瞰天下……人工岛便成了他为大桥画上最后一笔的倾情之作。

这是一次可以完全舒展理想与才情的机会，也是林鸣最能体现自己本性的一次——他的本性是追求一切完美，他可以为了追求完美而不惜一切！

林鸣、林鸣，灵敏之人、灵敏之魂。有灵敏之魂的人，才可以成为追求完美、创造完美、实现完美之人。

现在，林鸣从尹海卿那里看到清水混凝土配方和预制件的研发成功了。他每天迈着有力的步伐，挥动着一双白色的手套，以威严的目光紧盯着那些边边角角，因为那些地方才是不易被人注意之处，最容易出现质量瑕疵。前面已经说过，他的眼睛特“毒”，所到之地，目光停留在哪里，哪里一定是在他眼里出了“毛病”……其实他的手更“毒”，看似轻轻地尚未摘下手套的那一抹，一切的优与劣在手感下全然暴露。优质时，他会龇着牙冲你笑：干得不错！劣质时，他犀利的眼光会无情地射向你的心脏与灵魂：怎么回事？是功夫没到家，还是心思没用到？你无法逃避他的追究，当然是负责任的追究，以及以百年大计与美学的角度去跟你讲清道理。这一点整个项目工地上无论是干部还是工人都早已领教——林总从来都是为了大桥，为了大家的荣誉在做事，在追求，所以谁也没有怨言，服服帖帖地听从他的赞扬与批评。

然而工人们无比得意，因为林总七年中几乎没有批评过哪一位工人，而那些工区负责人和大大小小的干部，被林总“骂”得“狗血喷头”的有的是。这是工人们最津津乐道的。

“有一次林总来检查，发现台阶上有一条边角出了问题，他把一群工区负责人整整骂了三个来小时，那情形、那阵势挺吓人的，少见！”

“还有一次，林总看到有一段清水混凝土地板不够干净整洁，就把干部们叫来，说，一起给我把这段地板弄干净为止！瞧着那些干部，一个个蹲在地上，撅着屁股老老实实干活的模样，太认真！”

工人们每每谈论起这样的事，总感觉够“爽”。

现在，东、西两个人工岛已经全部建起。在林鸣的指挥下，7 万多平方米的清水混凝土建筑和装修，2000 名水泥工干将不分日夜，只用 9 个月的时间，硬是把它建成了大海上最美的地标——到过大桥的三地人都如此赞美东、西人工岛。

林鸣呢，他还有两个愿望：让东、西岛成为三地人民永远深情凝望的地方，期待早日相拥相抱一家亲。于是我们现在站在东、西两岛上可以注意到一个细节：那两座岛的最高建筑物的前脸，各自都有一双大大的“眼睛”（其实这是岛隧的通气设备，林鸣将其艺术地装饰成现在这个样子），并且相互深情地对视凝望。这是一对意味深长的艺术造型，又是极富现实意义的两处观景台，隔海相望的亲人可以在这彼此的凝望中产生无限的遐想。在东、西两岛岛端的几个方位上，屹立着几座方方正正的青铜铸成的大鼎。这是林鸣的又一创意，巨鼎端坐于东、西岛端，一为任凭风吹浪打，镇岛之宝在此，大桥和伶仃洋从此便安然无恙；二是象征祖国三地国泰民安，千秋万代。

筑岛奇迹　海底绣花　蛟龙出海　圆梦伶仃

这十六个字是林鸣亲手撰写的鼎文，它与林鸣的心一起牢牢地镌刻在鼎上，永远闪着光芒……

2017 年 12 月 31 日，大桥主桥工程全线亮灯。林鸣和朱永灵局长等来到东、西两岛上，与数千名大桥建设者隆重庆祝大桥工程圆满竣工的伟大胜利。这一夜的灯光秀，让大桥、让人工岛在全世界面前进行了一次淋漓尽致的精彩表现……

美！太美！太完美！

林鸣说，那一夜他陶醉了，陶醉于自己一生的理想和奋斗之中……

那一夜有个人并没有在岛上，她在海中的船艇上，在远远的地方观看大桥的绚丽灯火。那时的她也陶醉了，陶醉于自己一生找对了一个人、一个只属于她的丈夫。她自然是林鸣的夫人胡玉梅。

这一夜过后的第二天早上，也就是 2018 年 1 月 1 日的清晨。林鸣希望夫人陪他到大桥上走一走。“今天我要跑大桥全程！”林鸣在大桥的收费站起步点对夫人说。

“跑吧！我在这儿等你回来……”夫人笑了，冲着自己这个与大桥一样的男人。

他扩扩双臂，雄赳赳地迈开双腿，开始在大桥上奔跑，奔跑，一直在朝霞下奔跑着，与大桥一起向远方延伸着，直至融为一体……

妻子又一次陶醉，被他的大桥和大桥的他所陶醉、陶醉……